從打字機鍵盤、拼音系統到電腦輸入法的問世
讓漢字走向現代的百年語言革命

漢字王國

JING TSU
石靜遠——著　吳煒聲——譯

KINGDOM OF CHARACTERS

THE LANGUAGE REVOLUTION THAT MADE CHINA MODERN

獻給大衛

目次

從進化淘汰之理，則劣器當廢；欲廢劣器，必先廢劣字。

——李石曾（一九〇七年①）

漢字不滅，中國必亡。②

——魯迅（一九三六年）

計算機終於可以處理漢字了！方塊字萬歲！③

——陳明遠（一九八〇年④）

---

① 中國社會教育家，協同創建了故宮博物院和中法大學。

② 語出〈病中答救亡情報訪員〉。

③ 臺灣使用的漢字，其官方名稱為國字，乃是中文傳統漢字。在本書譯文中，乃是根據情況來將Chinese或Chinese script翻譯成漢字、中文字、中文和國字，這四者基本上互通，遇到簡體字的情況，則會明確指出。

④ 中國學者，鑽研語言學、計算機科學和現代詩歌。

序言

很少當代社會像中國這般重視書寫文化。中文[1]是現存最古老且使用人口最多的語言，既古老又現代，目前有超過十三億人使用，這還不包括全球將中文作為第二語言學習的人數。中文的書面形式自二千二百多年前首度標準化以來基本上保持不變。相較之下，羅馬字母表的字母數量一直在變動，直到公元十六世紀，字母「j」從「i」分離出來，才完成了有二十六個字母的表格。

唯一仍能展示自身文化實力的政治領袖非中國的國家領導人莫屬。他們會在正式場合手持毛筆，筆走龍蛇，揮毫寫出數個漢字或吉祥話。眾所周知，鄧小平個性靦腆，但他的前任和昔日對

① 根據維基百科的解釋，中國大陸將Chinese統稱為「漢語」，聯合國、臺灣、香港和澳門通稱為「中文」而新加坡和馬來西亞則稱為「華語」。

手華國鋒②晚年潛心鑽研書法，而前國家主席胡錦濤則喜歡在公共場合揮毫舞墨。毛澤東曾替中國官媒《人民日報》提寫報頭，[1]如今斗大的墨寶仍高懸其上，而根據最近的電腦筆跡分析，習近平的書法雷同於毛主席的運筆風格。這些領導人平日恣意揮毫，筆走龍蛇，不僅提醒百姓他們的統治合法性，還強調書法底蘊深厚、博大精深，自古以來，統治菁英無不筆墨老練，技巧嫻熟。其實，書法是中國於二十世紀反抗封建歷史之後碩果僅存的傳統技藝。

實難想像美國總統或歐洲國家元首會在國家儀式開幕會上或出訪之際執筆揮墨，一展身手。然而，在中國社會中，所謂讀書識字，不僅關乎閱讀和書寫，歷世歷代皆賦予它諸多標誌，譬如：沉浸於古籍書冊，汲取先賢智慧，同時靜思冥想，自我砥礪。文人菁英寄情於文字，藉此抒發性格、傳遞思想和自臆胸懷。

若想破譯中文，不僅得靠內行，也要橫跨各洲，尋求各界合作。四個多世紀以來，西方鑽研中文之士不斷探究漢字表意背後的祕密，推測漢字的起源及其複雜的結構。誇張的主張和理論曾在十七世紀和十八世紀的歐洲以及二十世紀的美國大行其道和備受推崇。無論君王、神職人員、冒險家、[2]學者、現代詩人和語言理論家，個個都著迷於奇特的漢字，試圖透過語法和組合法則找到破解漢字祕密的鑰匙。十六世紀的耶穌會傳教士[3]努力學習漢字，十七世紀的學者為之著迷，十八世紀的漢學家則帶著獵奇態度來看待方塊字。

對局外人而言，基督教世界之外竟然有一個文明逐漸發展出漢字之類的複雜和龐大的書寫系統，這是語言學界歷來難解的謎團。西方人探索這個問題時，無不心懷疑問：讀漢字的民族怎麼會跟我們以同樣的方式思考呢？即使到了二十世紀末期，西方不同領域的專家還在吹捧這種觀點。社會理論學家會說，西方以字母思維，方能締造科學革命。鑽研網路和數位時代的現代理論家將字母表視為一種概念技術，足以奠定西方科學技術的基石。某位古希臘學者早就在西方文明發源之際便窺見此種跡象，指出「字母思維」（the alphabetic mind）③促成了西方的諸多成就。英國著名的中國科學史專家李約瑟（Joseph Needham）[4]畢生致力於宣揚中國古代的科學發明。他反對前述論點，卻也認為西方人若要理解中國人的思想，漢字仍是最大的阻礙。它是中國的第一座長城，也是最後一道防線。

中國從一八三九年至一八四二年歷經鴉片戰爭，爾後踏上維新道路，一直與西方對抗，當年時局動盪，國之將傾，直至二十一世紀初期，中國仍處於劣勢，故許多人預言，漢字必將滅亡。然而，中國人仍然死抱自己的文字，卻也看到西方的各門科學以及電報為開端的新型電力通訊方

---

② 華國鋒在周恩來死後繼任中共中央第一副主席兼國務院總理，被毛澤東指定接班人。毛澤東死後，華國鋒與葉劍英合作，打倒了四人幫，成為最高領導人。爾後，華國鋒在撥亂反正時期承繼毛澤東的政治路線，普遍視其為「兩個凡是」的提出人，與希望改革開放的鄧小平在政治路線上相左。華國鋒最終失勢，退出中共核心領導集團，其領導地位被鄧小平取代。

③ 或譯為「字母思考模式」或「拼音式思考」。

式日益改變現代世界，漢語或許與中國封建帝國一樣，可能無法存續綿延。話雖如此，中文一直是中國文化的根基。數千年來，漢字早已深入中國的歷史和體制，根深柢固，盤根錯節，要想廢除漢字，著實難如登天。從基層到現代國家的層峰，知識分子、教師、工程師、黎民百姓、古怪的發明家、心懷責任的圖書館員和語言改革者便開啟了一場千年以來的顛覆性革命，從中尋求解決之道。這便是本書的主題。西方火砲敲開了中國的城門壁壘，驚醒沉睡的中國人；大清帝國搖搖欲墜，動盪不安，國之將滅，危如累卵，一股政治風氣興起，有志之士亟欲追求現代化。上述轉變發生之際，中國人也想追求另一項目標：讓他們的語言與使用西方字母的語言處於同一地位。

＊＊＊

然而，中西方的文字和語言系統彼此差異甚大，要想彌補這兩者之間的鴻溝似乎難以達成，而現代化的責任便落在中國人的身上。綜觀二十世紀的多數時期，所謂的現代化，就是西化。轉型規模龐大，林林總總，所涉紛雜，令人望而生畏。這項重要過程的核心，乃是中國要以何種身分自處於現代。這種同化負擔沉重，若未曾經歷，根本難以想像。各種語言會創造各自的世界。試圖跨入迥異於自身世界的另一個世界，必定會猶豫、懷疑和迷惘，而中國便經歷過這番苦楚。

要想踏入一門語言，必須跨越數個門檻。

在我們全家從臺灣移民到美國之前的六個月，我母親便開始教我們英語。我和兄弟姐妹（當時年紀從九歲到十二歲）以前從未見過英文字母，便在螺旋裝訂筆記本的橫格頁上學習寫西洋字母。我欣喜若狂，因為英語只有二十六個字母。我當時每晚都得握著鉛筆，在方格練習簿上練習書寫複雜的漢字，中指上節的內側邊緣便長了一層厚厚的老繭。我們在學校裡被灌輸了數千個中文字，而相較之下，英文字母線條簡單，更容易在紙上書寫。我母親滿心期待地監督我們學習，我們就像練書法一樣刻苦學習英文字母，用的是進口的BIC原子筆，可輕易在紙上寫字，而且筆觸沉穩有力，不像筆尖鬆軟的毛筆，九歲的孩子根本無法耐心用這種筆去寫字。我還調整了寫字習慣，原本是由右至左、從上到下書寫漢字，後來變成由左至右水平書寫英文字母。「D」很簡單，「Q」是我的最愛，因為這個字的小寫最不像它的大寫。我們學會直線橫劃的字母之後，不久便練習連筆書寫。當時，NBC女主播宗毓華（Connie Chung）每晚都會出現在美國家家戶戶的電視上，而她是第一位獲此殊榮的華裔美國職業女性。我父親希望，有朝一日，我能成為跟宗毓華一樣出色的記者。我要想登上美國的電視網，唯一的障礙就是英語。

我們下定決心學好英語，但可能適得其反。我和兄弟姐妹很快就學會了英文字母。學這些西方字母，根本是易如反掌，用英文來說，就是「a walk in the park」（直譯為「在公園散步」，亦即做起來輕鬆愉快的事），但我老是搞不清楚這個成語，一直把它說成「a walk in the dark」（在黑暗中散步）。然而，我遇到一個問題，就是我對西方字母沒有感覺。學習字母很簡單，但我得費盡心力才能掌握它的形式。字母表現不出什麼，發音也讓人感覺隨意且平淡，缺乏中文的四聲起伏，我一生下來便習慣這種抑揚頓挫的音感。

洛杉磯的蒙特利公園[4]台裔美國人眾多，號稱「小臺北」，我們移民時，就是舉家搬遷到蒙市。雖然我是根據情境學習英語，卻仍然對這種語言感到很陌生。我就讀的小學到處都是素未謀面的亞洲人，有越南人、柬埔寨人，一些日本人和韓國人。除了上英語課，沒有同學說英語。我們上英語課時會努力運用舌頭和嘴巴的肌肉，說出半生不熟的英文。

學習英語的每個階段都是一次新的體驗。我透過語言理解世界的方式一點一滴發生了變化。改變的時刻出現在大學，那時必須要能逐步運用英語去分析和思考。所謂「批判思考」，就是獨特的思維技巧，要提出連貫一致且合乎邏輯的論證，而這普遍被視為唯一可接受的思維過程。我從批判思考意識到，若想沉浸在英語之中並從內部去理解這種語言，就必須果斷拋棄中文。我使用中文時，從來不必絞盡腦汁就能深入理解字義。中文和英語的世界截然不同，兩者彼此衝突。當我體驗有表現力、直覺和創造性的事物時，我會使用中文，而英語則感覺像是一種矯正裝置，可以調整和扭曲我，讓我適應新的模式。僅僅掌握詞彙以及寫作和閱讀能力根本不夠。我若想用英語思考，必須沉浸在用英語來表達和構建的世界觀，在其中俯仰呼吸。

中文要想在適應西方字母的過程中存活，必須做更多的事情。幸運的是，從英語適應中文的過程不見得是一樣的，但讀者若能了解某些漢字的書寫要點是有幫助的。漢字獨一無二，有別於其他書寫系統，它由點和線構成，一筆一畫組成具有獨特輪廓的文字圖案。漢字有六大基本特徵，有別於羅馬字母，乃是其現代轉型的重點。

首先，每個**漢字**（**character**）是具有意義的書寫單位，大致相當於一個英語單字，但兩者還是略有差異。漢字經常成雙成對，以傳達完整的意思，而每個漢字只有一個音節[5]。漢字有許多不同的英文名稱，某些名稱比較有爭議，譬如：**logograph**（語素文字）、**pictograph**（象形文字）、**semantogram**（表義文字）、**pictogram**（象形圖）、**sinograph**（漢語書寫符號）[6]。中國人稱它們為**漢字**（**hanzi**，根據率先將其標準化的漢代來命名）[7]。漢字就像字母單詞，可表示意義和聲音，但兩者的直接相關和強調程度各有不同。漢字長期以來被視為象形文字，但這是被誤用的

④ 美國華裔普遍將蒙特利公園（Monterey Park）簡稱蒙市。

⑤ syllable，漢語音節通常指的是一個漢字的字音。若從傳統的反切角度出發，一個漢語音節可分成聲、韻兩部分，而一個字音又可分為「聲」、「韻」和「調」三部分。

⑥ 《牛津英語詞典》（Oxford English Dictionary，簡稱OED）新收錄的單字，內含兩個希臘字根，一是sino-（表示中國或漢語），二是-graph（代表示書寫或圖畫）。

⑦ 漢字流變源遠流長，起初從商朝的甲骨文、籀文和金文，再到春秋戰國和秦朝的籀文與小篆，發展至漢朝時發生隸變（小篆演變為隸書的過程），產生隸書、草書和楷書（伴隨衍生的行書），至唐代楷化為今日的字體標準正楷，亦即如今的現代漢字。

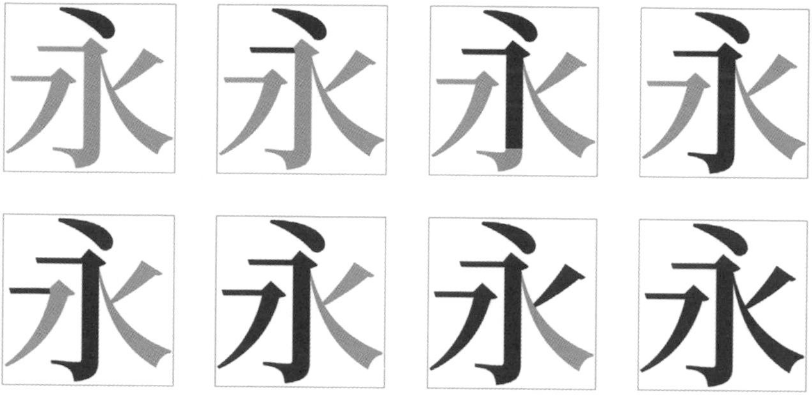

永字八法

名稱。縱觀歷史，只有不到百分之三的漢字屬於象形文字或適當的表意文字。即使針對極少量的合格漢字，說它們像圖片那樣描繪物件也有點牽強，因為漢字屬於一種公認的象徵系統（system of symbols，符號系統），乃是代表而非實際描繪現實事物。「日」這個字並非真正描繪太陽，因為太陽是圓形，不是矩形，而「山」看起來更像是草耙的頂部，除非有人告訴你它是代表山脈的圖形。本書會交替使用「漢字」和「表意文字」（ideograph），藉此提醒讀者像上述的不當用詞在各自所屬的時代是具有權威的。

其次，漢字是由筆畫組成。所謂筆畫，就是連續的線條，長度不拘，點也算在內，這些是構成和書寫表意漢字的基本元素。根據書法規則，寫漢字時要講究筆順，亦即從左到右，由上至下。筆畫種類不定，但有八種基本類型。「永」字有八筆，乃是教學用的運筆技法，因其包含所有的楷書基本筆畫：點、橫、豎、鉤、挑（或提）、彎、撇、捺。

你若端詳一個漢字，會明顯看出其筆畫並非隨意拼湊而成。漢字通常由不同的部分組成，這些較小的交叉筆畫偶爾就是更簡單的漢字。所謂**部件**（component），指的是當它與其他筆畫群組合時，會形成更複雜的獨立漢字。

有些特定部件被眾多漢字共用且反覆出現，因此歷來享有更重要的獨特地位。這種特殊的漢字組成部分稱為「部首／偏旁」（radical）。英文radical⑧跟character一樣，也曾受到質疑。有些人認為這種名稱容易誤導人，因為英語有詞根（root word），但部首卻不是漢字的詞根；它不是可以附加前綴（prefix）和後綴（suffix）的詞幹（stem）。部首也稱為「語義分類詞」（semantic classifier）或「索引詞」（indexer），可用於組織和分類漢字，如同漢語字典的編排一樣。

最後要聲明的是，中文是一種音調語言（tonal language），表示同一個音節可用不同的音高（pitch，亦即**音調／聲調**〔tone〕）來發聲。每個漢字只有一個音節，所以音調便演變為用來區分音節和發音相同的漢字。然而，音調的作用有限，因此中文有許多**同音異義詞**（homophone），亦即不僅讀音相同、聲調也一樣（這種情況較少）的漢字。在中國不同地區的方言，漢字音調也會有所變化。

---

⑧ 美國人看到這個字，會認為它是詞根或基礎，因此將其視為某種stem，故作者才說這個名稱會讓人誤會。

近代西風東漸，中國局勢頹危，慘遭列強瓜分，舉國備受恥辱，背後隱藏更深層的糾葛，乃是有志之士亟欲改革漢字。中國人頻頻走上極端，按照己意發展國家和進行現代化。然而，要踏上這條大道，關鍵在於能否運用全球的通訊基礎設施，其中包括電報、打字機和電腦，而這些都是按照羅馬字母來打造的。中國人與外國人打交道之際，語言有所衝突，但偶爾會耍聰明，勝人一籌，不時能獲得意料之外的成果，但也曾遭遇重挫慘敗，雙方彼此角力鬥爭，靠邊選隊，一搏漢字的未來前景。在中國內外政治和社會動盪不安的時期，中國人的言行舉止從邊緣向歷史中心施壓。四個世紀以來，橫跨三大洲，以中文為母語的人和外國人士前仆後繼，致力於追求一項共同的夢想，亦即破解漢字，使其現代化。我們如今可以學習和使用漢字，因為背後有一群人付出努力，他們殫精竭慮，讓我們得以享受這一切。這些仁人志士對中文著迷，即便摸著石頭過河，依舊滿懷雄心壯志，披荊斬棘，無所畏懼，冒險犯難，終於開創了令人耳目一新的宏偉世界。

第一章

華語[1]的變革（一九〇〇年）

統一國語[2]

那是二十世紀的第一個春季，赤松盛開，白雪皚皚，覆蓋泰山。一位和尚抵達大清帝國東北海岸，時值黃昏，天色昏暗，無人見其蹤影。他乘船抵達煙台港後，步下了船，碼頭喧囂，間或傳來悠揚笛聲與男人歌聲。英格蘭戰艦在剛占領的領土上四處巡邏，船上射出燈光，不時掃過各處岬角。和尚沿著海岸快步前行。他的長袍滿是灰塵，裡頭藏著一份可能顛覆華語世界的文件。

看到這位徒步前行和尚的人，日後也絕不會知曉這般非凡之事。和尚相貌平凡，鼻子寬大，

---

① Mandarin，又稱普通話、漢語或北京話，臺灣則通稱華語或國語。王照稱之為官話，詳見本章後續內容。

② 英語為 the national tongue，又稱國家語言，泛指在事實上（de facto）或在法律上（de jure）足以代表某個國家或地區的語言。在臺灣，這便是以「北平現代音系」為標準音的標準國語，在中國大陸，這就是普通話（現代標準漢語）。

臉頰凹陷，陰沉的眼睛恰好搭配下彎的嘴唇，嚴肅的面孔透露著一股威嚴。他蓄留很長的山羊鬍子，鬍鬚像羅盤針一樣朝下指著。隨著年齡日增，他的臉會逐漸圓潤，但不一定會面露慈祥。若要說這位和尚有何值得注意之處，那便是你若和他交談一番，可能會發覺他雖已發誓忘卻塵俗凡務，畢生尋佛問道，說話卻有點刺耳。他會以這種口吻說話，乃是他心懷壯志，卻無處施展。

王照[3]面容憔悴，全身邋遢，他其實只是打扮成和尚而已。他用的是化名，一旦有人問他從何處來，他會回答來自偏遠的臺灣，不久前才抵達中國。這座蕞爾小島，地處邊鄙，當地人萬難知曉，足以用來掩飾身分。數個世紀以來，海盜猖獗，群聚臺灣，不時肆虐南中國海。臺灣地貌參差不齊，盜匪藏匿於林隙山凹，與獵人頭的土著部落和遭流放的仕宦同居於人煙罕見的崎嶇山脈。日本於甲午戰爭擊潰清朝，然後於一八九五年簽訂《馬關條約》，隨即將臺灣收歸己有，當作首個殖民地。這座島嶼是不速之客的避風港，三教九流盤據此處，不受大清律例管轄，誠屬化外之地。

王照過去兩年遭到通緝，因此一直躲藏在日本。掌管大清國政的慈禧太后以叛國罪治他，親自下令懸賞重金，務必緝拿他歸案。然而，即便王照害怕被捕，卻渴望返回家鄉。他打算先到山東省，然後東躲西藏，沿路前往北方的港口城市天津。他白天在開闊田野打瞌睡，晚上則伴著星空，步行十五英里。他遠離主要幹道，一身輕裝，隨身物品不多，只有一個棉布袋、兩件法器和一把朱漆鐵杖，用以掩人耳目。他到了鄰村，便會托缽化緣，乞討食物和清水。他偶爾會有點絕望。羊腸小路崎嶇不平，陡峭異常，遍佈岩石，他每走幾步就得停下來喘口氣。山高水遠，綿延不盡，王照一邊喘氣，一邊鼓起勇氣，力圖越過這重山萬嶺。前途漫漫，人煙罕見，連一根草葉皆無，唯見狂風大作，天際灑落灰濛濛的陽光。這段回鄉之路漫長艱辛，王照還通緝在身，故旅途上危機四伏。

王照刻意不帶西式背包，以免引起當地人的排外情緒。當時，義和團興起於山東，風潮日盛，練習義和拳的農民佯稱扶清滅洋，掀起大規模群眾暴力運動。義和團夥束著腰帶，頭戴布巾，信奉神靈，宣稱刀槍不入，對洋人懷有仇恨。這群拳匪近幾個月陸續拆除鐵軌和電纜，將其斥為西洋侵華證據，其所過之處，破壞殆盡，只留一片荒蕪。

王照從未想到自己會亡命天涯。他信奉儒家思想，絕非離經叛道之徒，乃是貨真價實的官吏，一心忠於朝廷，在京任職之際，未曾缺席紫禁城朝會。他的諸多同僚不是沉醉於大清的輝煌歷史，便是高聲疾呼，意欲發起革命，而王照只是提倡變革。他是一八九八年改革運動的號召之士，這項運動爾後被稱為「百日維新」[4]。維新派察覺中國正處於危險的十字路口，才有這項短

③　明末清初的語言學家，一九〇〇年義和團運動期間祕密潛回中國，撰寫《官話合聲字母》，此書乃是中國第一套漢字拼音方案，採聲、韻雙拼制，仿效日本假名，取漢字偏旁為字母，聲母五十個，韻母十二個，清末時曾於北方推行十年，簡稱「官話字母」。

④　發生於光緒二十四年，又稱戊戌變法。

暫的變法圖強之舉。王照為了避免國家遭洋人侵占或冥頑守舊，故步自封而終至潰敗，於是支持君主立憲、改革教育、建設國家工業重鎮、讓軍隊和郵政系統現代化、改革科舉制度，並且整頓大清疊床架屋的官僚體系，藉此提升行政效率。然而，他從未想要顛覆有千年歷史的帝制中國。

清朝是中國最後一個王朝，國祚還有將十五年，但王照之類的志士無不清楚，中國迫切需要找到二十世紀的新生存之道。在外交政策上維持現狀，根本毫無效果，也不再可行。西方勢必要留在東方，即便不是每條街道上都有洋人士兵，便是新思潮不斷湧入。中國融入了世界，早已沒有回頭路。然而，時代巨輪轆轆向前，這個泱泱大國能否適應變遷的世局，重新確立自身的地位？

大清要調整適應，中文似乎是主要的障礙。中國人上談判桌與洋人談判時，竟然無法替「權利」（rights）與「主權」（sovereignty）等概念找到對等的中文詞語，因此被對方視為野蠻而低人一等。雖然中國人使用相同的文字，放眼街上，黎民百姓卻操著各色方言，例如粵語和普通話。語言扮演決定性的角色，美國總統約翰．昆西．亞當斯（John Quincy Adams）遠從異域觀察一八三九年到一八四二年年之間的鴉片戰爭時，發現這場戰爭的焦點並非鴉片與不平等貿易，而是文字及其涵義。中國無法與外界溝通，乃是因為其境內百姓也難以彼此溝通。

亞當斯渾然不知，語言竟是近代中國攸關生死的大事，成為中國救亡圖存的核心利器。王照本人便試圖貢獻一己之力，讓中國重新崛起：他試圖擺脫狼藉的聲名，如同大清亟欲擺脫屈辱，重振國威。他在回國途中塞在長袍裡的小冊子攸關中國語言的命運。大清帝國頹頹老矣，數十載以降，國政紛紜，內訌外侮，交併叢生，故基礎鬆動，搖搖欲墜，面臨重大變革。無論赤縣神州或中國語文，兩者即將發生不可逆之轉變。王照下定決心要投身這場變革。

＊　＊　＊

一九〇〇年，中國動蕩不安，焦慮之心，瀰漫九州大地。十九世紀末期，坊間開始流傳爾後稱之為「國恥地圖」（Map of National Humiliation）的圖表。這份地圖以各種化身描繪外國勢力，指出列強如何瓜分大清帝國。俄羅斯熊潛伏在阿穆爾流域[5]，從蒙古和滿洲逐步往南蠶食，而代表日本的火紅太陽則占據東北部的新立足點。英國鬥牛犬和法國「青蛙」則雄霸南方沿海省分，兩大帝國彼此抗衡，一路爭搶至印度支那[6]，而一隻強大的美國白頭鷹[7]則棲息於菲律賓和太平洋上空。

⑤ 阿穆爾流域（Amur basin）的俄語為Река Амур，意為「大河」或「大水」，此乃國際通稱，華人則稱為黑龍江。
⑥ 印度支那（Indochina）亦即中南半島。
⑦ 白頭鷹（bald eagle）又譯成白頭海鵰。

謝纘泰，遠東時局，香港，一八九九年七月。這份地圖後來被廣泛繪製成所謂的「國恥地圖」，常見於書籍和傳單，以此警醒中國百姓，牢記慘痛教訓。

第一次鴉片戰爭⑧之後，清朝被迫開放五口通商。半個多世紀之後，洋人早已紛至沓來，掠奪和侵入中國市場。當時西方列強追求權力，奪取資源，彼此競爭之場域已經擴展至歐陸以外，故覬覦富饒但封閉的遠東⑨地區。中國人不知蠻夷思想，又高傲自滿，故飽受列強欺凌，外患不斷，付出了慘痛代價。二十世紀初，中國人極為痛恨洋人，一提到「洋鬼子」便群情沸騰，全國境內接連爆發百姓起義（其中包括義和團），令大清帝國幾乎陷入癱瘓。有人利用百姓早期對基督教思想的敵意來煽風點火，謠言猶如野火，迅速傳播開來，佯稱西洋傳教士雞姦孩童，[1]還挖出孩子的眼睛，更說他們會殺害婦女，毀壞莊稼。不少傳言憑空捏造，但洋人種族歧視和剝削華夏的證據不斷出爐，即便謠言，也會傳得沸沸揚揚。此外，美國通過《排華法案》（該法於一八八二年生效，直到一九四三年才被廢除），確保美國可獲得免費和廉價的中國勞動力，但中國勞工卻無法獲得公民身分。即使在中國，洋人管轄的某些公共區域也禁止中國人進入。

在一八九八年「百日維新」之前的關鍵數十年裡，不少憂國憂民之士發現，世界逐漸分成兩個群體，一是贏家，二是輸家。各大報紙不斷報導歐洲崛起，波斯、埃及與印度等古老文明受其

⑧ 俗稱鴉片戰爭、中英戰爭或通商戰爭，發生於一八四〇年至一八四二年（道光二十年至二十二年）。此戰打開清朝的閉關大門，不平等條約紛至沓來，一八四三年，中英又簽訂一項通商附黏善後條款，史稱《虎門條約》，條約規定了五口通商。

⑨ 以西歐為中心，區分近東和中東，遠東（Far East）當年指西伯利亞、東亞（含東北亞）、東南亞等離歐陸較遠的地區。

影響，接連崩潰垮台。越南是中國昔日的朝貢國，使用的語言也類似於華語，如今正與法國人爭鬥；布爾人作為定居者對抗殖民者，在德蘭士瓦與英國人作戰；定居南非的波爾人⑩正在特蘭斯瓦爾與殖民的英國人作戰；隨著美國逐漸鞏固其在夏威夷、關島和菲律賓的影響力，太平洋便逐漸躍升為嶄新的世界舞台。若不反抗壓迫，便會失去使用母語的權利。一八六四年，俄國人在平息波蘭起義之後，強行在當地使用俄語，波蘭人便與自己的語言斷絕了關係；波蘭被當成奴隸的故事在中國的期刊和報紙上流傳，作為警示醒語。

清廷不僅外交挫敗、改革無方和吏治腐敗，面對國困民窮，饑荒頻傳，餓莩遍野，更是束手無策，故帝國傾頹，日薄西山，猶如江河日下。此時此刻，社會動盪不安，不僅有庚子拳亂，更有打著宗教口號的太平天國肆虐，西北部也有穆斯林少數民族興起。此外，北部和東北部的的廣大地區遭受了一個多世紀以來最嚴重的乾旱、饑荒和瘟疫肆虐。與此同時，到了十九世紀中葉，中國人口增長了三倍，資源原本便稀缺，如今更是捉襟見肘，不敷使用。根據傳教士的說法，絕望的農民撕掉衣服的棉花或刮樹皮來填飽肚子；百姓甚至自相殘殺，吃掉親人的屍體，連孩童都慘遭毒手，上演一齣齣人吃人的慘劇。從一八六〇年代起，愈來愈多農民叛亂，四處破壞農村。

在二十世紀初，中國的前途著實令人擔憂。然而，正如清朝官員與權威專家在報紙與政策分析中所言，中國若想自救，尚且為時未晚。一八九八年，康有為及其弟子梁啟超發起維新運動，夥同一群學儒與官吏，提出變法自強之道，意欲進行治理、教育與國防層面的改革。王照便屬於這一類人士。當時，中國剛於甲午戰爭中挫敗[11]，北洋水師幾乎覆滅，而這批改革派觀點先進，偶爾對西方友好，提倡適度的制度與政策變革，好讓中國站穩腳跟。清朝潰敗之後，許多中國人頓時驚覺，中國不僅科技落伍，內部更是腐敗不堪。許多官員和知識分子擔任大清帝國的特使和間諜、甚至以留學生身分前往歐洲與美洲。這些留洋之士增長了見聞，驚嘆於西方的電燈和電報、燃煤火車頭、有軌公共電車、務實的教育和政治制度，以及重視個人自由和追求現代化的文化。然而，國內的頭條新聞卻煽動民眾的恐懼心理，宣稱洋鬼子乃萬惡之源。話雖如此，冷靜的觀察家指出，中國之所以積弱不振，並非外人所造成，病根另有他處。若想追本溯源，改革維新，必須探究中國內部之事。一八九八年的維新運動，便是迫使當權者放棄以華夏為中心的世界觀，積極學習西方的先進制度。

康有為來自廣東，天資聰慧，身為儒生，卻志向遠大，試圖讓清廷官員彼此對立。梁啟超也來自廣東，年紀輕輕便初試啼聲，拜康有為為師之後，遵循其策略，憑藉一己之力，引領思想風潮。當時，師徒倆獲得了光緒皇帝的認可，這位二十六歲的國君甚至實施他們提出的某些變法策

⑩ 波爾人（Boers）是居住於南非的十七世紀荷蘭移民後裔。名稱源自荷蘭語「Boer」一詞，表示農民。波爾人曾與英國人發生兩次戰爭。

⑪ 甲午戰爭爆發於光緒二十年，亦即西元一八九四年。

略，表明他已經準備去對抗勢力龐大的姨媽[12]。然而，沒過多久，慈禧太后便懷疑戊戌變法會直接削弱她的權力，於是出手干預，下令逮捕參與之士，並將光緒帝軟禁於紫禁城內。王照見狀，只能亡命天涯，潛逃日本。

慈禧太后或許撲滅了一八九八年的維新變法，但改革的種子已經落地生根。維新志士逐一審視諸多傳統文化，包括纏足陋習、封建主義與儒家思想，其中的漢字書寫系統受到了特別嚴厲的攻擊。西方對華語的看法發揮了推波助瀾的功效。漢字曾受中國人尊崇和頌揚，鄰近文化更是爭相吸納，但在世紀之交，這種方塊字卻顯得笨拙落伍。德國哲學家黑格爾（G. W. F. Hegel）認為漢字已被歷史洪流所淘汰，因為「從這門書面語言的性質觀之，它會深切阻礙科學發展。」[2]從本質來看，漢字與邏輯不相容，且有礙抽象思維。此外，漢字詰屈聱牙，光是想要念出聲，非得咬牙切齒、面容扭曲不可。德羅摩（Dromore）主教湯馬斯·珀西（Thomas Percy）曾以外科醫生的冷酷眼光，好奇觀察，從而指出：「中國人的牙齒排列方式與我們不同，上排突出，偶爾會落在下唇之上，或至少落在下排內凹之齒齦上。這點迥異於歐洲人之齒齦，他們的上下齒齦絕對無法彼此碰觸。」[3]因此，從這種牙齒發出的聲音更難聽了：「那是一種從空洞的胃部所發出的嚎叫聲；若光只是用眼睛看，很難猜出中國人想說什麼。」

離中國較近的民族也說中文用起來不順手，即使這些人曾經使用過漢字。日本與中國一衣帶水，近期更是殖民滿州，連這個鄰邦也承認擁有字母語言的西方更為優越，於是開始減少日語詞典的漢字數量，並且嘗試以拉丁字母來拼寫日語⑬，使日語擺脫以漢字為主的書寫系統。中國人自己也心知肚明，漢字的書寫系統阻礙了中國的現代化。它非但沒有讓中國走向世界，反而構成了障礙。綜觀世界，愈來愈多國家透過電報和其他形式的標準通信方式彼此聯繫，而這皆基於一個核心前提：必須使用一種由二十六個拼音字母組成的語言。這些字母加在一起，便可產生單字，而大聲朗讀這些單字時，聽起來彷彿各個字母都完美結合了。不使用羅馬字母語言，顯然會有很多劣勢。

有些人擔心，中華文明可能過於古老而無法浴火重生。漢字雖極難通曉，但更令人擔憂的是，日後若要繼續在課堂上教授這種書寫系統，機會成本將會不斷增加。學習客觀抽象的推理，乃是掌握數學、物理和化學等現代學科的基石。倘若中國想要與洋人公平競爭（學習西方獲取財富和掌握權力的祕密），語言便是獲得這類知識的關鍵。想要翻譯和引進新知，必須通過漢字這道關卡。

某些中國教師不久便擔憂，即使要學生研習漢字，也會嚴重傷害他們的身體。中國當時剛引入西方的解剖學，尤其對大腦和神經系統一知半解，因此人們擔心，長期死記硬背會讓人喪失智

⑫ 光緒的親生母親為葉赫那拉．婉貞，亦即慈禧太后的親妹。

⑬ 日語的羅馬拼音（Romanization），分成赫本式羅馬字、日本式羅馬字和訓令式羅馬字。

力。黎民百姓害怕自身心智疲憊，旋即創造了廣大的健康食品商機，各類補品紛紛上市，例如耶魯醫師（Dr. Yale's）的「艾羅補腦汁」（Ailuo Brain Tonic）和威廉斯醫師（Dr. Williams）的蒼白者專用粉紅藥丸，無論學生或商賈，人人皆適用。當時，上海推銷奇才黃楚九推出新藥「艾羅補腦汁」時取了花哨的英文名稱「Yale」，利用百姓的崇洋心態，結果轟動全國，大獲成功，一直到近期以前，你仍然能在街角後巷的藥店買到這些補品。它們與藥房的傳統中藥草一起兜售，乃是現代人平日抵抗壓力的法寶。

漢字雖與這段歷史變化無關，卻似乎讓中國深陷沉痾，問題叢生，多如牛毛，某些諤諤之士便開始在想，是否應該淘汰這種書寫系統。無政府主義者吳稚暉[14]敲響了第一個警鐘：「漢字之奇狀詭態，千變萬殊，辨認之困難，無論改易何狀，總不能免。此乃關於根本上之拙劣。所以我輩亦認為遲早必廢也。」[4]王照則發誓要讓中國脫離這種絕境。他的袍子裡藏著全國統一語言的拼音文字系統，決心把即將墜崖而瓦解的中國拉回生天。

* * *

王照生於一八五九年，[5]時值第二次鴉片戰爭[15]的最後一年。他並非出身望族，但家族克盡職守，先輩擔任武官，忠於朝廷而名聞遐邇。王照的曾祖父[16]善於騎射，令人敬畏，曾於一八四〇年代的第一次鴉片戰爭英勇作戰。他是戰場上的傳奇人物，盡忠報國，待人平等，毫不倨傲，故而廣受讚譽。他紀律嚴明，將子弟兵視為手足，與之並肩作戰。他上戰場殺敵時，最終遭英軍發射的子彈擊穿彩繪頭盔而戰死沙場，腰帶和靴子盡皆沾染鮮血。他的部下不願逃亡，只為了從敵人手中奪回他的屍體，不少將士因此喪命。爾後，洋人為了洩憤，肢解王照祖父的屍體，砍斷其手腳，切成薄片，然後切成丁。他英勇殉國，死後授卹典加，家族封賞，禮遇備至。

王照年幼喪父，故由叔叔照顧。他並非在戰場上奮勇殺敵，立功晉爵，而是考取功名，於朝堂上述職。王照在官僚氣息濃厚的朝廷步步高升，最終擔任禮部主事，而禮部乃官署之一，專責朝廷儀式與禮儀。王照祖父涉獵書法和創作詩歌，其造詣雖與杜甫或李白相去甚遠，生前卻讓王照深刻了解飽讀詩書的重要。王照自然與其祖父一樣，常懷文人氣息。他私底下不時為文賦詩（雖偶顯陳腔濫調），藉此抒發胸中塊壘。王照流亡日本期間，結識了當地學者與知識分子，並寫了二百四十六首詩，描繪客居異鄉的哀愁。他自詡為憂鬱的愛國詩人：

---

⑭ 吳稚暉於一九〇六年在巴黎參與組織世界社，一九〇七年刊行《新世紀》週刊和及《世界畫刊》，積極宣傳無政府主義。

⑮ 又稱英法聯軍之役。英法兩國認為清朝未履行南京條約，以亞羅號事件和廣西西林教案為由組織聯軍入侵大清，後世認為此乃第一次鴉片戰爭的延續。

⑯ 應指王照的曾祖父王錫朋，鴉片戰爭中英勇殉國的定海三總兵之一。

傷心禹域舊山河，
烈烈寒風海岸過。
行李兩肩天壓重，
萬山影裏一頭陀。[6]

一九〇〇年春天，王照穿越崎嶇的村野，[7]腳起了水泡，他汗流洽背，汗水與沙塵混和，風乾之後，長袍因此變得硬邦邦。他能堅持下去，並非有詩歌的慰藉，而是他有軍人的紀律。王照喬裝為僧人，卻不像一般儒生那般弱不禁風。他年少時素以身強力壯而聞名，經常在戶外習武強身，即使寒冬降臨，也只穿著短褲和無袖襯衫。街坊鄰居、親朋好友，人人皆知他體格強健，但更知道他行俠仗義。眾人津津樂道王照熱心助人的佚事，說王曾偶遇某位時運不繼的年輕儒生，當時天寒地凍，那位可憐的小伙子在街道拐角處，彎著腰，伏在臨時搭建的桌子上寫毛筆字，以極為低廉的價格出售墨寶。他請年輕人吃了一頓熱飯，爾後得知他想參加科舉，便慷慨贈金，助他求取功名。根據民間傳說，這位書生心存感激，多年後飛黃騰達，便報答王照昔日的恩情。

王照如今正踏上返鄉之路[17]，早已遠離昔日在朝廷的舒適環境。他一路上風塵僕僕，在鄉間小道遇到的純樸百姓都很貧窮，也沒受過教育。男性的總體識字率不足百分之三十，而女性則低至百分之二。王照看見人若沒受教育，會有怎樣的後果。他心知肚明，農民若想過上更好的生活，就必須讀書識字。他很同情這些貧農，卻不禁發現這些缺乏理智的鄉野村夫舉止粗魯。他的行旅日誌帶有輕蔑的語氣：德國人在青島的殖民地興建鐵路，當地百姓卻十分迷信，認為農作欠收乃是現代鐵路下了詛咒，王照見狀，便嘲笑這些黎民無知愚蠢。

當時，王照冷眼旁觀虛張聲勢的村莊學儒，見他們在酒館餐桌上重擊酒杯，誇誇其談，預言未來之事，宣稱近來寒冬降臨，奪去的數百條生命，但這只是個開端，未來將有更大的災難臨頭。容易受騙的村農被這些花言巧語迷住，誤以為一八九八年的改革運動成功了，革命已經發生，眼下康有為正統治著大清帝國。維新失敗的消息並未迅速準確傳播至這個地區。王照耳聞這種毫無根據的鄉野傳聞之際，一旦失去耐心，便會中斷談話，假裝突然陷入沉思，一邊敲打木魚，一邊高聲誦經。他對貧苦群眾的關心與其他士大夫的觀點並不矛盾：唯有啟蒙心智和現代教育，方能拯救未受教育的廣大中國百姓。他認為，這並非存在主義的問題⑱，而是實際的問題，有切實可行的解決之道，而他自有解決腹案。

⑰　王照為直隸寧河縣人（今屬天津市）。

⑱　所謂存在主義，便是意識自身的存在，以「我」為中心去掌控生命並解決問題。這種哲學觀是否定絕對客觀和限制性的規範，呼籲人們按照自己的方式過活。

當時大清危如累卵，破在旦夕，王照專注於掃盲以救國救民。他在流亡期間完成了拯救中國的志業，寫成一份名為《官話合聲字母》的薄薄文件。這便是他藏在長袍裡的線裝小冊子。王照打算用它來幫助中國廣大貧苦農民崛起，建立大家彼此溝通和相互理解的橋樑，甚至讓他們得以與討厭的洋人交流。王照立志要振興華語，扶助人民。他想利用中文實現現代目標，亦即團結民心。他根據漢字，書寫了六十二個基本符號來表示聲音，創造出一套拼音系統，告訴人們如何朗讀中文字。

漢字通常是透過視覺而非聲音來學習的，主要依賴視覺和觸覺來識別。孩童若想牢記漢字的形狀與筆畫，唯有一遍又一遍、一筆又一筆，費力書寫每個漢字，若非傾半生之力，也得耗費數年光陰。通曉漢字，需耐心十足，臨摹書寫，潛沉砥礪，至成人之際，方能臻至藝境，博取聲望。當時有一小群學儒，高瞻遠矚，致力於改革中文，採取務實態度，加快整個進程，而王照屬於其中一員。他們打算創建更簡單的標音字符（簡化偏旁）系統，讓漢字更能標示讀音。王照以極為平實的方式拋出這個問題：

> 中國文字創制最先……闡精洩秘，似遠勝於各國。然各國文字雖淺，而同國人人通曉，因其文言一致，拼音簡便……根基如此，故能政教畫一，氣類相通，日進無已……而吾國則通曉文義之人，百中無一。專有文人一格，高高在上，佔畢十年或數十年，問其所學

何事。曰學文章耳……惟其難也，故望而不前者十之八九，稍習即輟者又十之八九，文人與眾人如兩世界。舉凡個人對於社會、對於國家、對於世界與夫一己生活必不可少之知識，無由傳習。

王照大幅減少學習複雜漢字所需耗費的時間與功夫，試圖解決自十六世紀道明會[19]和耶穌會[20]傳教士首次抵達中國以來一直阻礙東西方相互理解的問題。當時，傳教士若想學習和記住的漢字，便會使用拉丁字母去拼出讀音。他們與在地百姓互動時，唯有使用西方字母去記錄耳聞的古怪聲音。傳教士提出的羅馬化方案參差不齊，既沒有系統，也欠缺標準，而且只能用於當地。中國各地有數百種不同的方言，因此將北京的窄巷抄寫的語音，放到廣東港口時便行不通，猶如將巴黎人所說的話拼音出來，然後拿給馬德里居民檢視，後者將看得一頭霧水。

王照待在東京時，與某個中國海外學生團體共同出版了第一版的書籍。少數中國官吏前往日本後發現本書，讚賞王照的拼音構想具有獨創性，但當時支持他的人並不夠多，難以鼓動風潮。

---

⑲ 道明會（Dominican）又稱多明尼克教派，十三世紀成立的天主教修會，由西班牙修士道明（Domingo de Guzmán）所創。

⑳ 耶穌會（Jesuit）為天主教修會，由依納爵．羅耀拉（Ignatius de Loyola）創立，後由教宗保祿三世核准。耶穌會重視宣教，在明朝前便來中國宣教。

他們看到日本在未開化的臺灣掃盲時略有成效，便益發相信推行官話字母會更有成果。王照回國之際，雖滿懷期待，內心卻更為忐忑不安。他能順利為中國百姓創造一種嶄新的溝通方式嗎？在他的袍子裡，藏著幾張薄薄的宣紙，其上寫著潦草字跡，乃是基於統一語言的完整拼音系統。它若能被廣泛採用，便足以提高識字率，減少書寫漢字的時間，並且讓人更容易學習中文。

華夏帝國幅員遼闊，人口眾多，歷來語言繁雜多元。在早期的地方方言研究中，公元一世紀的學者許慎殫精竭慮，調查不同形式的日常語言。為了編纂《說文解字》，這位經學家耗費二十七年，走遍東漢帝都，四處採訪來自全國各地的士兵與官吏，據此列出大約九千個詞條[21]，即便如此，此田野調查仍尚未完成。到了十九世紀下半葉，清朝官吏發現拉丁語[22]在歐洲已被民族方言所取代，故眼見漢語的書面形式與各種方言落差甚大，不禁更加憂心。字母語言（**alphabetic language**）[23]被譽為現代的火車和汽車，而漢字則被貶為搖搖晃晃的牛車，效率低下，顯而易見。中國北方省分居民無法與南方人交流；官吏若從京城下鄉辦公，彷彿前往異域旅行。官吏彼此依靠宮廷方言來交流溝通，只為了完成交辦任務，譬如饑荒時分發食糧，賑濟災民，或者進行人口普查。官吏之間通用的語言爾後稱為官話。然而，官話並非普通百姓所說的語言，許多人平日只需使用簡單的算術，若需簽署銷售單或合約，則按押拇指即可。布衣白丁既不識字，更不會寫字。諸如王照之類的學儒認為，大清進步遲滯，多數百姓無法使用書面語言乃是主因。語言障礙顯然導致中國發展落後，故比其他問題更為緊迫，亟待解決。

對王照而言，解決之道不難：先讓百姓以書面形式認出和記錄自身所講的話（**拼法和念法完全一樣**），然後幫助他們跨越方言鴻溝，讓不同地區、甚至全中國的人們得以相互溝通。在理想的情況下，提出一套書寫系統便可達成目標。王照相信，他的《官話合聲字母》必將成為全中國現代漢語的標準。問題是中國人是否已經準備去接受這種洗禮。

＊　＊　＊

時值五月底。王照風塵僕僕，已經上路快兩個月了，他渾身髒兮兮且疲憊不堪。當時列強打著消滅義和團的幌子入侵中國，王照的家鄉天津眼看就要被洋人占領，因此他一路往那裡直奔。

㉑《說文解字》共分五百四十個部首，收字九千三百五十三個，另有「重文」（異體字）一千一百六十三個。

㉒拉丁語（Latin）深切影響歐洲學術與宗教。在中世紀時，拉丁語是歐洲各國交流的媒介語，更是研究神學、科學和哲學的語言，直到二十世紀才逐漸衰微，目前只作為羅馬天主教會的宗教語言而延續至今。

㉓此處指全音素文字（一種表音文字），最早的全音素文字是希臘字母，源自於輔音音素文字腓尼基字母。希臘字母爾後演化，形成如今歐洲的所有全音素文字，包括拉丁字母與基里爾字母。多數全音素文字是以線形拼寫，但韓文例外，採取音節塊形拼寫。

然而，他首先得繞道南下，前往上海拜訪一位長期支持他的友人。浸信會傳教士李提摩太[24]當時是中國最有影響力的西方人士之一，他信仰虔誠，對中國懷有深厚的感情，曾於一八八四年提出報告，建議在各省省會建立高等教育機構。李提摩太致力於解決中國的社會與政治問題，而當時只有少數局外人關注中國語言的問題，他便是其中之一。他認同一八九八年的維新改革，[8]敦促清廷採用字母書寫系統，不要感情用事，堅持使用繁瑣的漢字書寫系統。大清帝國當時幾乎不信任洋人，而李提摩太是少數被視為值得信賴的友人，因此具有影響力，可代為宣揚西方的進步觀點。一八九八年年維新運動失敗之後，他曾協助運動領袖康、梁出逃。

王照無疑是向他請教事宜。當他拜訪李提摩太時，早已與康有為、梁啟超多有不合而分道揚鑣了。他們在變法初期，似乎站在同一陣線。這些改革之士一致認為，若要救亡圖存，必須統一語言與文字。康有為曾設想將世界上的口頭語言全都收集到一處球形的語音大廳，學者和語言學家可以像逛博物館那樣遍覽古老而稀有的物種，藉此採樣與研究語言。梁啟超較早提出建議（比王照更早），宣揚改革中國語言的重要性。

王照逃往日本六個月之後，與康有為等人決裂，水火不容。王照曾接受日本一家報紙採訪，揭露康有為於朝廷勾心鬥角之情事[25]。他曾痛斥康、梁盜竊他的親筆信函，說他們是「庸醫殺人」，而非睿智能幹的領袖。王為了表達自身感受，[9]曾說：「恨不能手戮之。」王照對漢字語音聽覺靈敏，可以聞聲辨音，為人處世卻不機智圓融。

王照在李提摩太的「廣學會」（中國第一個介紹西方出版物的組織）辦公室裡等待之際，必定認為自己雖已返國，卻成了不同的人。戊戌政變發生時，李提摩太也曾參與，但最終以失敗收場[26]。王照尚在禮部擔任次要官職時，便聽取李提摩太興設教育部的建議[27]，作為中國建設現代教育體系的第一步，於此教授現代化的中文。李提摩太先前提出過一套字母系統，基本上是借鏡西方字母，但王照則希望有一套本土的拼音解決方案，如此對中國人才更有吸引力。向值得信賴的盟友一起試水碰商，無疑是明智之舉。

李提摩太同意接見他，王照就被請入後廳。王並未透露自己的姓名，而是問李提摩太是否能認出他。即使連王照家人也很難做到這一點：王照時年四十一歲，剛剛僥倖逃過死劫，如今仍面臨被捕的危險。他歷經風霜，身著一襲破舊長袍，模樣必定比實際年齡更老。王照此行是想透露

---

[24] 英國傳教士，原名提摩太·理察（Timothy Richard）。

[25] 王照曾坦言：「戊戌政變內容，十有六七皆爭利爭權之事，假政見以濟之。根不堅實，故易成惡果。」

[26] 李提摩太曾向變法派領袖康有為建議，要求清朝聘請伊藤為顧問，甚至付以事權，爾後又提議「中美英日合邦」，變法派官員頻頻上書，敦請光緒帝派遣通達外務之重臣，與李提摩太和日相伊藤博文商酌辦法。慈禧太后獲知此事，頓覺事態嚴重，乃發動政變，重新訓政，結束戊戌變法。

[27] 李提摩太於一八八九便提議：「國家必須先設一教育部，以專責成。」到了一八九六年，他再提此案，將「教育部」改稱中國味較濃的「學部」。

個人消息。他必定有各種方法去解釋他去過何處以及做過何事。然而，如今情勢緊急，他必須保持低調，要不露聲色透露自己的身分。他沒有開口，反而伸出一隻手，掌心向上，用另一隻手寫出兩個漢字，先是「王」，後是「照」，中國文人經常振筆揮毫，彼此交流和互顯尊重。他沉默不語，傳達之意卻很明確：王照回來了。

維新變法雖然失敗，連同康有為也一起陪葬，但改革精神卻從未消失。無論有沒有李提摩太的協助，王照都將重新開展改革志業，推行他冀望的官話（華語）革命。據我們所知，王照與李提摩太會面之後，又去見了十九世紀末漢語和教育改革運動的傑出人物勞乃宣。王照試圖弄明白，可以保留哪些原本的改革思想，以及如何東山再起。他仍在修改官話字母的草稿，亟需勞乃宣這類改革領袖提點意見，而且也需要找個地方整理思緒與稍事休息。

王照終於到達天津之後，投靠一位遠房親戚，名叫嚴修。嚴修身為學儒，曾科舉中試，有權有勢，在城東有一處靜謐宅院。後續一年左右，王照避居嚴家，這無疑是他自百日維新以來生活最平靜恬淡的日子。他在嚴家院子漫步，偶坐於假山後頭花園椅凳之際，心裡都在琢磨能與哪些仍在宮中掌權之士結盟。一九〇一年十月，王照終於冒險返回三年前逃離的北京。他抵達時，感覺京城變樣了，猶如有道新疤痕的肉。王照在山東農村遭遇的拳匪，已於去年六月進入京城。慈禧太后當時一改鎮壓拳民的策略，讓義和團將內心仇恨發洩到居住在紫禁城的洋人身上。這些拳民手持長矛和刀劍，燒毀教堂與火車站，並且洗劫天安門廣場以東（東交民巷）的洋人區。現場的一名新教傳教士記錄了這悲慘的一幕：「我目睹了恐怖景象。婦幼慘遭肢解，男人如同家禽被人捆綁，慘遭剁鼻、割耳與剜眼。」[10]

局勢混亂，燒殺擄掠，搶劫破壞，歷時五十五日，令列強忍無可忍。義大利、美國、法國、奧匈帝國、日本、德國、英國和俄羅斯於是聯手進軍北京，鎮壓義和團。拳亂失控，大清帝國卻無力平息紛亂，原本它在世界和本國百姓眼中尚有些許信譽，如今連這般微不足道的名聲也已然喪失殆盡。清廷戰敗之後，被迫向外國賠款㉘，總計高達四點五億兩白銀（約折合今日的九十一億美元）。北京被劃分為八個外國占領區，外國使館區的大清百姓被驅逐，這些占領區爾後擴大為國中之國的特區。此等屈辱，莫此為甚。

王照踏進這座古都的核心紫禁城之際，懷想北京的昔日輝煌，如今卻黯淡蒙塵，必定捶胸頓足，悲痛不已。當他從東華門入城時，大清帝國的中心便會在他眼前展開。由於東華門鄰近皇宮，門口附近聚集了在朝廷任職的官吏。平日裡街上熙來攘往，小販、圍觀者、三輪車、洋人與外交官，林林總總，各色行人絡繹不絕。在這大清帝國的中心，人人皆有盤算，心懷抱負，意欲成就一番事業，而王照也不例外。

㉘ 史稱「庚子賠款」。

王照此次是去拜會權臣李鴻章。李曾擔任直隸總督[29]長達四分之一個世紀之久。李鴻章乃晚清重臣，見證了大清與西方列強最激烈的衝突，也經歷過數十次的國內動亂。每逢大清與洋人談判，他必定占有一席之地：一八六〇年簽訂結束第二次鴉片戰爭的條約[30]；一八七六年與英國簽訂不平等的《煙臺條約》；一八九五年簽訂《馬關條約》，將臺灣割讓給日本；以及在一九〇一年與占領北京鎮壓拳亂的八國所簽訂的《辛丑條約》[31]。李既要緩和大清與入侵列強的關係，又要固守底線，對抗西方壓迫，是故得小心翼翼，促成各方的微妙平衡。他體現了中國的外交政治謀略，正如李提摩太是接觸西學的管道。李鴻章可能是王照在清廷的重要盟友。

然而，王照並不知曉，李已日薄西山，時日無多[32]。再過不到一個月，這位清末最偉大的政治家便將撒手人寰。李鴻章在病中，派他最親近的幕僚于式枚到裝飾華美的前廳迎接王照，但王照深感失望。王自認為李應親自聆聽其宏圖志業，壓根不想向這位祕書對牛彈琴。二人坐下來喝茶閒聊，一開口便亂了套。王照後來回憶于式枚所言：「老前輩從海外歸來，必有挽救我們中國的策略，請就此暢所欲言，轉達老相。」[11]

王照回答自身毫無策略，指出天下之事，非一策一略所能改變。話雖如此，他還是提出了看法：

我們中國的缺點，在四萬萬人知識不夠……全國共計二十萬秀才、舉人、進士，比日本五千萬受過普通教育的人少二百五十倍。以一敵二百五，還有什麼策略可說！我的下等見識，中國政府非注重在下層的小學教育不可……非制出一種溝通文語的文字，使語言文字合而為一不可！[12]

于式枚耳聞，面帶不悅，隨即語帶諷刺，懷疑王照有所隱瞞：「這不像老前輩的雅言，老前輩必有雄謀碩畫，不屑對我們小角色說出。」王照立即知其不懂人話，乃愚蠢之士！然而，他克制住脾氣，以免盛怒之下，敲打鑲珠木桌，爾後遂拂袖而出。或許王照的《官話合聲字母》注定要遭人忽視。李鴻章是他最後的機會，他卻投靠無門，鎩羽而歸，只能敗退天津，避居嚴家，繼續埋首研究。

㉙ 直隸省地處京畿要地，故直隸總督號稱疆臣之首。

㉚ 作者應指《北京條約》，大清簽約代表是咸豐皇帝委任的欽差大臣恭親王奕訢。簽約地點在北京禮部衙門。

㉛ 《辛丑條約》（Boxer Protocol）的正式名稱為「中國與十一國關於賠償一九〇〇年動亂的最後協定」，不用和約（treaty）之詞，當時李鴻章心不甘情不願代表大清與八國加上比利時、西班牙和荷蘭等三國簽訂這項號稱中國近代史上賠款額度最大、主權喪失最嚴重的條約。

㉜ 據史書記載，李鴻章簽訂《辛丑條約》之後，「憂鬱焦急，肝疾增劇，時有盛怒，或如病狂」。故知其健康每況愈下。

＊
＊
＊

王照雖然返回了家鄉，卻尚未擺脫流亡的心境，故難以靜下心來，於幽靜的嚴府安享閒散歲月。他瀏覽水墨畫之際，見墨客文人孤身一人，置身於高山雲霧之間，勢必想起中國悠久的隱逸傳統，此乃歷代文人，罷官而去，遠離廟堂，甘心畎畝，閒居江湖，尋得心寧神靜。然而，王照不願賦閒，也忍受不了無聊，爾後曾經抱怨：「縱使無聊至極，也難醉臥一場。」

三個世紀以來，嚴氏家族十一代人都在同一處大院裡過活。這座豪宅毗鄰隔壁鄰居的南瓜園，王照從客房的格子窗可瞥見外頭景色。王平日除了偶爾與嚴修閒聊幾句，便只能靠自己打發時日，於是日以繼夜工作，不斷修改他的新字母表。

嚴修與王照都對於教育改革懷抱一股熱情。不久之後，嚴修便在家宅後院開設中國第一所現代化小學[33]，率先提倡女子教育。這個私塾後來成為直隸省新式學制的典範。嚴修面容比王照柔和得多，為人既不好鬥，脾氣也不暴躁。他曾任翰林院編修，在京城任職近十載。一八九八年，戊戌變法失敗，嚴修頗感失望。然而，他與王照作法不同，乾脆辭官返回天津，棄政從教，學儒身分私自推行改革。在那些年裡，嚴修開始興辦一系列家塾學堂，逐漸改變中國的教育體系。王照前去投靠嚴修之際，嚴正苦苦思索，不知該如何解決中國未來將面臨的類似問題。毫無疑問，他倆不時長談，因為嚴修是唯一經常拜訪王照的人。女僕皆被禁止向外人透露嚴宅有祕客來訪。

王照鑽研他的字母表時，從未偏離他於一八九八年向光緒皇帝上書陳條的理念：大清逐漸喪失國力，此乃黎民無法語言溝通。百姓多不識字，方言分歧，口音差異甚大，再再讓大清難以治理、無法與列強談判，以及跟上外部世界。大清若想成為泱泱大國，屹立於世界之上，唯有採納可簡便使用之口頭與書面語言。

另有他人針對此問題提出與王照類似的分析，[13]卻給出了不同的答案。來自廈門（Amoy）㉞的華人基督徒盧戇章開發了中國第一套漢語拼音系統。一八九二年，他的《一目了然初階》使用了五十五個符號，其中某些是從羅馬字母改編，以符合漢語語音規則來代表廈門話。盧戇章耗費甚巨，差點傾家蕩產，子女無不哀嘆他為了創製拼音方案，揮霍浪費錢銀，致令家計蕭條。

在追隨盧戇章志業的人士之中，有大清駐美使館翻譯蔡錫勇。他使用大衛・菲利普・林斯利（David Philip Lindsley）發明的一套速記系統，替閩南語為主要方言的百姓開發了《傳音快字》。速記法（shorthand）是艾薩克・皮特曼（Isaac Pitman）於一八三七年為英語首創的一種轉錄系統（transcription system），使用特別簡化的符號來即時記錄音素（phoneme）、單詞和短語。

㉝ 嚴氏女塾。

㉞ 據說這是葡萄牙人首次登陸廈門島時依據當地的閩南語的音譯。

許多人日後認為，真正的創新者是沈學，他是上海的傑出醫科學生[35]。據目擊者指出，他的巧妙拼音方案起初是用英文寫成，但後來僅存的紀錄，乃是刊載於一本中文報紙上的序言[36]。沈學畢生致力於提倡他的《盛世元音》（又名《天下公字》）[37]，於當地茶館免費傳授這套系統。然而，沈學畢生窮困潦倒，年僅二十八歲便英年早逝，令人惋惜。

王照在某個重要層面脫穎而出：他認為要讓百姓識字，能與說其他方言的人溝通交流，但最終仍希望讓中國人遵守單一的標準，亦即北京官話（京話）[38]。他認為統一語言至關重要，乃率先提出京話作為國家標準語言。它將成為今日中國現代華語或普通話的基礎。對王照而言，唯有同時統一語言，方能提高人民的識字率。當時的中國語言有上百種，用一個拼音方案來整合這些駁雜方言，無異於拆解中國的巴別塔[39]。然而，王照要解決這個問題之前，不得不與已經存在數個世紀的本土語音系統抗衡，那是基於語音的學習和教授漢字之道，稱為反切法（reverse-cut method）。

直到王照的時代，治學嚴謹之士，無不學習反切來讀文識字。反切誕生於三世紀[40]，一直沿用到二十世紀初。每個漢字皆對應一個音節，而音節都有兩個部分：「聲母」（音節開始的子音）和「韻母」（音節聲音的其餘部分）。初學者要參考韻書（rhyme book），而韻書便如同發音詞典，列出的漢字其讀音都是利用兩個更常用和熟悉的漢字來「拼出聲音」。取反切上字的**聲母**與反切下字的**韻母**，兩相結合，便反切歸字的發音（音韻）。例如，若想知道如何念「東」，可在韻書查找東，便知東作「德紅切」。

這種方法是使用兩個已知漢字的部分語音來讀出未知的第三個漢字，猶如（5−3）×（1+1）得到數字4。這是一種得出數字4的複雜方法。

舊的反切注音系統解決了很多問題，例如七世紀末大乘佛教經文傳入唐朝時，反切乃是用來音譯梵語的異域音，但它現在卻成了問題。需要多年的死記硬背方能學會反切，而且拼音不再準確，因為人們的說話習慣會隨著時間的推移而演變。例如，現代中文不再將「德」讀作入聲字「dek」，而是讀作「de」。各個方言之間的發音也大不相同。

㉟ 沈學為江蘇吳縣人，曾流寓上海，就讀聖約翰學堂（St. John's College），專攻醫學，卒業後受聘於上海虹口同仁醫院，擔任醫師。

㊱ 梁啟超作序，發表於一八九六年九月七日的《時務報》。

㊲ Universal System 原本被譯為《天下公字》，爾後調整為《盛世元音》。

㊳ 王照曾說：「用此字母專拼白話，語言必歸劃一，宜取京話。因北至黑龍江，西逾太行宛洛，南距揚子江，東傳於海，縱橫數千里，百餘兆人，皆解京話。」

㊴ 見《創世記》第十一章，大洪水之後，人們在示拿地建造這座高塔，最後因神變亂人類的語言而沒有竣工。

㊵ 反切法之起源，學界說法不一，但必定出現於佛教傳入中原之後的東漢，爾後魏晉開始盛行。先前的漢字標音法包括譬況法、讀若法與直音法。

漢語的拼寫系統早已過時落伍，但當時中國人敵視洋人，對西方字母表存疑。因此，必須採納中庸之道。王照之類的博儒心知肚明，不能套用羅馬字母，必須創造漢語字母表。王照客居嚴宅的那幾個月裡，他要處理十分艱鉅的任務。中國人長達一個世紀不斷摸索，而王照率先提出標準中文的完美標音系統，讓漢字實用易懂，以此恢復其昔日輝煌。

＊　＊　＊

王照某日坐在嚴宅書房，一遍又一遍鑽研聲母與韻母的可能組合。那是一九〇二年的夏末。此時，空氣中已有一絲秋日氣息，陽光灑在鄰舍花園裡肥碩的南瓜上，王照透過窗戶，必能看見亮橙橙的光芒。然而，即使風景亮麗，王照卻無心閒散，更無暇欣賞美景。他忙著修訂每個漢字的不同音調變化，先處理一個，然後另一個，之後又回到第一個，並且思考如何運用他根據漢字而發明的拼音符號來捕捉漢字發音。然而，他似乎未能掌握得當，仍覺有不妥之處。就在此時，嚴修闖了進來。

嚴修身為學儒，卻極為興奮，高舉一本典籍，說道：「聞君創作拼音字，深恐獲罪，盍藉此御定音韻闡微為根據以保險乎？」他遞給王一本破舊的一七二六年《音韻闡微》。此乃康熙皇帝親自下令編撰的官方字典。當時，十四位學儒嘔心瀝血，精心編纂，歷時十一年才完成這部韻書。不少滿清皇帝愛好鑽研語文，康熙皇帝也不例外。雖然康熙皇帝與其他滿州統治者征服遼闊的中國，卻並未強迫千萬的中國人學習滿族語，而是認為最好讓自己融入多數人習慣的環境，亦即漢化（Sinicize）。某位美國傳教士在一八九二年說得非常準確，就語言而言，「中國人雖然被征服，卻戰勝了征服者」。[14]康熙皇帝還下令編纂《康熙字典》（相當於中文版的《牛津英語詞典》），從而創造了中文術語「字典」或「漢字正典」（canon of characters）。相比之下，《御定韻音闡微》是截然不同的類型，目的也大不相同。這本手冊旨在糾正古老的反切系統，用滿文語音對其進行更新以反映現代語音，亦即京城使用的北方普通話的發音。關鍵是滿族語使用了一種字母。不同於主要分為母音和子音的西方字母，滿文以子音—母音音節作為語音基礎（例如：pa、pe、pi、po、pu對應a、e、i、o、u）。滿族人能夠以非西方標記的方式記錄漢字發音。

王照讀到《音韻闡微》時欣喜若狂，說道：「（吾）欣抃不能自已，嘆曰，有是哉，今而後有所稟承，不慮人攻擊也已。」[15]

其實，滿語為官話提供一種組合聲調的方法去標示漢語發音，亦即合併兩個組成漢字去讀出一個音節。此法非常吸引王照，他便將其用於自身的拼音方案，稱之為《官話合聲字母》。此法不同於反切，不需要重建，不需要額外切片和重組的步驟。合聲就是基於當代北方白話（北京話），使用字母去表示漢語發音。難怪王照會發現這部奇妙文本與他正在鑽研的方案彼此呼應。他非常震驚，故使用了改進的工具去修正他的官話字母，而且有了更深的理解，爾後於一九〇三年推出新版本。他的官話字母由五十個聲母和其他的韻母組成，總共有六十二個符號。請記住：漢字音節皆由首起始子音（聲母／音母）和完成子音（韻母／喉音）所組成。這五十個聲母根據日語假名並進一步簡化而成，而假名是起源於八世紀的一種音節文字。王照的十二個韻母則是直接仿照滿文的十二類字母和音節。透過《官話合聲字母》，可快速轉錄中文，即時對應到準確的語音。它使用源自漢字的符號，但從語音而言，他根本就如同字母語言，從單字拼法便能得知其發音。使用王照的官話字母時，若想表示「東」（dong）的發音，只要組合聲母（do）和韻母（ng）。一切便大功告成。

這套更新的官話字母立即被公認為具有里程碑意義的成就。嚴修不僅是王照慷慨相助的朋友，還是翰林院編修，更曾擔任貴州學政，推動教育改革，同時不久後便進入新成立的學部[41]擔任侍郎。到了一九〇六年，從植物學到外交關係等各學科教科書皆採用王照的官話字母教授小學生漢語，這套方案並出現於當時大清一半以上的省分。

僅在北京，就有大約二十所學校專門教授這種字母表。他們不僅教導兒童和文盲，還指導軍營中的士兵，這些軍人通常是從農村招募的。一九〇四年出版的《對兵說話》[42]，現存於羅馬梵蒂岡圖書館。這本罕見的書籍使用王照易於學習的字母宣揚愛國訊息，敦促士兵服從長官命令，恪守道德、遵守紀律和節省儉約。然而，儘管《官話合聲字母》的名氣愈來愈大，作者的身分仍須保密，因為王照仍是逃犯。只要與他沾上邊，絕對沒有好下場。是故，有人誤以為《官話合聲字母》乃嚴修所著。

＊　＊　＊

王照冒險返國，完成官話字母，眼下發現其拼音方案竟然廣受歡迎。他焦躁不安，不甘繼續待在嚴宅，準備搬回京都。爾後，他在京城一條安靜的小巷裡找到了一塊空地，建立一所學校來教授字母表[43]。王照親自在木版上雕刻手冊中的每個字、例、圖來印刷課本。他仍然使用假名且蓄髮剃鬚，自稱趙先生，盡量低調，減少公開曝光。他委託某位值得信賴的前門人[44]去面對面教授學生，本人則隔著屏風，聆聽私塾動靜。

㊶ 光緒三十一年設立的中央機構，總管教育事務，置尚書、侍郎、左右丞、參議各一人。宣統三年，改尚書為大臣，侍郎為副大臣。

㊷ 直隸總督袁世凱當時允許推行「官話字母」，讓王照去保定辦「拼音官話書報社」，爾後出版供新軍學習字母用的《對兵說話》（*Talking to the Troops*）。

㊸ 癸卯二月，王照在裱褙胡同租房，立官話字母義塾。

㊹ 此人為王樸。

王照友人警告他要謹慎行事，但王認為他身處偏僻小巷且位居幕後，故安全無虞。爾後，一名一八九八年維新運動的前同黨卻遭線人告發並移交給政府當局。這名該文人立即被判刑並被毆打致死㊺。王照此刻便非常擔憂。他發現不少人希望他身陷囹圄，甚至陷入更糟的境地。

另有其他事情困擾著他。王照痛恨盜用他的官話字母卻不受懲罰的江湖術士。有位抄襲者以王照的別號（蘆中窮士），將其著作改纂刻印牟利，另一位則完全剽竊他的字母表。王照曾在回憶錄中提到高陽某甲聲稱官話字母源自於另一本韻書㊻，從而玷污他的名聲。當王照與其對質時，這位剽竊者竟毫不羞愧，指責他才是抄襲者。

他願意流亡日本，默默無聞地付出，卻無法容忍有人剽竊他的心血或對他敲詐勒索。於是，他痛下決心，不再隱忍。王照寫道：「至此始悟，人之對我橫逆，實因我為藏匿之罪犯也。」[16] 他決定冒著生命危險，也要擁有官話字母的所有權，使其得以被適當採用與教授。

一九〇四年三月上旬，[17] 王照具呈赴提督九門步軍巡捕五營統領㊼衙門投案，請代奏領罪。提督那桐掌管京城九座城門治安，無人可在他眼皮子底下溜走。王照一踏進提督衙門，誰都不知他能否重見天日，是死是活，命懸一線。當日晚上，王照沒有返家，友人便猜想他可能受到酷刑與逼供，被迫承認對慈禧太后和大清帝國的罪行。

初步過程可能需要數週時間，而酷刑乃是逼迫犯人認罪的常用手段。提督本來該按照規程，審查王照一案，看是否需進一步判決。倘若預判王照將得暫時流放，則將案子送交刑部，待進一步審查與量刑。日夜輪轉，時間漸過，先是一日，又到了另一日。王照友人緊張萬分，不知其命運何如，時刻憂心會出現噩耗。

王照進入衙門之後，並未接受審訊，而是被領到西小院花廳，由郎中承璋招待，酒肴茶煙棋具書冊，甚為周備。若說有人會緊張，那便是提督那桐。根據那桐的日記，[18]他當時思前想後，想弄清楚該如何處理以及向誰探詢王照之事。此案牽涉甚大，不可透過正常程序處理。那桐在那兩日清晨便離開衙門，前去徵求頤和園（海淀）熟人的意見。那桐直接向首席軍機大臣求助，這位權臣慶親王奕劻乃是滿清貴族，有權面見西太后。當時慈禧不在京城，那桐便與慶親王密謀商談，彼此針對該關押王照或放其離去而爭論不休。奕劻最終指出他能保王不死，但死罪雖免，活罪難逃，仍得兼顧國法。三日之後，王照正式遭到逮捕，並且立即被宣判永遠監禁。

與此同時，王照再度現身且遭到監禁的消息流傳了出去，成了街談巷議的主要話題。各大報紙挖掘王照的過去所為，然後大肆宣染，令輿論沸騰。百姓意見分歧，但大致都同情王照。王某

㊺ 指甲辰正月沈漁溪（沈藎）入獄杖斃一事，而王照「余庚子在津，即與相得」。沈藎當時寓居劉鐵雲家，政變後遭革職的吳式釗亦寄居劉宅，遂向清廷出賣了沈藎。

㊻ 王照指其「將十二喉音大字標明曰康熙字典十二攝」。

㊼ 英文為governor-in-chief commander of the infantry and Five Police Battalions，簡稱九門提督或步軍統領，掌京城守衛、稽查、緝捕、審理案件與監禁人犯等要職。

在失敗的維新運動中不就是個走狗嗎?他在康、梁面前,不就是二號、甚至三號人物嗎?輿論向背可懼,清廷才剛處決一名王照的前同夥,能否再度經受另一次的民眾抗議?王照已經逃亡了七年,難道他為其罪孽所付出的代價還不夠嗎?他真的應該和殺人犯和土匪一起被關進黑牢嗎?

儘管各界紛表同情與支持,[19]王照依舊被認定犯下重罪而被打入大牢,並被貼上康同夥的標籤。報紙追蹤報導王照事件,讓民眾了解情況,然而,大清監獄深不可測,入獄者將備受折磨。要讓囚禁日子稍微好過,唯有賄賂獄卒,但王照已經用光他到衙門投案時攜帶的微不足道錢銀。倘若不向獄卒行賄,連活一個月都難,更甭說要關一輩子了。棋具被取走,美食也沒了。王照被關押在發霉的牢房,頭一天晚上甚至被褥俱無,此後更是每況愈下,吃的是腐食,爛到連餵養牲畜都不行。擔憂王照的友人與支持者試圖給他寄錢,但即使銀錠也無法打穿大清地牢的高牆險壁[48]。

王照被關在前同夥被羈押並遭杖斃的同一間牢房。他坐在潮濕的地板,地上散落一縷縷乾草且尿液味道刺鼻。王照寫道:「粉牆有黑紫暈跡,高至四五尺,沈血所濺也。」[49]即使如王照這般堅忍不拔之士,在黑暗牢房裡也很難不絕望,因為獄中的景象與氣味仍然讓人感到死亡和痛苦。王先前見過大風大浪,但眼下他手無寸鐵,孤身一人。話雖如此,王照依舊堅忍不移。他請中間人警告素善之洋友切勿干預:「是速我死也。」雖然王照多數時被關在牢房,偶爾仍可參觀監獄中的一座傳統寺廟(獄神廟),遭判刑之人可在廟內神像前懺悔。王照曾賦詩道:

獄神祠畔曉風微，
乳鴿聲聲戴暖暉，
因果尋思多變相，
幽明近接暫忘機，
閒觀獄卒施威福，
偶對階囚鏡瘦肥。[20]

也許王照「不斷改變」想法，即使只維持短暫瞬間，也能讓他跳脫封閉的牢獄生活，重新著眼於他心愛的官話字母表。倘若他一直深陷身陷囹圄，畢生的努力便無法成就其大成，讓中國全境採納其字母表。他仍然要讓中國朝著統一語言的方向發展。王照若能倖存，餘生便不會只想在夕陽下與友人共飲醇醪，閒談說笑，他會專心致志，繼續奮鬥。

㊽ 王照下獄之日有日本某君集金六百兩，前往刑部，意欲代為鋪墊一切，竟為差役所阻，怏怏而返，刻擬多集鉅款同時輸送去。語出《王照要案四紀》，天津《大公報》，光緒三十年三月十六日。

㊾ 語出王照《方家園雜詠紀事》。

兩個月之後，[21]王照出獄，眾人皆震驚。他得到了慈禧太后的赦免。西太后於七十歲壽辰前夕，頒布除康有為與梁啟超外皆赦並開復原銜之特詔。此舉無論是礙於輿論沸騰，或者出於仁慈之心，抑或軍機大臣奕劻爆發了小醜聞（盜用公款）[50]而打算藉此轉移公眾視線，這些都無傷大雅。王照友人聞此轉折，歡呼雀躍和感到寬慰。然而，王照心如止水，甚至不為所動。他日後回憶：「（彼等）告余以慶王之厚意，力勸餘往見致謝。餘堅辭曰，我從此作我的一品老百姓，誓不再見朝中人矣。」王照個性耿直，不屈權貴，連道聲謝都不情願。他如今自由自在，可放手做他多年來念茲在茲之事。朝廷讓他官復原職，但他拒絕了。王照全力宣揚官話字母，遂有所斬獲，後續幾年更達到了頂峰。

近期研究指出，[22]王照曾私下疏通，自證清白，所做之事，遠比他承認的要多得多。他曾致函那桐，挖心掏肺，懇切陳詞，卑躬俯首。那桐爾後一字不差，代遞王照呈詞。王在信中解釋，說其「一時愚謬」，結識康、梁二人，直至潛逃日本，方知此二者煽動叛亂之意圖。然而，彼時為時已晚，逃走之罪無可挽回，王甚感內疚，待朝廷對其及其餘同夥發出逮捕令，一切俱成事實。此外，王照也把握機會，回憶家族向來忠於大清，先曾祖曾於第一次鴉片戰爭英勇抗英，先兄亦承繼家風，抵抗義和團而壯烈犧牲。王照言詞懇切，訴說自己世受國恩，身為大清奴僕，為挽救帝國於傾頹而與侵略洋人抗爭。難道他沒有繼承先祖遺志而奮鬥救中國嗎？他打出憐憫牌，佯稱受害者，藉此為自己開脫，而且更加倍努力去改善他的語言體系。王照與大清景況相同，兩者皆處於劣勢。他若能推進語言改革，簡化漢字且創造通用語來提升百姓的識字率，或許最終讓華夏帝國重新受到舉世尊重。

＊＊＊

王照獲得赦免之後，官話字母表陸續向外傳播，與此同時，中國長期存在的政治分歧卻擴大到即將崩潰的臨界點。革命思想早已深入人心，康梁學說開始顯得保守落伍。所有人的目光都轉向了年輕的孫中山（號逸仙）。多年以來，孫文一直在全國祕密團體的幫助下發動草根起義。如今看來，他逐漸成為唯一能夠帶領中國開創嶄新未來的人。孫中山農民出身，曾在檀香山就讀英美學校[51]，乃是魅力十足的領袖人物，兼具庶民的親和與偉人的威嚴。不久之後，孫中山便成為中華民國的國父。

---

[50] 王照投案前夕，禦史蔣式理上奏，稱慶親王奕劻在滙豐銀行存放巨額私款，清廷詳察之後責斥蔣率臆陳奏，污蔑親貴，然京滬報章議論紛紛，慶王身為首輔，處境尷尬，樞廷面臨之輿論壓力甚巨。

[51] 孫中山抵達檀香山之後，曾在英國聖公會的教會學校伊奧拉尼書院當寄宿生，研讀英語、英國歷史、代數、幾何學等科目，爾後又進入美國公理會創辦的奧阿厚書院繼續深造，學習基礎醫學和法律。

當時不少人試圖力挽狂瀾，拯救瀕臨崩潰的大清帝國。慈禧太后曾經推動改革措施[52]，但百姓渴望的不僅是象徵性改變現狀，而是想要大換血。孫中山在基於種族的綱領上宣揚革命和集結軍隊，呼籲驅逐韃虜（滿清），而其他革命志士則希望大規模屠殺，消滅外族統治者，以求一勞永逸。這些仁人志士雖是打著種族仇恨的旗幟來宣揚革命，但真正迫切需要的，乃是從洋人手中奪回中國剛萌芽的資本主義和工業化社會，因此革命便成為男女老幼的志業。中國當時是向外國借貸來修建鐵路，而且地權也不平等。孫中山同黨煽動民眾情緒，在街角和工廠車間，站在講台上舉著拳頭，高聲闡述這類問題。其中一人發表集會演說時割斷手指，用鮮血寫下誓言；另一名極端分子更是投海自盡，壯烈犧牲來堅定同胞的決心[53]。民眾開始用新的方式抗議，包括刺殺清朝官員、祕密下毒，以及策畫爆炸事件。當時口號喊得震天嘎響，明裡暗裡充斥暴力，氣氛詭譎多變，令人捉摸不透，民眾急於將一切都推向結局，結束幾千年以來的帝制中國。

分水嶺時刻發生於一九一一年十月湖北省兵變之後。先前清廷打算將商辦鐵路收為國有（然後再賣給外國），遂掀起大規模的反抗運動，清廷便大舉逮捕反抗人士[54]。那時氣氛緊張，革命黨人在等待時機，不料一枚炸彈意外在漢口城內爆炸[55]，迫使他們提前起事。革命黨人很快便遭到鎮壓、逮捕並迅速處決，但無論如何，導火線已經引燃，一發不可收拾，最終將會導致大爆炸。

叛亂波及整個中國南方。到了十一月下旬，在二十三個省和地區之中，有十五個省宣布脫離清室獨立。中國兩千年以來的君主制終於結束，取而代之的是共和制。一九一一年的辛亥革命是中國第一次真正的政治革命，爾後國事如麻、動蕩頻繁，迎來了流血和暴力交織的新世紀。

孫中山的革命同志將中國推向民主，卻不知未來情勢如何，也不明瞭會出現何種變化，但他們齊心一致，擁抱不確定的未來。回首來時路，許多人認為這場革命失敗了，因為他們掃除了舊體制，卻沒有擬定建設性的計畫來取而代之。革命給國家迎來嶄新的面貌，嶄新的國際形象，卻也讓軍閥與革命領袖爭權奪利，令舉國陷入一片混亂。近代中國的生育陣痛才剛剛開始。

漢字的重生亦是如此。王照準備推動以北京話為基礎的官話字母，使其成為可以統一國家文字的標準。競爭對手的方案不是偏好南方方言，便是重拾古語音調，王照必須擊敗對手才行。當王照設計官話字母時，同時代的人還在爭論是否應該採用拼音系統（比如羅馬拼音）去取代書面

52 庚子拳亂之後，慈禧太后見清軍在西方現代化軍隊前不堪一擊，故推動庚子後新政，以求變法圖強。

53 留日學生之中的革命者陳天華投海殉國，其遺體運回湖南時，長沙全城幾近萬人空巷，眾人紛紛走上街頭，為他送葬，前去扶靈柩的還包括黃興。

54 史稱保路運動。

55 革命黨原本打算十月十六日起義，不料十月九日上午，共進會領導人孫武等人在漢口俄租界寶善里配製炸彈時不慎引爆，俄國巡捕聞聲而至，搜去革命黨人名冊與起義文告，然後拘捕劉同、李淑卿等人，隨即引渡湖北當局。湖廣總督瑞澂遂下令封城，四處搜捕革命黨人。

漢字。到了一九一三年，先成立的中華民國必須擁有自己的國語和標準語，這點自不待言。民國創建之後，顯然不會有人再公開談論要廢除漢字。發生這種轉變之際，王照的拼音方案便顯得至關重要，因為他基於北京話的官話字母成了國語的候選者。只要最後推一把，他傾盡畢生心血創造的拼音系統便將永垂不朽。

一九一二年十二月，亦即清朝覆滅僅一年之後，中華民國教育部成立了「讀音統一會」，以解決國音問題。當時從各省召集了八十名專家，王照位列其一。然而，教育部的多數代表都來自江蘇，而該區通常被視為南方，王照遂不樂見。

一九一三年二月中旬，與會者聚集在教育部的莊嚴大廳，此處是前清的皇族府邸[56]。中國舊時重視科考與八股文賦文，而這些建築仍然散發陳舊教育體系的氛圍。府邸內設置多個庭院，連通不同的大廳，朱紅色樑柱與華麗建築，不禁讓人憶起昔日學儒時代，唯有少數菁英方能執筆行文。這些代表前來驅散那逝去過往的最後一抹痕跡。他們將共同使漢語從典籍中解放出來，使其回歸日常語言。

至於日常語言該是何種模樣，每位代表只看見自身口語的優點。此次會議與其皆有利害關係，故眾人無不宣揚自家省分的方言或其變體。廣東代表要選粵語，四川代表則強推四川話。南方代表逐漸占了上風。從比例而言，南方在類似方言群體中的代表人數更多。

會議審定來自全中國六千五百字的讀音之後，成員便轉而討論更敏感的問題，亦即要採納哪個地理區域的讀音當作標準發音，此時派系便出現了。眾人僵持不下，出席人數逐漸減少。當時若頂不住壓力，便無法與人爭論。體質稍弱或罹患肺結核（當時很常見）的代表，被人激烈遊說幾週之後便身體不適。某些代表因疲勞而病倒，不得不退出代表大會。有人則與他人激動辯論時口吐鮮血，被對手逼得走投無路和屢遭羞辱之後無法堅持下去。王照連續數日端坐，痔瘡劇烈發作，只得勉強嘟囔著堅持下去。他後來自豪回憶道，說鮮血浸透了他的褲子，流到他的腳踝。到了最後，只剩下頑強之士仍在奮鬥。

當時某位南方代表聲稱，南方人每天工作生活，說話時都得用到抑揚頓挫的聲調變化。因此，他的南方同黨認為，若要制定真正的國家口音，標準發音必須向南方語言傾斜。為了證明他的觀點，[23]這位仁兄還極盡誇張之能事，秀了一段口說。王照對這種誇張表演毫無耐心。首都位於北方，故北方人不可能在國家標準發音的問題上向南方讓步。王照在不到半英里外北京最古老的聖公會教堂另行召開了一次會議[57]。在教堂的厚牆之內，在盎格魯撒克遜建築簡約線條之上的著名三層傳統寶塔鐘樓之下，王照策動了逆襲計畫。他制定了一項新規則，重新仔細安排了計票

---

[56] 清學部衙門設於原敬謹親王府舊址（當時為奉恩鎮國公全榮府）。中華民國成立之後，將清朝「學部」更名為「教育部」。

[57] 應指中華聖公會救主座堂。它建於一九〇七年，曾是中華聖公會華北教區的總堂及主教座堂，亦是聖公會在北京興建的第一所聖堂，場址離當時的教育部不遠。

方式。無論每個省派出多少代表，現在也只能投一票。此舉不僅化解了南方的人數優勢，更將優勢轉移到代表更多的北方講北京話的省分。其他代表發現王照偷雞摸狗的舉動之後嚴詞抗議，可惜為時已晚。

王照行事武斷，舉止粗暴，最後甚至捲起袖子，將一名南方代表趕出房間。諷刺的是，他之所以生氣，乃是礙於方言的聲調。那位代表操一口濃重的吳語，對鄰坐之人說了「黃包車」[58]這個詞。通北京話的王照當時坐在隔著幾個座位之外的位子，[24]這個字聽起來就像他在罵王是狗娘養的。這些人當初正是為了化解這種言語誤會，才會聚在一起商議國音。王照當時一聽，立馬從座位上跳起來，抓住這位代表的衣領，把這個可憐的傢伙趕出大廳。人們記住了後來的那一幕，他們在莊嚴的教育部大廳裡目睹了兩人以尖厲聲音對罵。只見那位代表拔腿狂奔，步履聲迴盪在走廊，王照則髒話連連，一路追趕，咒罵之聲淹沒了急促的腳步聲。

那位慘遭毆打的代表嚇得不敢回去，北京話最終成為國家語音字母[59]的發音典範（標準）。時至今日，香港或廣東的南方人若被問及這點，他們會說，倘若不是這場命中注定的交火，粵語會勝過北京話而獲遴選。世界各國現在可能就要努力掌握中國南方變化多端的聲調[60]，而非乾淨俐落的北京話。

王照經歷王朝更迭和六次大規模起義之後，仍然堅持中心目標：官話化（mandarinization）。他一直讓這項計畫進行到最後，即使他創造的字母表無法存續下去。一九〇八年首次設計的本土語音字母愈來愈受歡迎，這是由受人尊敬的學者章太炎所創造。章太炎利用漢字小篆的結構，起初創造出三十六個聲母（「紐文」）和二十二個韻母（「韻文」）符號，而這套新的拼音字母，其書寫方式保留了漢字元素。這種堅持漢字完整性的作法與當時甚囂塵上的萬國新語（Esperanto，又譯世界語）[61]相悖，甚至與王照等受日本**假名**啟發的簡化文字背道而馳。章太炎的音標符號修改之後通稱為ㄅㄆㄇㄈ（注音符號），這是合併詞，由該字母表最終三十九個注音字母的前四個（ㄅ、ㄆ、ㄇ、ㄈ）所組成。與舊時的反切一樣，注音符號主要將漢字分為聲母和韻母兩部分[62]。注音符號取代了王照的官話字母，但保留了王更重要的拼音文字概念，並在會議上被通過為國音（National Phonetic）。至於王照，他開闢了漢字拼音的道路之後，本人也像他的字母表一樣逐漸衰落。王照當時年事已高，並在他一九二〇年代的一首詩中稍稍懺悔，回顧了過往的奮鬥歷程：

㊳ 黃包車出自吳語，唸成hhuaan pau tsho。最後一個字聽起來像「肏」（ㄘㄠˋ）。

㊴ phonetic alphabet可以翻譯成注音符號、字音方案或報讀字母。

㊵ 粵語有九聲六調。

㊶ 創立於一八八七年，其定位是國際輔助語言，用以促進世界和平並且幫助各地人民了解他國文化。

㊷ 現在的注音符號分成聲母、介音和韻母，介音包括ㄧㄨㄩ。

奔走萬餘里，崎嶇二十年，知交多作鬼，鞞鼓尚連天。
鏡有盈頭雪，家無一畝田，那能情自己，強說謝塵緣。

王照淡出舞台之後，在北京西北角的太平湖邊建了一間小房子度過了餘年。此湖曾是著名的隱居之所，每逢夏夜和農曆佳節，文人雅士便會在煙花之下乘船嬉戲，飲酒賦詩。雖然少了遊人，但湖中土壤肥沃，蓮花依然盛開，棲息於平滑如鏡的水面上。儘管如此，王照從書房向外眺望，或者漫步於柳樹點綴的湖岸之際，依舊欣喜於眼前的幽然美景。煙台是王照不朽事業的發源地，或許他從流逝的湖水中瞥見煙台港的繁華景象。

未來數十載，中國從帝國逐漸轉成共和國，舉國動盪不安，百姓顛沛流離，人們討論與閒談軼事之際，不時憶起王照的傳奇。有人歌頌他的豐功偉業，[25]但他最終仍然消逝於公眾的視野。人們想起他風風雨雨的歲月，[26]總會感嘆不已，但也會想起與他相處不易。沒有任何傳言比王照現身說法更能證明這點。他死於肺部併發症，享壽七十四歲。王照在去世前兩年，曾寫信給某位文字改革者，他不改坦率性格，進一步反思自己的過去：

凡人都苦于不自知，我則更甚。今所能自覺的，惟自幼而壯而老，始終大毛病在對人不寬恕。始終自招困厄，範圍日小，以致一切無力。……追悔不及！[27]

然而，王照已經在歷史上留名，因為他不畏艱難，矢志達成使命。他心知肚明，中國若不邁出第一步，改善境內民眾的交流之道，便注定要落後於現代世界。王照知道，他出的棉薄之力只是漢字長期革命的開端。日後仍需更多聰明卓越與堅定不移之士來推動改革進程。漢語透過官話，原則上統一國音。然而，這只是開始，中國仍然遠遠落後於外界。接下來是如何讓漢字在世界上流行起來。王照於一九一三年的會議上大吵大鬧之際，某些美國的中國學生開始察覺下一場競爭正蓄勢待發。書寫逐漸變得機械化，中文打字的全球競賽即將展開。

第二章 中文打字機與美國（一九一二年）

設計表意鍵盤

一九一二年初春，人在波士頓的周厚坤[①]某日跟往常一樣，從居住的公寓快步走到亨廷頓大街。揮之不去的寒意在陽光下開始消散，天氣暖和了起來；然而，這位二十三歲的工科學生過於專注，壓根沒留意這點。他滿腦子想著那天要在一年一度的機械貿易展上瀏覽什麼。也許是飛具（機）推進和道路機械的最新設計。或者是可以幫他弄清楚如何讓竹子跟混凝土一樣耐用的東西，而這是他即將發表的畢業論文主題。近來波士頓當地的報紙總是刊登大肆渲染的特殊汽車和機動車展廣告。曾在紐約和芝加哥登上頭條新聞的斯托達德—代頓（Stoddard-Dayton）六缸「靜

① 字朋西，江蘇無錫人，中文打字機之父。他於一九一〇年作為第二批庚子賠款留美生前往美國，先就讀伊利諾大學鐵路工程科，爾後轉入麻省理工學院研究海軍建築學，研讀期間發明了第一台中文打字機。

音騎士」[1]發動機將置於一個敞開的框架中展出，讓參觀者得以親手觸摸和感受這款鑄鐵引擎。此外，貿易展也有望吸引業界名人。有傳言指出，「火星塞之王」（sparkplug king）阿爾貝・尚皮恩（Albert Champion）[2]打算現身會場。這是春季的公眾活動，絕對不容錯過。

若要前往展場，周厚坤必須穿過聖博托爾夫街，沿著他經常步行去麻省理工學院的相反方向穿過格里森街，然後等待普爾曼無軌電車經過。街道的另一端坐落著醒目的紅磚「機械大廳」（Mechanics Hall）。它曾是後灣[3]的地標建築，卻在一九五九年被夷為平地，改建成保德信中心。這座倉庫占地十一萬平方英尺，場址呈三角形，外觀狀似一頭沉睡野獸，獸頭是一座高塔，從亨廷頓大街北側向外窺視。

在大廳內，坐在裡頭的一名年輕女子映入了周厚坤的眼簾。前去「機械大廳」觀展的其他人士會回憶起身穿合身連衣裙的一群群妙齡女性。她們經常受僱於特殊活動，在主大廳覆蓋著彩旗的牆壁之間來回穿梭，彩旗旁邊還會掛著親切的問候標誌。然而，周厚坤留意的那名年輕女子並非這類僱傭女性，他壓根沒打算拈花惹草。話雖如此，他發現了真愛，就在那裡吐出一卷長長的開孔紙，而那位年輕女子正用靈巧的手指悉心打字。

周厚坤心儀的美女正發出咯咯聲，於是他向一名旁觀者打聽它的名字。他被告知那是一台莫諾鑄排機（Monotype），打字員要「坐在鍵盤前面，觸摸按鍵，在一卷長紙上打出許多小孔，完成以後，將紙放入一台機器，機器就會產生出全新、乾淨、清晰的活字，活字都會全部排好，可以準備去印刷。」[2]沒有煙霧和污垢，僅需幾分鐘即可鑄成活字。周厚坤看到這項奇蹟，整個人陷入了絕望。他想到使用傳統活字的中國印刷廠的典型場景。在那裡，排字工人吸著散發油味的污濁空氣辛勤勞動，像螞蟻搬運米粒一樣，來回搬運字盤，從成千上萬個字模迷宮中一次挑選出一個鑄造好的活字，然後用手在字盤上重新排列文字，最後才能構成一面印版。整個過程緩慢乏味且效率低下。周厚坤發現，中國還在使用這種古老的印刷技術，難怪無法落實現代化，於是感到非常羞愧。他下定決心要解決這個問題。

中國方言紛雜，王照便建立一種共同語言，解決了南腔北調的雜音困境。此乃至關重要的一步，為了組成國家，百姓需要團結起來，但這僅是第一步。與外界交換印刷訊息卻是另一回事。西方使用羅馬字母，故能主導打字機和電報等現代通訊工具，而中國人必須在現有的基礎設施中找到自身的位置。比王照小三十歲的周厚坤心知肚明，解決之道在於運用科技而非語言學。

莫諾鑄排機的鍵盤引起了周厚坤的注意：它會發出命令，極其精確地控制機器。在「機械大廳」的那位年輕女士只需敲擊鍵盤，然後讓重型機器完成剩餘的工作：從鑄字到印刷。雖然莫諾

---

② 法國自行車賽手，退役後於波士頓成立阿爾貝·尚皮恩公司（Albert Champion Company），專門生產冠上他名字的瓷質火星塞。

③ 後灣（Back Bay）是波士頓的著名街區，素以維多利亞風格豪宅著稱，外界公認此處保存美國最完整的十九世紀城市設計建築。

鑄排機的尺寸跟人一樣大，但鍵盤簡潔緊湊，以標準的打字機鍵盤（QWERTY）格式④顯示字母表的二十六個字母。倘若要設計類似的中文鍵盤，既要容納數千個中文字，又要小到可以放在桌子上，便需要概念和技術上的飛躍。周厚坤的思路清晰了起來：他將為中文做出天翻地覆的改革，如同雷明頓（Remington）等著名辦公打字機一樣，徹底改變了美國的工作場所。這位年輕工程師渴望接受挑戰，打算透過機械來重新複製中文，展現速度、精準與效率。

＊＊＊

在一九一〇年代，最適合中國年輕人見證現代科技之處，莫過於美國了。美國是工業化的光輝典範，於十九世紀下半葉經歷巨大的技術變革以後，便充滿了創業精神和非凡的創造力。二十世紀初期，大企業逐漸興起、企業權力日增、生產效率不斷提升，而這一時期不斷出現專利，表示有各式各樣的新發明。要獲取最大的回報率，效率和組織乃是關鍵，好比福特裝配線每兩分半鐘便能製造出一輛汽車，以及擴大批量和大量生產。根據科學管理原則，盡量提高每單位時間的勞動力，這便有助於全球的工廠提高產能。從鍵盤打字到砌磚，可以用千分之一秒的增量去分析工人的動作。時至二十世紀第二個十年，美國的工業產量已占世界總產量的三分之一。中國人免不了會看到這種對比。[3]美國的地理面積與中國大致相同，但人口較少，建造了大約三十四萬英里的鐵路，在全境運送人員與貨物，而中國的鐵路卻只有六千英里（其中多數是外國人經營與擁有）。美國每年也生產三千萬噸的鐵，而中國的鐵產量卻不到這一水平的百分之零點五。各項數據再再表明，美國的工業顯然更勝一籌。然而，沒有什麼比親眼所見更令人信服了。美國舉辦的世界博覽會多於任何國家，吸引了將近一億名觀眾，見證了一八七六年至一九一六年之間的工業化奇蹟。

長期以來，中國一直不願意參與國際舞台。它不關心陸地邊界以外之事，遑論海岸之外的異域，而清宮特使也才剛剛出國探訪。直到十九世紀最後的二十五年之前，中國人壓根沒想過要遠渡「西洋」，前往蠻夷之地，向蠻人學習。西方不斷擴大其商業網絡，但中國一直不願參與，第一次鴉片戰爭強行打開了國門，卻並未打開百姓黎民的心扉。當時國勢強盛的工業領袖英國發起第一屆世界博覽會（萬國工業博覽會），於一八五一年在倫敦水晶宮舉辦，它曾經邀請中國參加。然而，清廷認為赤毛蠻族狼子野心，懼怕對方的奇技淫巧，於是成了唯一婉拒參與的國家。

即便如此，英國人依舊籌備中國宮廷展覽，其展品與日本和緬甸的物品混合擺設。英方甚至偽造一份第一手報告，[4]名為〈中國考察團的真實紀錄。考察團前來匯報萬國博覽會情況，但其觀點與我們的觀點不符〉（*An Authentic Account of the Chinese Commission, Which Was Sent to Report*

---

④ 頂行以字母qwerty開頭，故名。

THE OPENING, IN SHORT, WAS AS DULL AS COULD BE;
THERE WAS NO EXECUTION WHATEVER TO SEE.

上圖是中國人參加倫敦萬國工業博覽會的虛構漫畫。中國決定不與會，也並未派出官方代表團。本圖出自一八五一年的〈中國考察團的真實紀錄。考察團前來匯報萬國博覽會情況，但其觀點與我們的觀點不符〉。

on the Great Exhibition, Wherein the Opinion of China Is Shown as Not Corresponding at All with Our Own）。這份報告文句甚長，由某位虛構的清朝官員以韻文撰寫，語帶諷刺，批評這場炫奇會，說參觀時未曾瞥見大快人心的古老示眾斬首，故甚感失望。

其他人更是趁機上下其手，大肆爭取曝光機會。一位中國式帆船船主裝扮成清朝官員登上開幕式，表演了一場特技。他與威靈頓公爵（Duke of Wellington）握手，並在女王面前鞠躬，打著中國人的幌子混進會場。這位清官的模樣遭人調侃，成了笑話一則，完美襯托了萬國展覽會所要炫耀的輝煌大英帝國。無論中國意願如何，它都被人繪入了世界圖景。

到了美國於一八七六年在費城舉辦萬國博覽會時，中國已經扭轉思想，認為最好親自去維護自身的國際形象。此外，中國改革者曾在一八六〇年代嘗試自建造船廠和軍火庫⑤，但進展緩慢，結果憂喜參半。他們意識到可以從研究西方工業入手來取得成果。

應格蘭特總統⑥邀請，[5]中國派遣官方觀察員前往費城的博覽會。此次博覽會特別安排在一八七六年舉辦，以便慶祝美國獨立一百週年，並全面展示它的經濟成果。會場高聳的建築以木鐵

⑤ 自道光年間的鴉片戰爭之後，要求中國自強的呼聲日漸高漲。清朝自咸豐十年開始變法圖強，以外交與國防為重，國防則以建立新式海陸軍為主，欲「仿求西法，製造輪船機器」。

⑥ 指美國第十八任總統尤利西斯・格蘭特（Ulysses S. Grant）。

建構並裝設玻璃帷幕，這位年輕的中國官員在其中閒逛，瀏覽了三萬個展覽。他看到克虜伯的大型鋼製後膛裝填大砲以及為整個博覽會提供機械動力而嗡嗡作響的科利斯百年引擎而深感驚嘆。他停下腳步去研究精美的手工藝品和槍支，包括雙管步槍和加特林機槍。他無法理解規模不斷增大的現代戰爭，卻著實非常欣賞實用的縫紉機。

從一八七〇年代到一九二〇年代，其他中國派往美國訪問的人士都見證了科技如何逐步改變美國的整體社會。他們看到尼加拉瀑布的水力發電廠以及在舊金山陡峭蜿蜒的街道上呼嘯而過的開放式電車，便體會到公用事業和公共交通工具的重要性。從一根電線桿懸掛到另一根的電線將電力輸送到每家每戶，而電車則將各個社區與市中心連接起來，每天像鐘表發條一樣，按時將男男女女運送到工作場所。美國人的生活質量甚好，中國似乎難以望其項背：美國有娛樂廳和電影院，甚至於更注重百姓的牙齒保健。他們的生活水平為繁榮的現代國家設定了標準，而比起家鄉的日子，中國人消費者反而更喜歡美國的優質生活。一九〇〇年以後，中國進口美國商品的總額急劇上升，[6]十九世紀末最後三十五年原本只占全球貿易總額的百分之二點六五，到了二十世紀前四十年，這項占比已經飆至百分之二十二點零五。相較之下，在一九一一年，[7]中國在製造業和採礦機械方面的投資僅為其農業投資的百分之六，而這已是中國歷經半個世紀積極發展之後才獲得的成果。

在二十世紀初期的數十年裡，一批接一批駁船將美國的奇特商品（從新型機械到尼龍製品）

運送到中國的各個港口，而中國的出口品便顯得相形見絀。中國主要出口茶葉、絲綢和陶瓷製品等軟性貨品與手工藝品。數個世紀以來，它一直與外國交易這類商品，亦即以傳統方式製作的小型手工藝品。中國沒有工廠可以打造能與西方國家製品抗衡的工業級機械或設備。在一八七三年的維也納萬國博覽會上，[8]中國展覽攤位便已展出同樣的商品，另有書法和刺繡等其他文化遺產藝術品，以及剪刀和刀具之類的家居用品。誠然，中國展出的剪刀林林總總，令人眼花繚亂，有用於剪紙、剪銀、剪銅、剪皮革、剪瓜果、剪女人眉毛，甚至剪男人鼻毛的定制工具。然而，與發動機和農用拖拉機等工業機具相比，小型商品雖有其獨創性，卻似乎微不足道。

透過這些展覽，當時全球最強大和最富有的國家不僅展現了厚實國力，還讓落後國家在眾目睽睽下顯得尷尬窘迫。豪華炫麗的景象背後，隱藏著對文化和種族的深刻成見，充滿了那個年代的狹隘偏見。中國的西化支持者很清楚他們所欣賞的東西存在何等的矛盾。他們看到美國之所以富庶繁榮，乃是壓榨中國人之類的移民團體的血汗，而非仰賴本土工人辛勤工作。在一八四九年淘金熱期間，中國移民被宣傳加利福尼亞金山遍地黃金的小冊子和傳單所誘騙，紛紛湧入舊金山金礦場工作。此外，從一八六五年到一八六九年，成千上萬的中國苦力辛苦勞動，建構了第一條橫貫大陸的鐵路⑦。

⑦ 太平洋鐵路（Pacific Railroad）。大陸橫貫鐵路由三家公司負責修建，每家公司各負責一段，其中「加州中央太平洋鐵路公司」修建從加州到猶他州之間的路段，全長約一千一百一十公里，是為西段。

到了一八七〇年代，華工占了加州工人的四分之一。[9]前面那條橫貫大陸的鐵路連接了加州的沙加緬度和猶他州的普瑞蒙托里，在出力修建的勞工之中，百分之九十是華人。[10]打造鐵路的工作辛苦繁重，每天大約要鏟四百次二十磅的石頭，故鮮少美國勞工願意幹這種累人的活。美國人擔心中國人會搶走他們的工作，於是把華人當作種族歧視的對象。在萬國展覽會上，華人遭到貶低戲弄，與動物園裡的動物沒兩樣。例如，在一九一五年於舊金山舉辦的巴拿馬萬國博覽會上，猶如狂歡節的歡樂區（Joy Zone）[11]設置了一座地下唐人街裝置。訪客透過一個小孔，便可偷窺各種的黃臉人物蠟像，這些蠟像暗指躲藏在都市暗處的鴉片癮君子、妓女和苦力。中國多次抗議無果，美方依舊不理不睬。

在周厚坤長大成人的日子裡，國外不斷傳播這類貶低中國人的形象。他如同許多對西方現代主義滿懷幻想卻又抱持民族自豪感的中國年輕人一樣，亟欲證明洋人是錯誤的。他是早期留美的一位中國學生，這批華人留學生開始給美國人留下好學勤奮、才華洋溢的正面形象。雖然美國曾經歷革命，也曾飽受內戰蹂躪，卻能依舊大步邁進，締造二十世紀最偉大的工業與經濟奇蹟，因此中國試圖融入世界體系之際，可以向美國學習很多東西。話雖如此，做起來絕非易事。像周厚坤這種學生會從內部去學習美國的長處；儘管某些留學生會覺得自由非常誘人，甚至被美國五光十色的生活所誘惑，但周厚坤顯然是個例外。他始終心繫祖國，情牽鄉梓，永遠不會讓自己成為道道地地的美國人[⑧]。周厚坤被訓練成現代科學家，卻心懷儒家思想，故偶爾難免會傷感。

＊＊＊

周厚坤之所以聲譽鵲起，乃是因為他擁有當時多數中國年輕人只能夢想的機會。他出生在無錫附近一處安靜小村莊的農家，當地離上海西北邊不到九十英里。他從小便飽讀詩書，汲取古人智慧。周厚坤的祖父將蠶業引入當地而發家致富，積攢了不少財銀，這讓周比許多人幸運，人生一開始便贏在起跑點。然而，雖然他的祖父事業成功，周母年紀輕輕卻撒手人寰，讓周家備受打擊。他的父親一直未能完全走出陰霾，而周厚坤是看著父親鎮日悲傷長大的。周父將重心和精力放在好好撫養兒子身上，[12]把小兒子送到上海先進的南洋公學⑨就讀，周厚坤於是首度接觸西學，甚至學習王照的官話字母表。

周家世代務農或從事小買賣，對於不生產糧食或賺取利潤的職業都不感興趣。周父卻讀書識字，成為學儒，乃是家族第一個逆潮流而行的人。他鑽研唐代詩人兼散文家韓愈的文風與哲理，潛心研究先賢的著作。周父到了晚年，藉由科舉考取了家族中的第一個秀才（如同取得藝術學士

---

⑧「Americanize」（美國化）本指受美國文化影響的情況，有時帶有負面意義。然而，在二十世紀中葉之前，「美國化」指的是移民來到美國後成為「美國人」的過程。

⑨南洋公學（Nanyang Public School）是中國近代最早創辦的大學之一，由盛宣懷於光緒廿二年（一八九六年）創立於上海，乃是交通大學滬校的前身。

學位）[10]。然而，周父生不逢時，無法再爭取赫赫功名。他僅是業餘學儒，年歲日長，慨歎壯志未酬。話雖如此，兒子周厚坤總是以父親為榜樣來效法他。

在一代人之內，於中國功成名就之途便起了翻天覆地的變化。回想二十載之前，王照曾力挽狂瀾，欲使清朝免於覆滅，而大清垮台之後，周厚坤這一代人便有了寶貴的機會。一九〇八年，狄奧多・羅斯福（Theodore Roosevelt，俗稱「老羅斯福」）提出了一項計畫，要求國會退還其在庚子拳亂後清廷支付給八國的賠款份額（大約一千零八十萬美元），其中一項條件是部分退款要用於中國的教育改革，包括與美國進行交流計畫。對美國而言，這項措施的重點是要幫助中國進行實踐培訓，培養下一代成為美國朋友的中國人。除了用於在北京建立一所後來成為著名的清華大學的學校[11]之外，退款還用來資助像周這樣的學生，讓他們成為第二批庚子賠款留美生。

對周厚坤而言，機會來得正是時候。經過數十載的努力，舊課程依舊改革失敗，到了一九〇五年，數個世紀以來培養中國菁英的傳統科舉制度終於被廢除。中國人昔日認為，若要主持社稷，治理國家，必先精通艱澀的書面漢語，以及能夠引經據典，旁徵博引，如此方能在帝制官僚體系中謀取一官半職，而科舉則是傳統上士民的晉升之道。學儒掌控的統治組織主導了中國社會的政治與制度價值觀，升任為統治官員，乃是最受人尊敬之事。然而，科舉制度廢除之後，學儒文士驚覺已無官職可覓，紛紛慨歎前途茫茫。周父之類的失業學儒多不勝數，而不久之後，經理、企業家和工廠工人便會比這些賦閒文人更為重要。

周父學養甚佳，悉心輔導周厚坤，使其奠定深厚基礎，得以在舊制度中脫穎而出，最終雀屏中選，成為留洋菁英之一。然而，周厚坤與父親不同，對於應用方程式更加應對自如，同時更喜好去解決問題。當時的中國亟需科技人才，於是周厚坤便想朝這個領域發展。

一九一〇年八月十六日，周和其他憑藉庚子退款而留美的學生一同啟航出國。這些年輕學生歷經二十六天的旅程，途經長崎和檀香山，最終抵達舊金山，爾後又分散前往美國各地的大學。對於監督這項計畫的清朝官員而言，這不僅是一次教育交流，因為統籌計畫的並非學部，而是外務部，以確保送學生留美能夠在外交上取得成果。而擁護這項計畫的美國人士也是別有用心。他們邀請中國學生赴美求學來贏得這批菁英的心，以確保美國未來能在中國發揮影響力。

這批中國學生搭乘橫跨太平洋的輪船之際，接受了理解美國的速成班。他們讀了美國的風土人情和地理知識，了解美國政府結構，同時牢記最初十三個殖民地的名稱。他們還接受進一步的指導，學習如何使用刀叉，以及在城市行走時該如何辨識交通燈號，同時還遭到警告，說千萬不可於公共場合隨地吐痰。儘管這些教師太過死板乏味，無法使課程生動有趣，但在這些年輕學子

⑩ 周同愈（一八五八年—一九一六年）：字進之，號刪亭，江蘇無錫周涇巷白土橋人，光緒己丑（一八八九年）秀才，曾任上海華童公學總教習。其文章師法韓柳，「每作一文，必求其氣、意、法三者俱備」。

⑪ 清朝政府利用部分的庚子退款所建的留美預備學校「遊美學務處」及其附設「肄業館」。

的心目中，美國無異於烏托邦，「物資不匱乏，人民毫無痛苦且幸福滿足」。[13]某位學生回憶道：「終於能夠見證阿拉丁神燈無法變出的每一項現代奇蹟，以及講述一千零一夜童話故事的人所無法想像的一切。」這些留洋學生可謂天之驕子。

並非所有人都能實現自己的諾言。在後續數年裡，唯有少數留洋學生能夠帶著自豪榮耀歸國。有些學生獲得了自由，竟有點把持不住，開始吸菸飲酒，最終被勒令返國而聲名掃地。其餘那些留下來並表現出色的學生，好比周厚坤，便是能夠嚴以律己與自我約束。周厚坤先被送到伊利諾大學厄巴納—香檳分校攻讀工程學⑫。由於成績優異，他隔年便轉入菁英大學麻省理工學院。其他同一批的庚子退款學生也脫穎而出，後續成為科學家、外交官、作家、行政人員、工程師與政治家；在短短幾年內，胡適和趙元任便帶著所學返國，不久之後，兩人便成為現代西化知識分子圈中家喻戶曉的大人物，引領民國經歷一段文化復興時期，同時運用其進步思想來發揮巨大的影響力。他們引進西方的科學與民主思想，帶回教育和基礎設施改革的藍圖，並在國際舞台上進行談判，為國家爭取主權。

周厚坤則是投身打造美國的下一項尖端科技。他在麻省理工學院幫助航空導師傑羅姆．克拉克．亨塞克（Jerome C. Hunsaker）建造了一個風洞，用於研究飛機設計，而當時人們尚且不知何謂航空工程⑬。後來，周厚坤回國的時候，也帶了一台獨特的打字機⑭。

＊＊＊

雖然周厚坤的學術生活環繞著麻省理工學院及其周邊地區，但他最重要的社交生活和政治消息卻是來自與他一樣留洋的中國學生。他抵達波士頓之後，便在後灣的聖博托爾夫街租了一間公寓。從公寓步行十分鐘即可抵達位於科普利廣場附近博伊爾斯頓街和克拉倫登街的麻省理工學院原校區。他在這些街區內與人來往，社交頻繁。周厚坤在「大都會俱樂部」接觸來自各國的學生，在「步槍俱樂部」則了解到美國人熱愛槍支。然而，幫助他度過日常生活的卻是「中國留學生聯合會」（Chinese Students' Alliance），這個組織是遠離家鄉的華人的家，替年輕的中國留美學生提供了最重要且最廣泛的社交網絡。當周厚坤入會時，三分之二中國留學生已經是會員。他們來自中國遙遠的鄉村、城市和省分，可能永遠不會返回家鄉。他們在美國彼此依靠，相互提醒對方別忘了祖國和家庭。他們會辯論政策並觀察美中關係；他們也會彼此交換西方用餐禮儀的技巧，告知道可在何處請優秀裁縫訂製適合參加晚宴的西裝，以及分享深夜學習閒暇時可前往哪些

⑫ 周厚坤當時就讀鐵路工程科。

⑬ 周厚坤就讀全美首個航空工程（aviation engineering）課程，最終於一九一五年獲得碩士學位，成為美國第一位航空工程碩士畢業生。

⑭ 指周厚坤先前設計的中文打字機原型。

中國麵館休憩與閒聊。

聯合會的機關期刊《中國留美學生月報》（*The Chinese Students' Monthly*）提供了一個重要平台，讓這些學生可以捍衛與審視調整自己的觀點，民族主義始終縈繞於他們的腦海。畢竟，這些學生是率先與中國不確定的未來奮戰，同時睜開眼睛看到國外另一番作法的人。在過去數十載，即使是清廷官吏也不太懂外交事務和國際法。當時連離家數千英里求學也是難以想像的。如今，周厚坤和留洋同儕遠渡重洋和穿越兩大州之後，對中國的未來便有了更明智的看法。

與此同時，中國的政治局勢依舊動盪不安。周厚坤留美六年，期間中國經歷了國民革命、各方推舉大總統[15]、解散議會[16]，以及兩次復辟帝制[17]。望向東方，中國又面臨著日本日益增長的威脅。日本連續擊敗清朝和俄羅斯[18]之後，剛於一九一〇年殖民朝鮮。正值此時，歐洲爆發第一次世界大戰，暴露了西方政治制度的裂痕和深層矛盾。歐洲逐漸喪失其進步典範的地位，而日本則野心日增，意欲吞併中國。中國城市各大報經常刊登某人吃裡扒外，與日本人勾結、背叛祖國和貪污腐敗的頭條新聞。

海外的中國留學生看見國內政治動盪，不禁重拾民族主義大纛，表達滿腔的怒火。那些在東京和巴黎留學的人受到無政府主義思想的煽動，要求有所改變，偶爾甚至語帶猖狂，出言不遜。然而，留美的中國學生卻能保持冷靜並專注於學業，因為他們心知肚明，此等留洋機會是多麼難能可貴。有些人認為，中國必須找到自己的出路，切勿草率行動，而是學習更多知識，循序漸進來緩慢改變。周的同儕胡適在康乃爾大學的宿舍寫日記時如此痛呼：「國無海軍，不足為恥也，國無陸軍，不足為恥也，國無大學，無公共藏書樓，無博物館，無美術館，乃可恥耳。」[14]

周厚坤的留洋同儕更愛談論政治，但他卻盤算該如何以自己的方式拯救祖國。他在「機械大廳」瞧見莫諾鑄排機之後，便開始認真研究這項技術。周厚坤遍尋探討莫諾鑄排機和打字機的文獻，然後逐一瀏覽，絕不放過。他遍覽手冊和流行雜誌，更前往波士頓公共圖書館尋找各項專利紀錄。他甚至長途跋涉，前往澤西城參觀美國字模鑄造廠，並不遠千里到費城的莫諾鑄排機公司參觀原型機器。然後，他還檢視類似的機器，譬如雷明頓打字機、安德伍德（Underwood）打字機和無聲（Noiseless）打字機，想盡辦法改良機器，以便能夠打出漢字。

---

⑮ 革命黨領袖孫中山被推舉為中華民國第一任臨時大總統，爾後宣統退位，孫中山讓賢，袁世凱在各方支持下當選第二任臨時大總統。

⑯ 袁世凱為了鞏固統治，在一九一三年年末與一九一四年初相繼宣布解散國會，將議員資遣回籍，並且下令解散各省議會。

⑰ 袁世凱稱帝與張勳擁溥儀復辟。

⑱ 此指日俄戰爭，這大日本帝國與俄羅斯帝國為爭奪各自於大韓帝國和滿洲地區勢力的戰爭，其主戰場位於遼東半島和朝鮮半島的周邊海域。俄羅斯帝國連吃敗仗之後，國內動盪不安，最終爆發一連串的革命事件。

直到一九一四年夏天，周厚坤才能重新投入全部的精力去鑽研這項令他痴迷的技術。那年春天，他獲得機械工程與海軍建築學雙學士學位；[15]他先前從中國進口半噸竹子來進行實驗，然後根據實驗結果，撰寫以竹子作為新型鋼鐵的學士論文⑲，結果成果斐然。他已經完成了拿獎學金留學的使命，是時候為國家做更多的事情了。然而，周厚坤比以前更加清楚，知道要製造中文打字機是何等困難。

只要是打字機，都具備四項基本功能：一是在紙上留下印記的擊打機制，二是正確定位紙張的滑架，三是控制滑架增量運動的行距機制，最後是鍵盤。打字機如同莫諾鑄排機，整個操作過程取決於鍵盤給出的指令，因此鍵盤是啟動一切的主控元件。

然而，似乎無法打造可供中文打字機使用的鍵盤。西方字母鍵盤之所以可行，乃是它可以輕鬆排列固定數量的字母，構成無窮無盡的形式。只要運用簡單的連桿，便可將每個按鍵連接到單一的字母字模。然而，漢字有數千個，需要設計一種機械連接機制，如同周厚坤所言，能夠「暫時連到某個漢字字模，但又可以轉移去連接其他字模」。[16]要辦到這點，必須大幅改變打字機的機制構造，運用新的連桿，使其可以連結不止一種漢字活字。此外，還得打造更複雜的連桿，以便引導機器去選出正確的字模。問題是要如何將最初設計用來處理二十六個字母的打字機轉變成可以處理數千個漢字的機器。

無論是皇家五號或皇家十號（被譽為「腦力勞動者的機器」〔A Machine for the Brain Worker〕），[17]

還是近期在世界展覽中上屢獲大獎的雷明頓打字機，周厚坤發現每一台西方打字機都具有逐一對應的特點，亦即一個鍵對一個字母。然而，他如此反思，認為對於中文而言，「在機器上放一堆這種鍵」與打字機的目的自相矛盾；打字機的核心設計原則應該是「結實、輕巧和便攜」。其實，周厚坤指出，「只要想替每個漢字提供一個按鍵的想法都有些荒謬」。[18] 這就是為何他認為「中文打字機的設計必須從迥異於任何現有的美國打字機」。在周厚坤看來，必須重新構思鍵盤本身的概念。

到了周厚坤的年代，QWERTY鍵盤已經標準化且廣為運用。然而，當他得知早期的西方打字機並非使用如今所知的鍵盤時（甚至長得根本不像現代打字機），這必定激發了他的想像力。一八七六年費城萬國博覽會上展示的「肖爾斯和格利登打字機」（Sholes & Glidden Type Writer）是被裝在一個木箱裡，木箱一側有曲柄和輪子。它又稱為「雷明頓排字印刷機」（Remington Typographic Machine），鑲嵌著精美的花卉圖案，並且只能打出大寫字母。人們早期設計打字機時是從樂器和縫紉機汲取靈感，因此可以通過踏板和轉輪來操作這類打字機。有些打字機確實有鋼琴鍵（黑色和白色的鍵）而不是鍵盤，其他打字機的頂部則有一個像針墊（pincushion）的球

⑲ 此份學士論文未曾出版，名為“Bamboo as Reinforcing Material for Concrete”（〈竹子作為混凝土的增強材料〉）。

莖機制，鍵就像針一樣伸出來⑳。[19]一八五六年的早期「約翰・H・庫珀書寫機」（John H. Cooper Writing Machine）[20]有一個類似於旋轉電話的撥號盤，字母在金屬底座上以半月形圖案展開，而不是直排四行列出。

鍵盤的模樣不止一種。針墊設計可能會讓中國排版工人困惑，因為他們習慣於有數千個完整中文字模的網格和字盤，而不是可以置於一個小圓球的少數字母。然而，沒有理由說不能嘗試使用圓形設計。其實，率先製造中文打字機的人就曾想辦法縮減機器尺寸。一八九七年，美國長老宗教會傳教士謝衛樓（Devello Zelotes Sheffield）[21]在出身於發明消防栓的著名世家工程師卡洛斯・霍利（Carlos Holly）的幫助下，製造出第一台中文打字機。

謝衛樓決定前往中國傳播福音之前曾參加過美國內戰㉑。他無所畏懼且意志堅定，曾有一名瘋狂的中國木匠隨機襲擊謝衛樓，在他身上留下三十多處傷口。謝衛樓倖存之後，並未被嚇倒。在一八八〇年代初期，謝衛樓開始考慮使用壓印漢字㉒來印刷文件。當時的多數西方傳教士都十分依賴中國文士來書寫漢字。他們口操能說的中文，由本土代筆人將其轉譯成書面中文。謝衛樓認為，這樣做十分艱苦，他的傳道弟兄太受中國助手的擺布了。他懷疑某些福音訊息可能無法跨越語言障礙。眾所周知，與洋人共事的中國人總會隨意刪改字詞，改變段落意思，如此便足以扭曲欲傳播的訊息。因此，雙方合作並非總能順利結束。

謝衛樓在前往紐約的途中遇到發明霍爾索引打字機（Hall index typewriter）的湯瑪斯・霍

爾（Thomas Hall）。謝在霍爾身上也發現了與他相同的創業精神。霍爾先前嘗試去製造中文打字機，可惜沒有成功。他雖然失敗了，卻想出很多如何將漢字分解成一組標準元素的構想，可以用按鍵去表示這些標準元素，組合在一起之後，便可以重現完整的漢字。然而，霍爾告訴謝衛樓，一個漢字是以不同的筆畫組成，筆畫之間的大小、比例和關係才是真正要處理的問題。漢字的內部結構變化太大，故無法將這套方法運用到鍵盤之上。

謝衛樓一開始便根據霍爾的結論來思索設計方式。當他打造打字機時，並未嘗試用偏旁部首（part，類似字根的部件）或筆畫來索引漢字。他理所當然認為，每個漢字都必須是「無法分析／分離的個體」（an irresolvable individual）。[22]

他設計了一個大平面圓盤，足以容納四千多個常用漢字。漢字（字模）在盤上依照同心環排列，顯示在圓盤表面的每個漢字都透過一個金屬鑄件與另一側的漢字相對應。這台機器看似一張小桌子，上面是裝有漢字鍵的圓盤，下面是放紙的托架。

⑳ 例如，一八七〇年問世的漢森寫作球（Hansen Writing Ball）是第一台商業打字機。

㉑ American Civil War，通稱南北戰爭，發生於一八六一年至一八六五年之間。

㉒ stamped Chinese characters，如同印章的木活字。

TYPE WHEEL FOR 4000-CHARACTER TYPEWRITER.
A TYPEWRITER FOR WRITING 4,000 CHINESE CHARACTERS.

謝衛樓發明的中文打字機。出自《科學人》雜誌〈一台中文打字機〉（A Chinese Typewriter）一文，一八九九年六月三日刊登，第三五九頁。

轉輪是根據當時流行的韋傑士拼音／威妥瑪拼音（Wade-Giles transcription）按字母順序來建構，而非依照更傳統的中國編纂漢字的方式，因為謝衛樓是為了像他這樣的洋人而設計這台打字機的。每轉六圈之後的羅馬字母語音拼字（phonetic spelling）代表轉輪該區塊的漢字發音。操作員打字時會用左手旋轉圓盤，然後用細長的指針選擇所需的漢字。然後，他們會用右手轉動一個小曲柄，將載有紙張的下方托架精確定位。到了最後一個步驟，一個槓桿和凸輪會將紙張升至到位，一個小錘子會將紙張壓在著墨的活字上，然後留下一個印痕。操作過程非常艱苦，因為每次都必須小心將油墨轆（ink roller）壓到一個漢字上，否則就有可能會壓印出相鄰漢字的一部分。印壓完每個漢字以後，還必須將托架恢復到原來的位置，才能重複整個過程去尋找和壓印下一個漢字。

操作這台機器要用到全身。不常見的漢字放在最遠的位置，因為它們不會經常使用，會存放在圓盤上離操作員較遠的位置，讓手腳靈活的操作員可以快速檢索常用的漢字。謝衛樓希望要求操作員運動肢體，能夠藉此培養他們的肌肉記憶，讓他們逐漸熟悉這台機器。為了避免洋人因為依賴這台機器而懶於學習漢字，謝衛樓認為，每次實際檢索漢字時，都會被迫從視覺去檢視一遍漢字的輪廓，從而記住漢字的形狀及其羅馬拼音。這便類似於中國小學生不斷靠手寫漢字形狀來識字。謝衛樓希望傳教士只要使用這台機器，便可成為「自身思想的主人」（master of his own thoughts），[23]不必依賴中國當地的情報提供者，這些華人可能不會忠實書寫上帝的話語。

周厚坤為設計他的打字機而做研究時，偶然發現了謝衛樓發明的打字機，並且從這台低效率的機器中汲取了教訓。如果要將數千個漢字壓縮到一台為二十六個英文字母設計的機器，就得盡量運用有限的空間。周厚坤知道，打字機必須要能放在桌子上，如此方能讓他那天於博覽會上瞧見的年輕女子那般舒適操作它。他也知道，設計出的中文打字機，其尺寸應該盡量接近西方語言的打字機。中文打字機若是太大，就無法吸引人也顯得笨重，但仍然不能期望它能與西方打字機大小相同。當時標準的雷明頓打字機的體積號稱十五點七五英寸乘以十一英寸乘以十二英寸（一英寸等於二點五四公分），重約四十二磅（約十九公斤）。周厚坤後來設計出的原型，其面積為二十四英寸乘以三十六英寸，但重量略輕於四十磅（約十八點一四公斤）。

尺寸還決定了打字機內部的空間大小。一個拼音字母只需要擊打一次，便能將墨水印在紙上，但機器要能適切組合數個點之後，才能打出一個漢字。旋轉齒輪、棘爪和棘輪之間需要額外多做一系列的運動，方能表達出複雜的漢字。周厚坤認為只有一種解決方案。為了改善打字機的內部機制，鍵盤不能成為外部的命令板，必須被整合到選擇和檢索漢字的程序之中，或許以更接近活字印刷字盤的方式來運作（就是讓它真正化成一塊按鍵的盤子），而這就是中國排字工習慣查看和組織漢字的方式。

周厚坤研究了謝衛樓的手冊和說明，還鑽研了可以印刷三千個漢字的現代日文打字機。參照日文打字機非常有用，但日本人使用的漢字比中國人要少得多。日文有三套書寫系統，漢字（kanji）僅是其中之一，而且不容易擴展日文打字機來滿足中國的需求。周厚坤效法謝衛樓的作法，並未嘗試去拆解漢字，不過他更擅長於簡化全漢字打字（whole-character typewriting）的操作模式。

周厚坤在平面網格上布置了一張漢字指示圖，沿著x軸和y軸便可找到任何的漢字。換句話說，每個漢字皆有獨自的座標。（這是對謝衛樓打字機的重大改進，因為根據謝的設計，操作員必須用眼睛在移動的轉輪上搜索漢字，同時每隻手要做不同的事情。）周厚坤將漢字的金屬鑄件貼在四個圓柱體的圓弧表面上，而圓柱又連接到一個十字形的框架上。每個圓柱體直徑三英寸，長十英寸，最多可容納一千五百個漢字，因此總漢字數量可能達到六千。指示圖上的每個座標對應於其中一個圓柱體上的特定位置。

操作員打字時要將選擇針移到指示圖上所要的漢字上。按下選擇針就會釋放一個撞擊裝置，將漢字塊（活字）打到紙上。周厚坤的機器簡化了索字工作，但仍然根據二百一十四個康熙部首（由《康熙字典》標準化）的傳統分類法來排列漢字，因此並未更動分類和索引的方式。根據周厚坤的設計，主要的語言問題是要確定收錄哪些漢字；主要的機械問題是要設計一種機制，將平面的點連接到圓柱面上的點。

周厚坤為了解決第一項問題，查閱了《康熙字典》，這部字典收錄了五萬字，包含許多不常用的古字。參照一本更現代的刪節字典似乎就足夠了，但仍然還有九千七百個漢字。他需要進一步削減漢字。周厚坤向紐約的朋友與熟人請教之後，[24]得知上海長老宗教會傳教士使用的鉛字活字（凸版）印刷機一般只採用五千個常用漢字。

到底哪些是常用漢字，有時很好判斷，偶爾卻不容易決定，時至今日，依然如此。舉例而言，「的」是占有關係的所有格修飾語，好比「我的」、「你的」和「它的」，這個字在現代中文中最常被人使用。然而，像「乎」這種古老的虛詞，經常用於句末，表示疑問，在沒有標點符號的古文中更為常見。周面臨的問題是百姓的識字能力為何。他認為當時普通讀者的詞彙量只有學儒的三分之二，便決定為他要打造的機器挑選出四千個核心漢字。

周厚坤耗費了兩個月，期間不眠不休，辛勤打造原型機器。一九一五年，他在麻薩諸塞州阿默斯特舉行的東區中國留美學生大會（Eastern Section Chinese Students Conference）上向中國留學生首度展示這台打字機。[25]這些學生對於這台四十磅重的打字機驚嘆不已，於是邀請周在《中國留美學生月報》上介紹這項發明。歷經多年的籌畫和數個月的努力，周厚坤將成為第一個為中國人發明中文打字機的中國人。最後，這個故事即將傳揚出去。

* * *

周厚坤的突破在於弄清楚如何將選擇和檢索字盤中漢字的實體動作與準備漢字（刻鑿到圓柱體上）並將其上墨和印刷的機械運動相關聯，其結果促成單一協調的機械運動，由操作員以最省時簡便的方式來完成。他在為《中國留美學生月報》撰寫的文章中記錄了這台打字機的設計細節，也詳述必須克服的技術瓶頸。[26]周厚坤當然知道他不是第一位發明中文打字機的人。此前謝衛樓便已設計出一款機器，另有一款更早的日文打字機原型。他承認這兩台機器都沒有抄襲他的構想，卻展現出與他雷同的設計理念。周厚坤以此對那些比他更早設計出打字機的前輩表達致敬之意。

然而，正當周厚坤準備發表文章之際，卻出現了一位意想不到的挑戰者，差點毀了他的處女秀。此人便是在紐約大學攻讀工程學的中國留學生，名叫祁暄（Qi Xuan）。周厚坤當時並不知道對方也在設計中文打字機。祁暄根據一套不同的設計原則來建構他的中文打字機，想出該如何去辦到周厚坤、謝衛樓和別人認為不可能的事情：根據偏旁部首去拼合漢字[23]。

與周厚坤相比，祁暄在中國留學生圈子裡是局外人。他來自南方城市福州，比周大了將近九歲。他並非中國留學生聯合會的會員，雖然接受政府資助留洋，卻與周厚坤分屬不同的菁英圈子。他在一九一一年辛亥革命前不久便離開中國，先在倫敦大學就讀了九個月，爾後於一九一四年二月前往美國。

祁暄離開中國的時機並非巧合。當時在美的中國留學生似乎都不知道他在中國求學時，曾是一名激進分子。祁暄畢業於鶴齡英華中學[24]，曾是一個祕密社團的成員，該社團是孫中山試圖推翻滿清政府所成立的一處地下組織。在滿清統治下，凡是男子皆須留長辮，祁暄剪斷了他的辮子，以示抗議帝國統治，並且參與引爆炸彈的計畫以援助革命。結果其中一項計畫遭到挫敗。祁暄可能逃脫以後決定出國留學以避風頭。在政治動盪時期，不少中國留學生都是因為這樣才出國避難。就在周厚坤的文章發表在《中國留美學生月報》（同一期也報導了祁暄的發明）的幾天前，美國報紙便報導了祁暄發明中文打字機的故事。

㉓ 這是索引式打字機，運用了動態組字的概念，根據部件即時組成漢字。「字根」在此就等於拼音文字的字母，差別只在於字根表意而字母表音。

㉔ 鶴齡英華中學（Anglo-Chinese College）福州話俗稱英華齋，乃是基督教衛理公會在福州市倉前山所辦的一所私立教會中學。

周厚坤的機器使用漢字鉛版，但祁暄打字機卻不遵循此道，鍵盤只有三個鍵，包括一個後退鍵、一個前進鍵和一個選擇漢字的按鍵。然而，祁暄的機器也使用圓柱體（周有四個，他只有兩個）。上方圓柱體包含寫在紙上的漢字，當作指南之用。下方圓柱體在銅表面雕刻相應的漢字，可真正用來印壓。操作員會使用手輪去旋轉打字機的上方圓柱體，直到正確的行出現在機器前面的取景器（viewfinder）之中。然後，操作員會使用上述的三個按鍵，從行中選擇正確的漢字並將圓柱體鎖定到位，對齊下方圓柱體上的相應漢字，然後將其壓印到頁面上。

周與祁的打字機外形迥異，但這兩款機器的底層設計和機制其實雷同。祁的打字機可處理四千二百個漢字，僅比周厚坤的核心漢字多了二百個。然而，祁暄的機器在一個非常重要的層面上有所不同：打字機設計者普遍都想重現完整的漢字，但祁暄卻打破這種思維。在他的四千二百個漢字之中，有一千七百二十個以漢字部件、部首及其在正方形空間中可能的變體來展現，因此他的機器理論上可以根據相同的字根部件來組成更多的漢字。據稱操作員運用三個按鍵，只需花三個步驟，[27]便可產生五萬種組合。

祁暄指出，操作他的打字機猶如拼寫英文單詞，而非重組漢字。若將部首視為字母，[28]便可像玩文字遊戲一樣創造出各式組合。舉三個英語單字為例：exist、expect和submit。混合和匹配這些字的字母，便可生成更多的單字，[29]好比sum、suspect、subsist、bit、mist、its和sex。在現代的英語單字之中，每個字母的間距相等且排列整齊，而漢字的組成部件和部首可以從一個漢字轉移到另一個漢字。在印刷時，它們可以占據每個漢字所填滿的正方形空間的不同象限，這便表示它們的位置與大小都能改變。例如，「火」這個漢字單獨存在時，便占據了整個方格；然而，當「火」位於「燒」字左邊當作部首時，它就變窄了。此外，當「火」位於「熱」的底部時，便會完全變樣，成了四點火。祁暄為了展現這些可能的變體，便在圓柱體上單獨雕刻它。因此，「火」有三種模樣，可以與其他部件組合，構成更多的漢字。

祁暄打破了漢字必須以獨立單元存在的想法。他將漢字模組化，如同根據字母構成的單字，可以回收這些漢字部件去組成不同的漢字。然而，當他開始修修補補時，某些《康熙字典》的部首就讓他有點頭痛，不知該如何處理。因此，祁暄更加大膽，發明了一些他認為更可以上手的部首。祁暄的設計逐漸與周厚坤的規畫愈差愈大。有人便開始質疑，完全使用部首來分類漢字是否仍然合理。

周厚坤沒想到，竟然會有人對他緊追不捨。不久之後，從《華盛頓郵報》、《紐約時報》到中國自己的《東方雜誌》和《中國留美學生月報》，他和祁暄在各大英文與中文媒體報導中都被讚譽為開創性的發明家。[30]

周厚坤得知祁暄此人時必定猶豫片刻：應該大大方方接受祁暄，抑或排擠這位同儕而自詡為發明家？為何要向祁暄致敬，使其搶占風頭，讓自己的打字機遭人冷落？畢竟，這兩處公告刊登日期非常接近，周厚坤不必像提到謝衛樓的機器一樣，承認祁暄比他更早發明了中文打字機。他原本可以佯裝不知此事，藉機贏得鎂光燈的焦點。在中國留學生圈子裡，沒有人會介意此事。其實，胡適得知周與祁的發明時，心是偏袒周厚坤的，因為他懷疑祁是否真正解決了在漢字內定位偏旁頭底的問題，因為祁暄只演示了他如何重組少數的漢字。問題在於是否所有的字根部件都可以正確重新組合，部件間距是否無誤，整體比例是否失調。最後，組成的漢字必須看起來順眼。如何做到這一點將成為周與祁之後的設計者要處理的難題。然而，眼下有一批庚子賠款學生支持周厚坤。周厚坤本可以任行其事，而且沒人會認為他這樣不合宜。

然而，周厚坤最終還是無法視而不見。他的父親曾諄諄教誨他，要他勤奮努力，堅持不懈，為人要坦蕩誠實，雖要追求自身利益，但切勿破壞他人名利。此外，他也深具信心，認為自己的打字機另有優點，必能搶占上風。周厚坤在發表於《中國留美學生月報》的文章中把功勞歸於應得之人，從最早的發明者逐一提起。他在腳注中指出：「各位必須清楚理解，我並非唯一對這個問題感興趣並嘗試解決之人，另有他人也投入了大量時間與精力來尋找解決方案。」

周厚坤向謝衛樓的創新之舉致敬，委婉指出其缺陷，但他卻以不同方式提及祁暄。他提到了祁暄的發明，討論其背後的設計原理，卻沒有在文章中提到祁暄的名字。唯有第一頁的編輯腳注出現了祁暄兩字：「這篇文章特別及時，因為在其付印之後，紐約大學的祁暄也宣布完成了他的中文打字機。這篇文章討論了祁的設計原理。」周厚坤並未公開承認祁暄是與其平起平坐的競爭對手。他反而剖析祁暄的設計理念，從中指出它根本是錯誤的。

周厚坤很早便思考過如何去拆解漢字，但最終放棄了這種想法。他根據《康熙字典》的標準部首系統，並且跟多數人一樣照單全收，全然接受這套系統。目前尚不清楚周厚坤進行了多少語言學方面的研究，但他說過自己花了一個夏天去鑽研漢字結構。這足以讓他學習漢字組成規則，但可能還不足以讓他去開創新的拼合漢字的方法。他與謝衛樓一樣技術嫻熟，卻無創新之意，故得出結論，只能將漢字視為獨立的整體來看。

出於不同的理由，謝衛樓與周厚坤皆得出結論，認為漢字如此模樣有其道理，保存其完整至關重要。周厚坤指出，祁暄的設計「徒有其表，但他忘記相同的『部首』在不同的漢字中不僅大小不一，形狀也不同；此外，不同部首一個漢字中所處的位置也不同」。他舉了一個例子，部首「口」出現在「古」和「哭」，但「口」在這兩個字裡的大小和位置都不同。因此，在這兩種情況下，不能使用同一個方塊來表示「口」，因為它要因字而有所改變。如果不同大小的「口」被強行擠在一起，組成的漢字會很古怪，而且在錯誤之處都會出現筆畫重疊。

最終，任意拆解漢字根本與傳統和慣例扞格不入。周厚坤認為，在正式的書寫系統中，不可隨意切割漢字和重新排列偏旁部首。為文著述歷來等同於權威，象徵崇敬傳統與代表合法正統。因此，官方正典與稗官野史（官方文獻和非官方文獻）之間的界限劃分得清楚明確。歷朝歷代之文士，其職分之一便是區分正體字與異體字，從而確保正確的書寫形式。周厚坤承認，祁暄利用部首去組合四千二百個漢字，是有可能將這些漢字印在紙上，但他懷疑能否按照預期去適當組合出漢字。

周厚坤行文冷靜卻態度倨傲，結果激怒了祁暄。祁暄便立即去信《中國留美學生月報》的編輯，言詞憤怒，此舉無異於火上澆油。祁暄之言大致如下：周先生，承蒙你不吝斧正，但「我已經順利設計和製造了一款中文打字機，我想我知道自己在說什麼」。[31]祁暄重申，他的打字機的圓柱體包含特定部首的各種可能位置和大小，總共有三百九十三種位置變體，這就表示他的設計沒有周厚坤所說的那些缺陷。

祁暄繼續語帶侮辱，冷酷指出周厚坤可能無法理解他的概念，這是情有可原的，因為「要理解這種巧妙的原創發明，需要具備深厚的機械知識，以及多年勤學砥礪，刻苦鑽研漢語字典與詞源」。祁暄暗示周厚坤只是科學家而非語言學者，對於這種深厚的學問大概只有一知半解。其實，周「若非欠缺機械知識，便是未曾鑽研『漢字部首』，即便他（為文論述時）假裝自己猶如權威一般」。

最後，祁暄闡明了自身的觀點，嘲笑一大堆全漢字打字機的發明者，說他們資質平庸，缺乏想像力：「我不禁認為，他們的發明不過是『不完美的印刷機』，幾乎沒有什麼優點和商業價值。」對祁暄而言，周厚坤跟許多人一樣，礙於想像力不足，設計出的東西累贅不便，但是卻沾沾自喜。

周厚坤若是耳聞這番侮辱，可能會希望多花些時間鑽研詞典。了解漢文起源及其文字典故，乃是中國傳統學儒必備的基本學養。周從父親所學，足以讓他在舊系統中脫穎而出，但不足以使他能夠徹底改造漢字體系。他牢記查閱的標準參考資料，比如《康熙字典》，並且不會去質疑所學的知識。如此一來，他便能在傳統教育體系中出人頭地；此種學習模式是備受時人鼓勵與推崇。

或許，話說到底，周厚坤壓根便不是學儒。他沒有成為書法家，而是發明了一台特殊的磨墨機；他不像父親，會在愛作夢的青年時代漫步田野，沉思冥想，而是耗費心思用機械製作了一雙木屐。周厚坤從來不像父親那般善於行文，論述頭頭是道。除了描述自己打字機的文章，他幾乎沒有留下什麼文獻。他是在兩個不同世界交界的時代長大成人：一是傳統世界，他遵循儒道，當個孝順的兒子；二是現代世界，他需要勇敢無懼，擔任科學家與工程師。

祁暄指出了周的弱點，但即便他如此反駁，最終並未造成太大的傷害，也沒有爭取到更多人的支持。《中國留美學生月報》的讀者對他知之甚少，因為該月報是由周這種年輕的菁英分子所發行，而他們是中國精心挑出的人選，未來要擔任中國的領袖。此外，祁暄拆解漢字，其貢獻固然重要，卻只有他一人在嘗試。基於漢字偏旁部首的分析仍處於早期階段，因為多數人（比如周厚坤）仍然在遵循古老部首體系。

話雖如此，祁暄的打字機在別處確實得到應有的認可。在當年於舊金山舉行的巴拿馬萬國博覽會上，它位列中國官方的參展作品，引起了某個中國商人協會的興趣，他們打算將其商業化，以供大眾使用。祁暄還得到中華民國駐紐約總領事楊毓瑩（Yang Yuying）的個人支持，楊毓瑩早期資助了祁暄的大部分研究，並在祁暄於一九一五年三月首度為這項發明揭幕時公開表達支持，並且利用這台打字機寫了一封信，寄到他的華盛頓特區辦公室。同月，祁暄在他位於哥倫比亞大學附近的上西城小公寓裡親自向一群記者示範這台打字機。兩天以後，《紐約時報》對此發表了好評。祁暄透過當地的中國學生事務辦公室，將打字機的細節和草圖傳回了中國的教育部。農商部隨後於九月給予他為期五年的專利。兩年半之後，他還據此獲得了美國專利。

儘管如此，祁暄的發明在中國從未像它在美國那樣受到各界注目，而他的打字機也從未獲得大規模量產所需的資金。周厚坤早已經為人所知並廣受尊重，像胡適之類的重要人物更偏袒於他。周在一家美國飛機公司[25]擔任工程師期間，還獲得了來自家鄉的多項工作機會。航空技術當時是一個全新領域，周厚坤原本有望成為該領域的尖領科學家。他原本可以留在美國，甚至有朝一日可以跟麻省理工學院的諸多傑出校友一樣在該校任教。他原本也可以像祁暄一樣將他自己的打字機申請美國專利，以這種方式來收尾，而這將是非常穩妥的作法。

然而，周厚坤沒有選擇留美，因為其父年齡日增，身體愈來愈虛弱。雖然中國當時尚未有航空工程，但發明中文打字機對國家的貢獻可能比研發最先進的飛機還要多。此外，上海商務印書館當時正打算成為全中國的出版界龍頭，於是出高薪聘請周厚坤。它盤算試製周的打字機，願意提供他所需的金錢和時間。因此，周決定放棄美國的航空事業，帶著自己那項可能改變一切的發明返國。

*　*　*

周厚坤在一九一六年夏天回到上海，隨即收到別人邀請他介紹他設計的打字機、航空技術以及他在國外的經歷。周小有名氣，受人追捧。他小時候待過上海，但眼下這座城市已經不同於昔日，早已發展成充滿活力的商業和消費中心，銀行、菸草公司和劇院林立，國內外商品競爭激烈，四處可見廣告看板。當時的中國政治動盪，軍閥割據，擁兵自重，但此時也是中國青年前所未有的文化覺醒時期。青年分子渴望拋棄舊事物，擁抱現代世界，許多人是第一次去聆聽周厚坤演講。

那是七月二十二日，星期六晚上，天氣悶熱。周厚坤走上講台，放下手提包。聽眾入座甚慢，許多人站在走道等待入座。周厚坤點了點人數，然後穩住呼吸。在聽眾席後頭，有幾個遲到的傢伙手拿融化的免費冰淇淋，正狼吞虎咽吃著。眾多企業家在成排座位和走道來回穿梭，嗖嗖作響，忙著向前衛的文化人士致意，而學生們則不停揮手，示意朋友坐到最後一排的空位上。他

㉕ 柯蒂斯飛機公司（Curtiss Aeroplane & Motor Company, Ltd）。

們的老師忙於環顧四周，無暇照看這些學生。

已經坐定的人有機會看到這位年輕的演講者。周厚坤當時二十七歲，年紀輕輕，剛從美國回來，準備替他十年來的工業創新，亦即他設計的中文打字機揭幕。他有一張棱角分明的臉，人站得筆直，但個子稍嫌矮小，不足以讓人印象深刻。周厚坤的眼睛冷漠而深邃，他戴著小而圓的銀框眼鏡，卻無法讓緊繃的下巴稍微柔和一些。然而，他留了油亮的短黑髮，看似非常洋派，現代感十足。到了八點，鐘聲響起，人群安靜了下來。眾人的眼神充滿了期待。

然而，周厚坤沒有開口說話，而是做了一件奇怪的事：他從包裡拿出工人制服和裝備，開始穿在他量身定做的西裝外頭，一次穿戴一件。他將一隻手套進手套裡，彷彿在準備執行一項艱鉅的任務，然後語氣堅定，輕聲說道：「今日有一語奉贈，即『勿怕齷齪』是也。」

聽眾聽聞此語，百思不解。或許周是提出誠懇的建議，也許另有更深層次的意涵需要去解讀。然而，他穿上工人衣服要做什麼呢？聽眾不確定會發生什麼，但個個卻引頸期盼。畢竟，他們聽說那晚演講將會充滿驚喜。這場特殊的演講由進步的江蘇省教育會夏季會議所主辦，地點鄰近上海繁華的老西門。數週以來，傳單和報紙公告不斷大肆宣傳這場活動，讓人對其興致勃勃。會場坐落在塵土飛揚的大道上，位於舊城牆的模糊走線和洋人占領、享有域外特權的公共租界之間。在那裡，在昔日輝煌與洋人統治的地標之間，支持發展工業的人士與影響力十足的文化進步人士混在一起，彼此打探最新消息和閒聊八卦，而周厚坤是最引人矚目的。他演講之後會接著舉辦其他的娛樂活動，[32]當晚活動將持續到午夜，先是播映幻燈影片，接著是名家奏曲表演，會中更備有冰品，供騷動不安的來賓隨意進食。

周厚坤開始解釋，指出中國社會一直瞧不起雙手做活的工藝之事。根據傳統，文弱書生最有利，一生埋頭古籍，舞文弄墨，著書論文。周厚坤指出，他們看重學識，輕視工藝和勞動，如此一來，即使要吃雞方能存活，卻也手無縛雞之力。

他暫停了一下，讓描述的圖像深入人心。在場聽眾感到自己無力抓住那隻雞的細瘦脖子，雞脖子便緩緩滑落。然後，周厚坤講述了他的中心觀點：一九一一年以後的共和政體反對傳統以及前人所珍視的一切，但它也面臨重建的艱鉅挑戰。下一代人必須去建設一個前人承諾但從未具體描述的未來，沒有什麼比重建國家基礎設施和使其現代化更加緊迫之事了。

然而，新的動盪已經席捲這個剛成立的國家。守舊派和年輕自由派爭權奪利，分裂了脆弱的民國，即使實質領袖孫中山也難以阻止數十位軍閥四處割據的事實。他們互相爭鬥，勾結洋人，趁著中國政局混亂來牟取私利。其中最有權勢的乃是袁世凱，麾下有最強盛的軍隊，他甚至稱帝將近三個月，而另一位軍閥（張勳）則擁護滿清末代皇帝溥儀復辟，而這場鬧劇僅持續十二天便匆匆落幕。

儘管政治動盪，仍需耗費大量精力來恢復和發展中國的基礎產業，譬如礦山、鐵路和電報，而這些產業主要由洋人經營和掌握。中國天然資源豐富，但缺乏將其轉化為資本所需的技術或現代機械。此外，百姓長久以來對體力勞動也抱持偏見。喚醒國人迎接未來的挑戰從未如此重要。周厚坤有幸經歷過值得效仿的榜樣：美國。美國追求民主且勤奮刻苦，與中國的做事方式形成鮮明對比，中國養了一群無用的學者，阻礙了真正的進步。他希望這般比較能夠說服現場的聽眾。周厚坤繼續說道：

> 吾國人最怕齷齪……一切齷齪工藝之事，絕不能舉，以致士無能力，農工無學識，美國羅斯福總統之尊，其家屬猶作木工，雖中西風俗不同，而國之富強貧弱繫焉，世界最難之問題，厥在生活，中國國民苟不欲謀生活，則亦已耳，若欲謀生活，必自提倡工業始，鄙人現所穿衣服，即在美國留學至工廠實習時所穿者，此衣雖極簡陋污穢，但不易穿，蓋此種服裝，乃工人之標記，工人云者，必能生利也，能生利可免為寄生蟲矣，中國寄生蟲最多，其大部份為讀書人。[33]

周厚坤的批評嚴厲刺耳，但他並非無的放矢。大清帝國垮台十年以後，中國恢宏的假象便更加明顯。不僅周厚坤，許多中國人認為美國是個典範，應該加以效法。然而，出於同樣的原因，有人卻害怕它。而周厚坤得出了不同的結論。他受過訓練，能夠冷靜思考並理性處理問題，他發明了一台四十磅重的中文打字機便足以證明這點。那個七月的夜晚預示新的未來即將降臨。中國即將進入啟蒙時代，人們將高喊科學和民主，但怯懦膽小之士無能追求這兩項口號。畢竟，誰能比周厚坤這位工程師更響應行動的號召？這是他一生歸鄉的禮讚。那天晚上，民眾稱他為「工業之星」，光環似乎都籠罩在他一個人身上。周厚坤交付了他在國外努力學習的成果，身體力行了自己傳遞的訊息，但問題在於，中國將如何因應。那天晚上，每個人的腦海肯定都縈繞這種想法。然而，第一次世界大戰早已席捲歐洲，中國即將陷入更為動盪不安的局面，更難落實周厚坤帶回祖國的想法。

＊＊＊

周厚坤還在美國辛勤苦幹時，中國卻深陷於歐洲的問題。一九一四年八月，歐洲爆發了當地於二十世紀發生過的最嚴重衝突，而中國老早便有所盤算。當時，德國人占領了山東的港口城市青島，這是他們自一八九八年以來在東亞唯一的戰利品。英國與法國占領了上海和天津的租界，而日本自從於一八九五年吞併臺灣以來，對中國的威脅與日俱增。捲入世界大戰的每一個主要參與國都在中國掌控了某些勢力範圍，這場戰火確實有可能衝破歐洲邊界而延燒至他處。中國從一開始就宣布中立，但某些中國政治菁英卻認為保持中立並非明智之舉。他們指出，中國要在國際社會受人尊敬，最好做出貢獻，奮力參戰。倘若中國能藉此機會趕走德國人，奪回孔孟的故鄉山東，那就更好了。時任總統的袁世凱向協約國提供五萬名軍人，但英國拒絕了。他們不需要中國幫助，也許嫌人數太少。

與此同時，日本人也發現有機可乘。他們先前在一九〇二年與英國結盟以擊退俄國人[26]，現在他們試圖利用英日同盟作為楔子，敲開其在亞洲大陸擴展勢力的大門，首先的目標就是中國。在英國正式參戰幾天之後，日本便對德國宣戰。他們向德國人發出最後通牒，要求德方放棄占領地[27]，並且任命自己為將其歸還中國過程的官方中間人。八月下旬，日本海軍艦隊在青島以北約一百三十英里的港口城市龍口登陸。到了十一月，德國人投降了。

歐洲人懷疑日本想要入侵中國，因為日本人從未表態要派兵前往歐陸。然而，中國人仍然抱持希望，認為他們若是認真參戰，國際社會便會讓日本信守諾言。當時的中國官員梁士詒（Liang Shiyi）[28]想出了一個辦法[29]。英國和法國都蒙受了巨大的傷亡：法國損失一百三十萬人，英國則有七十五萬人。這兩國無法抽出身強力壯的人員來維護戰爭基礎設施，譬如挖掘戰壕、儲存和轉移彈藥，以及埋葬戰死沙場的士兵。梁提供了英法所需，亦即人力。

不久之後，中國便開始派遣爾後稱為華工軍團（Chinese Labour Corps）的工人。[34]到了一戰結束之際，約有十四萬名中國人被送到西歐。這是中國政府支持的最大規模勞工輸出，在此之前，僅有清朝在一九〇四年至一九一〇年間進行過一次規模小得多的勞工派遣計畫[30]，將六萬名中國北方勞工派往南非的金礦工作。十九世紀時，許多華人經常遭人綁架並被迫前往加州秘魯和古巴等地從事契約奴工，但這批華工軍團不是這樣，他們是自願入伍的。作為梁所謂的「以工代兵」外交策略，這些人是經過仔細篩選的。可惜，中國即便這般努力，也無法抵銷來自日本的威脅。

一九一五年一月，日本向袁世凱提出了二十一條要求。日本根本沒有信守承諾，將山東歸還中國，反而要求更多。除其他事項外，日本還要求中國將以前授予德國的所有權利和特許權轉讓給日本，並移交山東省的所有採礦和築路權，同時授予日本通商口岸和其公民的居留權。此

㉖ 一九〇二年英國和日本為了維護其各自在大清與大韓帝國的利益而結成互助同盟，是為英日同盟，而法國礙於英日同盟的內容，無法在一九〇四年的日俄戰爭中支援俄國，因為那便等同於和英國宣戰，如果強硬介入，其他歐洲列強又可能捲入戰爭，最終演變成世界大戰。

㉗ 一九一四年八月十五日，日本向德國遞交最後通牒，要求德方將青島港內艦隊解除武裝，並無條件移交膠州予日本，但為德國所拒。

㉘ 梁士詒先是擔任財政部次長兼代理部務，爾後幫助袁世凱當選大總統，至此權傾一時，號稱「小總統」，至民國三年（一九一四年），梁又出任稅務處督辦。

㉙ 一戰爆發之後，北洋政府認為這是千載難逢的外交良機，本想出兵參戰，但協約國在遠東有賴日本協助，故不敢邀中國參戰而得罪日本。然後，他們並不拒絕中國私下提供支援。一九一五年，法國駐華公使康悌主動上門，與北洋政府密談招募中國勞工事宜，此舉正中梁士詒下懷，理由為：「中國財力兵備，不足以遣兵赴歐，如以工代兵，則中國可省海陸運輸餉械之巨額費用，而參戰工人反得列國所給工資，中國政府不費分文，可獲戰勝後之種種權利。」

㉚ 契約華工的實驗。

外，中國將就山東省的所有軍事問題與日本顧問磋商，並定期派遣適當的代表前往日本進行此類協商。到了那時，日本已經控制德國先前所有的殖民地，不僅是青島，還有西太平洋的密克羅尼西亞群島，包括帛琉、楚克、波納佩、雅浦、科斯雷和馬紹爾。日本逐漸在亞太地區建立新的據點，根本無意退出。袁世凱無路可選，只好同意了所有條件[31]。這項協議直到六個月後才公開。

《二十一條》的消息傳出之後，震驚了國際觀察家，中國也陷入了危機。袁出賣了國家，百姓嚎啕大哭，認為要遏止日本野心。憤怒之情在海外迴盪。年輕的中國學子原本渴望效仿西方國家，不料這些國家卻反對中國，於是他們深深感到幻滅和遭人背叛。無論在美國、法國和其他地方，中國學生發誓要採取行動。中國留學生聯合會的成員寫信給政治家、發表文章和撰寫評論，[35]並在美國各地的校園召開緊急會議。這些學生試圖向國際社會（特別是美國）曉以大義，呼籲各國譴責日本行徑。

五月九日，亦即北洋政府簽署《二十一條》的那一天，民間組織迅速宣布當天為國恥日（National Humiliation Day），稱其為「五九國恥」。在民國時期有二十六個日子被稱為國恥日，「五九國恥」為第一個。一年從頭到尾（十二月除外，該月只有一個國恥日），眾多國恥日無不提醒中國人民族滅絕迫在眉睫以及所謂的百年國恥（Hundred Years of Humiliation），此乃中國對抗西方人時所遭逢的一系列失敗和剝削，其開端是第一次鴉片戰爭。五月九日之後，民眾大規模抵制日貨，包括商人和工業家在內的數萬名人士上街抗議，而四千名在日本留學的中國學生則集體返國，以示抗議。

戰後，中國並沒有得到所冀望的正義。它提出的要求在凡爾賽㉜被置若罔聞。說句實話，身為戰勝國的中國甚至沒有被正式獲邀與會，而西方列強也並未質疑日本在山東的行動。伍德羅・威爾遜總統（President Woodrow Wilson）結束戰爭時發表演講，宣稱要追求世界和平與各國平等，但此話聽起來空洞無物。中國學生得出了一項共同的結論，正如其中一位寫道：「我們立刻意識到，外國仍然是自私自利和抱持軍國主義，他們都是大騙子。」[36]當時的美國駐華公使表示贊同：「中國人民將受到此一打擊，他們的希望將會破滅，他們對於各國公平對待的信心也會遭到破壞，我一想到這點，便感到噁心和沮喪。」[37]

一九一九年是一個轉捩點。中國首次由學生主導的示威活動於五月四日舉行。這項著名的五四運動乃是中國史上首次學生抗爭，打著反帝國民族主義的旗幟而銘刻於民族的記憶之中。起初只有三千多名學生走上街頭和平示威遊行。隨著工人、商人和教師加入，這項運動在後續幾個月裡逐漸壯大。特別對於學生而言，上街遊行不僅是抗議山東之事遭國際背叛或者《凡爾賽

㉛ 北洋政府當時沒有獲得外援，便以「國力未充，難以兵戎相見」為由，宣布接受二十一條中的部分要求，爾後中國政府代表陸徵祥與日本政府代表日置益在北京簽署總稱《中日民四條約》的協議。

㉜ 第一次世界大戰之後，勝利的協約國集團為了解決戰爭衍生的問題和奠定戰後和平，於是在凡爾賽宮召開巴黎和會。

條約》[33]。早在四年以前，學生們已經意識到必須復興中國文化。他們認為時機已經成熟，中國要推翻其菁英，致力於拯救大眾，包括工人、苦力和文盲農民。在這些底層人士之中，某些曾經是華工軍團的一員而被派遣到法國，學生們當時已經遇見過這些人，幫他們寫過家書並教他們識字。學生們當時剛剛萌生要在國際和社會上追求正義，這段經歷於是在他們心中留下了不可磨滅的印象。他們近距離看見了被壓迫的大眾，這些人之所以沉默，乃是因為他們是文盲。

一九一五年肇始的文化運動以改革語言為其志業，要擺脫昔日菁英使用的古文，將民眾使用的白話文提升為新書面語的藍本。與周厚坤同年回國的庚子賠款學生胡適是新文化運動的主要倡導者。胡適呼籲作家和知識分子改用通俗易懂的口語書寫。大規模的社會和教育改革，其重點便是教育大眾。

周厚坤在美國的中國同學期待一場文明對決，等著看中國要採取哪種語言。與世界事務一樣，[38]有人強烈主張，西方的字母書寫系統比中文更具優勢。在全球的生存鬥爭中，漢語和中國的命運正遭逢最無情的達爾文主義的挑戰。疑惑接踵而至，人們急切想問：漢語值得保存嗎？中國百姓愚妄無知，豈非因為漢字難學？如果如此，漢語也必定是讓中國落後於西方的罪魁禍首。

周厚坤返國，便是要解答這種深深的疑惑。他懷裡抱著一台中文打字機原型，打算向全中國證明：雖然中國政治紛擾，卻不該拿漢字開刀，只要善用科技，便足以開闢向前邁進的道路。他相信漢語有光明的未來，如同他相信自己一樣。可惜的是，那個未來將不會像他希望的那樣發生。

＊　＊　＊

周厚坤重新安置之後，過了幾個月便對中國當地的現實感到沮喪。國內的工廠和工業條件遠遠不如美國。他已有心理準備去迎接挑戰，卻萬萬沒想到要克服這麼多的困難。

中國的勞動力更為便宜，勞工一天的工資為一美元，而美國工人每小時的工資八十美分，事實就擺在眼前。中國技術人員缺乏工具或受過培訓來製造符合周厚坤設計規格的打字機。中國車間切出的齒輪「猶如年過六十的中國老太太的那口爛牙」，周厚坤看到以後大為震驚。尺寸和寬度頂多只能目測，小於千分之一英寸的東西都無法準確測量。美國具有可靠的機械專家和製圖員，可以根據藍圖執行工程師的指令，但中國沒有這類專業人員。周厚坤回國後在上海基督教青年會（ＹＭＣＡ）向觀眾發表演講時感嘆：「我本可以在美國製造出第一台中文打字機。」[39]

㉝「五四運動」風風火火延燒，導致一系列的全國性示威、罷課、罷市和罷工，其中包括工商界參與的六三運動，令不少親日派官員遭到免職，最後中國代表團更是拒絕在《凡爾賽條約》（Treaty of Versailles）上簽字。

周厚坤開始意識到返回中國可能是錯誤的決定。他面臨各種挑戰，但並不完全是由於惡劣的條件。儘管他以「工業之星」的身分回歸中國，但在一連串的演講邀請和媒體炒作之後，他不得不面對自己無法達成外界期望的事實。商務印書館聘請了周這位獲獎工程師，[40]但他卻無法試製出可以量產的打字機。兩個月之後，商務印書館的主管們聽聞另一台「更棒的」打字機（亦即祁暄設計的機器）在美國頗有斬獲，便有人在竊竊私語。時任商務印書館董事長的張元濟仍然想生產可以運作的中文打字機，但他懷疑自己是否聘請了合適的人選。

與此同時，周厚坤非常堅持自身的標準，不願將就於低劣做工。他請了十個不同的工廠打造機器，卻屢屢失望透頂。上海是當時中國工業最頂尖之處，但製造的機器質量不佳，根本無法滿足周厚坤的要求。沒有一位工匠能幫他把圓柱體的固定字模做成可調整式的。這雖然是簡單的改動，但對改進周的打字機至關重要，因為如此修改之後，便可根據使用頻率和上下文來對換漢字字模。例如，歷史學家更有可能重複使用「古老」一詞，而小說家則更可能常用「哭泣」，兩者都可能希望同一台打字機能提供可用的漢字。周厚坤最終不得不放棄。他認為唯有美國方能製造他的打字機，而且他在當地有熟人和社交網絡。儘管周與商務簽的合約是在國內任職，但他打算申請前往美國製造打字機。

周厚坤心知肚明，這項要求頗為強人所難，於是去見老闆時內心忐忑不安。其他人開始對發明一台中文打字機產生興趣。不久之後，另一位祁暄便出現了。

周厚坤前去位於河南路四五三號的商務印書館總部。張董事長已經在辦公室裡，照例翻閱著工作台上堆積如山的中英文報紙。若非談論商務之事，張元濟平時為人和藹可親。張先前飽讀詩書，曾經考取進士（等同於現今博士）。出身翰林的他既有傳統文人的風範，又是經驗老到的商賈。此外，他謹言慎行，從不虛擲話語。張元濟是進步思想家，也曾在周厚坤的母校南洋公學任教，深受學生愛戴。他轉戰出版業全然是他身懷使命，以扶助教育為己任，致力於出版現代教科書，將新知識灌輸給年輕人。他追求教育救國大業之際，在辦出版社方面也是一絲不苟。張的帳簿從未短缺過一分錢，而且他總是按時支付版稅。

張元濟不僅做事一絲不苟，眼光也非常敏銳，能夠挖掘青年才俊。因此，當有人向張提到有位年輕人在麻省理工學院就讀工程專業，不僅學業優異，其撰寫的出色碩士論文更是獲獎，張元濟便很想聘請這位年輕人。然而，張元濟那天坐在簡樸的辦公室裡，必定面容嚴肅。張聘請周厚坤任職已逾十個月，周除了原型之外，仍然沒有製造出打字機。周厚坤這位年輕人現身時，一副有求於人的模樣，張元濟可能猜到對方無事不登三寶殿，鐵定沒有什麼好消息。

周厚坤希望商務印書館資助他在美國製造打字機的全部費用，[41]但他很快便說會自行負擔往返美國的旅費。張元濟很清楚，周厚坤事事追求完美，不會去管控成本以及在期限內交出成果。將生產轉移到海外並將資金投入到美國並非明智之舉。他解釋道，周的打字機能否盈利仍在未定之天，眼下便得投注巨資，著實難以說得通。「我意不如將舊約撤銷，由爾自辦。」張這般提議時彷彿在施恩，其實非常狡猾。

周厚坤並未得償所願，鐵定深感失望。他從上述的措詞中猜出商務印書館的意思。所謂在商言商，張元濟打算解僱他。周厚坤必須做出決定。雖然他心繫打字機，但他仍有大好前景，可以追求其他的事業。在那次會面之後不久，周厚坤便離開了商務印書館。他最終出任中國最重要的國營漢冶萍煤鐵公司的技術課課長。至於他設計的打字機，現在是商務印書館的財產了。

張元濟發現有人更有企圖心，渴望接手周厚坤的計畫。舒震東畢業於上海同濟大學㉞，但沒有獲得美國大學學位的顯赫學歷。他曾打算前往德國實習，但礙於戰爭爆發，不得不忍痛放棄。商務印書館給了他最好的機會，他不會輕易浪費。

舒震東改進了周的原型機器，完全移除圓柱體，將所有漢字放在一個外部字盤上，一目了然，只要前後左右移動指針，便可取出字模。他改良三次以後，[42]推出了商業化的機型。商務印書館投入一切去推銷這款最終產品。為了發布這款打字機，他們委託別人製作了一部無聲廣告短片，這是中國有史以來製作的第一部動畫片㉟。這台打字機後續不斷改良，終於讓商務印書館感到滿意。不少公司對這台機器感興趣，讓渴望發揮影響力的商務印書館感到無上的榮耀。雖然該公司製造並銷售了不少台打字機，但要大規模生產和銷售仍是遙不可及。然而，再過幾年，舒震東將更有斬獲。一九二六年，在費城（慶祝美國獨立一百五十週年）世界展覽會上，[43]舒改良的打字機以其「獨創性和適應性」（ingenuity and adaptability）讓商務印書館榮獲獎章。

第一位中國官方觀察員曾於費城博覽會看到西方打字機，爾後將其彙報祖國，過了整整五十年之後，中國終於讓外界的聚光燈照在自己設計的打字機上。中國不再是亞洲病夫，而是逐漸興起，於這個機械時代掌握自身的命運。舒式打字機如今是可窺探周氏原始發明的唯一倖存機款。其中一台爾後改良的機型最終落腳於周原本希望生產打字機的國度：美國。某位中國商人將它從中國帶至美國，連同他打印的文章一起捐贈出去。這台打字機如今收藏於加州聖馬利諾的亨廷頓圖書館，由一名圖書館管理員負責照看。雖然雕刻鉛字條的輪廓早已磨損得十分光滑，而且指針磨損過度而不再鋒利，但這台打字機仍然閃耀著餘暉，顯示它曾是劃時代的發明。

* * *

周厚坤憑藉他設計的打字機到達了科技事業的頂峰，但他成名甚短，猶如流星一般，快速升起，迅速消逝。爾後仍會有人前仆後繼去設計中文打字機，但周從此退出這個舞台。然而，讓他

㉞ 舒震東於一九一九年畢業於「同濟德文醫工學堂」的首期機電班，這座學堂於一九二三定名為同濟大學（Tongji University）。

㉟ 本片名為《舒震東華文打字機》，主要製作人是萬氏四兄弟，包括萬嘉綜、萬嘉淇、萬嘉結和萬嘉坤。

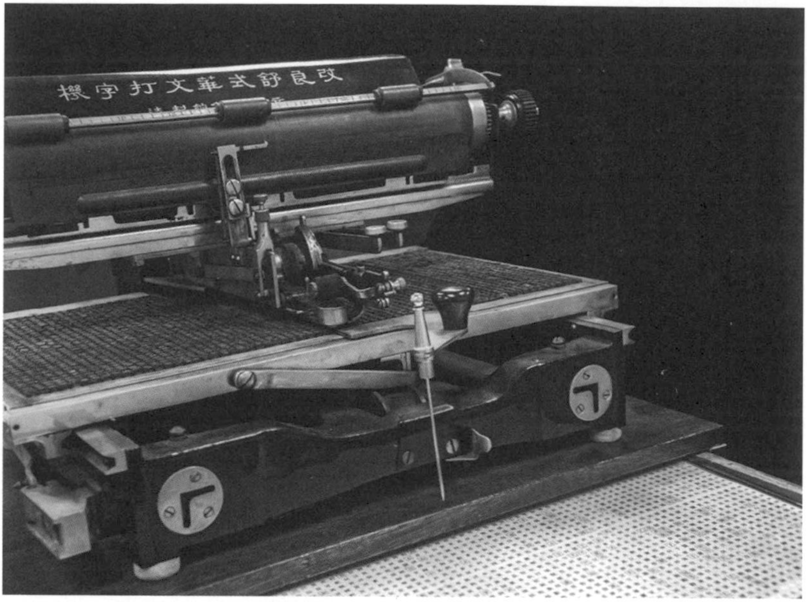

舒震東於商務印書館改良周厚坤原始機型的打字機，約略製造於一九三五年。機台下是洪氏家族（洪耀宗律師）文獻，收藏於加州聖馬利諾的亨廷頓圖書館。

功敗垂成的，並非他欠缺工藝技能或不夠投入。要說何事阻礙了他，那很可能是非常私密之事。當時幾乎沒有人知道，周厚坤榮歸上海十天之後，他的父親突然病逝。周將他的原型打字機獻給了父親。這種喪父之痛無法彌補，讓他震驚不已。他雖與父親久別重逢，但兩人相聚的時日卻太短暫了。

周厚坤將父親散落的文章保存了十九年，一直到他自己也步入中年。他花了很長的時間編纂父親的作品，最終付梓出版。他在跋中懺悔，悔恨自己投奔彼岸，棄父之道而偏向西學。這本線裝書的後頭黏了一張周厚坤親自繪製的地圖，[44] 圖上仔細標明他父親確切的出生地。據我們所知，周厚坤從未結婚，最後遷居美國終老。

不難想像，周厚坤以看待漢字的方式看待自己的職業生涯，總是抱持著不可侵犯的原則。他有條不紊，想要著手恢復秩序。反觀祁暄，他更為自由奔放，抑或更能靈活思考，故得以提出截然不同的設計。漢字革命面臨著兩條岔路：一是保持其書寫系統不變，然後發展技術來運用它；二是調整漢字結構，尋求更深層次的轉變。不惜一切代價維護傳統，便是尊重中國人歷來了解自身書面語的方式，而冒險犯難則意味著根據英文字母去重塑漢語，從外來者和非母語者的角度去重新檢視中文。當然，有些人認為應該一勞永逸，發掘隱藏於漢字裡頭的字母形式。坊間傳聞有位橫空出世的天才，名叫林語堂，他既非工程師，也不是反傳統者，而是語文大師。林顯然已經另闢蹊徑，得知如何運用前述之道。

然而，一場不同且更加公開的官方爭論也在升溫。至少在晚清文字改革者大聲疾呼要將漢語拼音之際，外交人員在國際電報中使用漢語一直是一場噩夢。這場爭論不僅牽涉聰明的年輕發明家，還捲入來自中國官場的老練談判者。跟看待打字機和世界博覽會一樣，中國之所以關注電報，其實是出於主權問題。然而，這一次並不需要解決漢字的問題，一切都與數字和電碼有關。中國沒有任何本土優勢，必須努力為自己爭取優勢。

第三章　打破電報的平衡局面（一九二五年）

撰寫電碼

第一屆國際電報大會於一八六五年召開，當時只有二十個國家參與，其中十九個為歐洲國家，另一個是土耳其。在電報大會陸續召開的一甲子期間，電報以驚人之速發展。時至一九二五年，中國交通部派出第一個官方代表團[1]參加巴黎舉辦的第七屆大會，一同與會的有來自其他六十五個國家的代表。中國當時需要鄭重向國際社會發出呼籲。根據當時的國際電報規則，中文用戶處於相當不利的地位。中國代表團必須解釋為何會是如此，為何這是個問題，而且最重要的是，為何其他國家應該關注這點。

①　本次大會召開期間，中國呈現南北對抗局面，北洋政府為段祺瑞臨時執政內閣，國民政府亦甫於廣州成立。

當時，發漢字電報頗為不便，但這全然是中國的問題。電報是為西方字母語言（尤其是英語）所設計。發明者塞繆爾・摩斯（Samuel Morse）和阿爾弗萊德・維爾（Alfred Vail）並未想到電報能在全球廣為流行，傳播到盛行表意文字的國家。

一八六六年，第一條橫越大西洋的電報線順利鋪設完成。這條銅製纜線以馬來膠②包裹，再用黃麻或大麻包裹的數層鐵絲層包覆（以防止魚咬和海潮侵襲），在海底橫跨一千八百五十二英里，連接愛爾蘭和紐芬蘭島③。《科學人》當時將其讚譽為「舊大陸與新大陸之間的思想即時高速公路」（instantaneous highway of thought between the Old and New Worlds）。[1]從此以後，新聞快報、股票價格、商業交易、軍事指令、合約談判與其他講求時效的通訊，彈指之間便可從歐洲傳送至美國，總共只需十七個小時，而昔日靠輪船傳遞訊息，往往需耗時十天。電報是那個時代的網際網路。倘若不會使用電報，不僅浪費時間，也跟不上時代，無法靠電報來發展進步。

起初推動電報的人士宣稱，有了電報，各國將可避免紛爭和遠離戰爭，開啟交流合作的新時代。十九世紀時，歐洲大國一直自我克制，避免掀起大規模戰爭，現在他們發現，若能相互尊重，維持均勢，將可獲益更多。有人透過海底電纜發送了第一批測試訊息，其中一則語帶樂觀：「願榮耀歸於至高無上的神，願地球上的人類和平相處，彼此善意對待。」電報被視為和平與繁榮的先兆。

至少，歐洲與美國是如此想的。其他國家的問題從起初便埋下了。在摩斯電碼（Morse

code）中，基本符號是點和劃。這套系統有二十六種點和劃的組合，符號最少一個，最多四個，用於表示二十六個字母，另有五個符號構成的十種組合，分別代表0到9的數字。

電報員發送訊息時要按下按鍵（亦即電開關〔electric switch〕）：短按表示點，長按表示劃。訊息轉換成電流之後會沿著電纜傳播，最後接收端透過反向翻譯，將其轉換成字母和數字。有經驗的電報員可

② 馬來膠（gutta-percha rubber）有延展性且惰性強，而且具有生物相容性，經常作為根管充填材料。

③ 現今加拿大最東方的一座島嶼。

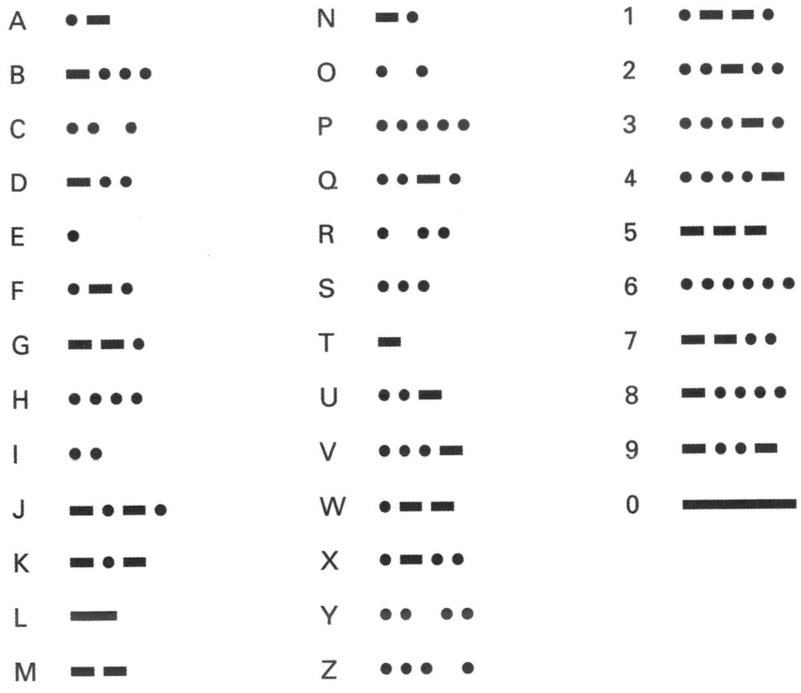

摩斯密碼

能非常熟悉點擊時發出的聲音，故能根據其獨特節奏去分辨出正在編碼的單字。

發電報的費用取決於傳輸電文所需的時間，每個點或空格屬於一個單位（unit），而一劃（點的三倍長）則是三個單位。正如摩斯早先所述，他的系統被設計為具有成本效益。最常用的英語字母「e」[2]最便宜，由一個點來表示。對於多數歐洲語言而言（從義大利語到荷蘭語），「e」確實是經常使用的字母，但摩斯電碼顯然偏袒美式英語字母。一個英文字母佔據的長度介於一到十三個單位之間。即使要在字母「a」上加上一個變音符號，譬如法語的「à」，也需要耗費十個以上的單位。因此，羅馬字母的使用者彼此便已經有諸多分歧。

對於中國人而言，摩斯電碼不公平的程度更是變本加厲。國際電報（大會）只承認其多數成員使用的羅馬字母和阿拉伯數字，這就表示必須藉由字母和數字來傳遞中文。用英語發電報時，可以維持英語不變，用義大利語發電報時，也能保留多數的義大利語，但發中文電報時，不能維持漢字的原樣，必須將其改為別的東西。每個漢字要以四到六個數字的字串（string）傳輸，[3]發每個數字的費用都超過發一個字母的成本。在轉換為摩斯電碼的點和劃之前，必須先在編碼本（codebook）中查找每個漢字的指定代碼。要發一封二十五個字的普通電報，至少需要耗費半個小時才能將漢字編碼和轉換，但發類似的英文電報只需要兩分鐘左右。一旦操作員非得停下來根據編碼簿的指定代碼檢查漢字或花費額外的時間去糾正錯誤，電報就會延遲，浪費無法估量的機會成本。不妨想像一下，萬一軍事命令無法迅速傳遞給戰場上的將軍時，會浪費多少時間和犧牲多少生命，或者競爭對手能夠更快出價時，（中國商賈）會損失多少利潤。這便是中國人面對在其領土上開展業務的外國人時所面臨的窘境。此外，就算發相同的訊息，中國人也得付更多的錢。在一八八〇年代，發到英國的中文電報價格是英文電報的兩倍，成本更高不僅是因為中文電報的訊息比較長。中國的多數電報線皆由外國公司和政府興建及運營，他們可以隨意設定收費價格與標準。一八七〇年，在中國領土上的第一條電報線鋪設完畢，要等到十一年之後，中國人才擁有自己的實體電報基礎設施，而在此之前，中國不得不向外國運營商付費發送電報。

中國在十九世紀末期才加入國際電報的行列，故礙於入列較晚而吃虧，其劣勢更隨著時間的推移而加劇。中國一再抱怨，但利益相關的主要國家和歐洲電信聯盟成員根本不加理會，因為他們忙於互鬥和捍衛自身利益，無暇處理非西方字母用戶的不滿。

中國絕不能在巴黎談判桌上認輸。當時中國債務不斷增加，而且在一九二〇年代，多數的鐵路和採礦權仍為外國人所掌控或與中國人共同擁有，中國領導人感覺時機緊迫，不能再錯過任何維護國家權利的機會。數十年來，中國一直被迫與洋人簽訂條約。然而，一九一九年的五四運動喚醒了中國人的民族意識，局勢便出現轉折。反帝國主義情緒籠罩全中國，民眾憤怒，痛斥當局昔日一直對西方國家讓步，眼下依舊如此。百姓紛紛要求政府爭取主權。雜誌與報紙社論語帶憤怒，堅持認為中國要奪回自己的東西。中國應該收回其豐富的自然資源，將其開發為原材料和生產工業產品。只要不再讓洋人恣意掠奪，中國將擁有足夠的資源來推動自身急需的工業革命。然而，民國肇始，[4]軍閥割據，占地為王，各人皆盤算自身利益，內部難以團結對外，因此與不同的歐洲利益相關者打交道時更顯困難。

有幾種方法可讓中文跨越技術鴻溝，但沒有一種是完全沒有問題的。其中一種方法是使用傳教士留下的音譯，以羅馬拼音發送中文電報。然而，這類音譯有千百種，每一種與傳教士的母語以及他們跋涉至中國偏遠角落時耳聞的方言有關。傳教士眼中的中文便是他們在當地聽到的語言。直到一九五〇年代，中國共產黨才發明一套羅馬化系統去解決標示標準漢語聲調的問題。因此，中文的羅馬化當時仍在實驗之中。

另一種是專門為中國人開發電碼和機器。已知最早的中國電報機是由美國浸信會傳教士丹尼爾·麥高文（Daniel MacGowan）於一八五一年設計。然而，丹尼爾只是一時出於好奇心才會設計這台機器，中國人不會覺得這項技術易於使用。爾後，中國商人王承榮（Wang Chengrong）研製出一台中文電報機。王是華僑商人，一八六〇年代居住在巴黎，通法語和英語。他發明了中文電報機的原型，可以使用大約一千個漢字，這些漢字分為十六大類和十個次群組。王承榮曾致函清朝總理衙門④，請求挹注資金來大規模生產機台。可惜，清廷對西方科技不感興趣，先前更是拒絕了法國人和俄羅斯人的初步電報事業提議。王承榮的請求被束之高閣，他的電報機一直未能問世⑤。

若要讓電報對中文更公平，唯一的可行途徑是循外交管道。當時執政的國民黨政府需要派員參與巴黎會議，此人不能只是擔任觀察員，還要能四處辯護，發揮作用。合縱連橫確是必要，但中國政府欠缺籌碼，於是四處尋訪足以創造奇蹟的人士擔任代表。此人必須嫻熟外交，長袖善舞，講英語時溫文儒雅，深知西方人的想法。

* * *

乍看之下，王景春（Wang Jingchun）似乎並非適合人選。他是京漢鐵路局局長兼中國代表團團長，但怎麼看都算不上是個壯漢。照片中的他有一張橢圓形長臉，脖子修長，蓄留濃密的鬍鬚，隱約可見一絲微笑。他為人內向，被人譏為膽小如鼠，屢遭政府官僚機構同事的取笑。他們說，如果你沒看到王某冒過風險，那是因為他身體虛弱，正在偏遠的療養院調養。然而，這些傢伙卻不知道王景春性格堅毅。他個性平和，風度翩翩，討人歡喜，甚至會讓人卸下心防。他眼皮

---

④「總理各國事務衙門」是清朝後期自強運動才設立的外交事務衙門機構。在晚清以前，清朝沒有正式的外交機構，總是以對待外藩（以朝貢為主）的態度來處理與洋人的關係，這些事務由禮部、理藩院、兩廣總督和在華傳教士負責處理。宣統三年，總理衙門改為外務部。

⑤同治十二年（一八七三年）正月，王承榮由巴黎回國，將電報機帶到上海，稟奉李鴻章諭令到津，等待面詢之後，進京謁見總理衙門大臣恭親王奕訢。

半垂，凝視別人時可能會迷惑對方，使其透露過多的訊息。王景春雖不起眼，卻是耐心十足的戰略家。

王景春浸淫在這個圈子很久，他從二十二歲起便開始參加國際會議。他經驗老到，因此沉著冷靜。一九〇四年，他率先代表某個中國商人團體參加在聖路易舉行的「路易斯安納採購博覽會」，爾後前往俄亥俄衛斯理大學研讀科學，接著在耶魯大學攻讀土木工程學位，隨後獲得鐵路管理碩士學位，最終於伊利諾大學獲得經濟學和政治學博士學位。他曾任《中國留美學生月報》編輯一年，也曾擔任中國留學生聯合會主席，廣受同儕尊重。

一九一九年，王景春以技術專家的身分參與凡爾賽會議，親眼目睹山東半島的德國租界並未歸還中國，而是作為戰利品割讓給日本，於是感到中國遭背叛。他一心愛國，卻並未因此怒火中燒。他經歷此事之後，深信要了解西方，必須鑽研其內部體制，包括歷史、結構與運作模式。在未來的一段時間之內，中國在國際舞台上的地位仍將不穩定，其未來不僅取決於工程師（engineer），也取決於倡導者（advocate）。

王景春在留美那些年歲裡，充分利用了身邊的機會。他學習英語、法語和德語，也鑽研如何管理國家基礎設施的基本細節。他追溯英國鐵路系統的金融歷史，同時仔細思考其優劣良窳。王能力卓越，堅韌不拔，獲得民國領袖的高度認可。他後來負責統一中國的鐵路系統帳戶⑥，當時中國的鐵道系統仍被各種外國勢力所把持。那個領域猶如一片沼澤，讓人深陷泥淖，因為各種外國勢力皆以自己的語言去採用本身的會計和標準化系統，甚至軌距也各不相同，這就表示火車無法在不同運營商建造的軌道上行駛。因此，王景春一直扮演非正式大使的角色。他善於比較，使美國人更容易掌握中國人的觀點。王曾在一篇文章中向美國人解釋，[5]為何鐵路貸款在中國是極為複雜的問題。他指出，在美國，貸款被視為兩方的商業交易，雙方是自願達成協議。然而，在中國，這類貸款一向被視為中國政府與其他政府之間的條約，通常是由一方強迫簽約。他表示，殖民地的不對等現象（colonial asymmetry）影響了中國當前工業化需求的各種層面。中國囿於這種勢力不均的情況，無法開始發展或進行現代化。

與此同時，王景春言辭平和，不讓別人興起任何怨恨他的衝動。他總是強調，相互指責無法找出解決之道。無論面對西方或中國聽眾，王景春一直堅持這項原則。他在北京為交通部部長出謀畫策時說道：「對我們而言，問題並非後悔或抱怨過去，而是努力開創最美好的未來。」[6]這便是他的使命。

一九一一年，王景春與同時代的許多人一樣，從美國回到爆發革命的中國。當時局面混亂，鮮血染紅街道，國家危如累卵，萬民遭塗炭之災，百姓受倒懸之苦。賠償金與外國貸款一直占政府預算的一半，而洋人又掌控關稅，表示中國無法免於破產。除此之外，中國的工業和銀行系統

---

⑥ 王景春曾任鐵路會計統一會副會長和交通部鐵路會計司長。

才剛起步，國內社會仍以農業為主，民眾識字率極低。王景春心想，一旦清朝被推翻，中國便會陷入癱瘓，根本欠缺重建手段，更遑論現代化了。

王景春渴望向政府貢獻他管理機構的技術、外交技巧和工業知識。孫中山旋即任命他為南京臨時政府外交部參事。這個剛創立的國家隨後陷入軍閥混戰，但王勤奮誠實，鼓舞了同事與下屬的士氣。儘管局面混亂不堪，他在任職期間精簡不同的會計系統（accounting system，帳務系統），設法使鐵路系統站穩腳跟。這是一項不小的成就，因為必須與不同的外資電報公司和鐵路運營商單獨談判每份合約，而這些公司或營運商的所有權通常都交織在一起。這便如同針對每個設定的傳輸費率或紅利分享率與不同的國家實體打交道。合約跟條約一樣有效，每一項條款和協議都會帶有政治風險。

王景春辦事有成，很快便肩負更多的國際任務。一九一二年，他被派往波士頓參加第五屆萬國商業會議。他在耶魯大學和伊利諾大學求學期間，學會該如何言談舉止才能讓美國人感到自在：王友善風趣、溫文儒雅且平易近人，知道在何時何地該說什麼。他向美國公眾承諾：「新中國將會成為新的美利堅合眾國。」[7]《紐約時報》以半版報導他在大會的講話，當時王景春指出：「我們現在想要與美國和其他國家做生意，這是真正在做生意，不是做混雜國際政治的生意。」為了表明中國將完全融入國際社會，他主張使用公曆／格里曆而非中國的陰曆來促進與外界的貿易往來。

THE NEW YORK TIMES, SUNDAY, NOVEMBER 10, 1912.

"THE NEW CHINA WILL BE A NEW UNITED STATES"

Dr. Ching-Chun Wang, Yale Graduate, Associate Director Pekin-Mukden Railway and Prominent Among Chinese Progressives, Declares That China Wants to Deal with Straightforward American Business Men Who Don't Mix Business with Politics.

Scene at a Crowded Chinese Railway Station.

Dr. Ching-Chun Wang.

American Built Locomotives on Chinese Railways.

"Szechuan is our largest and most productive province. It is so rich that its output equals in value that of all Japan and Korea. It is a plain as fertile as France, a veritable inland empire, with mines all over it where copper and other valuable minerals can be picked up almost like dirt.

"The trouble is that it is difficult to find a market for all this wealth. The Yellow River is navigable for some distance beyond Hankow for vessels of considerable size, but from the head of navigation to the productive sections of Szechuan is a matter of several hundred miles.

"It is along this stretch that the

wearing queues? Who, a few years ago, would have believed that possible?

"And how about opium? When some Chinese advanced the opinion that opium smoking could be eradicated in the empire, scarcely any one would believe them. They were told that opium had always been smoked in China to an enormous extent, and that, therefore, it always would be.

"What happened? There are more opium smokers here in America now than there are in all China. Whereas to smoke opium was formerly a sign of dignity, it is now a sign of criminality. The smoker is ostracized by society; he can get no official job; in fact, it is only with the greatest difficulty

So many of us Chinese Republic of the first roads whose success

王景春向美國人發表演講，指出中國渴望做生意。
《紐約時報》，一九一二年十一月十日。

王景春作為京奉鐵路（北平—奉天鐵路，奉天府便是今日的瀋陽）會辦，決心向美國和世界展示中國不再軟弱、沉睡和口出怨言的態度。他姿態優雅，對西方昔日的侵華和不平等條約聳聳肩，表示毫不在乎。這些屬於過時的帝國主義，而中國現在準備從事商業了。不少心懷抱負的中國未來領導人都像他一樣畢業於美國大學。王景春指出，他們是徹頭徹尾的美國人，可以像中西部人一樣談論美式足球：「我們的政府體制是參照美國；我們的憲法是仿效美國；我們許多人都覺得自己和美國人別無二致。」從一張在他當日演講時拍攝的黑白照片可看出他露出罕見的燦爛笑容。在他的左側，一輛閃亮的美製蒸汽火車頭正準備衝向看報的讀者，彷彿正從印刷頁面上飛馳而過。

他右側的照片顯示中國一處擁擠的火車站，該站正等待採納更好的技術。王景春介於這兩個世界之間，乃是帶來希望的使者，隨時準備將美國的工業技術引入渴望進步的中國。

王景春無論到哪裡，都一直重複同樣的訊息：你可以和中國做生意，中國也想和你做生意。他在一九一五年代表中國參加巴拿馬太平洋萬國博覽會，並在會場鳴放二十一響禮炮時在展覽場地插上中國新的五色旗[7]。三年之後，他作為交通部的正式代表被派往歐洲，與洋人談論中國的工業化和談判鐵路權益。王景春與周厚坤幾乎是同時代的人物。年輕的周厚坤出身麻省理工學院，一心想當發明家，而王景春卻加入政府，逐步晉升職位。從文官到局長，他一次又一次證明自己是中國最能幹的官僚之一。

他資歷豐富，遂在一九二五年以京漢鐵路局局長兼中國代表團團長的身分搭機前往巴黎，出席國際電信郵政會議。在舉辦會議的索邦大學羅馬式教堂的洞穴大廳之外，法國首都巴黎披上了秋季的黃色和鐵鏽色，情侶們坐在公園陰涼處的長椅上休憩溫存。街邊咖啡館裡洋溢著歡聲笑語。然而，人在索邦大學的王景春並不期望享受愛情。電報是競爭殘酷的行業，獲利與日俱增，因此歐洲人之間的競爭加劇了，這讓中國的處境更加艱難。

在後續的兩個月裡，王景春和他的團隊必須援引每一項國際法規和運用一切說詞來奪回中國主權。王根據西方自身不斷發展的國際法律框架，知道各國皆享有根據和保護其主權利益行事的權利，至少理論是如此。他要處理之事多如繁星。他會訴諸西方人珍視的條款。儘管王景春做好了戰鬥準備，但他對西方幾乎沒有敵意。心愛的祖國有哪些缺點，王可是心知肚明，如同他對帳簿數字是摸得一清二楚。其實，西方並未讓中國陷於目前的困境；中國要對自身的發展負起責任。中國原本從一開始便可參與國際電報產業；它原本可以宣示主權。然而，中國卻將一切拱手讓人，日後才驚醒過來，但為時已晚矣。

＊＊＊

在一八七〇年代，電報的前景樂觀，甚至令人感到興奮。估計在這十年結束之前，百分之九十的人將被納入電報通訊網絡。然而，中國似乎決意抵制這項預言。當丹麥人、英國人、法國人和俄羅斯人爭先恐後建造更多電纜來將電報網絡連接到領土以外並深入東亞之際，中國卻提出了異議。

⑦ 民國成立之初執政的南京臨時政府採用的國旗，旗面依序為紅、黃、藍、白和黑的五色橫條，象徵漢、滿、蒙、回、藏五族共和。

中國人猶記得第一次鴉片戰爭結束時，英國是如何逼迫中國簽署條約，放棄關稅自主權。根據《南京條約》的規定，中國除了賠款，還得對外開放五個通商口岸[8]，而且關稅由英國自行決定[9]。一年之後，美國人如法炮製，與中國簽訂類似的條款[10]。爾後法國人[11]（還有瑞典人和挪威人）也採取美國模式，急於將自身勢力打入中國。西方列強相互配合，彼此攀附，慢慢圍堵蠶食，巧妙將「最惠國」條款寫進第二次鴉片戰爭後簽訂的《天津條約》[12]。這項條約規定，[8]如果中國給予某個國家特權，在法律上便有義務給予所有國家同等特權。到了十九世紀末期，中國已有八十多個對外開放的通商口岸。

因此，隨著電報的興起，清朝官員擔心洋人又要利用這個藉口來擴大他們在中國的勢力。倘若允許外國人在中國土地上鋪設電纜，這些洋人肯定不會就此罷休。萬一某根電纜出現刮痕，洋人可能會指控是中國人搞破壞而要求賠償。

俄羅斯於一八六五年前來敲門，提議將一條西伯利亞電纜連接到北京，中國一聽便拒絕了。代表朝廷應付蠻夷的恭親王指出，中華帝國不需要引進這類科技。五年以前，法國公使也曾致贈電報手冊，打算藉機挑起清廷的興趣，但奕訢當時也給法方吃了閉門羹。這位王爺指出，大清已有無遠弗屆的皇家信使，這些善於騎馬之士可以傳遞訊息。他對電報嗤之以鼻，認為根本沒啥用處。

即便恭親王嚴詞拒絕，歐洲人也毫不在意。他們反而背著中國，暗地採取更激進的策略。

首先發難的是丹麥人。在一八七〇年十一月的某一天，當晚月亮高掛，[9]萬里無雲，他們進行了一項祕密行動，從一艘丹麥護衛艦上卸下經過法國海軍基地的電纜，將其鋪設於吳淞江西岸的地下。丹麥人在黎明前便將電纜鋪好，[10]沒有被人發現。

歐洲人搶占大部分的中國市場之際也在彼此競爭。擁有電信壟斷企業「大北電報公司」（Great Northern Telegraph Company）的丹麥打算主導東亞市場，試圖比英國「東部電報公司」（Eastern Telegraphy Company）[13]搶先一步。各國皆提出不同的藉口想讓中國人讓步：這些電纜將可讓他們在中國的公民更便於交流；電報將有助於對海岸附近的沉船進行救援。

中國農村不喜歡電纜入侵，鄉民一直醞釀著仇恨。這些電纜橫跨大片土地，村民認為此舉將驚擾墓地祖先的靈魂，更會破壞風水、毀壞莊稼和影響收成。電纜將招致厄運，讓人猝死和帶來

---

⑧ 廣州、廈門、福州、寧波和上海。
⑨《南京條約》（Treaty of Nanjing）規定關稅必須由雙方議定，亦即協定關稅，清朝無法單邊決定，此舉剝奪清廷的關稅自主權。
⑩ 作者指《望廈條約》，其內容與《南京條約》相似。
⑪ 作者指《黃埔條約》。
⑫ 包括《中俄天津條約》、《中美天津條約》、《中英法天津條約》。
⑬ 大東電報局。

災難。有人便於一八七五年向皇上呈稟箇中原因：「洋人只知上帝與耶穌，但不知祖先。一旦信奉洋教，先必須摧毀自家偶像。而在吾國，來世與今生等同無異。數千年來皆是如此，國人極為重視遺體與靈魂存放之處。洋人將其電纜埋於地下，從四面八方掘土挖洞，強行穿越，幾乎切斷地脈，破壞墳墓風水。此舉如何能讓吾等心安？[14]」 11

有人見到百姓痛恨西方電報，便趁機搧風點火。一九〇〇年，義和團事變爆發，拳匪破壞了直隸至山東的電纜和線路。懂得抱怨洋人的可不止慈禧太后一人。地方官員也知道該如何去挑起民眾的不滿和渲染迷信，他們鼓勵農民破壞或竊取電纜。百姓之所以盜取電線桿和電線，偶爾只因為想偷竊其中的高品質金屬。滿清政府刻意放慢逮捕竊匪的速度，而且登記洋人的投訴時也顯得拖拖拉拉。

一八八一年，諸如李鴻章之類的朝廷重臣已經體認推行洋務勢不可擋，認為清廷需要收回控制權，自行設立電報局。清廷當時架設一條連接天津和上海的電報線路[15]，此舉引起民眾的廣泛關注。然而，到了那時，歐洲在這項技術早已搶占先機，中國已無法逆轉其優勢。丹麥人設計了一種漢字電報電碼系統，此乃歷來首套這類系統，歐洲人擁有更大的優勢。中國勢必得賣力迎頭趕上。

* * *

西方人長期研究中文，方能設計出中文電報密碼。自從十六世紀耶穌會傳教士馬泰奧・里奇（Matteo Ricci，漢名利瑪竇）的時代以來，仰慕漢文化的歐洲人士便著迷於漢字，但鮮少洋人精通漢語，從而贏得中國人的尊重。利瑪竇能快速記住數千個漢字，此事堪稱傳奇，但甚少人像他這般充滿好奇和毅力十足。不少洋人聲稱自己掌握了中文的隱藏密鑰，但實情卻非如此。

歐洲人經常昧於事實而胡亂猜想。漢學家阿塔納奇歐斯・基爾學（Athanasius Kircher）的《埃及伊底帕斯》（拉丁語：*Oedipus Aegyptiacus*，出版日期：一六五二年至一六五四年）有一幅著名的插圖，上頭繪滿奇形怪狀的漢字，而這張插圖是首度向歐洲人展示漢字模樣的文獻。圖上拙劣的漢字取材自中國農民曆，[12]當時中國的學儒絕不會將其視為正統來源。話雖如此，該書插圖卻激發歐洲傳教士和學者的想像力，在後續的數個世紀裡，他們無不著迷於漢字。

電報時代將這種長期迷戀轉向至不同的方向。漢字不再只是遙遠的幻想對象；中文猶如幾何方程式，乃是難解的技術問題。就在此時，一位法國探險家加入了虔誠的傳教士和迂腐學究的行列。皮埃爾・亨利・斯坦尼斯拉斯・德・埃斯卡伊拉克・德・勞圖爾（Pierre Henri Stanislas

⑭ 出自中國史學會，《洋務運動文獻彙編》，臺北：世界書局，民國五十二年，第六冊，頁三三〇。這段文字翻譯自作者原文。

⑮ 李鴻章先奏請清廷架設天津至上海的陸地電報線路，獲批准之後成立津滬電報總局，爾後改為中國電報局。

d'Escayrac de Lauture）伯爵是發展中國電報的先驅。一八六〇年，他自願隨同英法聯軍進入北京。此次英法揮軍進京乃是為了換約⑯，以及讓清廷更了解西方船堅炮利的優勢。德．埃斯卡伊拉克某天在進行晨間偵察任務時被中國人俘虜，爾後在獄中遭受酷刑而傷殘。在那段時間，聯軍占領並燒毀了圓明園，以此作為清廷不遵守第一次鴉片戰爭條約的懲罰。德．埃斯卡伊拉克在充滿糞便的泥牢中被關押數週之後終於獲救。

德．埃斯卡伊拉克重見天日之後，無法用手寫字。只要不像他這般堅毅勇敢，遭逢前述慘痛的經歷之後，必定會受到無法逆轉的創傷。然而，德．埃斯卡伊拉克雖然慘遭酷刑，卻沒有對中國或其文化產生反感，反而著手為漢字設計電報電碼。[13]他採用活版印刷雕刻師的邏輯，將漢字分成兩半，此舉如同祁暄爾後於一九二〇年代設計中文打字機的作法。然而，他缺乏現代語言學和工程學知識，最終提出極為抽象的「tekachotomic」表格（由語義字模網格組成），幾乎無法實際運用。這種構思非常巧妙，但也許只是他單靠想像力提出的想法，僅此而已。

人們長期努力，想要設計出漢字電報，到了十九世紀的最後二十五年，某位務實冷靜的丹麥金融家終於迎來決定性的轉折。卡爾．弗雷德里克．蒂特根（C. F. Tietgen）是工業巨頭兼銀行大亨，也是大北電報公司的負責人。蒂特根與馬丁．路德（Martin Luther）一樣面容嚴峻，乃是冷酷無情的資本家，一直希望進軍尚未開發的中國市場。一八六八年，中國外交使團來訪，促使他重新評估中國的潛力。在一八六〇年代初期，中國於開始尋求「自強」。這是中國遭受兩次屈辱的鴉片戰爭之後，試圖尋求外國顧問的協助，以此興建造船廠和軍火庫來厚實軍事實力和提升工業能力。蒂特根從中看到了商機。

蒂特根發現，橫亙在他的雄心壯志與中國巨大市場之間的就是語言。他首先要盡量讓中國人易於使用電報，直接投消費者的喜好。蒂特根開始找人開發漢字電碼，但丹麥是個小地方。在這個斯堪地那維亞南部的小王國，他能找到的最棒專家就是厄斯特沃爾天文台⑰的天文學教授漢斯・謝勒魯普（Hans Schjellerup）。這位教授長期學習阿拉伯語之後又研習了中文，[14] 他學阿拉伯語是為了比較中東與歐洲的月食紀錄。

謝勒魯普應蒂特根的要求，開始著手彙編漢字表，用手製作纖薄如紙的抽認卡。到了一八七〇年四月，他已經取得了長足的進步。他給蒂特根寫了一封信，隨信附上擬議的中文電報詞典的前兩頁，上頭包含二百六十個漢字。他仿效漢語字典的模式來排序漢字（按照《康熙字典》的二百一十四個部首），以便讓中國用戶感覺很熟悉。這些漢字是根據部首和筆畫數來排序。他還將這些部首稱為「密鑰」（key），這讓人聯想到在他之前的漢學家所使用的術語，因為他們認為漢

⑯ 第二次鴉片戰爭爆發之後，英法聯軍北上攻占大沽炮台，兵臨天津，威脅北京，最終與清廷簽訂《天津條約》，約定隔年換約。英法隔年發艦前往北京換約，卻在大沽口發生炮戰，受創而去。一八六〇年，英法二度大舉進襲，先攻下大沽與天津，隨後揮師北京，火燒圓明園，咸豐帝以西狩為名，奔逃熱河。

⑰ 位於丹麥哥本哈根，如今稱為哥本哈根大學天文台（Københavns Universitet Astronomisk Observatorium）。

字隱藏深奧的祕密，必須加以解鎖。

謝勒魯普不得不返回天文台進行研究之前，只能完成漢字電碼的初稿，但這便足以讓事情得以起步。這份草稿被傳給下一位管理者愛德華·蘇森（Edouard Suenson）。愛德華是大北電報的首位遠東區總經理，他隨後將草稿帶到上海這個港口城市。洋人在上海外灘熙來攘往，訊息能在當地的外國人網絡中快速傳播。倘若有人需要許可證才能進口貨物，或者有人想打探總理衙門辦公室的政治風向，隨時可在外灘找到合適的聯繫人。愛德華這位總經理希望替公司找到完成教授遺留工作的人。結果他辦到了，找了一位風度翩翩的三十三歲法國領港員，名叫威基傑（Septime Auguste Viguier）。

* * *

威基傑擁有大北電報所需的信心與技能。威基傑在多年以前便在開發漢字電碼，因為法國政府當時試圖讓中華帝國對他們的電報電纜產生興趣，於是委託他開發電碼，可惜法國最終功敗垂成。此外，威基傑還精通早期的文字複印機，例如現代傳真機的前身喬瓦尼·卡塞利公司（Caselli）推出的無線電傳真機（pantelegraph）。當法國的計畫慘遭擱置時，威基傑便來到上海，丹麥人剛好趁機招募他。

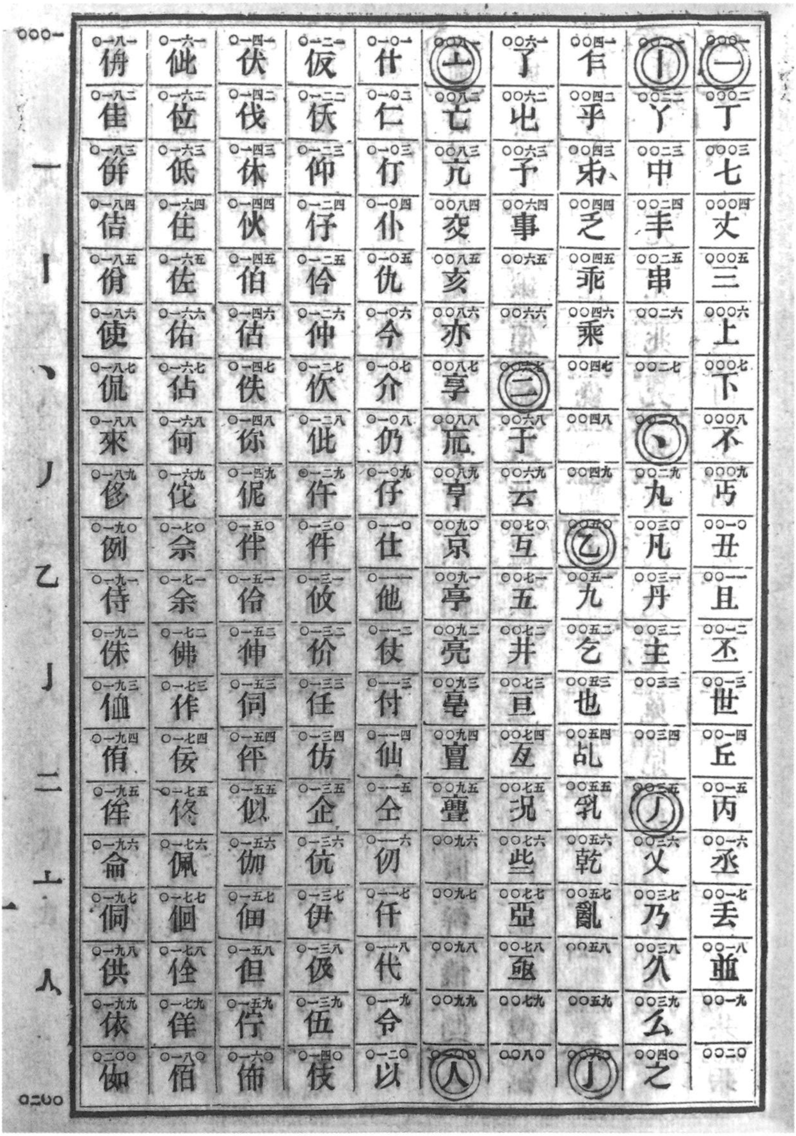

〇〇〇一　一　丨　丶　丿　乙　亅　二　亠　人　〇二〇〇

〇〇〇一 一	〇〇二一 丨	〇〇四一 乍	〇〇六一 了	〇〇八一 亠	〇一〇一 什	〇一二一 仮	〇一四一 伏	〇一六一 佌	〇一八一 [illegible]
〇〇〇二 丁	〇〇二二 丫	〇〇四二 乎	〇〇六二 乜	〇〇八二 亡	〇一〇二 仁	〇一二二 仸	〇一四二 伐	〇一六二 位	〇一八二 佳
〇〇〇三 七	〇〇二三 中	〇〇四三 [illegible]	〇〇六三 予	〇〇八三 亢	〇一〇三 仃	〇一二三 仰	〇一四三 休	〇一六三 低	〇一八三 併
〇〇〇四 丈	〇〇二四 丰	〇〇四四 乏	〇〇六四 事	〇〇八四 交	〇一〇四 仆	〇一二四 仔	〇一四四 伙	〇一六四 住	〇一八四 佶
〇〇〇五 三	〇〇二五 串	〇〇四五 乖	〇〇六五	〇〇八五 亥	〇一〇五 仇	〇一二五 伶	〇一四五 伯	〇一六五 佐	〇一八五 佾
〇〇〇六 上	〇〇二六	〇〇四六 乘	〇〇六六	〇〇八六 亦	〇一〇六 今	〇一二六 仲	〇一四六 估	〇一六六 佑	〇一八六 使
〇〇〇七 下	〇〇二七	〇〇四七	〇〇六七 二	〇〇八七 亨	〇一〇七 介	〇一二七 [illegible]	〇一四七 佚	〇一六七 佔	〇一八七 侃
〇〇〇八 不	〇〇二八 丶	〇〇四八	〇〇六八 于	〇〇八八 㐬	〇一〇八 仍	〇一二八 仳	〇一四八 你	〇一六八 何	〇一八八 來
〇〇〇九 丏	〇〇二九 丸	〇〇四九	〇〇六九 云	〇〇八九 享	〇一〇九 仔	〇一二九 仵	〇一四九 伲	〇一六九 佗	〇一八九 侈
〇〇一〇 丑	〇〇三〇 凡	〇〇五〇 乙	〇〇七〇 互	〇〇九〇 京	〇一一〇 仕	〇一三〇 件	〇一五〇 伴	〇一七〇 佘	〇一九〇 例
〇〇一一 且	〇〇三一 丹	〇〇五一 九	〇〇七一 五	〇〇九一 亭	〇一一一 他	〇一三一 攸	〇一五一 佮	〇一七一 余	〇一九一 侍
〇〇一二 丕	〇〇三二 主	〇〇五二 乞	〇〇七二 井	〇〇九二 亮	〇一一二 仗	〇一三二 价	〇一五二 伸	〇一七二 佛	〇一九二 侏
〇〇一三 世	〇〇三三	〇〇五三 也	〇〇七三 亘	〇〇九三 亳	〇一一三 付	〇一三三 任	〇一五三 伺	〇一七三 作	〇一九三 侐
〇〇一四 丘	〇〇三四	〇〇五四 乩	〇〇七四 亙	〇〇九四 亶	〇一一四 仙	〇一三四 仿	〇一五四 伻	〇一七四 佞	〇一九四 侑
〇〇一五 丙	〇〇三五 丿	〇〇五五 乳	〇〇七五 况	〇〇九五 亹	〇一一五 仝	〇一三五 企	〇一五五 似	〇一七五 佟	〇一九五 侔
〇〇一六 丞	〇〇三六 乂	〇〇五六 乾	〇〇七六 些	〇〇九六	〇一一六 仞	〇一三六 伉	〇一五六 伽	〇一七六 佩	〇一九六 侖
〇〇一七 丟	〇〇三七 乃	〇〇五七 亂	〇〇七七 亞	〇〇九七	〇一一七 仟	〇一三七 伊	〇一五七 佃	〇一七七 佪	〇一九七 侗
〇〇一八 並	〇〇三八 久	〇〇五八	〇〇七八 亟	〇〇九八	〇一一八 代	〇一三八 伋	〇一五八 但	〇一七八 佺	〇一九八 供
〇〇一九	〇〇三九 么	〇〇五九	〇〇七九	〇〇九九	〇一一九 令	〇一三九 伍	〇一五九 伫	〇一七九 佯	〇一九九 依
〇〇二〇	〇〇四〇 之	〇〇六〇 亅	〇〇八〇	〇一〇〇 人	〇一二〇 以	〇一四〇 伎	〇一六〇 佈	〇一八〇 佰	〇二〇〇 侞

威基傑編纂的《電報新書》。上海：美華書館，一八七二年。丹麥國家檔案館。

威基傑雖是最佳人選，但並不受歡迎。同事們立即發現他為人自負且喜愛自誇：他們冷笑道，法國人就是這副德性。威基傑後來還與總經理蘇森爆發激烈的口角衝突，而他與公司的關係更因薪酬和信用問題而日漸惡化。儘管如此，威基傑迅速完成謝勒魯普教授尚未完成的計畫。到了一八七〇年六月，[15]他提出了第一個版本。一八七二年，威基傑編成了最終版本的標準電碼本，名為《電報新書》，裡頭包含六千八百九十九個漢字。

謝勒魯普教授的想法是這套方案要包含五千四百五十四個漢字，但他本人卻沒有列出這麼多字。他建議使用數字來表示每個漢字，[16]以便發送漢字電文，接收端也能將其解碼回中文。威基傑要根據這種概念去充實這套系統，實際分配數字，並且決定最終的電碼本該如何組織和限定漢字數目。

威基傑提出了每頁二十行和十列的表格形式。他隨意替每個漢字分配了一個四位數代碼，從0001列到9999，並且挪出空白處來額外納入三千個代碼，用來表示為個人業務目的訂製的詞彙。每頁有兩百個方格，列出兩百個漢字及其數字代碼。現存漢字約有四萬五千個，這套代碼僅包含其中的一小部分。電報大規模擴展，表示它是針對普通百姓，而且使用通用語言，因此限制漢字數量，不僅有效，而且實用。

然而，在操縱數字的背後，乃是更重要的概念重新調整（conceptual reorientation）。隨意將漢字數字化，表示漢字與其代碼之間不再有意義上的關聯。漢字不再是一個謎，也不再擁有一把

「鑰匙」。在電報員眼中，漢字已經喪失其浪漫色彩。漢字長什麼模樣或如何經由數個世紀的使用而成為現在的模樣並不重要。根本不用根據部首去規定電報代碼的形狀或形式，因此部首的最後殘餘功能便消失了。剩餘的便是一致運用四位數代碼，顯得冷漠無趣。阿拉伯數字不代表任何漢字的形狀、含義或聲音。西方電碼將漢字變成了不折不扣的技術，這是一種解決實際問題的實用工具。

中國人若要使用威基傑的系統去發電報，基本上必須將母語視為外語代碼。威基傑只為漢語母語人士留下了一些輔助工具。發電報時仍然可以參考根據《康熙字典》部首安排的「發送表」（dispatch table）來按照部首查找漢字，但僅此而已。然後，發電報者讀取漢字上方列出的四位數代碼，然後以摩斯密碼的點和線來輸入電文。接收端則是反轉這個過程來解譯內容。操作員將使用編碼本的鏡像版本，亦即「接收表」（reception table），其中包含完全相同的漢字，只不過是按數字而非部首排列，讓人可根據四位數代碼去還原出漢字。威基傑使用中文數字一、二、三來代替1、2、3，藉此漢化這套系統（chinoisai，亦即Sinicized）以便使其更容易被人接受。然而，此舉未扭轉漢字的本質已被徹底改變的事實。

威基傑似乎信心滿滿，認為一旦中國人能夠輕鬆使用自己的語言去發送電報，其他問題（不信任西方技術、四處破壞電纜，或者清廷猶豫不決之舉）都將迎刃而解。可以透過數字直接以漢字發送電文，不需要先將其轉譯成歐洲語言。這樣至少省了一個步驟。

威基傑這位法國人只能從自身角度去思考西方字母，上述作法是完全有道理的。他認為，倘若將中文拼音化會讓中國人反感或遲疑，使用中性的數字去表示漢字便可解決問題。沒有強迫同化，沒有排外敵意。然而，他這樣做只會讓漢字在字母系統中成為二等公民，因為根據密碼最初的規定，數字的發送價格高於字母。發送完全由數字組成的摩斯電報其實是最昂貴的，因為每個數字占用的點和劃都比字母更多。簡而言之，威基傑解決了一個問題，但並沒解決造成這個問題的前提。然而，威基傑和大北電報公司都不關心這點。他們已經實現了眼前的目標；他們從漢字獲取了想要的東西。

在大北電報的強力支持下，威基傑的四位數模式便傳播開來了。他還建議安裝三條主要電報線以鞏固大北電報的勢力。這些線路將在中國境內從北到南、從東到西縱橫交錯，並讓較細的線路延伸至遙遠的省分。既然可以通過電報的電脈波傳輸漢字，大北電報沒有理由猶豫不決，不去鋪設電報線。在丹麥人夜間偷偷鋪設電纜一年之後，他們現在更能鼓起勇氣，齊心協力，公開推展電報事業。

由此，漢字電碼於焉誕生。少數不太懂中文的丹麥公司人員先前夢想推銷電報這種產品，但現在卻成了後續半個多世紀將持續困擾中國的東西。威基傑的編碼本成為後續所有中國電報編碼本的範本，直至王景春的時代才有所改觀。

然而，威基傑的電報代碼也並非沒有受人質疑。這套代碼一問世，中國人幾乎立刻就想改進它。率先這樣做的是一位安靜的中國年輕翻譯家，[17]名為張德彝。張曾於一八六八年隨同外交使團出訪歐洲⑱。張德彝指出，每回需要獲取緊急服務時，都必須透過「西洋字母」將中文消息傳回中國的中國辦事處，感覺非常麻煩。他還發現西方電報為何比較安全，因為祕密訊息是透過數字來發送的。這點啟發了張德彝，於是他根據類似的格式去構建自己的漢字電報編碼本。

威基傑出版的編碼本是重要的里程碑，但張德彝集中心力去改善它的草率之處。中國人無法非常輕鬆使用威基傑的漢字編號。這些連續的數字並未將漢字分組，而中國人習慣在字典中以這種方式去查找漢字。張德彝決定精簡威基傑系統的格式並稍加重組，使內容更加明確清楚。威基傑於一八七三年提出電碼草稿，兩年之後，張便推出自己的《電信新法》。它重新排序了漢字，讓數字不是那麼隨意便賦予某個漢字。張德彝使用相同的二百一十四個部首，但從《康熙字典》中重新挑選大約七千個漢字，並為這些字分配了從0001到8000的編號。

張德彝的編碼本和威基傑的編碼本的主要區別在於視覺排列（visual arrangement）。如果你是一名電報員，不時得承受壓力，要快速找出正確的漢字，幾乎沒有時間檢查條目去進行確認，那麼這一點便尤為重要。張使用更好的組織索引並納入更多的漢字。格子的行和列重新排成十乘

⑱ 當時退役的美國駐華公使蒲安臣率「中國使團」出訪，張隨團任通事（亦即翻譯員），返國後將所見所聞寫成《歐美環遊記》。

電信新法

2691 槃	2681 棍	2671 梯	2661 梅	2651 桐	2641 栽	2631 梘	2621 柞	2611 柏	2601 枵
2692 棬	2682 棒	2672 械	2662 梛	2652 桑	2642 桀	2632 六 栖	2622 查	2612 某	2602 架
2693 森	2683 棖	2673 梲	2663 梏	2653 桓	2643 桁	2633 栗	2623 柩	2613 柑	2603 枷
2694 棱	2684 棗	2674 梳	2664 梓	2654 桔	2644 桂	2634 校	2624 東	2614 柒	2604 枸
2695 棲	2685 棘	2675 梵	2665 梗	2655 七 栝	2645 桃	2635 株	2625 柯	2615 染	2605 枹
2696 棺	2686 棚	2676 八 棃	2666 條	2656 桴	2646 桅	2636 栱	2626 柰	2616 柔	2606 枻
2697 棻	2687 棟	2677 棄	2667 梟	2657 桶	2647 框	2637 栲	2627 柱	2617 柘	2607 柿
2698 棼	2688 棠	2678 棉	2668 梢	2658 根	2648 案	2638 核	2628 柳	2618 柚	2608 柁
2699 椁	2689 棣	2679 棊	2669 梧	2659 梁	2649 桌	2639 根	2629 柴	2619 柜	2609 柄
2700 椅	2690 棧	2680 棋	2610 梭	2660 梃	2650 桎	2640 格	2630 柵	2620 柝	2610 柎

十四

張德彝的《電信新法》，一八七三年。丹麥國家檔案館。

十的網格。所有的二百一十四個部首都以紅墨水標記，重申傳統漢語詞典的組織原則，為其他漢字留下了大量的空白方塊。張德彝還保留了空間來輸入簡單的加密文字。發送西方電報時，會將代碼按字母表向下移動幾個字母來加密。例如，倘若將加密密鑰設置為返回字母表的三個字母，則SECRET將被拼寫為PBZOBQ。單元格結構中十的倍數使得處理漢字變得更容易，因為每個漢字在網格上皆有一個特定坐標。為了在位置加密（positional encryption）中更容易查找漢字，張德彝讓每個頁面都包含相同大小的漢字網格。如此一來，比隨意逐行列出漢字的模式（好比典型的西方電報編碼本）更容易查找到漢字。

用中文發一封密電極為麻煩。除了以某些漢字組來代替日期的國內短暫流行技巧之外，沒有簡單的方法可加密中文電報。中國自行使用的漢字加密法起不了多大的作用。後來有人嘗試編寫或加密中文電碼，結果混亂不堪，毫無章法，而標有色碼的（color coded）祕密編碼本也囿於官僚效率不彰或不夠安全而派不上用場。絕密的密碼本經常未經授權便被複製或傳播，而且不是供應短缺，便是無法獲得，複製時顏色標籤有誤，或者對外洩露。一八九五年，甲午戰爭結束，清朝戰敗，將臺灣割讓給日本，這時才知中國的電報早已被日本人截獲和破譯了二十多年。因為這樣而付出的政治與外交代價根本難以估量。

然而，張德彝對威基傑方案最重要的改變是從根本上提出了一套全新的摩斯密碼，亦即以中文思維開發的電碼。他不僅將其定為漢語方案，更是煞費苦心，為二十六個字母和十個阿拉伯數字添加了四位數代碼。他不僅想讓中國人使用這套系統，也想讓其他人能使用它，從而表示他改進的版本與現有的通用電碼標準一樣好。即使仍受制於根據外國標準所訂的規則，他已經思考要從漢字的角度去改造電碼。威基傑以中文書寫數字來擺出本地化的姿態，讓中國操作員可以輕易在編碼本中找到它們，但張德彝將其更改為阿拉伯數字，顯然更加全球化和高瞻遠矚。雖然可用西方字母作為媒介去發中文電報，但張德彝提出的中國方式來表示漢字以及融入西方字母及其所有可能的文字系統，從而扭轉了局勢。

張德彝等人推展了漢字電報技術，卻隱身於幕後而無人知曉。威基傑享有盛譽，但張德彝的發明卻鮮為人知，歷史記載也有訛誤。兩代的西方學者和專家絲毫不知張德彝另有張德明與張在初的化名（中國藝術家或文人除了名字，經常會取一個或多個字號）。[18]他用這兩個化名（德明與在初）在電報編碼本上簽名。歷史學家誤以為那是另一個人，名叫德明在，將「在初」的「初」去掉，從而將其姓氏誤植為「德」。這便如同將張德彝名字偏移一個漢字來加密，因此未能揭露這項重要的歷史關聯。在上個世紀的多數時期裡，蒂特根與張德彝之間的重要聯繫一直遭到掩沒，故無人知曉。

時至一九二〇年代，釐清事實的時刻終於來臨。這項任務便落在王景春的頭上。中西電報歷史錯綜複雜，但王景春心知肚明，喋喋不休抱怨可能適得其反。中國不太可能去羞辱西方人，使其自願修正錯誤，因為羞恥並非西方的核心文化價值觀。假使抱怨和使其內疚都起不了作用，就必須使用不同的策略。

* * *

讓我們回頭看索邦大學，國際電信郵政會議已經召開了兩週。會議從上午九點到下午五點舉行，每天都有四場同時舉辦的會議，主題包括規則和法規、定價和編輯工作。王景春的團隊早晚都會多花點時間回顧整個過程，確保他們理解所討論的內容，以便擬訂隔日的策略與應對措施。他們都無法說流利的法語，因此聘請了一位法語為母語的人士幫忙。然而，會議進程依舊著眼於歐洲問題，因此王還沒有發言機會。

歐洲代表逐一表達了他們的不滿。王景春參加了整個會談，而他無疑在想方設法引導談話，但又不能顯得偏袒中國的國家利益，如此方能贏得各國代表的信任與尊重。除了中國與日本代表，每位代表都來自使用某套字母表（無論是拉丁語、西里爾語[19]或阿拉伯語）的國家或地區。即使日本也有一套音節書寫系統，並不像中國那樣完全依賴表意文字。中國的情況是獨一無二的。

---

⑲ Cyrillic，譬如俄國的西里爾字母。

中國當時已修建了數萬英里的電報線路，足以將其與全球通訊和貿易連接起來。然而，讓王景春困擾的是，雖然使用四位數代碼便可發中文電報，但費用卻很高，並且沒有讓漢字被視為一種電報語言。漢字完全缺席，改由數字代替。國際電信郵政會議的多數時間都在討論規則和制定規定，決定應該使用多少個字母來傳達訊息以及價格要訂多少。贊助巴黎會議的國際電報聯盟等國際機構的目標，乃是要確保沒人會不當使用這套系統，但作弊行徑其實十分猖獗。

發電報是按字母（數目）定價，[19]因此發件人會盡量簡短內容。一八五四年，一位母親給兒子發了一封言簡意賅的電報：[20]「Come home. A rolling stone gathers no moss（回家吧，滾石不生苔）。」兒子回電的內容也很有說服力：「Come here. A setting hen never grows fat（到這裡來，孵蛋的母雞永遠不會長胖）。」最短的電報類似於推特貼文，乃是某位美國商人向倫敦代理人詢問消息時寫道：「？」對方回答：「0」。

人們更常會去稍微規避規則，想出更短的拼寫，[21]譬如用「immidiatly」代表「immediately」（立即），用「nuf sed」代替「enough said」（說得夠多了）；或者，當價格根據字母而非單字（數目）時，他們會使用外語單詞。在一八六〇年代末期引入字數定價之後，用戶又開始組合單詞：「smorning」代表「this morning」（今天早上），「frinstance」代表「for instance」（例如）。他們還很快發現，只要在每條訊息包含更多內容，便可以花更少的錢，而此次是操弄單詞，使其表示與原始意思完全無關的東西。甚至坊間還有教人「偷工減料」的書籍。一八八四年，一本教人如何節省電報費用的手冊指出，[22]可以用「CELESTIFY」表示「I think it will be no cheaper」（我認為不會更便宜），以「DANDELION」代表「if it is damaged」（如果它損壞了）。根據一八九六年《阿特拉斯環球旅行者和商業電報密碼》（*Atlas Universal Travelers' and Business Telegraphic Cipher Code*），「GULLIBLE」的意思是「baggage seized by custom」（海關扣押的行李），而「REVERE」則在一九一〇年被一家礦業股票經紀商使用，用來代表多達三十個字的句子，而毫無疑問，處理客戶投訴時這句話非常有用：「Wires being down, your telegram did not reach us in time to transact any business today, and as your orders are good for the week, we will try to execute tomorrow（由於線路故障，我們未能及時收到您的電報並於今日處理任何業務。由於您的訂單本週仍然有效，我們明日將會試著去處理）。」[23]電報公司對於未經授權的拼法感到厭倦。[24]用戶不斷扭曲規則，迫使電報公司多次定義「單詞」的含義。必須逐漸明確訂出更嚴格的規則與定義，指出什麼是允許的，而更重要的是，要指出用戶使用的單詞是否符合字典中的含義。明文與密文之間的根本區別逐漸顯現。

一九二五年的《國際業務法規》（International Service Regulations）第八條重申，所謂明文，[25]乃是「以國際電報通信授權的一種或多種語言呈現的可理解含義的訊息」，而密文則是「由單詞組成，但不是以授權的一種或多種語言呈現的可理解短語」。對於許多成員而言，這種定義仍然是模糊隱晦的。一位美國觀察家問道：對於收信者而言，密文根本就是明文，而以某種語言所發的明文對於不懂該語言的人來說也可能是密文。因此，即使就字母語言而言，什麼是「可理解性」（intelligibility）呢？

在巴黎會議廳裡，與會人士圍繞文字操縱議題展開了激烈的辯論。各國與電報公司的代表紛紛介入遊說，以便維護自身利益。然而，沒有人談論數字。從一開始，歐洲人便認為，要將從0到9的數字視為密語（secret language）。首先，數字是抽象且具有象徵性。每當數字用於計數以外的目的時，顯然就代表了別的東西，亦即作為密文。電碼手冊也善用這一點。譬如：使用1去代表「我給您郵寄了一本書，這是我那本書的副本，如此一來，我便能讓您可經常輕鬆地收到我的消息」，這樣真是夠省錢的。或者，可以使用充滿渴望的214：「鎮定自如，全然聽從上帝的旨意。」甚至是復仇心極重的7571：「如果你這樣做，你必定會後悔。」[26]

幾乎每個國家都採用一連串令人眼花繚亂的方法來規避定價規則。然而，中國卻是唯一的例外，但它這樣做並非出於自願。西方人發電報時會在字母和數字方面規避定價系統，但這些方法對中國人派不上用場，因為漢字是完全以數字來表示。一個漢字可能占四十四到六十八個單位，這幾乎是一個英文單詞的四倍，因此費用更高。中國人沒辦法作弊。如果在你參與的系統中，其他人都能作弊（並且經常作弊），不作弊便不代表美德，這根本是一種懲罰。

王景春知道，洋人制定電報規則時完全不在乎中國人的需求或習慣。中國人並沒有試圖去規避體系內的定價，而是努力爭取參與的機會。真正的麻煩始於一九一二年，當時某種特殊的技術級別服務正被廣泛使用。為了應對不斷增加的各類用戶以及他們願意的付費額，不必加急或以正常服務發送的電報（可以等待四十八小時才傳送）可以透過新的服務去延遲電報傳送並享有半價優惠。

然而，問題是必須以明文發送訊息。這是為了防止用戶使用首字母縮略字（acronym）、商標、標點符號或隨機字母群組去縮短訊息內容來雙重利用減價方案。一個單詞不僅有音節數量的限制，也有該單詞必須能夠念出來的規定。這項新服務禁止使用加密訊息或密文，其中當然包括數字。漢字和拼音文字之間本就有落差，但現在已擴大為不可逾越的鴻溝。

王景春在巴黎扮演的角色是要盡量溫和但堅定解釋此種情況，同時說明中國人如何受其束縛。他發現雖然可以談論定價和收費，但西方代表對漢字的運作模式一無所知，也不清楚為何這樣會導致電報的問題。王景春此時更能發揮其外交技巧，因為要解釋的並非治國之道，而是語言問題，亦即要概略告訴洋人漢字如何組成，為何漢字礙於結構而難以系統化，以及為何數字表示漢字有缺陷但卻是必要的。

會議結束後的會談才是王景春大展身手的時候。王及其代表團在晚間沙龍和聚會上簡短說明漢語如何運作。他們知道，洋人很快會認為漢語是難懂的異域文字，或者會去貶低漢語，因此他們便勸酒來緩頰，不讓這些西方人士反應過度。他們嘗試各種方式來說明中文的基礎知識，譬如部首、筆畫和漢字等等。他們以一種有啟發性卻不屈尊俯就的方式去吸引這些西方代表的注意力。王景春向他們講述中文這種表意文字如何起源的軼事。一旦洋人進入狀況之後，他便轉而提及更技術性的問題，亦即中文有許多語音相似的字或同音異義詞，試圖傳達以下的訊息：羅馬化原本是很簡單的解決方案，但中文有同音異義詞，故此舉窒礙難行。漢字本身有具體形象，足以一目了然，而發音相同的漢字以字母表示之後會難以區分，因為字母無法標示音調或細節。無論如何將中文羅馬化，必定會喪失漢字識別文字的基本線索，除非能用另一種方式去表示它。這便是指出顯而易見之事的另一套說法：中國希望國際化，卻只能以符合其歷史、文化和語言特點的方式去落實這項目標。

九月中旬，第七屆國際電報大會會議召開。當天，這些代表又再次回到定價和規則的話題上。他們需要堵住明文與密文的傳輸漏洞。當歐洲人呼籲成立一個小組委員會來研究電碼語言以及規範其使用的既定規則時，王景春說他的代表團自願加入。[27]然而，他接著指出，這並非為了中國，因為這個問題對於歐洲來說是獨特的。他舉止禮貌，指出任何基於明文與密文之間現有區別的電報傳輸稅對中國而言都沒有任何幫助，因為傳輸漢字得依賴數字，但中國本著合作精神，願意做出犧牲，不為自己卻為他人找出公平的解決方案。他還告訴西方代表，說漢字以四位數字來表示的作法是獨一無二的。與晚間沙龍一樣，王景春表達自身觀點時舉止有禮、堅定不移且態度謙遜。

過了幾週，王景春從未提出要求，卻順利說服別國給予中國特別考量。他的策略奏效了。十月九日，[28]亦即會議召開超過五週之後，會議開始接受各國發言。王景春明確表示，中國發電報時要依賴數字，必須採取某些措施不讓中國受到這種懲罰。如果明文的核心定義是傳電報者必須在發文時使用母語，中國的四位數代碼系統便必須視為表示其母語的一種方式。

王景春積極任事（與西方代表在同一個房間論事、積極參與，同時展示中國能夠成為文明的團隊合作者），給予了西方代表想要的最後保證：中國不僅願意加入複雜的國際關係網絡，而且願意遵守其規則並接受例外。最後，王景春也讓這些洋人看到，對中國有利之事，對他們也有利。

歐洲代表逐漸明瞭，替中國解決定價劣勢，各方皆能受益。如果他們想在阻力最小的情況下順利將業務擴展到這個新國家，最好給予其特殊的例外待遇。以下便是王景春的正式請求。他冷靜且簡潔地表達心聲：

> 自從一九一二年在中國推行「延遲」（deferred）服務以來，外國民眾便能就其次要電報獲得減免百分之五十費用的優惠，但中國百姓使用數字來發電報，故未能受益。其實，書面中文有其特殊性，只能透過四位數字組來代表每一個單詞，無法找出其他或更好的方式發送電報。除了具有普通意義的數字之外，發延遲電報時不准使用這些數字，因此海外華人以及居住在本國的華人發電報時被禁止用自己的語言溝通；換句話說，他們無法享受半價服務……在這種情況之下，中國政府建議，要容許與中國交換的延期電報中使用具備其中文含義並以四個單位為一組的數字。[29]

國際電報聯盟被說服了，然後提供了一個解決方案，但這項方案也有所限制。不可能為了納入一種非字母文字系統而改變摩斯密碼的預設字母系統，而且這也是不可取的。然而，可以單獨替中國和漢字網開一面。涉及根據字長（word length）[20]定價時，他們同意插入一項特殊條款（亦即**例外**〔exceptionellement〕[21]）：該條款將中國及其使用四位數代碼視為明文。

看來中國已經在這場戰鬥中取勝了。王景春強調，這項提議並非作弊，而是指出在中國的案例中，作弊規則遭到誤用了。就讓歐洲人繼續爭吵吧！但要讓中國公平公正地行事。王景春辛苦付出，果真獲得了回報。

王景春返國之後，同事將其視為英雄來歡迎他。王立下汗馬功勞，其成果將影響甚久。中國終於在國際電報舞台上表達了自身立場，而它日後會更直言不諱且更加堅定，務必要贏回中國在世界上的地位。然而，王景春在登船回國之前依舊有所抱憾，因為他並未達到完全奪回漢字主權的終極目標。數週的談判和折衝樽俎進展順利，但仍未解決根本問題。為何必須用數字來代表漢字才能讓各國接受呢？獲得國際電報聯盟的例外可快速縮小差距，解決緊迫的問題，但問題的根源依舊沒有解決。只要中國作為例外被各國容忍，它仍然無法完全打進全球通訊的核心圈子。獲得特殊待遇並未讓中國踏上完全伸張主權的道路。當時，透過電報便可在幾分鐘或幾秒鐘內影響政治局勢，中國卻還未以自身之道融入世界體系。

＊＊＊

在後續幾年裡，王景春一直非常忙碌。他在巴黎有所斬獲之後更為搶手，但他並不準備完全放棄將西方字母套用於漢字。在國際會議中，西方工業和政治價值觀占主導地位，王景春愈頻繁參加這類會議，便愈相信要鞏固中國的地位。巴黎會議召開兩年之後，他前往華盛頓特區參加國際無線電報會議。王景春試著表現得更有自信，要讓世人知道，倘若未經中國同意，外商公司不可在中國領土上建造或設立電報或無線電站。

然而，這些小小的勝利仍然讓人感覺像是暫時緩刑，而非持久保證。應該有某種電報代碼能夠既運用西方字母的語音優勢，又能忠於漢字的本質。王景春在中國召集了五十多名語言學家、官員、教師和電報員來協助研究此事。在中國近期羅馬化運動的影響下，他們嘗試一種經過修改的新字母系統。它不是模仿英語或其他歐洲語文的拼寫，而是會考量漢字的三項主要特徵：聲音、形狀和語法。

---

⑳ 字元長度或字組長度。

㉑ 英文的意思為 contrary to what is usual。

此前，威基傑之類的洋人將中文映射到數字上。然後，中國人自己嘗試用數字來重新映射到字母。他們不斷來回調整。王景春益發意識到，可以讓西方字母更適切套用於中文羅馬化，故轉而使用注音符號（一九一三年在北京舉行的全國語言統一會議[22]批准的漢語拼音字母）以及由漢字的不同形式和部分組成的輔助拼音字母的構想。王景春在此基礎上設計了羅馬字母的用途，其名稱雖是拉丁字母，但重新適應了漢字的三種語言特性：聲音、音調和部首的語音表示。

為了在新語音系統中表示聲音，王景春將注音符號的聲音（用ㄅ、ㄆ、ㄇ、ㄈ等表示）映射到具有相似起始子音的字母。因此，ㄅ、ㄆ、ㄇ、ㄈ對映到字母「b」、「p」、「m」和「f」。為了顯示音調，王挑選了五個字母來代表傳統和中世紀音韻學使用的五種音調：「B」代表第一聲或平聲；「P」表示第二聲或揚調；「X」代表第三聲，先降後升；「C」是第四聲或去聲；「R」表示第五聲或輕聲。最後一個屬性，亦即部首，要使用兩個字母：一個子音和一個母音。王景春用兩個字母去拼出漢字部首的發音；例如：「tu」代表「土」，「li」代表「力」，「ko」代表「口」等等，而這種方式與王照對官話字母的做法並無二致。

這套系統用一個字母表示聲音，另一個字母表示音調，還有用兩個字母來拼寫部首發音，於是替每個漢字生成了一個四個字母代碼。根本無須使用數字，便可透過電報傳輸漢字。王景春的構想借鑒了當時的其他羅馬化系統，而這些系統並非為了電報而發明，乃是為了解決更廣泛的識字問題。他借鑒了由語言學家和民族誌學者的論述，替他在外交領域所見的情況設計了這套解決方案。

王景春的方案受到了關注，而他具有威望，因此這套系統也被人認真考慮。王景春出版了一本字典，根據其語音系統重新編譯了公共電報代碼中的所有漢字。這本字典重印了三個版本。而這套系統經交通部批准頒布，於一九二九年一月一日起施行。這是王景春個人的勝利，但已經有其他人開始對漢字進行更大膽的實驗。到了一九五〇年代中期，摩斯密碼將被法國人埃米爾・博多（Emile Baudot）於一八七〇年設計的二進制代碼取代，該代碼使用以2為底數的記數系統，統一用五個長度相等的基本單位去表示每個字母。然而，一直到一九八〇年代，國際社會和中國仍在使用威基傑催生了其他解析漢字系統的四位數格式。

王景春生對中國的公共福利和政府政策貢獻甚多，無可爭議。華盛頓會議之後，他辭去鐵路運輸管理職務。他花了三年時間，領導美國的中國教育代表團去培養中國的青年才俊，並轉行擔任政府電報部門的顧問。他長居倫敦十八年，這是他在海外工作最久的一次，期間擔任採購代理，替中國引進原材料與工業設備。他還是較為習慣海外生活，覺得比在國內過得更舒適。

儘管如此，王景春從未放棄漢字羅馬化的志業，不時修正自己的想法。他將自己的最後一套系統稱為「國音」（Gueeyin）。共產黨接管大陸之後，他最後一次搬家，遷居到加州克雷爾蒙，

㉒ 應指前面提到的「讀音統一會」。

晚年的愛好便是整理這套系統。王景春一九五六年去世之前一直居住在那裡。他一生竭盡全力幫助中國向前邁進，讓中國掌控自己的電信基礎設施來贏回主權。正如他經常所言：中國唯有不耽溺於過往苦難，方能舉步前進。王始終是國民黨人和追求中國共和之士。在他死後僅兩年，大陸便發生大躍進。他生前沒有看到這場社會運動，或許對他是個小小的慰藉。美國是王景春作為中國最高談判代表首度亮相之地，也許他回到美國，乃是出於外交辭令之外的個人信念。正如王景春在一九一二年對中國人民所言，他真切相信美國是中國的未來典範。

然而，許多中國人並不清楚羅馬化是解決老問題的唯一辦法。當王景春一九三〇年代與一九四〇年代制定羅馬化方案時，有人便在討論要徹底改造漢字。這些人分析漢字本身，探索了字母之外的另一條道路。此番討論引起了中國全境的廣泛關注。王景春參與時已近晚年，未能像他在電報領域那樣推動這項志業的發展。領導者必須來自別處。許多各階層之士（並非官僚或官員，而是知識分子、出版商和工廠工人）站在了最前線。他們正在想像另一個未來：如果從漢字本身可以發展出字母，為何不嘗試去重新定義漢字使用的字母呢？與電報不同，這個新階段將從某個安靜的角落開始，遠離政治聚光燈：一群老派圖書館員將引領所謂的漢字檢索索引（character retrieval index）競賽。他們將不得不熬過另一個政治動盪時期，因為當時國家危如累卵。在這場考驗中，有些人會崛起，有些人則會跌倒。每個人都會受到考驗。

第四章

圖書館員的卡片目錄[1]（一九三八年）

將漢字拆解成基本筆畫

中國面對打字和電報問題時皆是匆忙提出解決之道，臨時抱佛腳改造漢字，使其得以運用於為字母語言設計的技術。打字和電報都是為有別於中文的書面語言所設計，因此中國發明家和語言學家無不努力克服漢字較晚進入這兩套系統時所面臨的劣勢。然而，許多人懷疑漢字本身是否便是問題所在。

西方人認為漢字書寫不便、不夠簡潔或缺乏效率。總之，中文不夠現代。中國境內最嚴厲的批判之士也並未替其辯護。他們指責漢字危害中國，使百姓未來難以生存。作家兼思想改革家魯

---

① 線上電腦檢索目錄之前的傳統檢索目錄，又稱書目卡片或卡片索引（card catalog），卡片會置於一排小格子櫃內，其中的書目資料會根據編目規則記載，再依序編排，供使用者檢閱或查詢館藏資料。

迅曾經疾呼：「漢字不滅，中國必亡！」[1]許多人對此言感同身受，心有戚戚焉。早在公元十九世紀末期，王照等有志之士便有這種急迫感，而斗轉星移，隨著民國從一九一二年逐漸邁入一九四九年，此種緊迫感更是日益突顯。一九二八年，歷時十二年的軍閥統治時期結束[②]，中國尚未來得及喘口氣，便踏入了一九三〇年代，當時日本入侵滿洲[③]，接著太平洋戰爭[④]爆發，爾後是國共兩黨的血腥內戰[⑤]。中國至少有二十載陷入國內外重大的生死殺伐，這些征戰深刻影響了二十世紀的其餘時期。生靈倒懸，危在旦夕，無暇思辨或提出哲學理論。一切講求實用，國家生存至上。

即便國難當頭，社稷危如累卵，但某些中國人並不認為拋棄漢字（連同一併拋棄過往）便能確保中國得以邁向未來。較為溫和的知識分子不禁問道：難道漢字果真無望且毫無價值，非得像某些人士所言，必須與古典學術一起埋進歷史的灰燼嗎？

對於這些溫和派而言，語言的挑戰在於漢字本身。這不僅是因為中文聲調和同音異義詞太多，而且書寫太難，學習歷程也太久。若能找出規律與提出統整漢字系統的方式，前述問題便可迎刃而解。然而，中文欠缺清晰的結構，該如何去組織它呢？漢字詞彙幾乎無窮無盡，若是不界定有限的集合，便無法將其順利組織或整合到機器設計和技術之中。這便猶如在尚未清楚該解決的問題層面時便試圖提出解決之道。

需要以中文為母語的人士徹底檢查漢字書寫系統。使用西方字母表的人習慣了固定齊整的二十六個單位，難以掌握這項任務的真正本質。我們只要利用一項簡單的練習，便可感受其困難之處：挑選某個英文單字，然後在英語詞典中查找它，這樣其實不難。字母「b」永遠不會出現在「a」之前，而「g」一定是在「f」和「h」之間，「s」後面總是跟著「t」。可以預測字母順序，故能根據相同的邏輯，從左到右找到正確的字母段落和其中的正確單字。如果某個英文單詞與另一個單字具有相同的首字母，譬如「address」（地址）與「adrenaline」（腎上腺素），只需向右查找第一個兩者有別的字母，一個字母接著一個字母搜尋。這種藉由刪除來定位的過程幾乎是自動的：一個步驟處理一個字母。可以利用二十六個字母來構建、存儲和尋找各種單字。這套系統的其中一個基礎是背誦字母表，而各位很可能在幼稚園就背熟了。

字母表的線性排列神聖不可侵犯，由「a」開始，以「z」結束，我們甚至將字母表稱為ABC，而非CBA或UVW。這項規則可用來排序任何事情，從列出要點的演講到購物清單

---

② 一九二八年，東北易幟，國民黨完成北伐。軍閥割據時期通常指從一九一六年袁世凱去世到一九二八年東北變遷的時期。早期分為北洋軍閥和南方軍閥，而到了後期，桂系、直系與奉系是三個主要的軍閥派系。

③ 亦即現今中國的東北地區。

④ 太平洋戰爭（The Pacific War）又稱第二次世界大戰太平洋戰線，乃是軸心國成員日本和以美國為首的同盟國於一九四一年年底到一九四五年九月的戰爭，範圍遍及太平洋、印度洋、東亞和東南亞。

⑤ 國共內戰始於一九四六年。

皆行。簡而言之，字母順序對於組織和識別資訊，以及對其優先排序至關重要。這不僅適用於字典，也套用到電話簿、目錄、索引系統、百科全書和電腦文件。任何需要排序的東西，通通可以套用。

現在，請你翻開一本漢語詞典。第一步：先找到一張表，通常會安插在詞典前面或後頭，其中列出部首，然後找到漢字的部首，而部首有二百一十四個（曾有五百四十個），乃是按照筆畫來排列，筆畫愈多，排在愈後面。第二步：該部首會被分配一個號碼。按照該號碼去找到另一張表（此時尚未進入字典正文）。表格中的部首下方列出了包含該部首的所有漢字，少則一個，多則六十四個，而這些漢字也是按筆畫多寡排列，筆畫愈多，位列愈後。第三步：在部首列表中找到漢字之後，翻到指定的詞典頁面。除非你看著漢字便可立即知道它有多少筆畫，否則必須掃描頁面上的所有漢字，直到你找到想要的字。每次查詢漢字都可能要翻好幾頁。你要是有耐心和運氣好，可能會立即找到要查詢的漢字。

當然可能隨時會出錯。你或許不確定漢字的哪一個偏旁或部分是真正的部首，因為即使以漢字為母語人士也並非總能輕易便確定部首。你有可能誤入歧途，在發覺錯誤之前便已經深入至第三步。偶爾整個漢字本身便是一個部首，所以你也可能被它欺騙。

假設你沒有這些困擾，因為你知道某個漢字的正確部首以及如何在字典中找到它。然而，你仍然可能會忘記這個漢字怎麼寫，以致於算不出正確的筆畫數。此外，相同的部首可能會以不同的形式和大小呈現，而這具體取決於該部首所位於的漢字：此乃書面中文另一項讓人討厭的特徵。彼此無關的部首也可能看起來非常相似。你不妨向剛學中文的人解釋「艸」其實等同於「艹」；「月」可能是「肉」的另一種寫法，或者表示嘴巴的「口」與代表包圍的「囗」完全無關，即使前者看似後者的縮小版。查找漢字可能會遇到這些困難，因為每個漢字都是由大小和形狀各異的部分所組成，並且這些部分以不同的比例堆疊來填充漢字的方形空間。

不妨去進行一個反向練習：如果字母表沒有連續的順序，將會發生何事？如何組織這二十六個字母以及按照何種標準將是懸而未決的問題：你會根據字母的使用頻率、形狀的複雜程度，或者其出頭部分／升部（ascender）⑥或伸尾部分／降部（descender）的數量來判斷嗎？突然之間，情況變得相當混亂，如此便更接近使用漢字時一直經歷的狀況。

若按照外觀分組，大寫字母「C」、「G」、「O」與「Q」應該彼此相鄰，因為它們具有相似的圓形輪廓。「P」和「F」皆是頭重腳輕，而「P」和「B」只差一個半圓，此時又該如何分類呢？如此看來，「K」和「R」在字母表中也應該更接近才對，因為它們的底部皆有一條以某個角度向外踢出的腿。如果有人反對這種分類（鐵定能說出理由），因為形狀和外觀太主觀並

---

⑥ 在西文字體排印學中，出頭部分／升部是指字母中向上超過基線的部分，也就是比 x 字高還要高的部分，伸尾部分／降部則是向下延伸超過基線的筆畫部分。

且依賴觀看者的眼睛，那麼就得更深入研究字母結構，將其分解為組成部分（橫桿和線條），藉此更適切衡量實體的一致性。若要做到這點，可能需要真正轉變思維。

我們並不會認為可以將字母解構為筆畫，因為字母被視為基本單位。將「A」拆解成兩條對角線和一條短的水平線，或者將「B」解構為一條垂直線和兩條曲線，如此皆是徒勞無功，因為字母的價值在於它們代表的聲音而非形狀。然而，字母也是由筆畫組成，有人會說這是經常被忽視的字母特性。筆畫可以是連續的線，或直或彎，或短或長，偶爾甚至可以是彎曲的。多數字母是由一到三個筆畫組成（「E」除外，有四個筆畫）。

如果字母是按筆畫數愈多者先排，那麼起始字母將是「E」而不是「A」，後續則是「F」、「B」或「H」，這些字母都有三個筆畫。如果字母表看似EFBH而非ABCD，就必須立即從英語刪除「A-list」（第一等／最出名）或「plan B」（B計畫）等表達方式。學校不再有「A grade」（甲等），「C-class」（C股）的公司股票也將不復存在。順序不僅在字母表中很重要，而且這種順序感也深深嵌入語言，塑造了我們在世界上的定位方向、表達優先事項的方式，以及我們如何按照重要性、偏好和等級去組織事務。

然而，「E」在字母表中是否居首也取決於其書寫方式，而拼字學／正字法（orthography）在此對筆畫數提出了挑戰。如果你按照印刷體形式書寫「E」，需要寫個四筆畫，但你若用手寫並畫出「3」的反向之類的東西，則只需要一筆畫。如果我們採用後者，就必須將「E」從前面位置移除，與其他一筆便可寫成的字母擺在後頭，譬如：「C」、「O」、「U」、「V」、「W」和「Z」。因此，隨著結構分析變得更加複雜精細，拼字規則（字母的書寫方式和順序）就變得更加重要。

如果筆畫數仍然顯得隨意主觀且不可靠（因為它取決於人的手和書寫習慣），有人可能會觀察筆畫的形成方式來糾纏於枝微末節，然後提出更精細的規則：它們是像「L」一樣直的、像「C」或「S」一樣彎的，或者像「D」、「Q」、「J」、「U」和「R」一樣是直線和曲線的組合？或者可再區分得更為精細，有人可能會問，字母是否不僅是直的，而且還是直立的，比如「I」、「L」或「T」，或者是直立但有角度的，譬如「A」和「Y」。還是直立但有彎曲的，像是「Z」一樣。有人更會觀察筆畫交叉的方式而吹毛求疵，強調它們是像「T」這樣接觸或相交，或者像「X」一樣交叉，甚至像「C」一樣保持開放，還是像「O」一樣閉合。你可以根據需求去混合和匹配不同的標準，但要接受例外情況，因為沒有一項規則足以涵蓋所有情況，包括字母表必須由一組有限字母組成的構想。

筆畫、筆畫數、筆順、筆畫類型、拼寫不一致、書法、界定有限的語言單位，這些皆是中國人從一開始就礙於其文字系統所面對的障礙。中國的打字機發明者和電報員各自解決了某些困境，但從未正面或徹底解決問題。他們非常務實，只花費最少精力來達成目標。然而，在他們努力解困之際，對這個問題非常感興趣的人士，亦即日復一日處理漢字、書籍和組織排序的圖書館員和索引者（indexer），正在徹底重新審視漢字。他們接受過安排、分類和存儲知識系統的訓練，比其他人更能細緻且詳細分析文字系統。

圖書館員身為中國書寫傳統的守護者，當然不想放棄漢字或其本土知識體系。他們認為，必須找到某種方式，讓中文能與現代技術環境互動。然而，他們若想保留過去而非拋棄以往，便必須弄清楚該如何重新組織漢字，以便能夠有系統地加以運用。若要消除字母和漢字的差異，無異於將兩個遙遠的世界擠在一個書架的空間之內。在這些打算調整漢字的人士之中，某些人很早便知，中國要與世界和平共處的關鍵，可能取決於筆畫之類的小事。圖書館員是能夠為中文創建合適歸檔系統的絕佳人選，但必須先由別人提出這點。某位年輕的英語老師⑦在不經意之間扮演了帶頭的角色。

＊　＊　＊

一九一七年，二十三歲的林語堂於《新青年》發表處女作⑧。這份雜誌於兩年前創辦於上海國際化的法租界⑨，為中國最聰明的激進青年提供了發表論述的平台。《新青年》的法文刊名為「La Jeunesse」（有「青年」之意），標示一種沾染馬克思主義的國際化風格。新手思想家可以在其紅色軟封面之間的內頁發表激進的觀點、提出源自西洋的構想來探口風，並且質疑接受的知識。編輯明確指出刊物使命：倘若中國必須擺脫昔日傳統之沉重負擔方能與外部世界競爭，那便如此吧⑩！

在一片批判傳統的槍聲中，林語堂的文章算是較為安靜的炮聲。他選擇看似無害且更適合圖書館員的枯燥主題：[2]〈漢字索引制說明〉（A Chinese Index System: An Explanation）。旁邊的一篇文章則是火花四濺，引介了法國哲學家亨利・柏格森（Henri Bergson）關於時間內在體驗的概念⑪，這種概念至少看起來頗為新穎。林語堂的提案只有七頁，叛逆青年可能不會據此發表雷霆構想，以此彰顯其顛覆態度；然而，林的文章將實現刊物中其他文章無法辦到之事：改變新舊知識的樣貌，而此樣貌一經改變，便難以逆轉。

---

⑦ 一九一六年，林語堂從上海聖約翰大學畢業，任清華學校英語教員，自覺欠缺國學知識，便「開始在中文上下功夫」，同時研究語言學。他發現《康熙字典》「檢法迂緩，隸部紛如，不適今用」，故創造了「首筆」漢字檢字法。

⑧ 篇名為〈漢字索引制說明〉，發表於《新青年》第四卷第二號。

⑨《新青年》最初的編輯部在創始人陳獨秀家，位於上海法租界嵩山路吉誼里二十一號。

⑩ 陳獨秀在創刊號上發表創刊詞〈敬告青年〉時指出：「國人而欲脫蒙昧時代，羞為淺化之民也，則急起直追，當以科學與人權並重。」

⑪ 柏格森主張人對時間的感受其實是充滿變化，故提出綿延（法語為durée，可英譯成duration）的概念，此乃「真正的時間」，存續於人的意識之中。時間可歷經相同單位的改變，人卻有迴異的主觀感受，譬如和話不投機者聊天時會感覺度日如年，但與三五好友歡聚卻覺得時光飛逝。

他看似謙虛的提議只不過是組織漢字的一項指南。林語堂將漢字解構為筆畫，從中確立五種筆畫類型：橫、豎、撇、點和鉤。由此可耳聞傳統書法教學經典八筆畫原型的迴聲，亦即「永字八法」。然而，林對其中五種筆畫類型的定義要廣泛得多。他遵循運筆方向，而非特定的筆畫風格。例如，橫筆畫不僅包括明顯的直線，好比「一」字，還包括從左到右以類似動作書寫的任何筆畫，而且不一定是水平的。

中國人數千年來研習書法，行款落筆之際，筆畫和部件順序早有一套既定規則，明訂筆順，哪些為第一，哪些為第二，諸如此類。在英語之中，寫字母「A」時可以先寫短橫，但慣例是先從左邊的長斜線開始，然後是右邊斜線，最後才寫短筆畫，使首尾相接。同理，你可以從任一筆畫去寫「X」，最終的結果是相同的。然而，手寫漢字時，必須先寫哪個筆畫和偏旁部首，其規則要嚴格得多。林語堂使用漢字第一個筆畫類型作為分類的第一順序，但發現此舉不夠精細。他擴展了五種基本筆畫類型，找出了十九種首筆畫，其中任何一種皆可作為書寫漢字時的首筆畫。

他由此創建了一個第二級分類法（taxonomy），將首筆畫與第二筆畫結合起來，並確定了一組二十八個「首筆畫加第二筆畫」的圖形，幾乎涵蓋了所有漢字。這便如同我們首先要對所有以單個直筆畫開頭的字母

林語堂的五種基本筆畫。

進行分類，包括「B」、「D」、「F」、「H」、「K」、「L」、「M」、「N」、「P」、「R」，然後添加第二條規定，亦即第一個直筆畫後頭必須跟一個彎曲筆畫，這會讓集合減少到「B」、「D」、「P」和「R」。通過一組定義的首筆畫和第二筆畫來查找漢字便產生了具有類似字母表邏輯的組織模式。

林語堂的檢索法簡單實用，挑戰了研究、理解與規定漢字書寫的千年傳統。他展示了如何根據漢字的自行組織能力來分類漢字，根本不必依賴其他外部原則，無論是西方字母或代碼。以往偏旁部首的思

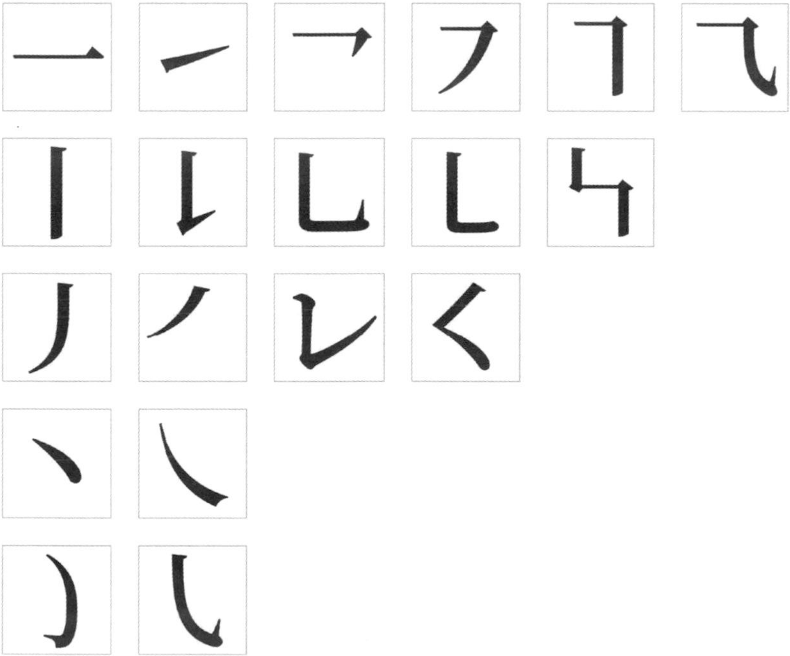

林語堂根據五種基本筆畫而創造的十九種「首筆畫」。

想主導了一切，決定如何在字典中分類和查找漢字。在林語堂之前，沒有哪位中國人曾以這種方式提供取代部首的完整方案。像祁暄之類的人才剛剛開始解開這條線索。

分類原則通常由歷代習慣與文化傳統決定，而非根據抽象的語言理論。語文學（Philology）和辭典編纂學（lexicography）一直是中國古典傳統的核心[12]，而漢字本身便是學儒鑽研的對象。數個世紀以來，學者努力查證各種漢字的含義來保存古人智慧。這是受人景仰的文本注釋實踐（注疏）[13]的關鍵。在印刷術問世之前，這比你想像的更難辦到。手抄文稿即便是按照規範的筆法和風格撰寫，也是筆畫潦草，不忍卒讀。倘若某個筆畫是傾斜而非筆直，可能會讓好幾代學者為該字為何而爭論不休。

管理中文詞庫總量枯燥乏味，而且吃力不討好。整理和記錄詞彙表中的漢字對於保存中文知識庫發揮了至關重要的作用。這是必要的維護措施，需要發揮耐心，不斷重複乏味的比較，同時遵循吹毛求疵的分類法。這些細緻的工作都是根據一項基本規則來進行。兩千年以來，唯有漢字的某個部分（亦即部首）被用作識別漢字來達到分類的目的。最早的漢字問世之後過了約一千一百至一千五百年，那時漢字數量已經相當可觀，古人為了管理字庫，乃首度發明部首來加以運用。

首度編纂部首的人是許慎，他是東漢時期（公元二五年至二二〇年）的學儒和經學家，在他之前沒人盤點過漢字或研究其使用之道。許慎從九千三百五十三個漢字的混亂局面中理出頭緒，歸納出五百四十個部首。他深信替事物正確命名有其哲學與宇宙深意，這在他的組織原則上留下深刻的印記。據稱，五百四十這個神奇數字是將象徵陰陽的數字（六和九）相乘，然後再乘以十，以此得出足夠的類別來分類⑭。許慎的系統以部首「一」開始，象徵事物的起源，然後以標示時間循環的十二個部首⑮結束，藉此統攝全體，使概念完整。

簡而言之，部首是神聖的。歷代以來，部首備受重視，人們無不遵守。然而，偶爾會有人質疑，是否需要這麼多部首，或者最佳的數目該是多少。然而，眾說紛紜，莫衷一是。公元十世紀時，某位僧侶將部首從五百四十個刪減至二百四十二個，而近五百年之後，某個父子團隊則選擇了四百四十四個。最終的部首數目減至二百一十四個，於明代確定，由國子監太學生梅膺祚編纂的《字彙》所整理。公元十八世紀的藏書家滿洲皇帝康熙採納了這套二百一十四個部首的系統，

⑫ 古人常云，博通經史，必先通小學。小學乃是中國傳統的語文學，亦即鑽研古代漢語語言和文字的學科，分為聲韻學（釋音）、文字學（釋形）與訓詁學（釋義）。

⑬ 注解和闡釋注解的文字合稱「注疏」。「注」也寫作「註」，亦即注釋，乃是解釋經書正文，說明字義、通假、名物和制度，間或闡明義理。

⑭ 在《易》卦中，六為陰數之極，九為陽數之終，十為全數，六九五十四，乘以十為五百四十。許慎藉此以應陰陽之數，暗寓包羅萬象之意。

⑮ 丑、寅、卯、辰、巳、午、未、申、酉、戌、亥。始一終亥，根據漢代陰陽五行家所謂萬物生於「一」，畢於「亥」的說法。

詔令一眾編纂官以其名義編撰《康熙字典》，奠定了二百一十四個部首的權威地位。

到了公元二十世紀初，部首體系逐漸浮現裂痕。這套系統歷經數個世紀的修改、補強和調整，但學習和使用起來仍然耗時費工且不夠直觀。欠缺有系統的簡單邏輯來存儲和檢索漢字以及捲軸和典籍記載的各類故事、歌曲和王朝歷史，這些文獻早已積累成災，難以理出頭緒。

中國人早在聽說亞里斯多德的分類法或麥爾威・杜威（Melvil Dewey）[16]的十進制系統之前，便有自身獨特的組織方式。他們不像杜威那樣依賴號碼和小數點，也不像美國圖書管理員查爾斯・阿米・卡特（Charles A. Cutter）那般使用字母。卡特在一八八〇年左右開始使用字母來表示系統的不同主題，該系統爾後成為美國國會圖書館目錄系統的基礎。相較之下，中國的書目分類始於公元前一世紀，基於某種感知的道德秩序。某位學儒精心設計了一套詳細系統，分成七主科，下含三十八副科，先列出儒家經典，而科學和醫學（天文、風水／勘輿學、藥理學和性學等）占據最後兩類[17]。兩個世紀之後，這套七主科體系被某位宮廷書目管理員提議的更精簡、更嚴謹的四主科體制所取代[18]。經過幾次重新洗牌，這四類以現代形式確立下來：依序為經、史、子、集。眾多典籍和紀錄需要在這些類別下儲存和分類。據說時至公元十五世紀末期，中國出版的典籍卷冊數量超過了其他國家的書籍總和。

這四部分類法於公元十八世紀數量龐大的皇室典籍計畫中被標準化。編纂《四庫全書》時，眾學者被分派去處理每個部[19]；這套叢書包含近八萬卷，歷時十年才大功告成。四部的順序反映出其重要性。這種以儒家為核心的書目系統在以中國為中心的宇宙中極具意義；然而，林語堂從一九一〇年代的角度檢視時，發現它與西方圖書館系統相比，在現代的效用可謂微乎其微。

林語堂於一九一七年在《新青年》的書頁中將漢字問題與中文訊息管理問題一視同仁。如果可以輕易在字典中找到漢字，便可快速找到書名的第一個漢字。因此，解決了其中一個問題，必定可解決另一個問題，而答案就存在漢字的結構中。林語堂證明，漢字不僅可以應對現代挑戰，更能在沒有外力協助的情況下前進，不必依靠羅馬字母、數字或代碼。中文的屬性（筆畫和筆順）已經足夠，因此漢字不需要仰賴其他的表示系統。

林的想法立即引起了共鳴。在中國人懷疑和焦慮之際，這種想法給他們帶來了希望和安慰，甚至是信心。新文化運動先驅錢玄同看到林語堂的思想遙遙領先同儕，便盛讚這位年輕的索引

---

⑯ 全球圖書館最廣泛使用的「杜威十進制圖書分類法」（Dewey Decimal Classification，簡稱ＤＣＣ）的發明者。

⑰ 作者應指漢朝劉歆的《七略》（中國現存最早的圖書分類目錄），下分六類三十八種，先是「六藝略」（易、書、詩、禮、樂、春秋、論語、孝經、小學），最後兩者為「術數略」（天文、曆譜、五行、蓍龜、雜占、形法）和「方技略」（醫經、經方、房中、神仙）。

⑱ 西晉秘書監荀勖根據鄭默彙編的《中經》編著了一部新的典籍目錄《中經新簿》，將七略改為四部，甲部錄「經書」，乙部錄「子書」，丙部收錄「史書」，而丁部收錄「詩賦」。東晉李充編《晉元帝四部書目》，進一步確立將「甲乙丙丁」作為經史子集的排序，但尚未直接使用經史子集之名。

⑲ 所謂「四庫」，乃是經、史、子、集四部。

者。其他人也紛紛入列。有影響力的教育改革家蔡元培指出，林語堂不僅重新將筆畫功能概念化，他的系統詳盡描述筆畫如何引導和構成漢字的整體輪廓。林不依賴拉丁字母，從漢字這種表意文字中找出能媲美西方字母組織能力的邏輯，可謂巧妙至極。

其中洞察最深的，當屬剛從康乃爾大學歸國的庚子賠款學者胡適。他看到林語堂解決了基礎問題，足以支撐中國過往，使其邁向未來。林的成就是找出漢字的自我組織能力，進一步在中國龐大豐富的知識庫中保存、搜索、分類、選擇和調用訊息。此種能力可以延伸至各種排序系統（甚至可能運用以其他語言標示的系統），並足以恢復中國知識財富的文化力量。胡適發現，林語堂的索引法是一扇可打開其他門的大門，而批評傳統之士正是欠缺這種基礎工作：

「整理」是要從亂七八糟裡面尋出一個條理頭緒來……最沒有趣味，卻又是一切趣味的鑰匙；最粗淺討人厭，卻又是一切高深學問的門徑階梯……最難做卻又最不可不做的，我們不能不算中國字的整理——就是中國字的分類與排列。[3]

在現代化迫使中國與傳統決裂，舉國上下無不充滿危機感之際，眾多革命之士枕戈待旦，摩拳擦掌，準備大刀闊斧，拋頭顱、灑熱血。林語堂選擇了不同的道路：他對重建中國的貢獻是挽救中國過時的傳統與遺產。然而，他並不認為自己應該享有這般殊榮。他在內心深處覺得自己是個冒牌貨，與華人世界格格不入。

＊＊＊

林語堂生於福建省某個山村的基督徒家庭，童年時經常誦念詩篇、學習英語和晚禱，偶爾會閱讀儒家經典摘要與研讀漢文。其父林至誠是當地牧師，林語堂十幾歲時便在父親的教堂敲鐘，教堂的對街便是一座佛寺。他從未上過傳統的私塾或學堂，也不像多數同齡孩童那般研讀過國學。

林語堂的大學同學在一九一〇年代中期開始鼓吹西式文化復興，但他一生都在汲取西方文化。林並未像同學一樣充滿熱情，叛逆十足；他有著自由不拘的好奇心和異想天開的秉性，不受意識形態的標籤或慷慨激昂的口號所蠱惑。林語堂喜歡閱讀和學習英語，無論走到哪裡，都會隨身攜帶一小本英語詞典。

一九一六年，林語堂畢業於上海聖約翰大學，然後在北京清華大學教授英語。為了維持生計，他又兼任商務印書館研究員。他生活在文化之都北京，卻感覺自身有所欠缺，對中國傳統文化一知半解。他明知如何讓漢字作為知識庫的索引系統，卻認為自身才疏學淺，無法汲取這方面的知識。他對大學同事在談話時使用的隱喻典故毫無感覺，也無法像他們一樣對白話經典習以為常，輕鬆自如。他清楚記得《聖經》記載約書亞的士兵吹響號角六天之後，耶利哥城的城牆便倒塌，卻記不起孟姜女的故事細節：傳說孟姜女的夫君替秦始皇修築萬里長城，最後因不堪苦役而亡，孟姜女便至城下痛哭，令城牆崩倒。林語堂不熟稔自身文化而感到羞恥。他爾後回憶道，就連洗衣工也比他更了解中國傳統的故事主角和傳說。[4]

為了彌補國學的不足，林語堂開始如飢似渴，發憤讀書。他不僅讀孟姜女的故事，還涉獵《紅樓夢》等經典名著。林從中學習小說中的北京方言，牢記當地的白話，也經常去逛古董市場，尋找舊書，探尋軼聞掌故。當同輩捲入一九一五年肇始的新文化運動，譴責古典文本皆是毒藥並想要拋棄傳統之際，林語堂才剛剛發現中國五千年文字傳統的寶庫。他開始質疑自己的基督教信仰。

林語堂先前接受西方傳統教育，稍晚才接觸中國文化，故能以嶄新的眼光看待漢字。數個世紀以來，洋人一直根據自身印歐語系（Indo-European languages）的運作方式來破解艱澀的漢語。林語堂將他們的挫敗轉化為自身的優勢，仔細閱讀西方人為學習漢語而編撰的詞典，重建洋人看待漢語的方式，並且研究了他們如何根據自身的字母分類法來組織漢語，透過這種比較框架去發想構思。他提出漢字索引之後，仍然在思考為何漢字不能像字母那般運作，因為漢字索引只是他解決這項問題的初步嘗試。

大約在一九一五年左右，中國各大學捲入了現代文化復興方向的爭論。林語堂的同儕主張透過現代印刷去復興白話文，同時將古文封入歷史的墳墓。這些爭論持續了四年，直到五四運動壓倒一切並與學生運動的志業融為一體。人們爭論是否要用白話文（可能還有羅馬化文字）取代菁英使用的古文，但林語堂對此感到矛盾。他不願跟隨眾人起舞，要求廢除漢字，將中文羅馬化。他發現自己很難接受這些人打破傳統的激進論調。

林語堂決定遠走高飛，離開北京和中國。他身為基督徒，但生長於中國的土地上，還不甚了解外面的世界。一九一九年八月，他啟航前往美國，遠赴哈佛大學留學。爾後，他又轉往德國學習，獲得萊比錫大學比較語言學博士學位。他逐漸欣賞西方學術界的公共意識，特別是其圖書館系統。多虧了萊比錫大學的「阿爾伯蒂娜圖書館」[20]，他在寫論文時可以從柏林借閱書籍，而他也曾在哈佛大學的「懷德納圖書館」自由閱覽分類嚴謹的書庫。西方圖書館分類系統非常便利且易於使用，任誰都能輕易找到需要的書本，然後將其從書架上取下來。中國的情況有別於此，唯有富豪和權貴方能坐擁萬卷藏書，而最大的書庫便是皇室圖書館[21]。

⑳ 阿爾伯蒂娜圖書館（Bibliotheca Albertina）亦即萊比錫大學圖書館，其主建築便是「阿爾伯蒂娜圖書館」。它是德國最古老的圖書館之一。

㉑ 中國的圖書館歷史悠久，起初不稱「圖書館」，另有諸多雅號，譬如「府、庫、閣、觀、殿、院、堂、齋、樓」，這些皆表示藏書之所。真正使用「圖書館」一詞，乃肇始於「江南圖書館」。清朝《四庫全書》的七座藏書樓稱為「四庫七閣」，裡頭藏書浩繁。

這位牧師之子後來成為二十世紀最受歡迎的中國英語小說家，最終在關鍵的三十載裡替中國發聲，吸引美國讀者的目光。他創作了《生活的藝術》、《吾土與吾民》、《京華煙雲》和《風聲鶴唳》等暢銷書。他還將繼續為漢字索引做出貢獻，不過是透過其他的途徑。

目前暫時讓其他中國人士推動他的構想。林語堂的索引方法吸引了人們的關注，使其思考需要採取哪些措施去保護中國的文化遺產。他開啟日後被稱為漢字索引法的競賽。這是一種有系統地組織漢字的方法，對管理訊息具有實質意義。林語堂在一九一七年於《新青年》發表的文章中概述了漢字索引制，其同儕要數年之後方能體會這套系統的真正潛力。然而，一旦他們得知這點，便開始關注漢字的形狀：不僅是筆畫，更有漢字內部結構的其他部分。許多人渴望在林語堂缺席之際留下自己的印記，並且打倒競爭對手。

＊　＊　＊

一切便這樣開始。起初為涓涓細流，爾後是滔滔洪水。在一九二〇年代，改進最多的新漢字索引方案陸續出現，主要集中於三個層面：由部件構成形狀（shape by components）；用號碼決定形狀（shape by numbers）；由其他的空間定義單位來建構形狀（shape by some other spatially defined unit）[22]。這些方案都是要快速識別和分類漢字，並且只需耗費最少的步驟。與此同時，著名知識分子和語言學家錢玄同於公元一九二五年發起更廣泛的呼籲，不僅要推動嚴格意義上的中文革命，還要推動廣義上的漢字革命，要求眾人全面攻擊漢字。他呼籲人們「帶上你們的槍、手榴彈和炸彈」，把它們扔進古文的巢穴。這種語言問題誘使其他機會主義者煽動群眾。某個神祕的催眠團體[23]在上海街頭舉行降神會（séance），召喚昔日的神靈和聖賢來教授如何用音標拼寫漢字。錢自詡為高尚的知識分子，肩負嚴肅的學術使命，故而對此類噱頭大吃一驚。

改善漢字索引的競賽猶如一場障礙賽，需要提出更多的策略，而非耍花槍，賣弄玄虛：索引法必須有清晰簡單的說明；漢字需要有排序邏輯；不能有第二層分析，例如必須先查找部首或計算筆畫數；索引法必須基於不變的客觀標準。

許多人爭先恐後加入戰局來尋求聖杯[24]。有些人模仿林語堂的基本筆畫的構想，並提出自己的神奇數字。黃希聲確立了二十種可能的筆畫，可作為構成任何漢字的核心要素[25]。爾後，沈祖

㉒ 新創檢字法大致可分成以下幾類：音韻檢字、部首檢字、筆畫檢字、母筆檢字、首尾檢字、析形檢字和號碼檢字。
㉓ 主持「讀音統一會」的吳稚暉曾前往上海靈學會下設之盛德壇參與扶乩，詢問音韻問題，獲得三篇論音韻乩文。
㉔ 傳說聖杯（the holy grail）是耶穌在最後的晚餐上所使用的杯子，意喻人極想得到之物。
㉕ 黃希聲於一九二二年提出「漢字檢字和排疊法」，此法雖然新穎，但礙於漢文筆畫有上下左右與交離接分，不同於西文皆由左而右且毫無疑義，因此不易實行。

榮和胡慶生聯手，歸納出十二種筆畫[26]。在廣東，杜定友使用重組形狀分析創建了一套完整的漢字檢索系統[27]，湖北的桂質柏緊隨其後，拿著二十六種筆畫方案上擂台比武[28]。上海商務印書館的王雲五則呼籲要重新使用數字，還有一些人想併用形狀與數字。參賽者愈來愈多，競相剖析、拼接和翻轉漢字，尋找任何隱藏的客觀法則去規範其組織方法。

這個問題並非首度被人提出。自從傳教士嘗試製作自用的雙語中文詞典以來，如何排列漢字一直是歐洲人士研究和爭論的主要話題。這些詞典對於傳教以及後來的貿易和剝削至關重要。他們激烈爭論，討論是否使用中國人所用的二百一十四個康熙部首或他們的字母來排列漢字。日本人也使用源自漢字的五十音來形成日語語音書寫系統（稱為**假名**〔kana〕[29]）和編排日漢詞典。然而，這些外國人殫精研究，始終是針對自身語言和想要達成的目標，根本沒有解決漢字的問題。

在中國提出漢字索引法的人也是各有盤算，參與者來自四面八方。陳立夫是國民黨政府高官，戮力讓複雜的政府檔案紀錄管理變得更加容易。他提出一種五筆畫系統[30]，旨在拋棄部首系統。對於教育家趙榮光來說，進行基礎識字教科書計畫之後，就要提出漢字索引方案[31]。當時有一小群人提出一千到一千三百個漢字的中文基本詞彙，趙榮光便是其中之一。這類似於「基本英語」（BASIC English，British American Scientific International and Commercial首字母的簡稱）的八百五十個單字模型，而這些是供非英語母語者學習的基本詞彙。

有人注意到了這種檢字風潮，[5]並在一九二八年做了統計，指出約有四十種中文檢字法。到了一九三三年，又出現一份列出三十七種索引方案的清單，[6]但這仍然只有一九四〇年代檢字法總數的一半左右。隨著競爭益發激烈，新進者必須更加努力提出新構想。愈來愈多知識分子大聲疾呼，各自陣營也不斷自我宣傳，很難判斷誰的系統更為優良。

最終占上風的是王雲五發明的四角號碼檢字法。王雲五曾經擔任商務印書館的總編輯，身居高管，精通商業，嗅覺敏銳，熟稔如何賺取利潤。他按照美國管理學家腓德烈・溫斯羅・泰勒（Frederick Winslow Taylor）的科學管理原則去統整出版社的印刷車間，知曉如何善用機會以及從僱員工時壓榨最大的勞動力。

王雲五利用形狀識別來確立編號系統，這是他的第一個、也是最後一個賣點。他稍微重拾了十九世紀的電報編碼方法，但有一個關鍵的區別。王雲五沒有給漢字分配隨機數字，而是運用漢字是在某個抽象的想像方形空間內書寫的事實：中國人經常將漢字稱為**方塊字**（fangkuai zi）。

㉖「十二種筆畫檢字法」。
㉗「漢字檢法」。
㉘「二十六種筆畫檢字法」。
㉙日語字母，分為平假名和片假名。
㉚「五筆畫檢字法」。
㉛「字首不字排檢法」。

他利用這個假想空間去界定漢字的四個角，然後為每個角分配一個介於0到9的數字。每個數字都對應特定的筆畫類型，這不禁讓人想起林語堂的構想。

王雲五不遺餘力推銷其檢字法，調動一切可以利用的資源，最終位列民國第一批現代資本家。他決定出版百科全書和選集叢書等多種系列參考書籍，不僅從中獲利，更使商務印書館的形象提升數倍。全國各地成千上萬的年輕學子爭先恐後運用這些工具學習現代知識。他的四角號碼檢字法於一九二八年獲得教育部批准，作為標準參考工具的官方索引系統頒布，而王能有這番成就，部分歸功於他的地位和影響力。

王雲五利用職務之便，[7]將四角號碼檢字法納入商務印書館出版的每一本主要參考書籍。這套檢索法的影響力由此傳播到市級電話簿、省級和大學圖書館、萬國新語（世界語）協會、政府機構、百科全書、各類詞典與外國大學，[8]甚至連競爭對手的出版社也不例外，四角號碼檢字法簡直銳不可擋。某些出版物甚至以他的名字來命名，例如《王雲五綜合詞典》和《王雲五小辭典》。幾乎人人都得學習四角號碼檢字法才能研讀學問。

王雲五的成功充滿傳奇色彩，人們於是開始相信他精心編造的靈感故事。每當有人問他如何想出這套檢索法時（他最喜歡這個問題），[9]他都會將其歸因於與生俱來的生活樂趣（joie de vivre）。他每天凌晨三點三十分起床，快步走十英里，偶爾甚至會混合爬一千三百級樓梯的例行運動。王還講述自己二十幾歲時如何花三年時間從頭到尾讀畢《大英百科全書》。他早年砥礪自學，[10]種下為他人開發學習工具的構想，日後更編印出版各類重要叢書與文庫㉜。批評者成了他的追隨者。有些人則爭先恐後盜用他的自傳細節，甚至一字不漏照抄。

然而，王雲五卻想獨占鰲頭，擁有宰制地位。他賦予四角號碼檢字法實證科學的權威。商務印書館曾於上海舉辦暑期課程和培訓班，向全國各地的中學生和大學生灌輸他的檢索法。這些莘莘學子不僅接受課堂教學，還得參與課堂競賽和聆聽著名人士的現場演講，這些講者闡述四角號碼檢字法的優點，同時探討中國文化遺產的未來。在一場查字典比賽中，一名（運用四角號碼檢字法的）上海青少年以查詢每個單字不到八秒的時間擊敗了前任冠軍。

當然，其他對四角號碼檢字法的獨立評估則更為謹慎。王雲五的系統真的優於傳統的部首系統嗎？曾有一所小學比較過這兩套方法，[11]認為並非如此。他的檢字法其實更難學習，因為必須記住哪個數字對應哪個部件（筆畫／筆形）。此外，數字與其代表的筆畫之間無法直觀判斷，違反了簡單易懂、可立即識別且無須額外步驟的原則。然而，王雲五面對懷疑聲浪，根本不以為然。他已然打出名堂，無出其右，商務印書館迅速採取行動，壓制所有反對者。他們停止出版任何不按照四角號碼檢字法排列的作品，同時以折扣價出售王雲五的《四角號碼新詞典》小型袖珍本。

㉜ 王雲五弘揚舊學，倡導新知，曾經策畫百科全書，以及主編商務「萬有文庫」，總共三億多字。

觀看王雲五擊敗對手幾乎成了一項樂事。一九二八年，倒楣的二十八歲新人張鳳向王提出一場漢字檢索法的決鬥。[12]張鳳當年剛出版了《張鳳字典》，信心滿滿，胸有成竹。張在字典中自豪地介紹其「形數檢字法」（Plane-Line-Point Character Retrieval System，直譯為「面、線、點漢字檢索系統」），這套系統運用了漢字形狀的二維幾何結構分析。他顯然經過深思熟慮，[13]才用三個數字為一組的方式來查找漢字。每個數字代表特定的幾何單位（面、線或點）在漢字結構中出現的次數[33]。這套檢字法的優點是包含查詢漢字所需的訊息。

張鳳認為，王雲五對處理漢字形體的方式膚淺粗略，只著眼於漢字的四個角，未能精準分析中文結構。張鳳深信自己應該更能名留史冊，於是高喊：「張鳳可殺，方法不朽！」[14]他在一封公開信中向王雲五提出挑戰。張鳳年輕氣盛，自命不凡，但王雲五知道如何對付這位野心勃勃的小夥子。張與王的檢字法運用相似的概念，但張的手頭資源難與王相抗衡，兩者的影響力更是天差地遠。王雲五善用其資源和影響力，讓四角號碼檢字法風靡全國，家喻戶曉。張鳳只能花小錢去推廣他的檢字法：[15]他用竹籃背著自己的小冊子，四處步行兜售，甚至到大學宿舍免費發放。王雲五並未真正回應張鳳的挑戰，只是輕描淡寫打發了他。在此後的數十年裡，人們雖耳聞過張鳳，卻認為他做事魯莽。到了最後，根本沒人記得他的名字。

王雲五有個不可告人的小祕密，但外界當時並不知曉內情。他比對手握有關鍵優勢，在年輕的林語堂公開檢索構想之前，王雲五很早便接觸了這些想法。林在一九一七年時於清華大學教英語，[16]而王早在那時便透過熟識兩人的朋友得知林正在研究漢字索引法。王雲五提供協助，買斷林的教學職務，並且安排林語堂和商務印書館簽訂一份為期一年的研究合同，林接受了。根據合約條款，[17]林必須每月提交研究報告，然後報告會轉發給王。林語堂深入分析漢字部首和筆畫，鐵定會在報告中提及他每個階段的發現。

王雲五後來堅稱自己忙於商務印書館的事務，[18]在履行合約的頭幾個月裡壓根沒空讀林語堂的報告。當他讀到報告時，王發現自己對此事有了「截然不同的看法」㉞。他發現林語堂的提議只解決了部分的問題。王雲五受到自身意志和想法的驅使，幾週之後便奇蹟般地開竅，找到了自己的道路，認為必須用基於數字的檢字法取代部首檢索。

王雲五逐漸與林語堂斷了聯繫。一九二六年，他在一本英文小冊子中首次公布了四角號碼檢字法㉟，承認了林對首筆畫的研究，[19]但在兩年後推出的修訂版中，王完全沒有提到林。數十載之後，[20]林語堂才透露，他其實是向王雲五提供數字分類系統構想的人。這是他在研究索引法時觸探的不同途徑之一，要為每種筆畫分配一個從零到九的數字。因此，王雲五不僅大量借鑒林語

㉝ 形數檢字法口訣是「面點線，照數檢」。
㉞ 王雲五，檢字法與分類法，《岫廬八十自述》（台北：臺灣商務，一九六七年），第八五到九六頁。
㉟ 王雲五於民國十四年發表「號碼檢字法」，爾後於民國十五年發表《四角號碼檢字法》單行本，其後更發表修訂版，並附上檢字表。

堂最初的構想，甚至連他自稱是自己發明的部分也根源於林的發現。

與此同時，林語堂正逐漸按照本身的意願，開闢出一條自己的道路。他在一九一七年發文開炮之後，花了數年去留學和出國旅行，但他並未賦閒，繼續不斷改良自己的檢索法，並且在漢字檢索競賽白熱化之際返回中國。然而，他那時已將語言興趣擴展到其他領域。在此期間，他撰寫了探討漢語問題的文章，從最廣泛的層面深究到最細微的層面：方言學（dialectology）和羅馬拼音、利用數字來標記漢字形狀、使用末筆（不僅首筆）來檢索漢字，並利用傳統韻律來構建圖書館的卡片目錄。對他而言，這個問題變得更加廣泛，不再局限於王、張等人的競爭。

林語堂正在追求某項偉大的志業。他雖然為文創作，聲譽日隆，但那時已經找到自己真正的熱情，想要研製一台華文打字機。林語堂熟悉周厚坤與祁暄等人的發明，但他想要打造一款與眾不同的機器，植基於深厚的語言知識，而這些知識源自東方和西方、古代和現代、文學和科學。林花了二十載去打造他願意向世界展示的原型機器。

與此同時，國民黨統治下的個人創新和競爭的多采多姿時代即將結束。儘管中國共產黨曾與國民黨聯合起來對抗國內外敵人，但在一九二〇年代初期，共產黨逐漸威脅國民黨。這兩黨雖臨時會彼此聯盟，但國民黨對共產黨的血腥清洗為未來更大的政治動盪和國內不安種下了禍因。眼下，百姓對聳人聽聞的八卦失去了興趣。甚至某位發明漢字檢索法的紡織廠工人也發現，[21]探索檢字法逐漸成為有影響力菁英的玩物。一九三一年，日本入侵中國[36]，引爆了中國進入現代之後最具毀滅性的一場戰爭。一九三七年開始的抗日戰爭旋即躍上第二次世界大戰的政治舞台。隨著林語堂出國且戰爭爆發之後，人們著眼於求生存，此時需要某位貨真價實的圖書館員採取必要措施，讓漢字索引競賽回歸本來的場域，亦即圖書館。

＊ ＊ ＊

一九三八年十月十二日，四十歲的圖書管理員杜定友[37]奉命撤離廣州。太平洋戰爭此時邁入新的階段。黎明時分，日軍從海空入侵鄰近的大亞灣，掐斷了通往城市心臟的動脈。他們很快便將封鎖中國南部海岸，切斷珠江入海口的補給線，同時隔離東南方近八十英里附近的英國港口香港。恐慌氛圍席捲大街小巷。幾分鐘之後，廣州居民才意識到他們耳聞的低沉嗡嗡聲來自逼近的敵機，而非港口的來往船隻。民眾匆忙趕回家，有人還推著嬰兒車或騎自行車，場面一片混亂，謠言充斥著商店和小巷。他們壓根沒有想到四處蹂躪的日本帝國主義已經進逼家園。一旦日本人攻城，十日之內省會廣州便將淪陷。結果，百姓毫無抵抗，日軍迅速接管。兩個月之後，面積相

㊱ 九一八事變，日本侵略東北。

㊲ 杜定友時任廣州國立中山大學圖書館館長，日軍當時在大鵬灣登陸，廣州局勢危急，中大決定遷往羅定縣。

當於奧克拉荷馬州的整個廣東省便被圍困。

撤離命令傳來之際，杜定友正彎腰駝背，埋首於中山大學圖書館凌亂的辦公桌，周圍堆滿了尚未編目的書籍和散落的筆記。「俾斯麥．杜」（Bismarck Doo，杜定友偶爾喜歡如此自稱）身為館長，有短暫的時間去回應。他早就料到有這一天；六週以前，日軍首度砲擊校園，當時遺留的混凝土和木材燒毀氣味至今仍然瀰漫於空氣之中。此後，課業中斷，教室廢棄，學生與教授紛紛逃離。洋溢復古味道的中式建築如今空無一人，四處一片死寂。抬頭仰望，天際鋪平轟炸機拉出的細長白色尾煙，猶如孩童的手繪圖案。

警報聲刺透空氣時，在杜定友腦海中翻騰的並非即將到來的毀滅或他的死亡。他立即想到書架上、儲藏室和書庫裡沾滿灰塵的典籍。這些文獻仍在他的監管之下。杜定友覺得自己肩負重責大任，要拯救中國的珍貴文獻，以免其慘遭毀滅。日本帝國主義會殘害中國人民、剝奪中國百姓的主權、屠殺中國婦幼，但他們絕不可能割斷中國人的文化血脈。當警報變成低沉聲響時，杜定友下定了決心，要親自將書籍護送到安全之所。

在後續七十二小時裡，[22]杜定友從圖書館的藏書中整理出大約三十萬冊書籍。留下來的幾名學校人員在他的指揮下拚命工作。他們拆開書桌，把黑板拆成一塊一塊，然後塞進箱子裡。杜定友後來回憶，現場塵土飛揚，碎片散落滿地，但他們片刻未曾歇息。杜命令把裝不進箱子的東西拿到地下室，然後以混凝土密封。

有人反對。廣州很快就會擠滿要到防空洞避難的百姓，難道不該為他們留下躲避空襲的場所嗎？杜定友不同意。其他人懇求他，[23]說此時危難當頭，人命更加重要！杜哼了一聲，不認為如此。人很聰明，總能找到出路，但書籍不行，它們脆弱無助。書沒有腿，無法自由移動，對吧？杜讓異議者噤聲，命令手下繼續工作，並且記下那些負氣而走的人。他期望戰後能全面反思自己的言行舉止。

然而，沒人知道戰爭何時會結束。國難降臨，社稷將傾，這一行圖書館員祕密護送書車，穿越五省，但這可能並非人們冀望的英勇事蹟。在抗戰中浴血奮戰而犧牲的二百萬中國軍人，連同死去的一千二百萬無辜平民，人們日後將稱他們為戰爭英雄。即便這群中年圖書館員盡忠職守，後代百姓絕不會歌頌他們。

然而，杜並非典型的圖書館員。他多年來努力從事某項重要的計畫，最終目標是為中國和世界創建一套通用目錄系統（universal catalog system），最重要的是要率先建立一個使用漢字的中文資料歸檔系統（filing system）。在一九一七年時，不少人回應林語堂的索引法，杜定友乃是其中之一。從那時起，他就著眼於使用漢字架構中最常見的空間模式來開發基於形狀的直觀系統。林氏根據自己的五種基本筆畫去發展出十九種筆畫或二十八種筆畫的系統，而杜定友甚至打算讓使用者免於記住這些東西。為了落實這點，他首先必須對漢字進行部分和整體的分析。

儘管他在看到林的方案之後不久便動工，但直到十五年後的一九三二年，杜才準備好完整說明自己的構想。杜定友發表了一篇探討以漢字為索引的論文㊳，[24]文中首先重新審視古人如何看待動態漢字。他認為不應該將漢字視為單純處於靜態，亦即紙上陳舊形式。

他將每個漢字視為三維物體的二維繪圖，[25]試圖重建古人如何反映他們從漢字看到的內容，以及這與他們的觀看角度有何關聯。杜指出，「日」或「山」等三百多個象形字明確將觀看者的視角置於風景對面。「人」是從側面看去，乃是對某個行走之人的快照㊴，「馬」則猶如馬匹奔騰而過，下有四蹄。他還指出，「牛」顯然是從後方視角望去所構成的字。我們可以想像，養牛人會經常從後頭觀察牛這種溫柔的牲畜，看著牠一邊吃草，一邊側撇尾巴，反而比較不會從正面去觀察牠。這類漢字提供了從觀察者視角去書寫的證據。

沒有哪種牛屬動物的屁股比這更重要了。即使沒有漢字真正跳出頁面或疾馳而過，檢視漢字的習慣方式也因為杜而開始發生變化。中國文字不再是平面圖像，而是運動中的多維物件。觀察平面不同，象形文字的視角也有所改變。洞悉這點之後，其他檢字法便能舉一反三，以各種方式（從三個維度或從頂部、側面或背面）去探索形狀。某些發明檢字法者提出六種、八種或多達二十四種的這類方案。然而，杜定友想要更廣泛應用其構想，打算只使用八個形狀（亦即空間圖案）來捕捉漢字的實體結構，從中建立一套圖書館目錄系統。

從頁面來看，並不難理解杜在腦海所見的事物。他從漢字重新發現西方字母中早已被人遺忘的東西。如今幾乎沒人能在字母「A」中看到牛，從字母「B」看到房屋，或者在「M」中看到水。在公元前一〇〇〇年時，腓尼基人便看到了這類圖案。二百年之後，希臘人借用了腓尼基人的字母，然後將其轉化為自身的書寫系統。西方字母早已擺脫象形文字的根源，但漢字始終帶有自身起源的標記，無論這種標記有多麼隱晦、難以辨識。

杜定友恢復了這種象形元素，將空間視角附加於漢字。分析正方形空間中的漢字，猶如孩童練習在有線條的筆記本上書寫字母。這些線條可讓人立即感受組成字母的空間比例。杜提出了八種這類空間類型，然後使用統計分析去估算基於這種形狀的漢字其使用頻率。他認為漢字通常都屬於他確定的前兩個形狀（類別1和類別2），亦即可以整齊分成兩半。可以垂直切分，譬如「咽」、「船」、「墻」和「街」，或

㊳《漢字形位排檢法》。

㊴ snapshot，又稱瞬攝或快鏡拍攝。

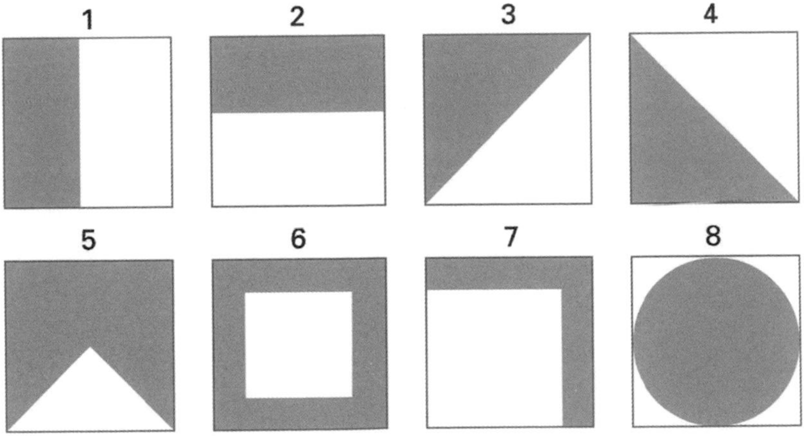

杜定友基於形狀的漢字分析，分成八種形狀。

者從側面切開，好比「安」、「呈」、「英」和「芙」。令人驚訝的，百分之八十五的漢字屬於上述這兩類。後續是對角線劃分，亦即類別3和類別4：斜向和反斜向。斜向漢字可視覺化為兩個堆疊的三角形，包含將上部三角形與下部三角形一分為二的對角線，譬如「庄」、「瘧」、「著」和「虎」。反斜向漢字如同斜向漢字，倒映為向下的斜線，好比「遠」、「迴」、「彪」和「毯」。

類別5比較複雜：有金字塔圖案將其部件分層或嵌套，猶如俄羅斯娃娃。此類別的漢字無法塞入有角區域或象限，而是根據重疊或懸垂圖案來分區，就像聖誕樹一樣，例字包括：「吝」、「奉」、「巷」和「譽」。人們普遍認為，漢字都能塞入一個正方形空間，因此漢字的諸多英文別稱之一是「方塊字」（tetragraph）[40]。然而，杜定友認為這個概念過於粗糙。他詳述漢字的內部結構，並精煉「部件」的概念，使其成為可移動和模組化。任何漢字都不會過於晦澀難解或太明顯易懂而不值得仔細觀察。杜定友發現，可以進一步將方形圖案細分為類別6和類別7，可用完全包圍（enclosure）和部分包圍（partial enclosure）來區分這兩類。如同類別3和類別4，這兩種圖案是互補的。完全包圍可以理解為將數個正方形放在一個正方形之內，譬如「圖」、「四」、「目」和「國」。邊界包圍（至少部分包圍）了所有部件，猶如柵欄或分隔線。例如，「國」字（原本表示「王國」，在二十世紀初時，這種含義被重新挪用來代表「國家」）的圖形構成被視為必須由人民用長矛保衛的邊界，暗示著現代國家背後武力與國家權力交融的概念。類別7的漢字並未完全封閉，具有不連續的邊界，好比「司」、「同」、「開」和「函」。其開口可以位於正方形的任一邊，但仍然可讓人想起完全包圍的輪廓。最後，某些漢字根本無法輕易劃分。杜定友將這些特立獨行者歸為不可分割的類別8，這是前七個規則的例外字例，譬如「文」、「事」、「中」和「史」。

杜定友其實引入了模組化原則。他分析漢字形狀時，乃是根據其占據的方形空間去反向定義。漢字部件被視為拼圖塊，只不過同一塊拼圖可以用於不同之處。然後，他據此建立了一套卡片目錄系統，使用形狀來搜索漢字，如同用字母搜索英語單字一樣。

西方的卡片目錄很可能是按作者的姓氏來排列。若想查找「Smith」（史密斯，姓氏），首先要找到「S」部分，跳過「Sm」之前的內容，進入「Smi」後要放慢速度，必須更加仔細查找。一旦看到「Smit」，就會知道已經非常接近要找的單字了，但如果看到「Smits」，表示已經過頭，「Smith」介於者兩者之間。這就像在字典中查單字一樣。杜定友沒有用字母來查詢單字，而是像看待連續字母的字母順序一樣去看待漢字部件。然而，這並非遵循字母表的線性順序，而是遵照通常在想像的正方形空間內書寫漢字的筆畫順序，這處空間會包含四個象限：從左上角到左下角，然後從右上角到右下角。這些象限是啟發式的，而非漢字本身的一部分，它們構成

㊵ 原本在字母系統上是指四個字母組成的語音，與個別字母發音不同，能標記新的語音或音位。此處表示寫在方格紙上的漢字（referring to Chinese characters written on squared graph paper）。

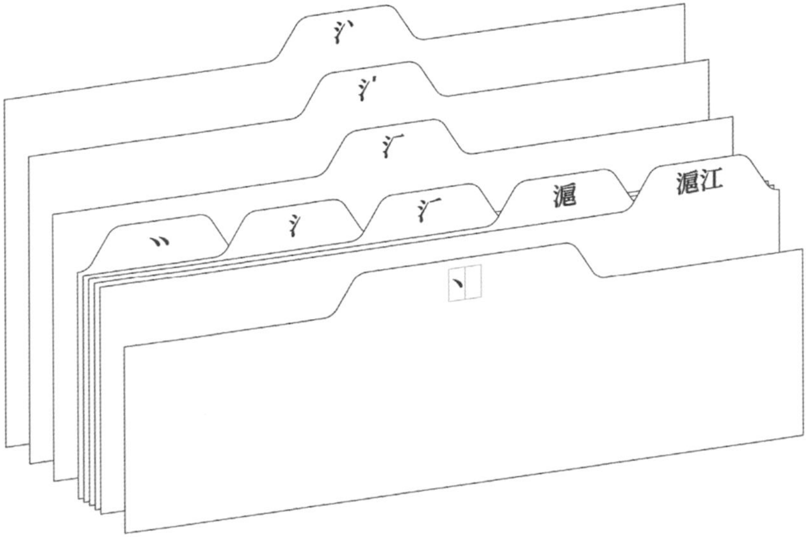

杜定友的圖書館卡片目錄系統，使用漢字的部件和筆畫。

杜定友將漢字劃分為八種可能模式的正方形空間。他從方格左半邊「滬」字的基本筆畫「丶」開始，據此來建構這個漢字。

可以添加一筆「丶」，讓左半邊出現兩點，這是某些漢字共享的部件，例字有「江」、「況」和「澌」。這便類似於在英語詞典中查詢「Sl」部分，但還沒查到「Sm」(按照字母順序，「l」位於「m」之前，就像書寫漢字時，上頭的點會比底下的點更早書寫)。查到三點「氵」時，現在就位於「Smi」，而且愈接近完工了，而這個部件恰好也是「水」的部首。當你寫右上角的部分時，其筆畫是另一種點，與左側的三點略有不同。繼續下去，一筆一筆構建這個字，最後依循這套連續的邏輯就能寫出「滬」。如果「滬」並非你要的，就得提前分岔，好比在「氵一」、「氵丶」和「氵八」之處，但要依照同樣的過程和邏輯。

杜定友與張鳳和王雲五不同，他想根據林語堂的形狀分析中進一步發展出類似字母順序的漢字書寫邏輯，而非像王雲五那樣轉而運用數字，或者像失敗的年輕挑戰者張鳳那樣發明新的空間幾何型態。人類昔日不時爆發戰爭與衝突，杜定友展望未來，認為關鍵是如何讓各國學習去彼此理解，藉此彌補過往的錯誤。他最擔憂的是，當那一天降臨時，沒有人能從正確的書架找到正確的書籍。如果漢字能夠促進此一交流過程並向外界傳揚中國傳統，它將成為加深各方理解的基礎。別人可能認為，圖書館只是存放沾滿灰塵舊書的倉庫，但杜定友卻將其視為促進世界和平的場所。

從他逃離廣州當日，這個想法便一直縈繞於他的腦海。膽小怕事的圖書館員不適合擔當這項重責大任。七十二小時之後，杜定友和同事抵達擁擠的碼頭，加入彼此推擠、拖著骯髒行李的難民行列。他們在珠江南岸的橋下登上了六艘船。蜿蜒的灰色河水不斷流向南邊的彎道，流向不確定的未來。杜凝視著這番場景，心想自己正在打兩場戰爭。

＊　＊　＊

最初幾週非常難熬。每個人必須將身軀與隨身物品塞進大約一英尺半的空間內。[26]他們抓緊最後一刻，匆忙抓起必要物品，放進隨身的藤製袋子。這些物品包括換洗衣物、毛巾、牙刷、肥皂、一瓶消毒水、一個防毒面具和抗生素藥膏。他們心知肚明，帶著這些物品只是心安，其保護作用微乎其微，不可能抵擋迎面飛來的砲彈碎片，他們的手臂或大腿隨時都可能慘遭割斷。這些人大多保持沉默，隱隱感受厄運降臨，卻能同舟共濟，締結更深的友情。然而，時不時就會有人感到絕望，因而觸動所有人浮動的神經。

在其他人眼中，杜定友根本不受這種情緒影響。他們記得杜會毫不猶豫便把書本放在第一位。有些人覺得他冥頑不靈，毫無人道，令人憎恨。時值戰事，處境艱難，但這只會讓他更加堅忍不拔。杜定友志在鼓舞眾人士氣。他在出發之前，便在思考如何保持輕鬆愉快的心情，故從一開始便非常務實。運送書籍路途遙遠，應該備妥多少個箱子，尺寸又該是多少？他並不期望目的地會有現代化的住宿，準備的交通工具都得堅固耐用。遷徙避難之際，難道不能沿途讀上一兩本好書，以此遠離戰爭、振奮精神嗎？倘若能坐在一處舒適的平台上讀書，那該有多好啊？因此，杜定友設計了一種通用的模組化結構，[27]那是一個三十二乘以十二再乘以七點五英寸的「單元箱」（unit case），可以穩妥置於馬背，也能調整成床鋪、長凳和桌子。[28]他將這款設計命名為「杜氏沙發」（Doo's Sofa），並且及時向《美國圖書館協會公報》（*Bulletin of the American Library Association*）報告，令編輯非常高興。

杜定友外表堅韌，但他並非沒有弱點或者會稍微情緒失控。他天生便具有正義感，凡事追求公平，幾乎到了苛求的地步，而且喜歡強調積極的格言：「用你的智慧行善，你所追求的都會是好的；用你的智慧行惡，你所做的都將是壞的。㊶」[29]他始終堅持追求效率，這似乎是他每日踐行的格言，他甚至連髮型也是如此。杜定友把頭髮全部向後梳攏，梳得光滑整齊，不會旁分或中分。他唯一展現時髦之處，乃是他戴了一副黑框的哈羅德．勞埃德㊷眼鏡。這副眼鏡猶如一根支撐橫樑，架在他的倒三角形臉上。

最重要的是，杜定友不喜歡走捷徑。一九二〇年代的漢字索引熱潮充滿欺瞞行徑，而他枵腹從公，勤於公事，自然對此深感不滿。杜不參與論戰，卻有自身的觀點。他曾經抱怨，如果不是基於形狀的分析，王雲五的四角號碼檢字法又將如何呢？王雲五並未將形狀視為一個整體，只是擦掉基於形狀的適切分析之直邊，只認定邊角很重要，而杜對此舉嗤之以鼻。其實，杜定友在王雲五公布他的四角號碼檢字法的同年便宣布了他基於形狀的檢字法㊸。杜與某家和（商務印書館）競爭的出版社合作出版了他的手冊，每本售價七十美分。王雲五則善用商務印書館的市場規模，以二十美分的折扣價出售其檢字法，從而壓低了價格。

㊶ 杜定友，業餘藝術，《杜定友文集》（廣州：廣東教育出版社，二〇一二年），第十一冊，第二九九頁。

㊷ 哈羅德．勞埃德（Harold Lloyd）為美國電影演員和製片人，以演出喜劇默片聞名。

㊸ 作者應指一九二五年杜定友公布的《漢字排字法》。

杜定友非常清楚，自己不該處於鎂光燈之下，也不該拋頭露臉，在第一線追求商業利潤。他的專長是支持圖書館系統的後端。杜畢竟先前沒有走林語堂或王雲五的道路，並非在美國或歐洲大學的舒適環境受到啟蒙。他透過菲律賓這條更便宜的管道獲得了文憑㊹，而菲律賓是當時美國位於太平洋地區的遙遠前哨站。杜以低廉的學費在菲國接受美式教育。美國圖書館員瑪麗・波爾克（Mary Polk）當時正引領亞洲圖書館學的發展，杜定友便拜她為師。中國當時非常看重海外的工程學或實用工業藝術，而圖書館學那時只有幾十載的歷史，仍然鮮為人知，遠不如前述專業那般有用或迷人。即使在馬尼拉，這項領域也是微不足道。圖書館學是該大學的試點學科，[30]而杜定友是該專業的首屆畢業生。此外，他還獲得了另外兩個學士學位。

杜定友其實一直很喜歡書。他曾在一篇自白文章中以情人口吻行文用字，[31]描述自己對書的喜好。文章滿是暗示他對書籍的愛恨情仇和終身相伴的情誼。杜從一開始光是看到書就會著迷。他觸摸書時會欣喜不已，甚至渾身顫抖。將書置於書架上，彷彿用手指輕敲愛人裸露的脊椎曲線。最令杜定友欣喜的，並非把書從頭到尾讀一遍，抑或探究柔軟白紙頁面之間的祕密。排序、分類和索引書籍讓他著迷不已。杜愛書成癡，為這座供奉這種紐帶的寺廟，亦即現代圖書館，撰寫了大量頌歌。他甚至為這個書庫創造出特殊的漢字「圕」（讀作tuan）㊺。「書」字被「囗」（念wei）㊻精心守護著。

他在中山大學的夢想是建造一座世界級的雅典娜神殿㊼，同時打算在旁邊建造詩情畫意的房子，日日在屋內看書，在花園種花蒔草。可惜戰爭爆發，這個願望旋即夭折。杜定友離開廣州，長途跋涉，一路顛沛流離，結束之後發現自己帶著書籍在西南偏遠內陸省分的某個小村莊裡[48]流亡了一年半。他在那裡記錄廣州之圍時流下的男兒淚。他安慰自己，並非一切都毀了。他從日軍手裡搶救了某些最珍貴的中國文獻。日本人雖已入侵中國，但杜定友頂風冒雨，護送圖書，讓日軍難以越雷池一步，損毀珍稀典籍。戰後，杜從頭開始重建中國的圖書館系統，成為中國現代圖書館學的奠基者。他後來結合東西方構想，以個人偶像麥爾威．杜威十進制系統為藍本，提出了一套新的通用分類目錄[49]。

至於漢字索引競賽，杜定友留下了按部件研究漢字的重要遺產。這場競賽促使人們想出一種方法，將漢字部件視為一組有限的模組化單元，如同二十六個字母，並且按照可預測、有系統且能進行統計分析的順序來排列，還對所有部件一視同仁，公開廢除部首長來已久的特權。儘管圖

㊹ 上海工業專門學校校長唐文治以杜定友品學兼優為由，破格保送他前往菲律賓大學學習圖書學。

㊺ 這是拼音輸入，新注音要打「ㄊㄨㄢ」。

㊻ 通稱「國字框」，口部構字時將其他部件上下左右圍起來，形成全包圍結構。

㊼ 雅典娜神殿（athenaeum）為古希臘雅典詩人和學者評論詩文之處，如今可指書庫或圖書館。

㊽ 作者應指雲南澄江。

㊾《世界圖書分類法》，後來改名為《杜氏圖書分類法》。

書館學可直接納入部件分析，但其全面影響要等到二十世紀末才會展開，屆時人們對電腦漢字編碼的需求將再次觸發這個問題。

儘管漢字索引競賽一直持續到一九四〇年代，但戰爭改變了語言改革的潮流，而語言改革即將成為國民黨和共產黨的爭論核心。這兩個敵對政黨都知道，識字是動員群眾的關鍵。這不僅是因為在中國長達八年的孤軍奮戰中要動員男女老少與日本人對抗，也因為國共雙方即將展開殊死搏鬥。到了一九四〇年代，共產黨和國民黨競相藉由戰爭鞏固權力。他們多次聯手抗日，但彼此結盟從未持續甚久。國共的臨時統一戰線每一次破裂，雙方便益發感受對方的背叛，彼此的仇恨也日漸加深。語言改革為雙方的較量開闢了文化舞台。漢字索引建立了新的概念基礎，但語言戰爭很快又返回羅馬拼音。這項領域的研究從未停止，此時推動這項研究果真恰到好處。兵凶戰危，國難當前，必須動員群眾，而如此便再次凸顯中國文盲眾多的窘迫。誰能解決這個問題，誰便贏得中國百姓的心。

與此同時，在中國內戰和毛澤東建立新中國（正式名稱為中華人民共和國）的初期之間的一小段時間裡，林語堂做了一件奇妙之事。他辦到了。歷經數十載嘔心瀝血，林終於打造出華文打字機，這台機器為不久之後中國與西方共享的計算（computing）未來開創了先例。

＊　＊　＊

林語堂於《新青年》嶄露頭角，時過三十年，亦即一九四七年，在初夏的某日下午，天雨濛濛，他匆匆走出位於曼哈頓東河[50]沿岸格雷西廣場七號的公寓。他的腋下夾著一個用厚蠟紙仔細包裹的木箱，裡頭裝著一台新鑄的打字機原型，他將其命名為「明快」（Clear and Quick）[51]。林語堂在一封信中告訴友人，說他剛剛迎接自己的嬰孩回家。這台機器的尺寸為十四英寸乘以十八英寸，配置了一個特殊的鍵盤，乃是第一台任何人皆能使用的中文打字機，無論是中國人或西方人都不例外。即便打字員連一個漢字也不懂，也能在上面打字。定位漢字的每一條訊息都被印在七十二個按鍵上，標記在這些鍵上的並非字母，而是漢字部件。這個鍵盤不比標準的QWERTY鍵盤大，除了那些刻印的中文筆畫，它看似普通的西洋打字機。

林語堂像個小學生一樣興奮，因為他花了數十載開發華文鍵盤，想以最簡單且直接的方式打出九萬個漢字。他在《新青年》發表的第一篇探討漢字索引制的文章闡述過數項原則，便據此決定如何定義部件，以及依照鍵盤的可用空間數去挑選部件。對他而言，書寫漢字時，筆畫乃是正格，內藏建構華文的邏輯祕密。林語堂善用書法成俗慣例，亦即書寫筆畫的方式與筆順。他略加更動，據此重新設計一套完整的檢索系統。起初的「第一與第二筆畫」被視為「上部部件」

---

[50] 東河（East River）又稱「伊斯特河」，乃是紐約市的一條潮汐型海峽，北接長島海灣，南接上紐約灣。

[51] 林語堂以「人人可用、不學而能之唯一華文打字機」來宣傳其「明快」打字機：明易快捷，只按三鍵，書字七千。

（top component），因為起始筆畫總是從漢字的左上角開始，而另外二十八個筆畫組合則被識別為「下部部件」（bottom component），亦即在右下角收筆的筆畫[52]。

從一九二〇年代到一九四〇年代，許多發明漢字索引之士都試圖找出更為客觀和具有普世標準的部件，但唯有林語堂提出具有一致性的邏輯。並非人人皆同意何謂漢字的四角，但林提出的檢字法簡單明瞭，任誰都能看出漢字上部或下部的筆畫。他沒有胡亂處裡線、點和面，或者操弄漢字的四角，也並未僅依賴形狀的統計分析，而是將這三者融合成清晰的查詢系統。

林語堂的打字機有別於謝衛樓或周厚坤的發明，無須在機器頂部黏貼備忘單，也不必根據使用頻率或優先等級設置數個存放漢字活字的獨立托盤。挑選與檢索機制都被納入鍵盤的設計之中。

一九四六年四月，林語堂向美國專利局申請專利，尋找願意開發這台機器去銷售的美國公司。這是他畢生的夢想，甚至比成為享譽全球的中國作家更為重要。林語堂早已用英文撰寫了數十本書籍，也曾多次獲得諾貝爾獎提名，位列中國頂尖知識分子，更是諷刺散文大家[53]。在他眼中，最珍貴的莫過於他那天腋下夾著的木箱。雷明頓打字機公司要求先看樣機，而林便打算讓女兒林太乙（Lin Taiyi）當幫手去示範表演。

他們走進一間會議室，一小群雷明頓的高層正在等候。林語堂稍微講解漢字，同時指出世界雖有三分之一的人口在各種環境下使用漢字，但缺乏易於操作的中文打字機，而他的發明足以解決這個問題。打字機鍵盤的前三行有三十六個上部筆畫，後面兩行則包含二十八個下部筆畫。打字員操作時可以直觀地找到構成漢字的正確上部和下部按鍵，並且同時按下這兩個按鍵。此時，機器內的活字滾筒會將這兩個動作與五到八個可能的組合（亦即漢字）相互匹配。符合的漢字會顯示在機器頂部的投影視窗（亦即「神奇檢視器」〔magic viewer〕），讓打字員可從顯示的列表中找出正確的漢字。底行有八個鍵，標示1到8的數字，而空格鍵通常位於此處。打字員一旦確定了漢字，便可按下其中一個按鍵。每個數字對應視窗中的其中一個漢字。只要按下正確的數字鍵，便可釋放槌子，在紙上打印出所需的漢字。然而，讓林語堂懊惱的是，他女兒在雷明頓辦公室按下按鍵時，啥事也沒發生。打字機故障了。

排除故障不難，但林語堂失去了與雷明頓合作的機會。其實，發明這台打字機很簡單，但要將其商業化卻很困難。林語堂曾多次嘗試出售這台原型機來進行大規模生產，那天下午的演示是其中的第一次。他動用當作家所積累的人脈與關係，各大報紙皆以頭條競相報導他的發明。林語

㊾ 林語堂自稱為「上下檢字法」，只有一條規則，便是先取左上、後取右下的筆畫，對應三十六個上碼（譬如：丅、⺮、扌）與二十八個下碼（譬如：乂、卩、心）。

㊿ 林語堂提倡幽默文學，自詡「幽默大師」，聲稱沒有幽默滋潤的國民，其文化必日趨虛偽，生活必日趨欺詐，思想必日趨迂腐，文學必日趨乾枯，人心也必日趨頑固。

堂的達官貴友紛紛送來祝賀㊹，賀電和鮮花紛至沓來，將林府妝點得熱鬧非凡。紐約及周邊地區的中國留學生、商賈和居民紛紛趕到林府去面見這位著名的作家兼發明家。終於讓全世界看到革命性的中文打字機，並且能夠加以使用。

雷明頓放棄這台機器之後，默根索拉公司（Mergenthaler Linotype）考慮要購買這台原型機。然而，他們和其他大公司一樣，擔心中國捲入全面內戰，生產和銷售環境都太不穩定。沒有人願意冒虧損的風險，因為推出林語堂的打字機需要投入大量資金。各個組件，尤其是鍵盤和漢字，都必須量身訂製。與此同時，在外界不知的情況下，林也幾乎因此破產。他為了打造這台機器，耗盡了從幾本暢銷書賺取的版稅，他曾為此向出版商理查・瓦西（Richard Walsh）和他的妻子作家賽珍珠（Pearl Buck）借錢，竟然吃了閉門羹，雙方友誼破裂，恩斷義絕。林其實不必耗費心血去打造這台機器，因為只有鍵盤是關鍵。然而，他希望看到自己長期宣揚的理念能夠落實為獨立的實體，他說：「這是我送給中國人的禮物！」

果然，這台打字機自行找到了出路，但出乎林語堂先前的預料。一九四八年，默根索拉向林提出一份初步研究如何製造這台打字機的合約，每月提供五千美元，為期兩年。林語堂接受了合約，此後便不再與這台機器有任何瓜葛。然而，當時冷戰已經開始，美國和蘇聯正競相鑽研密碼學／密碼打字機（cryptography）和機器翻譯，其中的機器翻譯是利用機器去自動翻譯人類語言，屬於最早的人工智慧研究領域。這兩個超級強權都心知肚明，誰掌控了電腦，誰就能控制未來的訊息。

默根索拉從林語堂購得了發明權之後，美國空軍便取得了這台打字機的鍵盤，從中研究機器翻譯（machine translation）和磁碟儲存（disk storage），以便迅速擷取大量的訊息。中文先前就被美國人視為要優先學習的一種語言。美國空軍將林語堂的鍵盤轉交給名叫吉爾伯特・W・金（Gilbert W. King）的工程師，[32]他是紐約上州ＩＢＭ研究中心的研究主管。金後來轉職到麻薩諸塞州國防承包商Itek，與人合著了一篇討論機器翻譯的開創性論文。他還展示了他們研究林語堂的鍵盤之後所打造的機器，名為「Sinowriter」（直譯為中文字碼機），這種設備可將漢字文本轉換為機器輸入代碼，以便將中文處理成英文。

林語堂的鍵盤提供了關鍵證據，指出如何在儲存和光學檢索（optical retrieval）的照相系統中使用漢字。林將字母邏輯套用到漢字，對漢字進行重組，使其適應即將降臨的數位時代，這比中國擁有電腦的時間還早了將近四十年。使用具有中國特色的電腦化中文將成為漢字檢索競爭所留下的持久遺產。當時幾乎鮮少人知道，漢字在現代化道路上比他們所期待的走得更遠。林語堂的鍵盤獨自進入美國電腦和軍事研究的核心機構，但它沒有被束之高閣，沾滿灰塵。繼ＩＢＭ之後，它將發揮更大的作用。

---

(54) 中國駐聯合國軍事代表團團長何應欽、語言學家趙元任與當時駐美外交部長王世傑皆曾美言讚譽。

然而，就目前而言，有鑑於冷戰爆發，新成立的共產主義中國將國際化（internationalization）[55]視為更緊迫之事。從林語堂申請專利到一九五二年獲得批准的幾年裡，中國經歷了二十世紀最後一次重大的政治變革。中國的新任領導人仍因勝利而神采奕奕，宣布中文改革尚未完成。如今，強大的「國家之手」正引領中國的語言道路。共產黨政府打算高舉人民的旗纛，誓言開展掃盲運動。在毛澤東的領導下，此舉將導致難以估量的後果，在漢字的現代面貌上留下不可磨滅的印記。

㊺ 某些人士指出，毛澤東為響應蘇聯國際化語言，故而推動漢字拉丁化，其實是廢除漢字的政治性產物。

第五章

當北京的拼音從「Peking」改成「Beijing」①（一九五八年）

漢字簡化與羅馬拼音

一九五五年二月，有十二位委員齊聚一堂，共同商討漢字的未來。在座者包括一位曾經推行世界語的學者、一位前無政府主義者、一位語言學家，以及幾位老學究。某些人將在共產黨的歷

① 「Peking」一詞源自「Paquim」或「Paquin」，昔日可與「Pekin」互換使用。晚清於上海舉行的帝國郵電聯席會議通過郵政式拼音，便收錄歷史悠久的「Peking」作為「北京」的慣用拼法。中華民國成立之後，沿用這套拉丁字母拼音系統。一九五八年，《漢語拼音方案》頒布，到了一九七七年，第三屆聯合國地名標準化會議確定用《漢語拼音方案》作為中國地名羅馬字母拼寫的國際標準，「Beijing」的拼法便逐漸被國際社會接受。此外，北京話中「京」字聲母發音轉變到j，此為「齶化」（palatalization），約在清末完成，如今中國的南方方言或多或少保留了「京」字齶化前的讀音特點g（類似q或K），比如粵語將「北京」唸成「bak ging」。

史中永垂不朽，但他們並非沽名釣譽而與會。其中許多人在一九一〇年代時正值青春年華，心懷壯志，呼籲打倒文言，推動白話文。他們先前屢次失敗，捲入數十載的派系內鬥，眼見中國險些被日本征服，以及經歷二戰時期，因此心知肚明，夢想隨時可能破滅，化為泡影。儘管如此，他們正準備響應（中國）文字改革委員會的號召。這些戴著眼鏡、皺著眉頭的學者組成了拼音方案委員會，亦即眾所周知的拼音委員會。

在這些學者中，某些人曾在一九四九年與毛主席一起在天安門廣場參加中華人民共和國的開國大典。在十月某個凜冽的早晨，這位中國新領導人站在一片五彩繽紛的橫幅前面，迎接一群精心安排的民眾，這些百姓通過仔細審查，在黎明前用卡車運到現場，而像周恩來[②]這種忠實的支持者則隱身於他的身後。根據報導，毛澤東戴著工人帽，身穿前襟五粒扣「毛裝」[③]，說出他最廣為人知的名言：「中國人民崛起了！」頓時，廣場上歡聲雷動，群情激昂。

數十年後，還原該事件的影片顯示，毛澤東其實並未說過這句話，但他講話時帶著湖南口音，鄉音濃重，濃到猶如森林迷霧。普通話源自於北京語音，但毛澤東連一句都不會說。然而，毛以政治人物之姿載入史冊，引領漢語經歷現代史上兩次最重大的變革。一是簡化漢字，減少了二千二百多個漢字的筆畫數。二是創建拼音，這是使用羅馬字母並基於普通話發音的標準化語音系統（「拼音」表示「拼湊聲音」）。毛澤東將帶領中國經歷這些巨大變遷，但他並非以身作則，因為他一輩子都不習慣寫簡體字，甚至連羅馬字母也不上手。

共產黨跟隨毛澤東，以人民（亦即工人、農民和被剝削的下層階級）的名義打內戰，最終贏得勝利。新中國成立時，全國百分之九十以上的人口仍是文盲，彼此以各地的方言交流。羅馬化是毛澤東向人民兌現的承諾，也是中國人民寄託自身語言命運的方式。這套方案將成為學習漢字的新橋樑，並且用來積極掃盲。文字改革委員會受命協調這項任務。

一九一八年，毛澤東在北京大學圖書館擔任一名不起眼的助理，拿著微薄的工資④管理報紙並與人合租一室。他當時開始思考語言現代化的問題。一九一九年春天，就在五四運動在北京街頭爆發的幾週前，時年二十五歲的毛澤東回到了家鄉長沙。他因為這場運動而激起雄心壯志，對於《新青年》等激進刊物非常狂熱。然而，他當時只能遠遠看著，寫熱情洋溢的支持信給北京的運動領袖。這些領袖要求斬斷過去的封建主義，這項呼籲觸動了毛澤東。此外，數個世紀以來，文言與地方口語格格不入，他們也向文言宣戰，此舉也激勵了毛。毛澤東旋即將長沙變成自己的激進思想基地，但他並非任何運動的核心人物。他根本鮮為人知。

三十六年之後，毛澤東掌握了漢語的未來。他想招募誰改革漢語，無不手到擒來，而他挑選

---

② 第一任中華人民共和國國務院總理。

③ 亦即「毛式中山裝」。

④ 毛澤東經人介紹而認識北京大學圖書館主任李大釗，李大釗便安排其當助理員，負責打掃並登記新到報刊和閱覽者姓名，同時管理十五種中外報紙，月薪八元。

的十二個人都擁有必要的經驗與專業知識。這些人將負責規畫、測試和推廣漢字的改革。在位居高位的毛澤東的強烈指示下，中國文字革命將實現迄今為止最巨大的飛躍。

對於毛澤東而言，替中國人將漢語羅馬化是民族和政治自決的基本要素。他與顧問掃盲時雙管齊下：一是利用西方拼音字母，讓國人和洋人都更容易學習漢語；二是減少漢字筆畫，降低漢字的讀寫門檻。漢語羅馬化和簡化相輔相成，乃是保護漢語、掃除文盲的手段。

＊＊＊

普遍認為，現代簡化漢字的功勞只能歸功於毛澤東及其委員會，其實不然。在國民黨統治中國時期，有人曾於一九二〇年率先提出簡化漢字的具體方案。[1]推崇林語堂漢字檢索法的語言學家兼改革者錢玄同主張整體減省漢字筆畫數。在正式宮庭與學術殿堂之外，漢字簡化早已實踐了數個世紀。目前的簡體字約有百分之八十在二十世紀中葉之前便已存在，其中約百分之三十是在公元三世紀之前便已使用。

簡體字是根據流行用法形成，經常出現於帳簿、發票、醫療處方與劇本，因為簡寫屬於權宜之計，比完整寫出漢字更省時。街頭小販和演員藝人節省了筆畫，便於現場買賣和記筆記。此外，某些簡化寫法也起源於書法。行草筆畫勾連甚少，運筆如風，流暢飄逸。其他簡體字來自於薩滿典籍和祕籍。道教使用簡體字來召喚昔日聖人的靈魂，而洪秀全自稱是上帝的二兒子以及耶穌的弟弟，其所領導的異端邪教太平天國叛軍首度於其頒布的文件和書面紀錄以及自行發行的貨幣中正式使用簡體字。

在簡體中文的歷史上，女性甚少占主導地位，但其重要里程碑卻是女性所創造的密文。時至今日，此種密文仍在使用。女書（Nüshu）的字面意思是「女性的文字」，乃是一種簡化的書寫系統，使用較少的筆畫，便於女性識字與互通心跡、訴說衷腸。它源自湖南省最南端的某個小地區[5]，當地歷來曾有數個民族定居。這種文字已經使用了數個世紀，有些人認為它與甲骨文同樣古老，而甲骨文包含最早簡體字案例。女子利用這種密文擺脫傳統社會對她們的限制，替自己創造行文識字的一方天地。昔日婦女如同孩童，接觸書面語的機會有限，生活圈也僅限於家庭，因此她們主要用女書來私下交流。綜觀歷史，書寫一直象徵權威、國家和父權統治，而女書便打破這種僵硬的觀念。

女書的靈感來自於刺繡，將縱橫交錯的圖案融入其細長緊密的垂直筆畫之中，而非更複雜的常見方形漢字結構[6]。一般而言，另類文字或祕密文字會被視為未經認可的邪教異端，有別於正

---

⑤ 女書起源於湖南省南部永州的江永縣，通常用於書寫湘語永全片的江永城關方言。

⑥ 女書呈長菱形，字體秀麗娟細，號稱「蚊形字」。

統的完整漢字，因此偶爾會遭到當局清除。例如，中華人民共和國成立後，女書曾經一度被視為巫術而慘遭迫害⑦。

一九一〇年代和一九二〇年代的新文化運動採取了不同的方式，振興白話文旨在將語言轉化為文字，以此激勵新一代的年輕知識分子和工業發明家。這些文人志士遵循早期改革者兼詩人黃遵憲（Huang Zunxian）的名言：「我手寫我口。」他們矢志提倡白話文，偶爾甚至將其理想化，宣稱白話文是維繫漢語以及讓中國人存續的關鍵。因此，人們努力挖掘今昔著作，從中找出以日常語言書寫的案例。一旦人們開始尋找，便發現了巨大的簡體字寶庫。推行新文化運動的領軍人物胡適（中文打字機發明者周厚坤的同窗）見機不可失，便於一九一九年呼籲重組國學，將重新評估中國的書面傳統轉化為迫在眉睫的文化使命⑧。胡適認可漢字檢索運動一路走來所奠定的成果。

在一九二〇年代初期，國民黨在有人首度提倡簡化文字之後，開始有系統地收集、審核、調查和整理簡體字。然而，在一九一〇、一九二〇和一九三〇年代，中國政治一直動盪不安，當時想進行系統性的改革可謂難如登天。若想打造新的活版印刷字模來印出新的簡體字，材料卻嚴重不足。梳理中文詞典去找出或許有用的早期簡化案例也是艱鉅無比。歷經十多年的全面研究，直到一九三五年才有人向教育部提出一套官方的三百二十四個簡體字⑨。國民黨政府領導人蔣介石曾三次推行簡化方案。國民黨的保守派高層從小便使用繁體字，於是發誓只要自己還有一口氣，絕不允許別人動漢字的一筆一畫。蔣不得不讓步，以免冒犯黨內元老。據說曾有一名政要曾跪下懇求蔣介石放過漢字一馬⑩。礙於有人長期反對以及後續處理困難，推行簡體字的計畫終告失敗。

國民黨人磨磨蹭蹭之際，共產黨人卻推動自身的簡化漢字志業。在抗日戰爭時期，共產黨開始在解放區⑪發行的地方報紙上刊印簡體字。一九四九年之後，這些簡體字逐漸擴展到全國的其他地區。[2]隨著愈來愈多人討論和辯論，簡體字益發受到人們的關注。最終，教育部選出了大約五百個簡化字，供專家和語言學家審核。文字改革委員會於一九五二年成立之後，這項任務便交給它去進一步研究。

---

⑦ 在文化大革命期間，不少紅衛兵基於「破四舊」的緣故，將女書這等神祕文字當作「四舊」來大肆破壞。

⑧ 胡適曾發表〈文學改良芻議〉，提倡改良中國文學，強調須言之有物、不摹倣古人、不用典、不講對仗且不避俗字俗語。

⑨ 一九三五年，錢玄同編成《簡體字譜》，收錄兩千四百多個簡體字，同年八月，教育部採納部分內容，發布第11400號部令，正式公布第一批簡體字表。

⑩ 當時一批政要名流群起反對，在各地組織「存文會」，傳聞最極端的戴季陶曾向蔣介石下跪，「為漢字請命」。

⑪ 在抗日戰爭和第二次國共內戰期間，中國共產黨及其軍隊所實際控制的區域。中共自稱為解放區或紅區，國民黨則稱其為淪陷區或匪區。

委員會於一九五四年年底完成了官方的簡化方案草案。次年一月，《七九八個漢字簡化表草案》在熱烈的氣氛中正式宣布。教育部向全國各文化團體和教育機構印發三十萬份《漢字簡化方案草案》，徵詢各方的意見與回饋。超過二十萬人發表了意見。僅文字改革委員會便收到五千多封來信。高達百分之九十七的受訪者贊成簡化方案草案。

共產黨幹部欣喜若狂。數個世紀以來，中國官方一直拒絕承認簡體字，讓簡化文字重回大眾懷抱，正符合社會主義的平等原則[12]。某位語言學家回憶，[3]該方案付梓之後數天，同志們一碰面都互相祝賀，為人民的聲音終於被聽到而高興。當時，人民解放軍仍在臺灣海峽與國民黨軍隊隔岸交火。解放軍最終透過猛烈的砲擊和轟炸，將國民黨人從距離中國大陸不到二十五英里的兩個最後據點的小島趕走。這不是又一個新時代來臨的預兆嗎？同志們一邊互相問候，一邊彼此詢問。簡體字是新中國戰勝國民黨的文化豐碑。

每個漢字的簡化形式通過委員會審查之後皆被印刷出版，廣泛傳播，讓民眾熟悉其新模樣。政府無法控制百姓如何手寫或私下書寫漢字，卻可規範漢字在書頁上的字體外貌來改變慣例。這種措施並不容易被扭轉。為了印刷簡體字，每個字都需要使用全新的字體。有鑑於中國傳統（當時甚為原始）的印刷工序，鑄造銅字體昂貴耗時。因此，挑選簡體字時必須深思熟慮，對於應該減去漢字的哪些部分存在相互衝突的想法，導致後續版本的簡化方案有更多的修改。

後續又經歷幾輪的討論，漢字簡化方案才在一九八六年確立[13]，總共收錄二千二百三十五個簡化字；爾後經過調整，簡化字的數目又持續增加。雖然多數簡化涉及單個完整的漢字，但某些簡化著眼於部件或部首，打算將新形式插入使用相同部件的其他漢字。

漢字簡化的受益者包括中國的工人和農民。他們的證詞（無論是自願發表或受人鼓動發表）都讓這項方案在百姓眼中深具合法性。其中一份草案發布之後，[4]某位沒沒無聞的排字工挺身而出，聲稱這項方案改良甚巨。他數十年挑選字體並排版印刷，很高興能有更容易識別的漢字。異體字統一為簡體字，像他這種人再也不必為「窗」的六種寫法而苦惱了。另一位排字工同志回憶時指出，她在改革之前每天要站著八個小時來回移動字盤，而現在漢字的數量和筆畫數有所限制，她可以偶爾坐著工作。毛澤東說，群眾是真正的英雄⑭，必須相信他們的意見，他們覺得自己日常使用漢字的經歷是中國爭取社會主義現代化偉大鬥爭的一部分。正是毛澤東的文化工作者讓男女老幼（從排字工到士兵，從管理員到工廠工人）得以識字。

---

⑫ 根據中共的《社會主義核心價值觀基本內容釋義》，平等是一種社會應當如何對待其成員的規範性價值。具體而言，社會成員在特徵、個性、能力、需求等方面雖千差萬別，但作為人、作為社會主體的意義上是平等的。

⑬ 《簡化字總表》，此表在中國大陸使用至二〇一三年。

⑭ 毛澤東在《農村調查》的序言和跋指出：「群眾是真正的英雄，而我們自己則往往是幼稚可笑的，不了解這一點，就不能得到起碼的知識。」

有人基於文化和審美原因對簡體字持保留和反對態度，但簡化和拼音雙管齊下之後，文盲率開始下降。到了一九八二年，全國十五歲以上人口的識字率達到百分之六十五點五，二〇一八年時達到了百分之九十六點八。[5]

一九四九年之後，國民黨人愈來愈不支持漢字簡化。他們敗給共產黨，失去大陸並撤退至臺灣，然後將自己視為真正守護傳統文化之士，並且將傳統文字完好無缺地保存至今。國民黨人不碰觸漢字簡化，為共產黨留下了空間，使其聲稱它是中國的核心平台。

這段昔日爭議的傷口仍在，並且時不時會重新裂開。臺灣海峽將中國大陸與臺灣的中華民國分隔開來，而打從一九四九年以來，簡化字在兩岸被政治人物當作武器，彼此攻訐，加劇了新舊漢字之間的差異。簡化字的支持者和反對者不斷相互攻擊和辱罵。繁體的「愛」和簡體的「爱」便是最有名的例子，[6]簡化版用「友」來替換「心」。擁護傳統漢字的人問道，愛若沒有心，那是什麼？某位網上評論家認為：「自從漢字簡化之後，便再也無法『看到』自己的『親戚』（親vs亲）……『工廠』變『空了』（廠vs厂），『麵粉』少了『小麥』（麵vs面）。『運輸』沒有『汽車』（運vs运）……『飛行』只用一隻『翅膀』（飛vs飞）。」

擁護簡體字的人士也構想本身的漢字故事。他們認為，簡化的「爱」更加廣泛和現代，[7]足以延伸到朋友和同志，而非心存狹隘，受自私之心所引導。另一個例子是「群眾」。在明智刪去某些筆畫之後，這個漢字現在完全（並且正確地）由「人」所組成（眾vs众）。「消滅」不再有多餘的「水」部首（滅vs灭），因為這個偏旁沒有任何語義或語音的功能。至於「蟲」字，誰不想盡量避開令人毛骨悚然的害蟲呢？一個至少比三個好（蟲vs虫）。

雙方各有說詞，巧妙反駁對方，強化海上劃定的界限：臺灣保護傳統與遺產（與香港和澳門共享），中華人民共和國則是守護革命和階級。這場鬩牆之爭僵持不下，少有外人熟知內幕。

＊＊＊

毛澤東發起過兩次主要的改革語言運動，簡化漢字較為保守，乃是重新組織和微調中國文化的書寫內容，而非創造全新的事物。羅馬化更為激進，將讓漢字在世人面前呈現不同的樣貌。

中國的羅馬化根源甚深，可追溯到早期華人與西方傳教士的接觸，以及洋人傳教士從一五八〇年代開始進行的各種實驗。法國人、西班牙人、葡萄牙人、俄羅斯人和波蘭人都有自己的方式去記錄[15]耳聞的中文。自公元十九世紀末以來，英語中占主導地位的是韋傑士拼音／威妥瑪拼音，這套系統起初由英國外交官兼官員湯瑪斯・韋德（Thomas Wade）於一八五九年提出，爾後由他的劍橋大學同事兼漢學家翟理斯（Herbert Giles）於一九一二年加以修改。這對西方人來說

⑮ transcribe的譯法眾多，另有抄寫、謄寫、轉寫和轉錄，亦即將語言轉換成另一種書寫形式。

簡直是天賜之物，他們終於可以用羅馬字母拼出漢字來念出中文了。

韋傑士拼音並不完美，這套系統一問世，便有人開始抱怨。它以南方普通話為基礎，並未反映中國後來標準化的國語發音。它使用破折號和撇號也可能讓人感到彆扭和困惑。即使土生土長的中國人也很難記住其彆腳的規則。此外，這套系統無法區分語義不同但發音相同的漢字。話雖如此，韋傑士拼音仍然套用至其他的歐洲語言，譬如丹麥語、德語、西班牙語和土耳其語，旨在滿足這些語言轉錄中文的需求。

中國人想要創建一套屬於自己的羅馬化系統來符合他們的說話習慣。二十世紀初期從歐洲歸來的留學生先前曾提倡世界語（由波蘭眼科醫生柴門霍夫於一八八七年發明），也打算使用沃拉普克語（Volapük，意思為「世界語言」，一八七九年由德國天主教神父約翰・馬丁・施萊爾從英語、德語、法語和拉丁語拼湊而成），甚至考慮中性成語／習語（Idiom Neutral），這種語言於一九〇二年設計，結合了世界語和沃拉普克語的優點。然而，這些人工語言缺乏母語人士，從未順利取代世界各地的自然語言（natural language）。其他的語音替代方案似乎更直觀，使用更多本地的聲音標記，例如王照的《官話合聲字母》。注音符號於一九一二年首次提出，並於一九一八年作為國家音標正式頒布。在引進拼音之前，注音仍是大陸最廣泛使用的輔助語音系統。毛澤東年輕時，中國尚未有確定的單一羅馬化方案。

中國人使用注音符號更為順手，但對洋人而言，這套拼讀工具並非首選。注音符號於一九〇八年首次推出，模樣更像古文，而非現代漢字。唯有熟悉書法筆畫和反切音調的細微差異，才會覺得注音符號很直觀，因此它對非母語人士的學習門檻很高。中國需要一套既能吸引洋人、也能吸引中國人的羅馬化系統，以便推動中國進一步工業化，從而將社會主義願景推上國際舞台。

一九二〇年代和一九三〇年代出現了兩套相互競爭的羅馬化系統：國民黨人的國語羅馬字⑯以及共產黨後來推出的拉丁化新文字。這兩個政黨都吹捧自己的系統，想要贏得群眾的芳心，尤其是想爭取數量龐大、幾乎目不識丁的農民。

國民黨在統治時期，於一九二三年開始制定全國的羅馬化系統。當時的教育部成立了一個研究委員會，匯集新文化運動中最傑出的進步知識分子，包括林語堂、錢玄同和趙元任等人。趙和友人林語堂一樣聰明機敏，渴求東西方傳統且興趣廣泛，不拘一格，從語言學鑽研到物理學，甚至涉獵催眠術。趙是第一個將路易斯·卡羅（Lewis Carroll）的《愛麗絲夢遊仙境》譯成中文的學者。他創作一首樂曲時猶如探究催眠一樣輕鬆自在。趙元任與中文打字機發明者周厚坤屬於同一屆的年輕庚子賠款學者，爾後成為二十世紀最著名的中國語言學家。他在研究漢語方面有獨特的天賦，能將方言與音符結合，從而更好地分類不同的聲調。趙堅定支持標準普通話，後來編

⑯ 由林語堂倡議，趙元任推動，曾獲國語推行委員會協助，於一九二八年由國民政府大學院公布，與當時流行的注音符號並存，其後並於一九四〇年易名為「譯音符號」。

寫了教科書，並將自己的標準漢語發音錄製在留聲機碟片上，作為普通話學習工具在全國發行。趙元任曾在美國定居，熟悉了英文字母環境，早在一九一五年便開始思索如何用羅馬字母表示中文。他將成為推動全國羅馬化最具學識且最為雄辯的專家，也是其系統的主要創造者。

有些人擔心，一旦打開全面使用字母的大門，便會打開西方統治的大門。然而，趙元任向懷疑論者保證，聲音和符號之間的聯繫多是任意的，而非自然的。正如法國人、德國人和義大利人對同一組字母的發音和拼寫皆不同，同時保持自己的民族語言完整，中國人也可以運用字母，將其作為便於溝通的媒介。母語人士即便不識字，但只要能說話，便可透過發音去識別書頁內容。如果人們一開始可以通過聲音（通過字母表的語音字母）而非視覺去學習表意文字，整個過程就會更加容易。羅馬化將成為普及表意文字使用者識字率的重要橋樑。

這種推理並未說服所有人。某些懷疑論者想知道，到底字母能夠在多大程度上為表意文字服務。不是語言學家也會發現一個很明顯的問題：漢字數目多於字母可表示的發音。表意字有數千個，但二十六個字母所能傳達的語音或音調差異則是有限的。這個問題可以分成兩個層面。

首先，有許多拼寫相同的漢字，亦即同音異義詞。在英語中，兩個字發同樣的音屬於例外，譬如：「kernel」（核心）和「colonel」（上校）、「borough」（行政區）和「burrow」（洞穴），以及「muscle」（肌肉）和「mussel」（蚌）；然而，在中文中，同音異義詞更為普遍。例如，將近二百個漢字共用羅馬拼音「yi」。這個音可表示「一」、「衣」、「依」、「億」、「漪」、「伊」、

「噫」等等。

其次，具有相同拼寫的漢字可能具有不同的聲調或音高。記下同音字之後，還必須透過聲調來區分它們。「yes?」和「yes!」拼法一樣，即使沒有標明音高，我們仍然可以清楚辨識這兩者的音高差異。相較之下，漢語的聲調對於理解所說的內容比簡單表示問題（？）或強調（！）要重要得多。它們有助於進一步區分聽起來相同的漢字。

眾所周知，即使對於中國人來說，在書面上捕捉和記錄音調也是極為困難。倘若沒有一套客觀的系統將聲音永久記錄到漢字上（如同西方字母），音調就會隨著一代又一代的說話者而發生變化。到了公元二十世紀初期，反切已經與王照的北京普通話相去甚遠。人們不再知道某些漢字有什麼音調。整套系統需要加以調整。

聲調也因地方而異，要看是哪種方言：標準普通話有四種聲調，廣東話有六到九種聲調⑰，上海話有五個聲調，台語則有五到六聲調。各位不妨想像一下，試著去指出英語的聲調，而該英語不僅混合了女王英語（Queen's English）⑱、倫敦東區土話（Cockney）、利物浦方言（Scouse）、約克郡方言（Yorkshire）、伯明罕方言（Brummie）、北愛爾蘭語（Northern Irish）和

---

⑰ 粵語號稱有「九聲六調」。

⑱ 英格蘭南部口音，被某些人視為標準英語。

蘇格蘭語（Scottish）的音調變化，而且混合了美國北部和南部的所有變種英語，以及澳大利亞英語、新加坡式英語（Singlish）和印度英語（Hinglish，印度語〔Hindi〕和英語）。

世界各地有大量非母語人士在說英語，因此英語便額外多了地區性聲音變體，漢語也如出一轍，不僅跨越廣袤的地域，語言變體之多也讓人印象深刻。中國兩種方言的差異可能比西班牙語和義大利語之間的差異更大。必須根據單一標準將各種音調整合到單一語音系統，這真是令人望而生畏的任務。

長期以來，洋人對中文的同音異義詞和聲調感到頭痛。他們一直不知如何區分口語聲調，故留下了一連串的痛苦和警告之詞。據說某位傳教士於一七六九年給一位歐洲女士寫了一封信，虛構的情節將上述情況描摹傳神，展現十足的諷刺效果：

> 有人告訴我，說「shu」的意思是書。我以為只要出現「shu」這個字，都與書有關。其實不然：「shu」再次出現，但指的是樹。因此，我就知道有「shu」書和「shu」樹。還沒完沒了：另有「shu」暑、「shu」述、「shu」曙、「shu」沭、「shu」淑、「shu」熟和「shu」輸等等。如果要我列出這個字的所有含義，那可得等到天荒地老。[8]

韋傑士拼音並不打算解決所有問題。這套系統背後的設計理念很保守：它不是為了向中國人準確標出漢字發音，而是想出一套洋人可用來學習中文的轉錄系統。花了數個世紀才將中文的語音表示形式納入多數洋人都能接受的羅馬拼寫系統中。儘管韋傑士拼音有缺陷，但其他方法更糟糕，根本無法一致性地將中文羅馬化。

趙元任深知洋人面對的這種困境。用字母當作轉錄媒介確實很糟糕，需耍稍微調整，才能套用到中文。一方面，西洋的方案（包括韋傑士拼音）都未曾想過用音標拼寫成組的漢字。西方的語音學家似乎對漢字有一種常見的誤解：認為漢字是單音節的單一獨立實體。他們將每個漢字當作一個單字來理解。與王照同時代的文字改革家盧戇章在一八九〇年代初開發《一目了然初階》時，曾提出用破折號將羅馬字母連在一起。其實，漢語一直都是這樣說和使用的，即使不是短語，也是成對的，這便可立即清楚表明哪個漢字在哪種上下文中代表什麼。

例如，「蝴蝶」或「尷尬」總是成對出現，少了其中一個漢字，另一個漢字就絲毫沒有意義。「東」和「西」這兩個漢字擺在一起就表示「事物」或「物體」，但唯有它們並排時才有這種意思。許多漢字的用法類似於英語的複合字（compound），例如「schoolchildren」（學童）或「sunflower」（向日葵）。不了解漢字是在短語中出現而非獨立運作，便會覺得所有的「shu」看起來都很類似，其實若是根據上下文，便會知道它們各有不同。

對西方人來說，聲調只會折磨他們，但趙元任認為，聲調是漢語最具表現力的一種特質。為了證明這一點，他用了三十一個不同的漢字去編造一則九十二字的寓言，講述某位施氏因為迷戀

野生動物，結果誤食了十隻石刻獅子。這則故事以簡潔的中文生動表達出來：[9]

石室詩士施氏，嗜獅，誓食十獅。氏時時適市視獅。十時，氏適市，適十碩獅適市。是時，氏視是十獅，恃十石矢勢，使是十獅逝世。氏拾是十獅屍，適石室。石室濕，氏使侍試拭石室。石室拭，氏始試食是十獅屍。食時，始識是十碩獅屍實十碩石獅屍。是時，氏始識是實事實。試釋是事。

然而，用羅馬拼音拼寫這段話時若沒有加上聲調標記或指示符號，就會變成一長串單調無聊的胡言亂語：

Shi shi shi shi shi, shi shi, shi shi shi shi shi. Shi shi shi shi shi shi shi. Shi shi, shi shi shi, shi shi shi shi shi shi. Shi shi, shi shi shi shi shi, shi shi shi shi, shi shi shi shi shi shi. Shi shi shi shi shi shi, shi shi shi. Shi shi shi, shi shi shi shi shi shi shi. Shi shi shi, shi shi shi shi shi shi shi shi. Shi shi, shi shi shi shi shi shi shi shi shi. Shi shi, shi shi shi shi shi shi. Shi shi shi shi.

譯成白話是：

> 石屋詩人石先生喜愛獅子，發誓要吃掉十隻獅子。這位先生時不時便去市場尋找獅子。十點鐘的時候，正好有十隻大獅子到了市場。於是，這位先生看見這十隻獅子，用了十箭的，將牠們射死。他抱起這十具獅子屍體，回到了自己的石屋。石屋很濕，他命令僕人試著把石屋擦拭乾淨。石屋清理乾淨以後，這位先生開始嘗試去吃掉這十頭獅子的屍體。當他吃下去的時候，才發現這十隻獅子的屍體，其實是十隻大石獅的屍體。他直到現在才恍然大悟。請解釋這到底是怎麼回事。

趙的觀點是，倘若沒有聲調區分，羅馬拼音永遠無法適用於中文，因為所有的「shi」看起來都一樣，好像在這則故事中重複了一百零六次。這個例子說明了國語羅馬字最重要的特徵：趙元任建議用額外的字母來表示聲調，以便將它們整合到漢字的拼寫之中。這便是趙區分其羅馬化方案的方式。他沒有用二十六個字母之外的變音符號或特殊標記，但他卻使用了額外的字母去達到相同的目的。這套系統是為了將國語（普通話）羅馬化而設計，使用某個特定字母來表示普通話的四聲，表示拼寫是否要以第二聲、第三聲或第四聲發音（第一聲只是基本拼寫，沒有附加額外的字母）。例如，像「guo」這種漢字的羅馬化形式可以透過下列的四個聲調來發音：「guo」（第一聲），「gwo」（第二聲），「guoo」（第三聲），「guoh」（第四聲）。

一九二八年，國語羅馬字獲得官方認可的寶貴時期開啟了。同年六月，國民黨人占領北京，完成北伐[19]，結束為期兩年的統一運動。儘管國民黨的內部權力鬥爭仍將持續，但新政府成立之後，十多年的政治混亂便結束，將迎來一段相對穩定的時期。國民黨遷都南京。意思為「北方首都」的北京更名為「北平」（Beiping）[20]，表示「北方和平」，而國語羅馬字將其拼成「**Beeipyng**」。

教育部頒布國語羅馬字，作為全國的官方漢字拉丁化方案。課程、課本、學校、標準的國語發音錄音也隨之推出。小學生在教室裡大聲練習國語的聲調，成人則在夜校適應新的拼寫標準。

儘管開始甚為樂觀，但所謂的南京十年[21]並不會風平浪靜。國民黨在軍事行動結束前六天，清洗了最重要的盟友共產黨。當時的中共[22]尚未確立其作為政黨的總體戰略，並且仍然在召募黨員。中共多年來與國民黨在農村攜手合作，贏得了農民群眾的信任與支持，同時從一九一一年辛亥革命後建立封地的軍閥手中奪取了權力。這兩黨只要面對共同的敵人，便能拋開分歧的意識形態。然而，一旦勝利在望，國民黨又會暴露野心。他們手握槍支，揮舞大刀，在上海街頭屠殺了數千名共產黨人和可疑的中共同情者。

國民黨身為中華民國的執政政府，在後續十年裡竭盡全力，運用其強大的軍事力量鎮壓共產黨紅軍[23]。語言將成為鬥爭的關鍵，因為雙方都在競相提升自身的文化與政治合法性。國民黨宣稱，國語羅馬字是第一套由中國人為中國人設計的羅馬化系統，符合現代標準中文。它將完成數個世紀以來外國人與中國人都未能做到之事，亦即以一套完整的系統用音標拼寫中文。

然而，對於如何羅馬化，特別是這套系統將為誰服務，共產黨人抱持不同的意見。當國語羅馬字的研究開始時，中國共產黨還不到兩歲。隨著中共日益壯大，他們開始挑戰國民黨在文化領域的統治權。共產黨人提出異議，認為國語羅馬字是由知識分子而非人民所主導的系統，還有它將普通話列為國家標準，表示只能容納四種官方聲調，排除其他的方言，而某些方言有多達七種或九種聲調。共產黨宣稱，國民黨未能優先考慮群眾，骨子裡就是菁英，把從上而下的決定強加給人民。

這場權力鬥爭關係重大，孰勝孰敗將永遠改變中國的政治版圖。兩黨都競相爭取中國最重要的權力基礎（亦即農民）的效忠。共產黨人要推翻國民黨人，而調查這項問題牽涉範圍的，乃是一位臉色蒼白的熱情年輕馬克思主義者。

---

⑲ 北伐（Northern Expedition）又稱國民革命軍北伐、國民政府北伐或中國國民黨北伐，時程從一九二六年至一九二八年，國民革命軍向北洋軍閥發動內戰，由南向北推進，故簡稱「北伐」或「北伐戰爭」。

⑳ 改名的主因是當時的首都已是南京，全國的政治中心也在南京。

㉑ 南京十年（Nanjing decade）又稱十年建設或十年建國，從國民黨一九二七年定都南京到一九三七年遷都重慶的「黃金十年」，這是中華民國大陸時期罕有的短暫盛世。

㉒ 英文全名 The Chinese Communist Party，簡稱 CCP。

㉓ 共產黨紅軍（Communist Red Army）的正式名稱為「中國工農紅軍」，源自蘇聯紅軍的正式名稱工農紅軍，國民政府先後稱其為「匪軍」和「共軍」。

＊
＊
＊

一九二一年，二十歲的瞿秋白（Qu Qiubai）被某個中國新聞集團從北京派往蘇聯，肩負報導這個後布爾什維克（post-Bolshevik）[24]政權的使命。瞿秋白這位菜鳥記者面容精緻卻略帶憂鬱，踏上這段旅程，既是追求個人志業，也是從事政治朝聖。他在前往莫斯科的途中意外遇到許多同胞，包括居住在遠東城市伊爾庫次克與赤塔的中國勞工和店主。這些小商販、商人或勞工在西伯利亞定居了數十年。某些中國人戲稱赤塔為默認的殖民地，因為居住在中俄邊境那一邊的中國人數量龐大。瞿秋白在赤塔會見了當地華僑協會（Association of the Overseas Chinese）領袖並與協會僑胞結交為友。該協會在當地擁有十二個分支機構，會員有七萬名。他毫不費力便可在赤塔的小街上尋到茶店，甚至能在火車站發現一面中國國旗。

蘇聯與中國一樣，幅員遼闊，不久前剛經歷了一場暴力革命[25]，百姓貧困，民生凋蔽。瞿秋白出身士紳，但家道中落，生活貧寒，又與家人失散，是故對於中國移民的困境感同身受。然而，瞿不顧自身窘境，心懷鴻圖，志向遠大。他悲天憫人，哀嘆時世，為文描寫所遇之陌生人，眼見小城鎮與邊境城市髒污街道上衣衫襤褸的農民時，內心更是憤恨不平。然天地不仁，生靈塗炭，這些黎民本就窮苦，當地土匪卻猖獗橫行，故百姓生活雪上加霜，日子朝不保夕。

瞿秋白在寄回國內的報告中激動寫道，資本主義和階級剝削的弊病將達到臨界點，而階級鬥爭的下一個舞台的中國尤其如此。瞿離開赤塔，前往莫斯科，目睹一切後更加堅定自身信念，亦即世界社會主義革命即將來臨。因此，他決定加入中國共產黨。

瞿秋白在一九二三年回國，在共產黨的宣傳部任職。他不僅擔任期刊編輯，也撰寫散文，協助宣傳共產運動，並且在黨內逐漸晉升。原《新青年》主編陳獨秀因與宣揚世界共產主義的國際組織共產國際（Comintern）發生齟齬而被解除黨委書記職務，瞿秋白便臨時代理了這項職務。人們很快發現，瞿秋白並非理論家，更像個理想主義者，因為他不太擅長從事黨內的政治活動。瞿的同志聽聞他的想法時感覺他充滿熱情和富有哲理，但認為他的構想並非具體可行。一九二七年，國民黨與共產黨決裂，共產黨便成立紅軍，然後迅速發動三次起義，結果皆以失敗告終。一九二八年，瞿秋白與許多中國馬克思主義者一起被送回俄羅斯，在布爾什維克兄弟的指導下重新

㉔ 布爾什維克（Bolshevik）原本是俄國社會民主工黨（俄國馬克思主義者所組成的社會主義政黨）中的一個派別。一九一七年十月革命以後，這群人在全俄羅斯蘇維埃代表大會占多數，隔年（一九一八年），改稱俄國共產黨（布爾什維克），簡稱俄共（布）。一九二一年三月，瞿秋白於參加俄共（布）第十次代表大會，並對其作出報導，爾後於同年五月加入俄共。

㉕ 十月革命之後，以列寧為首的布爾什維克（後稱俄共）推翻執政不久的臨時政府，建立俄羅斯蘇維埃聯邦社會主義共和國，簡稱蘇俄。爾後其他武裝勢力聯合富農與地主等資產階級組成白軍，與俄共紅軍展開內戰。紅軍最終於一九二二年十月獲勝，鞏固了政權，同年年底蘇俄和白俄羅斯、烏克蘭、外高加索聯邦簽署條約，成立蘇聯，後續納入更多盟國，不斷擴張版圖。

集結。

此時，語言問題已成為蘇聯制定國內少數民族政策時的當務之急。新成立的蘇聯包括大片中亞地區，當地居民不會說或讀俄語。這些地區有書面文字的群體已經使用阿拉伯語將近一千年。說突厥語的中亞某些少數民族則根本沒有文字。蘇聯需要採取謹慎的策略去安撫和同化他們。教育和控制當地百姓的關鍵在於要採用拉丁文字去大規模掃盲。

一九一七年布爾什維克革命[26]之後，各個中亞突厥共和國嘗試採納拉丁字母作為傳遞其口語的媒介。許多突厥族群認為，阿拉伯文字愈來愈不足以滿足現代生活的需求，如同中國改革者將書寫漢字視為技術時代的一種劣勢。某位蘇聯塔吉克（Soviet Tajik）詩人曾說，[10]拉丁字母以飛機的速度飛奔而去，而阿拉伯字母則像一頭虛弱的驢子，只能一瘸一拐痛苦前行。某些人則認為，改用拉丁文字可以分享人生在世的問題，因為書面文字記載從古至今的歷史。

蘇聯中央委員會（Soviet Central Committee）[27]支持將阿拉伯文字拉丁化，藉此推行多國語言政策（multinational language policy），其構想是在新成立的蘇聯內部賦予每個群體語言自決權（linguistic self-determination）。有五十二種語言被指定要轉變為羅馬拼音文字，其中約百分之七十最終被拉丁化，影響區域涵蓋挪威和韓國之間的地區。

其實，拉丁化也是一種分裂與征服的手段。在俄羅斯人眼中，中亞是最野蠻、最落後的地區，他們認為難以區分當地居民。亞塞拜然人通常被稱為韃靼人（Tatar），烏茲別克人被稱為薩特人（Sart），而塔吉克人又被稱為烏茲別克人。俄羅斯人認為，如果要讓蘇聯東部地區的百姓就範，必須清除伊斯蘭教的影響。最方便的作法是緊咬阿拉伯文字，說其落伍，需要改革。只要各個突厥共和國擁有獨立的書寫系統（使用拉丁文字，而非某些群體已經習慣的突厥—波斯阿拉伯語〔Turko-Persian Arabic〕），他們便難以形成足以挑戰蘇聯統治的泛伊斯蘭聯盟。直到後來，亦即一九三〇年代末期，蘇聯的語言政策才從拉丁化轉向西里爾化（Cyrillization）[28]。一旦這些群體不再熟悉他們的母語，俄羅斯便可加強控制和提升影響力。

蘇聯急於將阿木爾（Amur）地區的華工納入掃盲拉丁化運動的試驗群體，希望將自身的影響力進一步擴展到亞洲。這些人便是瞿秋白首度前往蘇聯途中遇到的中國勞工。他們幾乎百分之百是文盲。

中國共產黨人當時是年輕的政治新貴，看到蘇聯的作法而有所啟發。瞿秋白在中國為中共服務期間一直與人辯論中文問題，因此回到蘇聯時，對語言改革早有定見。然而，瞿秋白未曾受過專業的語言學訓練，於是向俄羅斯語言學家弗謝沃洛德·謝爾蓋耶維奇·科洛科洛夫（Vsevolod

---

㉖ 布爾什維克革命（Bolshevik Revolution）亦即十月革命，前蘇聯的正式名稱是「偉大的十月社會主義革命」。

㉗ 全名是The Central Committee of the Communist Party of the Soviet Union，翻譯成「蘇聯共產黨中央委員會」，簡稱蘇共中央，乃是蘇聯共產黨的核心組織。

㉘ 用某些斯拉夫語言的西里爾字母（Cyrillic）拼寫。

S. Kolokolov）和龍果夫（Aleksandr A. Dragunov）[29]請益。一九二九年二月，瞿秋白起草了拉丁化新文字（Latin New Script）[30]提案，並向中國工人分發了二百份。爾後科洛科洛夫提出建議，修訂版又於當年十月出版，並於次年再次重印，額外發行了三千份。

中國勞工為此歡呼雀躍。數所夜校開辦，教導他們如何分辨「開水」或「我賣餃子」等短語，還有「窮人屬於哪個階級?」之類的意識形態問題。多虧了自願擔任指導員和管理者的同志，五千多名廠房工人與農民畢業後能夠讀書以及寫家書。從一九三一年至一九三六年之間， 11
數十本拉丁化新文字教科書和多部文學作品刊印發行並有人教導內容。雖然需求非常驚人，但語言改革者無法立即培訓足夠的教師或印刷夠多的教科書。有一份完全用拉丁化新文字印刷的週報《Yngxu Sin Wenz》（擁護新文字）在伯力[31]創刊，第四十三期於一九三四年年底出版。

拉丁化新文字教學被譽為社會主義兄弟情誼和彼此互助的指標性事件。蘇聯人認為此乃解決境內十萬華工文盲的契機。對於中國的馬克思主義者而言，他們如今具備了實現革命目標的語言工具：倘若中國人能夠輕鬆閱讀文字，便可透過新文字讓他們變得激進並信奉共產主義。

對瞿秋白來說，拉丁化取代漢字不可避免，甚至勢在必行。他表示，國語羅馬字是由一小群學術分子基於複雜的語言理論所設計，反觀拉丁化新文字是實用的拼音文字，適用於每一種方言和每一個階層。

瞿秋白盡可能污衊國民黨人及其國語羅馬字，說這套系統不僅迎合說普通話的百姓，其羅馬化方式也不通俗易懂，讓人難以理解。他將國語羅馬字描述為自我吹噓，不適用於一般的普羅大眾。瞿秋白並未看見趙元任食獅施先生的幽默或聰慧，只定睛於它屬於特權階級的證據。唯有直接出自農民口中的拉丁化新文字的共產主義樸質系統方能對抗國民黨的資產階級政策。中國的各種方言不是受地域或宗教劃分，而是遭受階級劃分，而瞿秋白和其他信奉者要捍衛所有講漢語的百姓，深信自己是為工人、苦力和辛勞農民挺身而出，而這些人將會推動即將到來的世界社會主義革命。

一九二九年的拉丁化新文字草案顯示了其未來的意圖。這套系統包含對英文字母表的些許更改，沒有使用「q」、「v」或「x」，因為瞿秋白當時認為拼寫漢字時用不到這些字母。他添加了某些發音變異，好比「é」和「ń」，以區分鼻音，並規定了漢語口語中常見的複合子音：「zh」、「ch」、「sh」和「jh」。他的想法是堅持使用西方字母表中現有的字母，如此便無須創造或使用新的字母。特別要注意的是「ji」、「qi」、「xi」這三個尖刺音，北方人與南方人的發音會有所不同。拉丁化新文字將其轉譯為「gi」、「ki」、「xi」，這些音可以變換，以適應北方

㉙ 音譯為亞歷山大・德拉古諾夫，漢名龍果夫。他是前蘇聯語言學家兼漢學家，素以其對中古漢語的構擬和漢語方言學著稱。

㉚ 瞿秋白撰寫的《中國拉丁式字母草案》於該年由莫斯科中國勞動者共產主義大學出版社出版。

㉛ 又譯為哈巴羅夫斯克（Khabarovsk）。

人或南方人。

瞿秋白顯然試圖在現有的字母發音範圍內研究，並且留意音節的拼寫。第二版的草案納入俄羅斯人的建議，變得更加完整。它包含字母表的全部二十六個字母，這些字母可單獨出現或彼此組合，對應注音的拼音符號可發出的聲音。

前面提到的俄羅斯語言學家還研究出了拼字細節，指出由兩個或多個漢字組成的多音節單字是否應該依照音節連接拼出或單獨寫出，以及是否音譯外來詞或保留其原始的拼寫形式。在這方面，俄羅斯人正在統一新突厥語字母（Unified New Turkic Alphabet）的框架內開展工作，並且希望中國同行或多或少與該框架保持一致。[12] 然而，中國人已經在考慮如何在國內實施這套系統。例外情況是允許中文保留二合字母（digraph）㉜，譬如「ch」、「sh」、「zh」、「ng」，不用變音符號來表示它們，好比「ç」、「ş」、「ẓ」、「ŋ̣」。

集中在遠東城市伯力和海參崴㉝的中國勞工是主要的測試群體，另外還有海蘭泡和阿爾喬姆的人們。這份草案於一九三一年在海參崴舉行的中國新文字第一次代表大會（First Conference on the Latinization of Chinese Writing）上提出並進行了辯論。瞿秋白缺席，因為他有要務在身，早已返回中國。然而，他的兩位同志蕭三（Xiao San）和吳玉章（Wu Yuzhang）（俄羅斯名字分別為艾米．蕭〔Emi Siao〕和布列寧〔Burenin〕）提出並解釋了這項方案。

中國新文字第一次代表大會於一九三一年九月二十六日在海參崴的中國劇院開幕。大約一千五百名中國移工以及來自蘇聯西伯利亞和遠東地區的八十七名代表出席會議。超過五分之四的代表是中國人，其中多數是來自山東的工廠工人。自一八七〇年代以來，海參崴便一直有中國人的足跡。北京大街等街道標誌和中國劇院證明中國人已經在這座港口城市占有一席之地。劇院本身便是他們文化生活的場所，請京劇團表演，其歌聲唱腔與手勢動作足以撫慰觀眾的思鄉之情。會議開幕之後，移至較小的中國工人五一俱樂部（Chinese Workers' May First Club）進行技術討論。

㉜ 又稱連字或合體字母。

㉝ 海參崴（Vladivostok）又譯夫拉迪沃斯托克。

ㄅ	b
ㄆ	p
ㄇ	m
ㄈ	f
ㄉ	d
ㄊ	t
ㄋ	n
ㄌ	l

ㄍ	g
ㄎ	k
ㄏ	h
ㄐ	j
ㄑ	q
ㄒ	x

ㄓ	zh
ㄔ	ch
ㄕ	sh
ㄖ	r
ㄗ	z
ㄘ	c
ㄙ	s

ㄧ	i
ㄨ	u
ㄩ	ü
ㄚ	a
ㄛ	o
ㄜ	e
ㄝ	ê

ㄞ	ai
ㄟ	ei
ㄠ	ao
ㄡ	ou
ㄢ	an
ㄣ	en
ㄤ	ang
ㄥ	eng
ㄦ	er

注音符號與字母發音對照表。

人們期待與他們所知的國語羅馬字完全不同的東西。當然，如此大費周章來誹謗國語羅馬字並強調其缺點，瞿秋白的方案肯定有所不同。他靠著蘇聯朋友的幫助，大幅修改了這套系統。俄羅斯人高喊：「沒有布爾什維克人解決不了的問題。為了完成漢字拉丁化的偉大使命，我們要做的事情還有很多。」[13]然而，蘇聯人顯然還得再改善這套方案。其實，拉丁化新文字採納了國語羅馬字這個死敵的核心原則。

瞿秋白早在一九二九年的草案中便指出，[14]拼寫漢字時務必標記不同方言聲調，而他列舉了其中五個。瞿在修訂版中稱它們為「雙子音」（double consonant），拼寫時要「強調母音」（emphasis on the vowel）。這不過是額外使用字母來標記聲調，如同標示普通話四個聲調的國語羅馬字。瞿秋白不採用「guo」、「gwo」、「guoo」和「guoh」，建議第一聲用「-en」、第三聲用雙母音、第四聲用雙子音等等。

趙元任於一九二〇年代設計國語羅馬字的聲調拼寫系統時，其重大貢獻是將普通話的四聲納入拼寫。然而，趙元任其實想到的是相對更廣泛的口音，而不僅限於普通話。瞿秋白批評國語羅馬字自命不凡，抱持菁英主義，讓人誤以為這套系統偏袒普通話。此外，瞿藉用國語羅馬字的聲調特徵，將其套用至拉丁化新文字，因此比國語羅馬字的支持者更加傳播了其核心原則。

與此同時，其他因素導致了國語羅馬字的滅亡。就在中國新文字第一次代表大會於海參崴召開的前一週，日本入侵了滿洲。至此，南京十年結束，救國之舉又進入另一個動亂時期。日本侵略之後，國民黨人無暇鞏固政權，替拉丁化新文字創造了機會。

拉丁化新文字於一九三一年被重新引進中國，不到一年便藉由戰爭而四處傳播。[15]一九三七年至一九四二年間，拉丁化新文字提供了抵抗日本文化和軍事侵略的「山林大火」。這種新文字不僅有效，也易於學習，故傳播至全國的主要城市，無論北京居民或貴州的少數民族苗族都接觸了它。幼童在學校學習拉丁化新文字，還被敦促回家後要教大人他們學到的東西。小型的鄰里學習小組自發組織起來，讓大家每天學習三到四個漢字。拉丁化新文字甚至傳至新疆、法國里昂和舊金山的華人社群，並且傳播到了三分之二海外華人所居住的東南亞，最終傳到了雅加達、吉隆坡、檳城、新加坡、曼谷與菲律賓。

隨著中國共產黨影響力日增，拉丁化新文字也跟著興起。儘管共產黨和國民黨在一九三六年再次團結起來對抗共同敵人[34]，但對日戰爭卻給了共產黨尋求民意支持的機會。拼音委員會採用拉丁化新文字作為拼音的前身，瞿秋白及其曾逗留蘇聯的事情便逐漸廣為人知。

㉞ 根據商周出版的歷史年表，國共有兩次合作，第一次是一九二四年（民國十三年），聯合成立黃埔軍校。第二次是一九三七年（民國二十六年），當時國民政府採安內攘外方針，但張學良發動西安事變挾持蔣中正，國民政府被迫放棄對內統一的政策，與共黨進行第二次合作。

然而，瞿秋白生前並未看見他的努力開花結果。他在一九三五年二月被國民黨逮捕，爾後多次拒絕改變政治立場，遂被判處死刑，而執行令是蔣介石親自批准的。

一九三五年六月十八日，瞿秋白寫完絕筆詩[35]之後，要求獄警在行刑前給他拍一張照片。瞿在前往刑場的路上，用俄語高唱共產黨《國際歌》和蘇聯《紅軍歌》，隨即慷慨赴義，時年三十六歲。

拉丁化新文字誕生於中國內部政治鬥爭最激烈的時期，替中國的另一場語言革命奠定了基礎：在一九五〇年代透過拼音鞏固羅馬化的心血結晶。然而，在這場全國性的語言鬥爭中卻隱藏了前奏。拼音另有一個直接的前因，在民族團結和階級政治的渦流中早已被人遺忘。在遠離北京之地，在北京掌控和民族自決鬥爭的邊緣地帶，有一位年輕的穆斯林村民在漢語和羅馬字母之間搭建了重要的早期聯繫橋樑。

＊＊＊

請在地圖上畫一條從北京到比斯凱克（Bishkek，昔日稱為夫隆芝〔Frunze〕）[36]的水平線，然後順著它向西經過中國邊境進入通往中亞的門戶吉爾吉斯。你穿過甘肅走廊[37]，可以追尋成吉思汗的足跡，遙想這位大汗當年率領蒙古鐵騎，穿越草原西征，所到之處滿目瘡痍，令人聞風喪膽。這條走廊是全球最無法無天之處，乃是十九世紀俄羅斯與英國相互抗衡之地，更是征服中國邊疆的咽喉要地。

在比斯凱克附近以及在塔什干[38]，第一個漢語口語拉丁化方案誕生了，而它完全與中國無關。這項方案與中國南方最初的清末文字改革或民國的國族化運動（nationalization campaign）[39]沒有共同的根源。一切始於一九二四年某個平凡日子，在夫隆芝以東十八英里的一條土路[40]盡頭，某位年輕的中國穆斯林從他兒時生長的小村莊踏上了離鄉旅程。雅斯爾．十娃子（Iasyr Shivaza）首度離鄉背井。他的眼睛閃爍著反抗的光芒，濃密的頭髮向後梳著，露出兩塊很高的顴骨。他要前往塔什干的韃靼少數民族教育學院（Tatar Institute for Education of the Minority Groups）讀書。

㉟ 詩云：夕陽明滅亂山中，落葉寒泉聽不窮；已忍伶俜十年事，心持半偈萬緣空。

㊱ 吉爾吉斯（Kyrgyzstan）的首都。

㊲ 甘肅走廊（Gansu Corridor）又稱河西走廊。

㊳ 烏茲別克首都。

㊴ 國族化或國有化，屬於社會學名詞。

㊵ 土路（dirt road）指未鋪設柏油或石頭的道路。

十娃子屬於中國穆斯林少數民族，稱為東干人（Dungan）。當時在楚河溪谷的阿列克桑德羅夫卡集體定居點中，東干族只有數千人，他們與吉爾吉斯、俄羅斯、烏茲別克和韃靼的鄰國百姓一起生活。穆斯林當時在中國境內被稱為回族，至今仍是如此。「回」代表「回歸」，因為他們會到麥加朝聖。回族被認為比維吾爾族等中亞穆斯林更加中國化。邊界的另一邊受到蘇聯的影響，回族人在那裡被稱為東干人。十娃子的家人來自貧困的陝西省，祖先是目不識丁的農民，從未學過漢字。一八七〇年代，中國西北部發生穆斯林叛亂[41]，他的祖父帶著日後成為十娃子父親的男孩連同數千回民越過邊境逃亡。除了不多的隨身物品，這些回民只帶了他們的口語，那是一種與普通話有很多共同點的甘肅陝西方言。這種中國方言跨境之後，吸收了阿拉伯語、土耳其語、俄語和其他語言的外來詞（loanword），被最早研究它的蘇聯語言學家稱為東干語（Dunganese）。

十娃子的父親[42]是貧窮的鐵匠，信奉共產主義，因此十娃子被共產主義青年組織挑中，要他前往塔什干求學。他是在偏遠村莊索克胡魯（Sokhulu）[43]長大，在這種鄉間小村落，這種學習機會並不常見。十娃子從小被穆斯林宗教教師毛拉（mullah）拿著教鞭嚴厲督促，研讀《古蘭經》學習阿拉伯語。他與同學每天學習三到四個阿拉伯字母，練習用墨水將字母寫在骨頭上，隔天將書寫內容背誦給老師聽完之後，便會舔掉墨水，讓骨板變得乾淨，可以重新寫字。十娃子學會了用阿拉伯文字書寫自己的語言。當時，體罰是家常便飯，而年輕的十娃子特別叛逆，根本不屈服。他試圖在塔什干的新學校尋找自己的方向時，幾乎沒有意識到蘇聯打算征服未馴化邊境的全面戰略即將吞沒他的母語。

一九二六年二月，某次大會在亞塞拜然首都巴庫召開[44]，討論該不該使用阿拉伯文字表達突厥語言。備受尊敬的語言學家和作家齊聚易司馬儀宮（Ismailiyya Palace），這些文人來自蘇聯各地，包括克里米亞、喀山、雅庫特／薩哈、巴什科托斯坦、亞塞拜然和烏茲別克，在由尖挑拱門和摩爾式圓頂組成的黃色威尼斯哥德式[45]立面後頭會晤，討論缺乏標準拼字法如何阻礙了不同群體之間的交流。他們恣意抽菸，吞雲吐霧，觥籌交錯下探討這些問題，強烈呼應了中國人看待自身書寫系統的方式。

眾代表推行拉丁化的原因各有不同（俄羅斯人希望消滅阿拉伯文字，突厥人則希望排除俄語的統治地位），但皆同意採用一套新的書寫系統。他們認為這是必要的，[16]因為用拉丁字母書

㊶ 指「同治陝甘回亂」。回軍起事之後，陝甘總督左宗棠花了五年時間平亂，事後部分回族首領接受招安，一部分回民則遷入中亞。

㊷ 十月革命之後，十娃子的父親主麻子（Dzhumaza Shivaza）加入蘇聯共產黨，後來成了當地村委員會的主席。

㊸ 根據維基百科，十娃子出生於阿列克桑德羅夫卡村（Aleksandrovka）。

㊹ 第一次全聯盟突厥學代表大會（The First All-Union Turkological Congress），會議從二月二十六日開到三月五日。

㊺ 威尼斯哥德式（Venetian Gothic）指威尼斯特有的哥德式建築風格，融合了拜占庭式建築與伊斯蘭建築的元素。

寫阿拉伯語比用西里爾字母（當時的另一種選擇）書寫阿拉伯語大約要快百分之十五，閱讀速度則快上四倍（比較中文與拉丁字母時也會得到類似的結果）。無論如何，阿拉伯語從未適合突厥語，因為阿拉伯語缺乏母音，而突厥語卻強調元音調和／元音和諧律（vowel harmony）㊻。現代社會發展迅速，若想求生存，便得放棄不合適的陳舊書寫系統。

代表們不知道的是，蘇聯的語言規畫者對吉爾吉斯的東干語懷著更高遠的目標。他們認為這可能是打開東方之門的契機：「我們決不能忘記，在這個小國的背後，有我們東方的廣大人民群眾。他們的背後站著中國。」中國的背後還站著二千萬萬朝鮮人民，他們將成為下一個依附蘇聯的民族。俄羅斯打算藉由這個中國喪失的民族部落，透過語言同化來極力擴大其在亞洲的影響力。

巴庫代表大會結束時決議推行拉丁化，不久便制定「統一新突厥語字母」（Unified New Turkic Alphabet）。十娃子和他在塔什干的同學最先受到這項決議的影響。他們被招募去以新突厥語字母為模型，用羅馬文字寫出他們的口語來設計第一套東干拉丁字母（Dunganese Latin alphabet）。儘管他的祖父初次定居楚河谷已經過去了數十年，十娃子仍然說著他祖先的甘肅陝西方言。他在成長過程中會聽到「r」音，時至今日，仍然能在北京街頭聽到相同的音，此乃北京方言的柔和抑揚頓挫。他年幼時從阿姨講的民間故事學習了某些古老短語。傳說和傳奇將東干人與過往聯繫在一起，而這種昔日記憶迥異於他們土耳其伊斯蘭鄰居的前塵歷史。十娃子捲入了突厥人和俄羅斯人針對語言生存和自決的爭論，而他個人則致力於適應語言。他看到了拯救和保護自己民族語言的獨特契機，此乃東干人在各國和帝國的夾縫中求生存的機會。

東干語比普通話少一個聲調，但對於講普通話的人來說，東干語的甘肅聲調不會讓他們誤會意思，而且也易於理解。十娃子根據新突厥語字母，制定出一份東干拉丁字母草案，盡可能去正確捕捉聲韻。他還仰賴學院的東干年輕人，替他們的東干方言口語創建第一套拉丁語系統。他有幾位同學最終成了第一批研究東干語的蘇聯學者，但十娃子的最終志業並非研究語言，他正逐步開發當作家和詩人的才華。

十娃子協助設計的東干拉丁字母被呈給一九二八年一月在塔什干舉行的第二次突厥學代表大會。它遵循了新突厥語字母的多數內容，同時添加某些改編自西里爾字母的符號。吉爾吉斯新字母委員會（Kyrgyz Committee of the New Alphabet）起草的另一項提案也在考慮之列，但十娃子的方案獨一無二，因為它是東干母語人士所發明。這套東干拉丁字母被大會認可之後，俄羅斯語言學家便正式接手，然後在聖彼得堡的俄羅斯科學院東方研究所（Institute of Oriental Studies of the Russian Academy of Sciences）繼續研究和改善這套東干拉丁字母。他們從年輕的東干學生手中奪走這套方案，將其納入國家資助的語言計畫。

㊻ 泛指詞頭或詞尾的元音必須跟詞幹或詞根的元音在某程度上達成一致的現象。

東干拉丁字母的命運掌握在聖彼得堡的俄國語言專家，這些專家在東干語和拉丁化新文字之間建立了重要的聯繫。十娃子的原始草案先提交塔什干大會並移交給東方研究所，然後直接交給協助瞿秋白拍板定案草案的蘇聯語言學家科洛科洛夫和龍果夫。蘇聯人一直打算透過東干語來實現漢語的拉丁化，並且支持中國本身的羅馬化，使其納入歐亞大陸的字母化計畫。

東干語礙於兩種強大的民族主義和國際主義局勢而蒙上了陰影。其一是世界社會主義在歐亞大陸崛起時如何與資本主義碰撞。其二是中華民族如何從帝國廢墟中重生。蘇聯人認為自己協助了中國拉丁化其語言。對他們而言，漢語拉丁化是一九一七年布爾什維克革命的結果。中國人則抱持不同的看法，認為拉丁化是他們靠著十九世紀以來民族主義鬥爭的血汗所產生的。邊緣群體曾經穿針引線，連結了這段歷史，但根本無處讚揚他們或他們所扮演的角色。東干語完全從這段語言歷史中被抹去。十娃子雖然是漢字拉丁化的先驅，卻沒有受邀參加一九三一年在海參崴舉行的中國新文字第一次代表大會，該次會議曾辯論了瞿秋白的草案。他反而參加了一九三二年的後續會議，該會著眼於探討蘇聯境內中國人對拉丁字母的使用情況。那時，他與漢語拉丁化計畫的最初貢獻已經遭人掩蓋了。

十娃子仍然奮戰不懈，致力於保存東干語。他成為吉爾吉斯的民族詩人，並且持續在比斯凱克的一所學校教授東干語，而他在那裡撰寫或與人合著了大約十八本東干語教科書。他一直鼓勵東干人保存自身的傳統並留在自己的社區。十娃子與中國作家蕭三友誼深厚，曾於一九五七年前往烏魯木齊和北京，這是他第一次、也是最後一次的祖國之行。十娃子得以在中國同志面前發言，但是當他用聽眾熟悉的東干語說話而讓他們感動時，他並未找到他認為自己錯過的「合一」感覺。他後來一直待在他最感到自在的地方，亦即兩種語言世界的交匯處，最終於一九八八年在夫隆芝去世。

＊＊＊

拉丁化新文字被證明能夠團結人民，使中國更接近最後一次語言轉型的最後階段。中共建政前夕，語言改革家吳玉章（曾在海參崴提出瞿秋白的拉丁化新文字）給毛澤東寫了一封信，提議將漢字改革列為首要議程。毛澤東在一九四〇年代的共產黨拚搏時認識了吳，便將這封信批覆給他的三位教育和文學顧問研究[47]。根據他們的建議，中共成立了中國文字改革研究委員會，這是負責監督拼音工作小組的文字改革委員會的直接前身。

委員會成員不是參與過國語羅馬字的研究和推廣，便是投身過拉丁化新文字的研究和推廣，或者兩者皆有。他們都相信拼音將在短短幾年內取代漢字。這是他們一直等待的新時代開端。歷

[47] 郭沫若、茅盾和馬敘倫。

經八十多年的努力，期間跨越清朝統治終結、民國政府成立、數十次變革與暴動、兩次世界大戰和國共全面內戰，語言改革者（連同中國百姓）已經準備迎接中國最後一次的拼音方案轉換。

然而，一九五〇年代卻有自己的一套政治邏輯。儘管國語羅馬字和拉丁化新文字有所進展，中國在新時代制定的國家語音系統「拼音」是否會使用拉丁字母尚無定論，仍在未定之天。用音標拼寫或「拼湊聲音」（「拼音」的字面意思）的方法不只一種。一九五一年，毛澤東似乎支持拼音化，並重申優先改革書面文字。然而，他對於「拼音」是否真的採取拉丁化形式仍然含糊其辭：拼音應該是「民族的形式」，要補充共產黨「社會主義的內容」的信條[48]。委員們不知道毛主席的意思，但沒有人會責怪他們。「民族的」形式是否等同於「中文」，因此是否要採用漢字偏旁而非字母？這是否意味根本不使用外國文字，或者可以採納任何文字來用於漢語拼音？也許毛澤東想用傳統的漢字筆畫作為音標符號來制定一套聲音標記系統（sound notation system）？然而，即便如此，是否該永遠保留漢字呢？如果要更改漢字，是否該堅持漢字本身的形狀邏輯，或是全部採用音標符號代替？其中一名委員馬敘倫語帶敬意，17 謹慎提出解釋，說毛主席確實下令將漢字拼音化，至於該如何拼音，「他還沒下達最終指令」[49]。

共產黨起初偏向於從現有漢字中提取偏旁。這是委員會第一次會議討論的主題。多數成員希望使用注音的發聲方案作為藍本，並且基本前提是要根據漢字生成音標符號。

拼音方案委員會四處搜尋其他足以適用於全國形式的例子。由於這是一場面向人民的語言運動，[18]委員會便向老百姓徵求意見和建議。超過六百五十份提案如潮水般湧來，這些方案來自士兵、勞工、教師、商人，甚至海外華人。許多方案是基於漢字，使用現有的表意文字或提出一套全新發明的符號。有些人則採用拉丁文或西里爾字母。其他方案更具實驗性，使用速記、幾何符號，甚至阿拉伯數字。

從一九五二年二月到一九五四年年底，文字改革研究委員會一直努力實現毛主席的願望，著眼於與漢字相關的書寫形式，因為如此似乎最符合「民族的形式」的標準。他們在一九五四年年底提交了一份草案，內含六種形式：其中四種取自漢字，使用漢字或注音符號。另外兩種使用西里爾字母和拉丁字母（額外添加了五個字母）。

毛澤東並不滿意，於是下達了另一項指令。拼音的構想是簡化組合聲音的方式，而基於漢字的提案所選取的漢字筆畫對於拼音化（phoneticization）而言仍嫌太多。他語帶不滿，指出某些提議的符號比注音更難書寫。拼音文字不一定非得是死板的方形表意形式，或許該借鑒行書，雖筆走龍蛇，筆鋒卻不全然離開紙面，筆畫連接更多。據此可運用連接筆畫，行雲流水書寫。

㊽ 這兩句話出自《毛澤東文藝論集》。

㊾ 《中國語文現代化百年記事（1892-1995）》（北京：語文出版社，一九九七年），第一七一頁。

委員會便重新開始設計，其中成員可能也聽說毛澤東接受了蘇聯人的其他建議，而蘇聯人仍然是年輕共產主義中國的導師。史達林於一九五三年去世之後，其他蘇聯駐華顧問（包括語言學家）試圖向毛澤東施壓，要他採用西里爾字母。他們希望將毛澤東統治的中國進一步納入其影響之下，正如他們先前希望透過拉丁化新文字所做的那樣。

拼音是否會採用表意、拉丁語或其他形式，這並非容易解決的問題。因此，新更名的文字改革委員會於一九五五年二月宣布成立專家小組委員會（亦即拼音方案委員會，或拼音委員會）來尋找合適的方案。該委員會由十二人組成，將在公眾的注目下展開工作。委員分成兩組：一組繼續整理基於漢字的符號並評估其可行性，另一組則專門研究羅馬字母，這樣其實偏離了毛澤東模糊定義的「民族的形式」。最重要的考慮因素是所選符號能否快速複製，用於打字、電報和排版。經過十幾次會議之後，眾人仍未拍板定案，但一致同意將拉丁字母加上某些修改的字母作為漢字的國際音標／國際語音字母（International Phonetic Alphabet）。拉丁化拼音方案草案於一九五六年二月完成。

民眾的反應再次成為重要的試金石。委員會這次提出回饋請求時更加具體。《人民日報》發布公告，徵求包括民族自治區在內的各市、省、區級官方機構的回應。這套草稿由三十一個字母組成：包含二十六個英文字母中的二十五個（省略「v」）、一個西里爾字母、兩個新創的符號，以及兩個源自國際音標的拉丁字母。該草案向全國公布並廣為宣傳。

隨後全國各地對此展開了討論，參與人數不下萬人。來自郵政和電報、軍隊、鐵路和運輸以及盲人教育部門的工作人員對這項提案進行了評估。到了秋天，拼音委員會已經收到四千三百多封評論信函。不少人否決了這項草案，還有更多人批判了它。儘管過去曾順利採納國語羅馬字和拉丁化新文字，以及與拉丁字母化脫鉤免得與西方有負面牽連的令人信服的論據，許多受訪者卻表示根本無法接受外國的書寫系統。

有人問道，數千年以來，漢字與中國人一起成長，隨著民眾的生活、經歷、思想和拚搏而日漸豐富，難道不值得保存嗎？漢字從百姓中誕生，富含文化底蘊。無論漢字多麼複雜，但中國人對於源自外國的字母，總是感到奇怪與陌生。拉丁字母或西里爾字母書寫起來曲折多變，更別說發音困難，普通老百姓不會輕易接受。另一項論點著眼於未來而非過去：有鑑於社會最終將發展為統一的共產世界，日後將會有單一語言和文字，並且全世界最終將爆發文字革命，此乃不可避免，因此急於採用拉丁文字之前是否該三思而後行？

人們打算在未來的拼音系統中以某種形式保留漢字，而且這種願望很難澆熄。話雖如此，國家的意志更加堅定，絕對不會因為受阻而放棄目標。其他的困難也變得明顯。數百份提案中的某些作者對他們的首度意見並不滿意，不斷向委員會辦公室發送修改後的符號、字位（grapheme）[50]

㊿ 又稱字素，乃是最小的有意義書寫符號單位；此術語由語音學裡的「音位」（音素）類推到文字學。

和自製的草書體。委員會平日忙著整理成堆的文件，但隔天又得重新開始。工作組認真負責，仔細研究每一次提交和重新提交的方案，留意哪裡需要添加更多的技術細節，或者如何填補作者注釋的概念空白。每一項提議的符號都像未加工的鑽石一樣被仔細審查，以免不小心遺漏了合適的符號。

委員會召開了更多的會議，邀請更多出版界、教育界、文化藝術界與科技界的人士與會。它向北京以外的數十個城市的語言工作者徵詢更多的意見。最後達成了結論：繼續簡化漢字，但漢語拼音方案將採用拉丁字母，作為學習書面漢語和傳播普通話的輔助工具。拉丁文字被視為最能輔助現有的漢語書寫系統以及為中國少數民族所設計的新書寫系統。在毛澤東時代，除了占多數的漢族，另有五十五個正式的少數民族[51]，其中某些群體沒有書寫系統。拉丁化文字將用來書寫他們的語言。

最終的拼音擺脫了發明的符號，使用了羅馬字母表的全部二十六個字母（字母「v」被保留下來，用於拼寫外來語或中國少數民族的語言）。拼音也遵守西方字母的順序和拼字慣例。唯有一項微小的更動：為了便於過渡到羅馬字母，每個字母都對應注音的某個音標符號。字母「q」和「x」被用來取代韋傑士拼音中舊的「chi」和「hsi」，需要說明清楚。地名和人名拼法尤其重要，如此方能正確投遞郵件以及和洋人交流。

漢語拼音於一九五七年年底獲得批准。時機恰到好處，因為毛澤東在一九五六年年初提出

「百花齊放、百家爭鳴」的方針。那是被大肆吹捧但短暫的開放時期，社會各界人士都被鼓勵對政府的政策發表評論，因此拼音委員會能讓全國人民感受到他們在這段時期協助形塑歷史。老百姓相信自己的意見很重要，不過許多針對黨的政治政策發表意見的人士在無意之中卻成了慘遭清洗和迫害的目標。毛澤東在一九五七年六月的一次演講[52]中重申了階級鬥爭的重要性，爾後鎮壓了反對意見，並立即將五十多萬與共產黨持不同意見的知識分子送往勞改營或農村進行勞改。這場所謂的反右傾運動（Anti-Rightist Campaign）持續了兩年左右。然而，在一九五八年年初的短暫安全窗口期，周恩來總理堅持了改革文字的目標。最終的拼音提案於一九五八年二月提交全國人民代表大會批准。拼音於焉誕生。

現場氣氛熱烈，愛國情緒高漲。這項改變將影響超過五億人。綜觀全球歷史，從未有過類似的舉動。那年秋天，全國開始教導拼音。根據報導，光是第一年便有五千萬人學習拼音。[19]這只是在中國境內的數目。從此以後，拼音將成為國際為人所知的漢語名稱和拼寫方式，洋人將無法再度干涉。人們希望一旦中國開始流通自己的系統，現有的洋製羅馬化系統（譬如韋傑士拼音）將逐步從國際上淘汰。中國人不再需要容忍韋傑士拼音中令人困惑的撇號。他們也不必忍受韋傑

---

51. 中國參照史達林的《馬克思主義和民族問題》來劃分出包括漢族在內的五十六個民族。
52. 作者應指《人民日報》發表的《關於正確處理人民內部矛盾的問題》，該文由毛澤東撰寫。

士拼音的「Peking」；此後，首都北京的拼音將是「Beijing」。

數十年之後，拼音委員會十二人之一的周有光（Zhou Youguang）回憶起他們當年承擔的艱鉅任務。周享嵩壽一百一十一歲，乃是中文羅馬化草案小組的最初成員，被譽為「漢語拼音之父」。然而，周有光比任何人都清楚，拼音是集體努力的結果，每個人都竭盡了全力。畢竟，那是充滿理想與希望的時代，新中國承諾要替人民開闢一條更美好的道路，無論知識分子和工人都被這套言辭所激勵。周有光回憶道：「毛曾說要保障人民當家作主。」拼音讓人們得以發聲。

就在拼音誕生的那一年，亦即一九五八年，毛澤東也開始發動「大躍進」，瘋狂推動工業化，這場運動一直持續到一九六一年。中國當時設定了讓工業大幅進步、增加鋼產量和擴充產能的目標。毛澤東信心滿滿，預言十五年之後，中華人民共和國將趕上工業革命的領導者英國。然而，百花齊放時期之後所發生之事卻是未來的不祥之兆。那些說出自身想法的人被打成右派，並且因為不遵奉黨的路線而慘遭無情的懲罰。「大躍進」運動實施多年，試圖追求農業、生態和經濟改革，卻導致一千六百五十萬至四千五百萬人死於人為饑荒，而情況只會變得更糟。那些對拼音改革表示不滿之士將被隨後的迫害歲月所吞噬。某位學者只是公開指出簡化漢字過於倉促，十年之後在文化大革命時被迫自殺[53]。還有更多人也將無法苟延殘喘。

從此以後，拼音將成為中國與世界接觸的新語言平台，成為中國新的國際媒介。簡化運動被宣布成功，並且開始推展到中華人民共和國境之外。一九七一年，隨著中美關係解凍，中華人民共和國取代中華民國（臺灣）成為聯合國的正式代表。簡體字被視為中國的書寫系統，新加坡與馬來西亞這兩個擁有大量海外華人的國家皆採納了中華人民共和國的簡體字。一九七七年，拼音被聯合國認可，成為中國官方的羅馬化標準。

隨著中國進入國際化的新時代，新的技術整合問題卻迫在眉睫，而相較之下，早期的電報挑戰相形見絀。截至目前為止，漢字革命成果豐碩，但仍需採取更多措施方能跟上即將到來的計算時代（computing age）的步伐。如今，漢字有了字母形式的第二種身分，故比以往更能推動中國向前邁進。問題在於，它能以多快的速度、多遠的距離實現下一次的飛躍。

---

(53) 古文學家陳夢家在「百花齊放，百家爭鳴」的運動之後曾大膽直抒胸臆，說道：「在沒有好好研究以前，不要太快的宣布漢字的死刑。」爾後「反右運動」取代「百花運動」，陳夢家被打成右派，在文化大革命時期自縊身亡。

第六章
進入電腦時代（一九七九年）
轉換輸入與輸出

即使看不到七月的陽光，支秉彝（Zhi Bingyi）也能感覺後背和被汗濕透的薄草蓆之間的悶熱感覺。只有一公分厚的草蓆是房裡唯一的家具。在這間臨時搭建的「牛棚」裡，時間無疑過得極為緩慢。那是一九六八年，文化大革命已經爆發兩年了。上海正逢反常的熱浪，人們咒罵著這隻「秋老虎」。除了炎熱，支秉彝還得擔心更多的事情。他被貼上「反動學術權威」的標籤。[1]在文化大革命期間，數百萬人被羅織各種罪名而枉死或被送去勞改，上述的標籤便是其中一種罪名。支秉彝還認為自己是人民中的一員嗎？難道他沒有像別人告訴他的那樣背叛了群眾嗎？

就在四年之前，支秉彝還擔任政府第一機械工業部新成立的上海電工儀器研究室主任，這是當年最有保障的職位之一，而他每天都按時到班。新中國成立初期，第一機械工業部負責製造重型工業機器，爾後分出四機部，主管電子通訊技術。支秉彝的專業是度量電：提高一台設備各個零件的性能來專注於精密儀表和電子建模。

支秉彝安靜謹慎，堅忍不拔，資質也頗高。他獲得了德國萊比錫大學的物理學博士學位，但為了返回中國而拒絕了美國的工作機會。支秉彝曾在中國的兩所大學任教，後來協助制定中國具有里程碑意義的十二年科學技術發展規畫。這項計畫將電子、電腦科技、自動化和遙控作為發展目標。科學家和技術人員被認為能替國家指導的社會主義經濟做出貢獻。對他們而言，這是充滿希望的時期。

支秉彝在一九六八年七月被捕，此後便不得從事研究、閱讀新聞與聯繫摯愛的德國妻子。他以前習慣與同事一起研究方程式和工程問題，但此情此景不再，唯一陪伴他的，乃是牢房牆壁的八個大字，提醒身為囚犯的他在面對看守者時唯有兩種選擇：「坦白從寬，抗拒從嚴。」

問題不在於是否坦白，而是坦白什麼和坦白多少。許多囚犯學會了承擔錯誤，深入探索自身靈魂，仔細檢查每一項記憶，以便找出可能的不當行為，譬如：拉高嗓子對學生吼叫，研究時無意間傳播褻瀆的西方意識形態，以及不尊重上級。毛澤東一九五一年的早期思想改革鼓勵這種意識形態的自我改造，並且在文化大革命期間大規模推廣。寫著階級口號和譴責話語的大字報占滿了公共場所。大學演講廳、圖書館與實驗室被工作坊、工廠和農場取代，遵循教學、研究、生產結合的政治宗旨。隨著課堂教學停止，某些校園便成為公開認罪的場所。學生批鬥老師，朋友鬥爭朋友，孩子批判父母。老師被迫跪在學生（如今是毛澤東的年輕紅衛兵）面前，承認他們的資產階級思想罪行。被告者遭到群眾審問，群眾會對有罪者拳打腳踢。他們只要無法正確背誦毛主席語錄，便會被大聲呵斥、吐口水和掌摑。這些人的脖子上掛著厚重木牌，掛著牌子的細鐵絲已經嵌進他們的肉裡。就連老人或病患也未能倖免於這些惡名昭彰的「批鬥大會」。

對知識分子階級的清算才剛開始，任何受過教育的人都必須屈服於階級鬥爭的信條以及「四人幫」（共產黨的激進集團）的意志。許多人被送到農村接受艱苦的勞改。他們撿拾糞便，頂著炎熱天氣和雨水翻犁休耕地，但幾乎沒有口糧可吃。他們得在身兼再教育中心的營地裡遵守最嚴格的軍事紀律。毛澤東的反知識分子運動極為成功，此舉激勵了柬埔寨共產黨總書記波爾布特（Pol Pot）。他在一九七五年至一九七九年之間在柬埔寨發動了一場類似的運動，殺死了所有戴眼鏡的人，因為眼鏡是資產階級知識分子的罪證。

支秉彝在牛棚裡盯著牆上的八個大字。有一天，他看到的不再是不祥訊息，而是構成這些訊息的筆畫和漢字。他開始注意每個漢字末端的墨水在哪裡變粗、出現大片污漬或逐漸消失。每一筆都在他眼中重新出現，每一筆都是充滿新謎語的謎團。支秉彝發現，儘管字由人手所寫，但每個漢字本質上都是重複組合相同抽象的筆畫和點。

「俾斯麥．杜」[1]可能會根據這項發現，依照筆畫的方向、長度和外觀相似度對筆畫進行分

① 杜定友的自稱，前文提過。

組。然而，支秉彝的下一個想法卻激發出不同的點子。如何將這些人造筆觸轉譯成可以輸入電腦的編碼語言（coded language）？當然，這並非第一次有人想將漢字有系統地轉換為電碼。在一個多世紀以前，在另一座監獄，亦即北京皇城被尿液浸透的牢房裡，德．埃斯卡伊拉克伯爵也思考過同樣的問題。一九二五年，王景春在巴黎的大理石大廳裡將編碼語言視為國家主權問題而進行激烈的辯護，張德彝和威基傑則嘗試將其作為電報加密。然而，這些人都不曾想到要為機器（電腦）提出解決方案。他們的解決方案都是針對人類：如何組織漢字，讓人更容易書寫和學習，以及減少記憶或查詢漢字時的負擔和耗費的時間。支秉彝腦海裡卻想著不同的問題：如何用電腦可以讀取的語言（二進位碼的零和一）來呈現中文？支秉彝習慣為他的電氣設備建立電腦模型，所以會多次想起這個問題。

為了趕上一九七〇年代先進世界的技術水平，中國已經開始製造能夠處理大規模計算、篩選大量資訊並協調複雜操作的機器。首先必須收集用於計算和控制飛行路徑、軍事目標和地理定位或追蹤農業和工業產出的數據。然而，所有現存的紀錄、文件和報告都以中文撰寫。漢字若想融入計算時代，顯然必須以數位方式呈現。西方的計算科技也正朝著正文處理（text processing）和通訊的方向發展，而不僅是進行大規模的計算。將人類語言轉換為數位形式，乃是下一個尖端領域。蘇聯和美國在冷戰期間進行軍備競賽，雙雙提高了計算科技的水準。要讓中文融入電腦，確保中國不會被排除在外，這點至關重要。

電腦需要精確的輸入，不能容忍不一致和例外異常。所有阻礙早期創新者的漢字特質，譬如：字庫規模龐大，有複雜的筆畫、聲調、同音異義詞，以及難以分割，這些再再為漢字數位化帶來了新的挑戰。可執行指令只能為「是」或「否」的形式，亦即流經電腦控制板電路電流的開啟或關閉。中國無法依靠任何局部解方或補丁來渡過這個難關。在支秉彝被監禁期間，中國正陷入歷來最大的社會和政治動盪，幾乎無法替未來投入資源。然而，對於中國這個遠遠落後西方世界的國家而言，科學和技術不僅是障礙，它們也被認為至關重要，可以幫助國家擺脫落後的情況以及加速現代化進程。中國在探索計算時代方面投入了雙倍資金，它在前進的道路上有無數的障礙，而且可能在推動雄心勃勃的計畫之前，就慘遭漢字扼殺。

挑戰是多方面的：要設計一套易於人類記憶和使用的代碼，並且可以透過打孔帶或鍵盤輸入機器；要找到一種方法，讓機器能夠儲存識別和複製漢字所需的大量資訊；要能夠在紙上或螢幕上精確檢索和重建漢字。

支秉彝知道他可以解決第一步，也是關鍵的一步：如何以最好的方式將中文輸入機器。這就表示要找到一種方法讓操作員和機器都能理解的語言來表示每個漢字：作為一組有限的零和一，直接輸入機器，或以電腦程式語言已經建構的字母形式輸入。後者似乎更可行。然而，將漢字映射到字母會立即引發其他的問題：需要用多少個字母才能以唯一的方式編碼一個漢字？漢字的拼寫是否應該像首字母縮略字一樣縮寫？縮略字的基礎應該是什麼？漢字、部件或筆畫？

支秉彝需要一支筆和紙來檢驗每項假設，但看守者連衛生紙都不給他，更別說讓他寫字了。他環顧四周，看到了牢房裡唯一能用的物體：一個茶杯。支秉彝用這個樸素的祭祀器皿，開始了朝聖之旅。他每天用偷來的筆，盡可能在啞光陶瓷杯蓋上刻下漢字，然後用一組可能的羅馬字母去測試每個漢字，最後再將杯蓋擦乾淨。他一次將幾十個漢字擠到曲面上，依靠記憶來追蹤愈來愈多的漢字。

他打算讓每個漢字都與代表它的字母代碼有某種直觀但獨特的關係。有兩種已知的方法可以辦到這一點，亦即透過聲音或形狀。支秉彝的前輩，比如「俾斯麥・杜」、王雲五和林語堂，更喜歡基於形狀的分析，將筆畫和部件重新排列成可分類的類別，但拼音的採用使拼音法成為國家和國際語言的標準化政策。

雖然拼音解決了拼音標準化的問題，但並未解決舊問題。其一，它使同音異詞的問題變得更糟，因為現在有很多漢字拼寫以後有同樣的字母形式。字母只有二十六個，不同漢字發音的拼寫方法就只有這麼多，所以比數千個單獨的不同漢字會更快消耗殆盡。支秉彝決定利用最好的語音羅馬化和基於形狀的線索，讓他的編碼過程盡量可預測與合乎邏輯。這種想法注定不會在監獄裡腐爛。

一九六九年九月，支秉彝被釋放。十四個月以後，他還是沒能證明自己有足夠的罪責。或許他的書面供詞平淡無奇。寬待他有好幾個原因，其一是支秉彝與菁英學術科學機構（中國科學院）沒有密切的聯繫。儘管科學院最初享有毛澤東的福澤，但到了一九六〇年代，學院的輝煌幾乎全部褪去。它是大規模迫害和恐怖活動的目標，僅在一九六八年就至少有二十名學者和科學家自行了結性命。學院成員人數銳減，只剩下原來的一小部分，人不是被清洗，就是慘遭監禁。倖存者被送到鄉下去餵豬和種稻。隨著受教育的菁英大量減少，中國的高水準科研普遍陷入停滯，但國防技術除外，這些技術大多是祕密開發的。

為了重歸社會，支秉彝釋放後被分配到低級崗位，負責掃地、在工廠研磨工具，以及在倉庫前站哨。他發現自己成為無名小卒是一件幸事，於是又回頭鑽研編碼方案。他把倉庫當成書房，存放他搜刮的外國期刊文章與報紙。他得知日本在解決這個問題上有所進展，因此甚感興奮。就像中文打字機所做的那樣，他們使用部首來定位和檢索漢字，並將其打在電腦螢幕上。然而，日語鍵盤有三千六百多個漢字，每個字占用一個鍵，根本不切實際。澳洲的一家公司也使用部首系統去檢索漢字。他們使用更普通的三十三個鍵的鍵盤，透過一個鍵去隨時擷取將近二百個漢字，這比日語鍵盤更為進步，但對於中文來說仍嫌不夠。然後，美國的實驗模型使用四十四個鍵，正如支秉彝後來所知，麻薩諸塞州的文字基金會（Graphic Arts Research Foundation）正在進行一項更雄心勃勃的計畫，打算將中文印刷電腦化。同時，臺灣學者也在發展繁體字輸入系統。

支秉彝深受鼓舞。他的獨立工作與前述的計畫齊頭並行。然而，多數方案仍然無法擺脫笨重的鍵盤。他們要輸入整個漢字或部首，因為他們沒有像拼音這種真正標準的羅馬化系統（拼音在海外尚未廣為人知）或其他將漢字分開並重新組合的更為一致方式。將漢字拆解為部件，對於特定的漢字檢索索引和打字機鍵盤設計確實有用，但並未直接轉換為處理計算機的程序。

支秉彝記得基於形狀方法的優點，其漢字偏旁有助於直接識別整個漢字。「倬斯麥・杜」先前展示過如何使用筆畫來組織圖書館的卡片目錄，而林語堂的方案則根據漢字的書寫方式，確立了不同的筆畫模式。支秉彝為了將那套有用的原則整合到他的編碼方案，決定根據漢字部件（表意文字中更簡單的字符）去檢索漢字，方法是使用每個部件拼音的第一個字母。

這個想法又花了兩年才得以落實。漢字通常可拆解為二到四個部件，總共有三百至四百個部件。杜定友在一九三〇年代曾指出，多數漢字可以拆分為垂直或水平兩半以及其他的幾何形狀。這便替每個漢字產生兩到四個字母的字母代碼，表示每個漢字在傳統的英文鍵盤上最多只需要按四次鍵。相較之下，英語單字的平均長度接近四點八個字母。因此，支秉彝讓字母在處理單一的表意文字時比處理英語更有效率。這套系統也巧妙解決了方言差異和同音異義詞的問題。由於代碼只採用第一個字母，而非漢字的完整讀音，因此多數的區域語音變化並不重要。四字母代碼的作用如同漢字不同部分的首字母縮略字。支秉彝基本上使用字母作為代理，透過部件而非單字去拼寫。

他按照手寫順序去排序每個漢字的部件。按部件進行編碼，提供了脈絡和重要線索，故可減少歧義和重複代碼的風險。兩個漢字具有相同部件（甚至以相同字母開頭的部件）且這些部件以完全相同的順序出現的可能性極低。

支秉彝透過字母化的部件去索引漢字，讓人更容易輸入中文（只要你知道如何書寫漢字），並且創建了更系統化的人機介面（human-machine interface）。例如，在他的系統中，有十三個筆畫的「路」字可以分解為四個部件：口、止、夂和口。分離每個部件的第一個字母，便可得到KZPK的字元碼（character code）。茲舉「吳」這個常見姓氏為例，它可以快速拆解為口和天，產生KT的字元碼。

字母拼字一旦由漢語以這種方式介導，便不再屬於語音系統，而是語義拼字系統，每個字母其實代表一個漢字，而非聲音。這種索引法也能擴展，用來表示漢字組。茲以「社会主义」（shehui zhuyi）為例。這個短語包含四個漢字，標記每個漢字的第一個字母，便可以將其編碼為四字母序列，亦即SHZY。我們也可考慮另一個常被引用的短語，亦即組成「中华人民共和国」（Zhonghua renmin gongheguo）的七個漢字，可以編碼成ZHRMGHG，非常簡單。

支秉彝的編碼系統也可能包括不全然是語音的屬性。附加字母可以將整個漢字的發音或其形狀模式添加到基於部件的基本四字母代碼中。「路」的讀音為「lu」，因可分為垂直的兩半，所以具有左右結構。這兩個特徵都可以用擴充代碼KZPKLZ來表示。對漢字資訊的編碼愈精確，代碼就愈有用。支秉彝系統的這些擴充對於機器翻譯以及從儲存資料中檢索資訊的中文應用程式極為重要。

一九七八年，支秉彝在中國的科學期刊《自然雜誌》上正式介紹他的「見字識碼」（On-Sight）編碼系統。他將這套系統描述為拓撲系統（topological system），而所謂拓撲，便是從部件的幾何形狀去推斷。使用二十六個字母的四字母代碼，組合搭配之後可產生四十五萬六千九百七十六個唯一代碼。支秉彝聲稱他的系統具有類似於摩斯電碼的效率，亦即快速、直覺且易懂。

支秉彝，「漢字進入了計算機」。《文匯報》，一九七八年七月十九日。

毛澤東於一九七六年去世之後，人們熱中於追求科學和技術，因此這項壯舉便傳揚開來。一九七八年七月十九日，上海《文匯報》的主編在頭版欣喜宣布：「漢字進入了計算機」。

電腦終於可以「理解」方塊字了。中國歷經十多年的孤立，如今終於有機會與世界溝通，並以數位方式管理自己的資訊流。支秉彝的發明也大大鼓舞了士氣。毛澤東已死，「四人幫」則被指控犯下叛國罪和反革命罪。中國需要療癒傷口，人民則需要一個理由，相信共產黨仍然可以帶領他們前進。新領導人鄧小平很快便宣布「四個現代化」，其中三個領域是農業、工業和國防，第四個則是科學技術，而科學技術將決定前三者最終能否成功，並且成為共產黨的新意識形態的試金石。

操作員可以透過支秉彝的代碼將中文輸入計算機。然而，這只是數位化過程的三分之一。在支秉彝的時代，電腦終端機缺乏現今常見的互動式圖形螢幕，因此它們被編程為可接受使用者的命令來執行自動化任務。使用者在鍵盤上輸入字母或字元碼，然後終端機會將其轉換為對應的位址碼（address code）。位址碼會告訴電腦的字元產生器（character generator）應該輸出什麼點陣圖（bitmap，小方塊網格），它可以輸出電腦螢幕上的像素（pixel），也可以輸出成墨點（dots of ink，亦即點陣〔dot matrix〕）。

為中文開發輸入輸出系統仍有兩個障礙。輸入代碼的方案很快便會在中國和世界各地如雨後春筍般冒出來。當時最能讓MacBook與PC通訊的方式，莫過於普遍共享的內部程式碼。無論收件人身在何處、使用何種設備或口操何種語言，要確保他們可以閱讀文件檔案或文字訊息將是另一項艱鉅的任務，需要一個由敬業的電腦工程師組成的國際團隊持續努力到二十一世紀方能完成。

支秉彝提出創新方案之後，中文編碼的研究便呈現爆炸式增長，足以和先前漢字索引競賽的狂熱媲美，而研究中文編碼，旨在解決處理漢字的另一項挑戰。此時，昔日的漢字和索引改革者大多已經不在。多數人不是死亡，便是流亡在外。不少人自詡為民族主義者：王景春在加州波摩納去世；林語堂於一九六〇年代和一九七〇年代分別在臺灣和香港任教；文化大革命爆發之際，「俾斯麥・杜」正在病床上療養，當時全國大學教育皆已停辦，他心愛的圖書館也已關閉。支秉彝在文化大革命黑暗十年的知識荒原上重新點燃了火炬，為解決輸入漢字的問題指明了道路。下一個難題是要如何將漢字轉換為數位輸出（digital output）。

* * *

一九七三年四月，中國國營新華社副社長和顧問團訪問日本，參觀了共同通訊社（Kyodo News）位於港區的總部。此次訪問的目的是觀察日本用於新聞編輯、通訊、影像資料管理和排版的尖端電腦。共同通訊社毫不費力便能出版漢字報紙供民眾日常閱讀。

新華社團隊看在眼裡，既羨慕又尷尬。他們看到排字工人穿著白色實驗服操作鍵盤，不慌不忙，輕鬆寫意。他們的工作場所乾淨有序，如同醫院病房。反觀中國，印刷和通訊仍然極度依賴熱鉛活字。數個世紀以來，此情此景並未有太大的變化。印刷車間骯髒不堪，聲響震耳欲聾，排字工人匆忙從掛在房間一側架上的數千個漢字活字中挑選字模，而在另一側，有一組工人忙著整理印刷用的活字。技術精湛且體力充沛的印刷工人一天可以排整七千個漢字。他們被墨水染黑了雙手，每天長時間接觸鉛，因此健康堪慮。這個過程非常混亂，故一天結束之際，與其分類活字並將其擺回架上，倒不如熔化所有活字，如此還更有效率。

當時，中國流通的印刷文件有百分之七十仍然是沿用這種古老方法製作。在中國的多數城市，今天發行的報紙，明日才能送達，此種情況並非罕見，而且往往需要耗費一整年才能印刷好書籍。中國受制於一種早已過時的訊息傳播模式。年輕的麻省理工學院中文打字機發明者周厚坤曾在一九一二年於波士頓看到辦公室莫諾鑄排機的展示，其實從那天起，印刷方式便沒有太大的變化。

新華社團隊回國後報告了參訪結果。他們先前曾估計日本的技術將領先中國好幾年。毫無疑問，中國亟需振興工業和提升經濟。美國總統理查・尼克森（Richard Nixon）於一九七二年訪問中國，此次訪問具有歷史意義，表示冷戰開始逐漸解凍。中美恢復外交關係且放寬學術和科學交流限制，才有新華社代表團訪日之行。隔年，先前遭受共產黨批鬥並被迫在拖拉機修理廠工作近四年的鄧小平獲得平反，爾後接替毛澤東，主掌大位，將政治重心轉為推展科學技術，以此重新引導黨的注意力。中國藉由經濟改革而非階級鬥爭，便可再次向世界開放。

新華社集團指出，中國人若是不能閱讀當天印刷的日報，這樣怎麼行呢？已開發國家的出版業早已轉而使用冷排（cold type）。冷排完全不用有害的鉛，而是使用攝影技術，搭配計算技術。用鉛和火印刷已經落伍了。

新華社的訪問結束之後，四機部邀請其他日本企業和新聞機構的代表來華進一步訪談。這些訪問讓外交部和許多人相信，中國早該迎接下一波的印刷革命。早在十一世紀，中國便發明了活字印刷術，大約比古騰堡印刷機早三百年問世，但從此之後，中國便遠遠落後了。一九七四年八月，新華社和四機部，連同一機部、中國科學院、國家出版事業管理局集體向國家計畫委員會和國務院請願，要求將中文資訊處理視為重點工作，列入國家發展科學技術的計畫之中。

這項請願來得太晚了。美國公司早在計算和現代化印刷方面進展神速。雷明頓蘭德（Remington Rand）在一九五三年便製造出第一台高速印表機，與第一台具有里程碑意義的電腦系統UNIVAC[②]搭配使用。IBM於一九五七年推出第一台點矩陣式印表機（dot-matrix printer），爾後在一九七一年推出第一台雷射印表機（laser printer）。位在新墨西哥州阿布奎基的一家小公司於一九七五年推出第一台個人電腦，隔年，「蘋果一號」（Apple I）堂堂問世。一九七七年，附帶彩色螢幕和軟碟機（floppy drive）的「蘋果二號」（Apple II）推出之後，剛萌芽的電腦產業便迅速發展。

中國政府的科學機構留意到大量的新技術，並且審議中國應該發展哪些新技術。它最迫切需要擬定一系列五年計畫，從中打造和協調全境的國有工業和生產設備。他們發現自動化規則前景看好，而這是一種有助於強化基礎設施的技術，透過基礎設施便可以進行治理。新華社和四機部在聯合請願書中敦促政府採取一致的行動。他們指出，西方電腦產業正在轉移重心，從原本建造房間大小的計算機主機／大型主機電腦（mainframe computer），轉向生產用於語言處理和通訊的小型個人電腦。這項技術踏進處理文字和人類語言的領域，正處於重塑管理資訊、傳遞資訊速度和控制資訊的風口浪尖。報紙敏銳感受到中國必須推動現代化。新華社肩負重責大任，要向人民傳播黨的訊息，每天需要在短時間內排版大量資訊。請願者指出，只要電腦無法處理中文，便無法有效將黨的道德和政治訊息傳達給百姓。如果漢字無法完全跨過這個門檻，數位科技對中國便毫無用處。中國人必須自己將漢字和計算技術結合起來。

國家計畫委員會審查了請願書，並且稍微計算了一下，發現機械印刷業每年消耗鉛合金二十萬噸以上，以及採用二百萬套銅模去鑄造漢字的活字模具。每一個模具都得耗費時間、汗水和人力來完成、重新排列和熔化。設定活字、對齊邊距或調整版面設計的每一步皆須手動進行。將這項過程現代化，足以大幅影響政治和經濟。編輯只要在電腦螢幕前按下鍵盤上的幾個鍵即可，不必重新組裝漢字的金屬塊並費力將其排列成行。只需按一個鍵，便可以在螢幕上刪除錯誤的漢字，不必移除錯誤的活字，然後將其熔化並重新鑄造熱金屬塊，最後再次重複這項過程。

新華社與其他人等指出他們關注的領域，而這些確實是中國最弱且最落伍的領域。委員會得出結論，認為如果使用機械印刷中消耗的金屬材料去建構基本數位出版所需的新設備，便可改善中國窘迫的情況。要做到這點，需要將許多研究單位和機構的負責人聚集在一起，確定和分配研

② 通用自動計算機（UNIVersal Automatic Computer）的縮寫。

究工作並協調資源運用。該計畫很快便獲得批准，並且根據成立的年月，亦即一九七四年八月，將其命名為「七四八工程」（Project 748）。

「七四八工程」的總體目標是為中文量身打造一套完整的運算環境來處理漢字，而非只是批量複製西方的計算。他們確定了三項目標領域：電子通訊、資訊儲存和檢索系統，以及照相排版（phototypesetting）。然而，他們很快便發現，在這三項領域中，有兩項領域仍然遠遠超出中國目前的技術水準。由於中國的電腦成本比較高，電子通訊總體上非常罕見，更遑論個人計算（personal computing）。只有特定的國家機關和研究機構才被允許建造計算機主機或者擁有這類電腦，而且這些設備很大程度上（即使不是整台機器）都仰賴進口零件。資訊檢索（information retrieval）也遙不可及。當時，所謂的資訊檢索，乃是使用比Google或Bing搜尋框中輸入查詢字串更為陽春的東西。它其實就是在哪裡儲存數據資訊、如何儲存，以及如何將其作為文件或其他格式來調用。無論電子和資訊檢索，都需要長期規畫。

眼下唯一既迫切又能實現的領域便是照相排版。這種方式是給要印刷的漢字拍下快照，然後將膠卷影像轉移到印刷版（printing plate）。與手動排列活字印版和重製其雕刻圖像相比，這是極大的改進。中國一直因為可供使用和選擇的漢字太多而傷腦筋，發展中文照相排版的技術時也礙於這種書面語言的問題而變得複雜困難。要弄清楚如何儲存和檢索漢字（以及如何將印刷漢字的流程電腦化），對於與中國以外的世界交換資訊以及在國內傳播訊息至關重要。

每一個獨特且複雜的漢字現在都必須轉換成電訊號（electric signal），可以透過電腦去自動檢索、操作、儲存和排版。然而，中國並非完全從零開始。西方早已開發了好幾代的現代排版技術並將其商業化。第一代機器的工作原理與熱金屬印刷機（hot metal press）相同，依賴的是機械而非電子。其中一個案例是莫諾鑄排機，周厚坤便是見了它而在一九一〇年代設計了中文打字機。第二代則採用照相製版法（photomechanical means），將已拍攝的主膠卷直接將活字曝光到印刷版上。它與莫諾鑄排機相比，自動化程度更高一些，但仍然利用了基本的電子設備。在「七四八工程」啟動之前，第三代產品剛剛問世並引起廣泛的注意。德國機器Digiset於一九六五年開發，利用電子束（electron beam）轟擊塗有磷光體（phosphor）的陰極射線管（cathode ray tube），將光投射到感光紙（photosensitive paper）上。塗層會將電子束變成光點，形成點的陣列，稱為點陣。這種第三代照相排版技術幾近於完全數位化，會將字母和單字的圖像儲存在電腦的記憶體或磁碟上。

即使像Digiset這種照相排版機也無法完全滿足中國人的需求。漢字結構複雜，比字母包含更多可編碼的訊息，而且漢字數量太多，一旦涉及儲存（無論是以數位或類比方式儲存於機器內部或外部），大小仍然是個問題。中國科學家和工程師必須發明壓縮漢字大小的方法，以免減緩電腦的處理速度或占用更多的記憶體，因為這兩者在當時都是有所限制的。

中國當時的技術能力遠遠不及早期的矽谷。儘管自大躍進以來，中國人民一直被灌輸堅定但零散的社會主義「敢做」（can-do）精神，但中國建設計算技術的物質條件仍然很差。當時中國可用的計算機主要用於數值計算，並且只有研究機構或大學才擁有計算機。國防部正在大力開發自動化計算技術，卻是祕密進行研究。國防產業受到保護，位於公眾視野之外，舉目可見的計算前景相當黯淡。

在一九七〇年代，西方科學界的學術代表團再次訪問中國，看到中國竟然嚴重短缺磁帶（magnetic tape）等基本組件而感到震驚，因為西方電腦早已用磁帶取代打孔卡片（punch card）和紙帶（paper tape）。中國當時尚未大規模將硬體縮小化，更遑論大規模生產了。科學家在實驗室裡會在紙帶上準備好程式和數據，然後在機器前排隊等待，如同排隊等候使用電話亭。雖然中國當時會從國外少量進口電腦，但多數的中國組件和周邊設備都必須從頭開發，以手工測量和建造機器組件的情況並非罕見。常見的作法是購買一台外國機器並對其進行逆向工程。據估計，中國當時的技術落後美國十多年。

儘管有此差距，中國打算在二〇〇〇年於技術上和西方平起平坐。宣揚這項目標的口號和標誌在百姓中傳播，甚至連糖果包裝紙上也印著這項訊息。它號稱「新長征」（New Long March），不禁令人想起近半個世紀以前的毛澤東長征（Long March）。「無產階級政治掛帥」是當時的流行語，意味著每一項攸關科技的決定皆是政治決定。每個實體和組織都有一個由不同階級成員組成的「革命委員會」，因此可以根據其政治影響和意識形態目標辯證地做出每項行動和決定。當時給外國遊客留下深刻印象的一個案例是上海某家生產門把手的工廠。這間工廠由女同志（以家庭主婦為主）經營，連夜轉而生產磁芯（magnetic core）、電晶體（transistor）和計算機主機。突然之間，家庭主婦開始與科學家和工程師並肩工作，這是一幅同志們手挽手工作的完美社會主義圖像。與此同時，生產並非由需求或市場驅動，而是根據黨的計畫指示來推動。共產黨決心讓中國成功，並且盡可能自力更生。

中國之所以打算自力更生，部分原因是在一九五〇年代從蘇聯學到的慘痛教訓。中蘇關係仍然牢固之際，蘇聯根據計算機主機「Ural-1」工作模型（working model）的細節，協助中國人打造了中國第一台大型數位計算機「August-1」。雖然這項里程碑受到廣泛的慶賀，卻是曇花一現，僅此一次。中國在一九六〇年因意識形態分歧而正式與蘇聯分道揚鑣，蘇聯便撤走了一千五百名軍事和科學顧問，同時撤回所有經濟和技術援助，甚至連藍圖也收走。此舉導致中國數百個重要計畫無法完成，而這次毀滅性的打擊，幾乎讓中國剛起步的工業化失序脫軌。

中國誓言要克服一切困難來求生存和自立自強。某些科學家日後回憶，中國當時甚至無力製造汽車，但他們卻被期望去製造原子彈。這似乎難如登天，但中國卻在一九六四年十月試爆了第一顆原子彈，隨後又相繼試射了第一枚核彈和氫彈，震驚了全世界。中國只花了兩年半便晉升核武國家，反觀美國耗費了七年半，蘇聯則是花了四年。如果這還不足以宣揚民族自豪感，中國又在一九七〇年成功發射第一顆衛星。這架重達三百八十一磅的鋁製裝置在距離地球一千三百英里的外太空中旋轉之際，廣播了中國的實際國歌〈東方紅〉[③]。到了一九七三年，中國成為世界上第三個不僅有能力發射衛星，也有能力回收衛星去重複研究和使用的國家。

儘管中國當時的多數地區捲入政治清算，但國防和計算機仍然是研發重點。中國早在一九六八年便開始自製積體電路（integrated circuit），與蘇聯齊頭並進。儘管中國禁止民眾閱讀外部印刷資料和新聞，但科學家和工程師卻有特權可接觸外國技術和科學期刊，而這是唯一被認為不會污染精神的西方知識。在一片謹慎開放、野心勃勃、資源匱乏的氛圍中，還存在更稀缺的情況，亦即人才匱乏。

＊　＊　＊

當年三十八歲的王選（Wang Xuan）對中國計算研究的現況瞭如指掌，而「七四八工程」有幸延攬這位工程師參與[④]。王選在一九五八年協助製造了一台早期的計算機主機，參與了大躍進期間讓技術飛躍的狂熱競賽，此後便一直希望結合自己對硬體和軟體研究的興趣。他素以工作狂而聞名，經常輪班十二小時，枵腹從公也十分常見。到了一九六〇年冬天，大躍進的嚴重後果開始顯現。起初一夜之間取得了進展，人們無不歡騰欣喜，但此情此景不再，乾旱、洪水和饑荒等災難紛至沓來。王選的伙食是配給的，晚餐經常只是一小碗粥配點鹹菜。王逐漸因疲勞而身體腫脹，但仍然堅持不懈，賣力工作，終於在一九六一年病倒，此後宿疾纏身，餘生為此所苦。

一九七〇年代初期，王選在北京大學擔任研究員。他日後將成為傳奇人物，傳記作者會將其一生及其在雷射照排（laser phototypesetting）的突破性發展載諸文字，使其永垂不朽。然而，王選當時對軟體和新計算系統的研究卻被同事嘲笑為不切實際，罔顧中國技術能力和需求的現實。

正當王選休病假在家療養，靠微薄月俸過活時，首度從妻子陳堃銶（Chen Kunqiu）聽說了「七四八工程」。陳堃銶也是同樣令人敬畏的學者和數學家，與王選密切合作。一九七五年春天，北京大學成立了一個工作小組，研究將校園整體運作和管理自動化的可能性，而陳堃銶被任命為委員會成員。他們研究了照相排版，此乃當時新華社與清華大學（北大的競爭對手，兩者相距幾英里）合作測試的主要印刷技術。然而，新華社與清華的機器經常故障，無法整齊列印出一排排的漢字，輸出結果經常歪七扭八。它們可以閱讀中文，但無法穩妥以原始形式輸出漢字。

「七四八工程」的目標是為中國打造一個完整的計算環境，但礙於中國照排技術的現狀，王選認為這項目標有些牽強。話雖如此，他卻看到了數位儲存（digital storage）的商機。陳堃銶與王選一起充實了這種構想，然後將其介紹給她的數學和工程系的同事，最終吸引了圖書館資訊處

③〈東方紅〉（The East Is Red）號稱中共第二國歌，乃是以紅色熱情燃燒的共產主義革命之歌。

④ 根據中文百科的說明，王選於一九七五年投入「七四八工程」。

理和出版部門的學者加入研究小組。北京大學根據該小組的初步報告彙整了一份提案，並且提交了將其納入「七四八工程」的請求。

雖然支秉彝先前提出了一套功能齊全的中文輸入數位系統來處理漢字，但他並未解決儲存的問題。無論是嘗試界定編碼的字元集（character set）、將漢字儲存在磁碟或內部記憶體，或者設計字體庫，這便如同試圖將一隻大象放進小帳篷裡。王選的解決方案超越了西方的第三代照相排版，而後者已經開始至少透過部分數位化的過程來儲存字體（typeface）圖像。他並未想辦法去運用現有的儲存方法來儲存中文，反而著眼於創新來尋求突破：壓縮數位字體（digital typeface）本身。他發明的機器將是第四代照排機，可以編輯漢字並採用雷射排版。

這項解決方案是專門針對中文及其數位儲存的要求。若想在數位影像中重現漢字的複雜輪廓，需要有大量的點。在一九八〇年代，中國出版業為了兼顧報紙版面和書籍設計的各項需求，使用了十多種不同的字體和十六種字型大小（font size），而當時的數位儲存也遠不及現在。如果沒有以某種方式壓縮每個漢字的資料量，將無法獲致儲存這些字體所需的空間，即使在Digiset的磁碟上亦是如此。

美觀也很重要。當漢字重新輸出時，要評判是否列印成功，得看最後的字體好不好看。漢字部件之間的相對角度非常特定，只要稍有偏差，字體便會看起來很奇怪，也會分散讀者的注意力。在一九一〇年代時，與祁暄同時代的某些人不喜歡他的三鍵鍵盤輸入法，因為它無法確保能在紙上以標準形式重組漢字。中國人極為重視漢字外觀，落筆時必須根據字體和書法風格，確切掌握筆畫粗細與維持各個部分的對位關係。需要勤於練習，方能使字體美觀得宜。這對林語堂的打字機也很重要，但他面對的問題比較簡單。他耗費大量的精力去弄清楚如何在列印漢字時完美組合部件。王選為同樣的問題提供了解決方案，但他還得面對數位中介（digital intermediation）的挑戰。

要落實王選的解決方案並不容易。「七四八工程」經費有限。國家必須有使命必達的企圖，工作人員也得犧牲奉獻，這項計畫方能落實。此外，王選並非是在最先進的場所工作。他的研究團隊起初被暫時安置在北大圖書館東邊的一棟破舊校園建築，那裡有兩百平方英尺的空間，沒有暖氣設備。寒冬之際，穿堂風極為強勁，作為開發專案軟體的首席工程師陳堃銶坐著工作時，必須在腿上放著熱水袋保暖。

與此同時，任何參與過「七四八工程」的人都知道，黨的意志堅強，決不會令人失望。這批科學家謹慎盡職，腳踏實地，努力取得成果。本計畫議程上的項目被分配給不同的研究單位，藉此營造競爭壓力。時任上海電工儀器研究所（可能的競爭對手）所長的支秉彝曾於一九七六年訪問王選的實驗室，藉機了解他們的研究情況。當時，王選並未真正想過要將自己的想法轉變成消費產品。儘管如此，他的同事警告他別再洩露關鍵的技術訊息，否則他們可能會失去競爭優勢。

壓力不斷增加，而王選為了保持領先地位，耗盡腦力和發揮創意去處理資料／數據壓縮

（data compression）的問題。他循序漸進，解決一個又一個問題，並且開始打造能夠最有效展現高解析度漢字的技術。

他需要用電腦可以辨認的命令和指令語言，以簡潔的方式表示每個漢字的確切形狀，亦即按照精確的比例去顯示每個筆畫和點。[2]採用像素去再現影像的點陣法不恰當，因為需要占用太多的記憶體。王選需要一種描述漢字筆畫形狀的速記代碼，但必須謹慎小心，步步為營。過度壓縮可能有損漢字的最終外觀；壓縮太少雖可讓漢字清晰可讀，卻無法解決檔案過大的問題。有人試過將中文字體儲存於外部磁碟，但以這種方式檢索一個漢字需要花費太多的時間（幾毫秒〔millisecond〕）。為了避免這些低效率的情況，王選需要設計一套數學公式，將每個漢字的幾何形狀轉換為圓弧、曲線和線段，這是比用筆畫（更遑論部件）表示更加精細的模擬方式。

王選首先將漢字筆畫分為規則和不規則兩種。規則筆畫包含直邊線段，例如垂直線、水平線和折線。不規則筆畫則是由曲線所組成。然後，他為每一條線分配一個數字代碼，其實就是彙編一組用來描述漢字輪廓的指令。他將曲線表示為一系列稱為向量（vector）的數學量，表示某個形狀中每條線的起點、長度和方向。重要的是，向量圖可以縮放，只需調整公式中的數值，便可在不改變所需記憶體的情況下放大或縮小圖形。最後，王選透過解壓縮的逆向過程，將向量圖轉換回點陣圖來進行數位輸出。

壓縮方案的結果比王選預期的更好。漢字的壓縮比例高達一比五百，好得讓人難以置信。他從各個角度檢查了好幾次結果，發現確實如此。然而，最後還有一個問題：他設計的高解析度漢字產生器需要一個強大的電腦晶片作為中央控制單元（central control unit）。中國從一九六八年起便開始自行小批量生產晶片，並在一九七〇年代進口外國晶片時試圖建立本土的半導體產業。然而，中國晶片的品質遠遠不符合王選的需求。最好的晶片通常都是美國生產，在中國想買也買不到。王選甚為苦惱，不知該如何解決這個問題。

他的計畫已經到了關鍵時刻。欠缺強大的晶片，便無法改善排版系統的效能。他需要這最後一塊拼圖，但不知何處可以找到它，也不知道誰擁有打造它的技術。當時的資源仍然匱乏，而此時已經是一九七九年了。然而，某位意想不到的貴客突然出現，為他指明了出路。

＊＊＊

雖然一九七〇年代初期開始訪問中國的西方研究人員和學者開闢了重要的學術交流管道，但那些盡最大努力讓太平洋兩岸和解（並從內部了解中國）的人士往往是比較不為人知的美籍華裔科學家。他們通常在美國接受教育並留了下來，但仍然基於研究合作和學術開放的精神，戮力協助中國發展科技。當時世界對中國內部發生的事情知之甚少，民間外交便仰賴這些人來推動。

一九七九年秋末，一位美籍華裔教授抵達了北京。根據官方的說法，他要仿照自己在麻省理工學院管理的實驗室去協助清華大學建立第一個微處理實驗室（microprocessing lab）。李凡（Francis F. Lee）是南京人，比王選虛長十歲。他說英語時帶有清脆的英國口音，這得歸功於他的父親，因為他父親受過西方教育，乃是武漢大學著名的語言學教授。

一九四八年共產黨接管中國期間，李凡離開中國，前往麻省理工學院深造。他只花了兩年，便在一九五〇年獲得電機工程學士學位，然後繼續攻讀博士。李凡精力充沛且才華橫溢，卻難以靠獎學金養活妻兒，最終未完成學位便離開了麻省理工學院。他當時參與了尖端的計算研究領域，先後在美國無線電公司（Radio Corporation of America，簡稱RCA）和雷明頓蘭德的UNIVAC[5]超級電腦部門等頂尖的電子公司任職。在後續十年中，李凡開發了快取記憶體（cache memory）的前身，這種裝置能夠儲存先前資料並在電腦內部運作。他在此過程中申請歸化入籍，成為美國公民。一九六四年，李凡回到麻省理工學院，花了十六個月便取得博士學位，旋即被該校聘為電機工程和電腦科學的終身教授。

王選歡迎李凡來到他的實驗室，並向李凡解釋他在字元資料壓縮方面的研究。他印出有漢字圖像的照相軟片（photographic film）。李凡對此甚感驚訝。他告訴王選，說他已經指派一名麻省理工學院的博士生鑽研中文排版，旋即邀請王選前去美國開發他的專案。李凡指出，麻省理工學院不僅擁有資源和設備，還有一直在研究完全相同問題的人才。王選到了美國，便可將研究提升到另一個層級。

王選認真思考了許久。當時，中國正大規模流失人才。「七四八工程」迫切希望留住旗下的人員。曾有一位主管和專案經理向工程師下跪，請求他們不要放棄中國，去海外尋求更舒適的生活。然而，哀求無法修復毛澤東時代人們的互不信任和情感創傷。科學家擔心，萬一他們研究失敗，可能不會有好下場。許多參與「七四八工程」的人會互相告發，而非彼此視為同事來相互幫助。某位工廠主管不得不聘雇一個揭發過他的人，而這個傢伙曾害他公開認罪和自我批評。每個人都習慣了被同事、鄰居、甚至家人監視和背叛。一旦中國的氛圍開始緩和，可以再度前往旅遊，許多優秀的中國科學家和工程師便抓住機會出國，有些人再也沒有返回中國。

然而，王選拒絕了李凡的邀約。他覺得自己的研究深深紮根於中國；在使用如此少的資源取得如此大的成就之後，他不能拍拍屁股，離開這個組織或與他合作的人士。李凡明白王選的想法。儘管他在美國落地生根了數十載，儘管政權已經易手，但他本人不也依舊熱愛和關心祖國？他回來是為了幫助同胞建立微處理實驗室、開闢科學交流的道路，以及恢復可以自由交流知識的共享空間。李凡本著這種精神，為王選留下了一份臨別禮物。有一種晶片比王選一直使用的晶片要好得多，李凡掌握了詳細的資訊，那是一本最先進的Am2900的小手冊，而Am2900乃是用於高性能處理的模組化半導體晶片。它仍處於測試階段，尚未成為最終產品。手冊封面印著

⑤ UNIVersal Automatic Computer（通用自動計算機）的縮寫。

「Under Development」（正在開發）的字樣。王選搶先瀏覽了內容。

一切都改觀了。王選一頁一頁讀著，貪婪吸取每一部分的電路設計知識。自從在大學建構電腦以來，王選一直堅持速度和美觀的雙重原則。Am2900融合了這兩項原則。有了這個晶片，他便能夠落實最後一步，將壓縮的向量資料轉為可列印的點陣圖來還原漢字。

王選不知道的是，李凡甚為慷慨，遠不止表面上所見的那麼簡單。李凡到北京不僅是為了幫助清華大學打造微處理實驗室，此行也有其他的目的，亦即代表位於劍橋的美國組織「文字基金會」（簡稱GARF）[6]建立關係。GARF一直在鑽研的技術與王選試圖發明的技術雷同。李凡是局外人，但也不算是局外人。他這位華裔美國人可能更像中國人而不像美國人（但也許相反），他所走的道路和所好奇的事物是由早期的人生際遇所塑造，在太平洋彼岸尋求將中文電腦化。

GARF屬於非營利組織，由一小群科學家和出版界專業人士與光電排版印刷公司Photon於一九四九年聯手成立。Photon只有一項創新，但這項創新卻十分重要。兩名來自法國的電話工程師想出如何在不使用任何熱金屬鑄件的情況下以照相方式設定字體／文字（type）。他們拍攝頻閃觀測管（stroboscopic tube）前旋轉玻璃盤上的字母影像來做到這一點。當某個單字或字母置於光源前面，相機便會拍攝到單字的固定影像，當時那就是照相軟片。文字影像便可由此被照相雕刻至印版[7]上印刷。GARF開創了照相排版的先河。

早在一九五三年三月，GARF便開始探討要為非西方語言開發同樣的技術。有鑒於世界上所有的文字仍受傳統活字印刷的限制，GARF認為自己擁有外界欠缺的技術，能將讀寫和印刷訊息帶給世界。在所有的非西方語言中，漢語難度最高，因此是理想的試金石。

中文這種表意文字被視為是字母技術的下一個（也許是最終的）新領域。由此誕生了第一台用於中文排版的鍵盤機器Sinotype（華型）。GARF將這項突破性的發展歸功於一位具有蘇格蘭血統的新英格蘭工程師。塞繆爾・霍克斯・考德威爾（Samuel H. Caldwell）是麻省理工學院的電機工程教授，在第二次世界大戰期間和戰後贏得了電腦先驅的聲譽。他致力於研究微分分析器（differential analyzer，一種早期的類比電腦）和開關電路（switch circuit）的邏輯設計（logical design）。考德威爾曾與適切的人物互動：像諾伯特・維納（Norbert Wiener）這樣的「控制論」專家（cybernetician）[8]，以及像瓦倫・韋弗（Warren Weaver）和萬尼瓦爾・布希（Vannevar Bush）這類該領域的泰斗。以GARF研究總監開發Sinotype將是他人生的最後一個大專案。

---

⑥ 又譯成「圖形藝術研究基金會」。
⑦ 照相製版。
⑧ 源自於cybernetics（控制論）。

一九五九年，考德威爾與費城的富蘭克林研究所（Franklin Institute）共同發表了一篇論文，詳細介紹Sinotype的概念與規格。這台機器是ＧＡＲＦ最重要的發明。該基金會之前或之後生產的產品皆無法與它媲美。Sinotype被譽為第一台中文計算機，而考德威爾則被冠上中文計算之父（father of Chinese computing）。然而，還是有一個問題：考德威爾既不會說、也不會讀中文。

一九五三年年初，ＧＡＲＦ主席威廉・威利斯・加斯（William W. Garth）首度私下與考德威爾接洽開發Sinotype，當時房間裡還有其他人。那個人就是李凡，他當時是年輕的二年級博士研究生，四年前才從南京來到麻省理工學院求學。加斯祕密與考德威爾洽談Sinotype事宜時，李凡正接受考德威爾的指導從事研究。在那次會談上，李被指派去調查漢語的特性及其技術要求。

不到幾個月，李凡便為麻省理工學院的電子研究實驗室（Research Laboratory of Electronics）撰寫了一份內部報告。[3]他建議要更有系統地研究漢字，並且根據不同的實體和輪廓屬性提取統計相關性（statistical correlation）。李提議一起使用修改過的筆畫鍵盤與簡單的編碼器，以便在按下按鍵後產生代碼。漢字索引法本可用來組織和檢索漢字並計算編碼以實現這項流程的自動化。然後，漢字可作為矩陣儲存在底片上，並且分配它們唯一的X—Y座標。李凡展示了如何讓漢字和電腦結合在一起；他不僅貢獻漢語的母語知識，還提供攝影構圖的技術解決方案。

ＧＡＲＦ根據李凡的報告，找到了自身的利基。它砸下大量資金去研究Sinotype，最初幾年便大約投入了一百萬美元。ＧＡＲＦ打算將漢字作為其標誌性計畫，而且暗自懷抱更大的希望：

若能融合漢字與運算技術，便能如法炮製，進一步處理任何文字系統。漢字可能是將所有非字母文字數位化的概念閘門。

然而，李凡並沒有留下來。當他離開麻省理工學院去接下一份薪資較高的行業工作時，研究Sinotype的計畫便落入考德威爾的手中。有一段時間，李凡的名字經常出現在基金會的內部備忘錄和信件中。他被明確視為考德威爾Sinotype計畫的負責人。此處得稱讚考德威爾，因為他承認李凡和另一位中國同事，亦即哈佛大學教授楊聯陞（Yang Liansheng），協助挑選了二十一個筆畫，這些筆畫最終被稱為考德威爾的二十一個筆畫順序系統。然而，這件事從未被公眾所熟知，GARF的官方手冊也未曾提及此事。隨著時間的推移，李凡和楊聯陞直接參與打造美國Sinotype的事情便逐漸遭人遺忘。

考德威爾在一九五六年代表GARF提交的Sinotype（當時稱為表意文字排字機〔Ideographic Type Composing Machine〕）專利申請之中，卻提及了林語堂的研究及其一九五二年的中文打字機專利。其實，除了少數地方，考德威爾的二十一筆畫系統（Sinotype的核心）與林語堂最初的十九種筆畫系統完全相同。考德威爾從更廣的角度去擴展筆畫的概念（無論是第一筆、第二筆或最後一筆），並簡化和重新組織了變異數。

富蘭克林研究所的論文引起了許多人的關注。那是一九五〇年代，冷戰愈演愈烈。無論從哪種層面去傳播自由世界的意識形態以對抗共產主義，都會受到人們的認真對待。五角大廈一個由國務院、中央情報局和行動協調局⑨成員所組成的小型工作小組認為，Sinotype可能會給美國帶來巨大的優勢，使其得以直接在中文世界傳播訊息。他們希望艾森豪總統（President Eisenhower）公開宣布Sinotype。掌控第一台中文電腦將在美國與共產主義意識形態的鬥爭中發揮關鍵作用。然而，工作小組經過進一步調查，認為需要更多證據來證明Sinotype確實是GARF所說的突破性技術。五角大廈最終認為它殺傷力不足，無法作為宣傳戰的武器。用於破解俄羅斯或中國文件或密碼學的機器翻譯之類的技術更符合美國的戰略利益。

一九六〇年，考德威爾申請的專利獲得批准兩個月之後，他突然去世，Sinotype頓時失去首席研究員。在後續十年裡，考德威爾的原始規畫已經蒙上塵埃。GARF主席加斯差點引咎辭職，因為沒有其他構想可以激起當年人們對Sinotype同樣的激情。他在一封信中語帶悲傷寫道：「自從簽訂這台中國機器的合約以來，基金會幾乎沒有活動。如果考德威爾博士發起的工作……其複雜的書寫形式無法繼續下去，那將是一大悲哀。」[4]這項計畫被移交給美國無線電公司，另一個版本則由IBM接手研發。原型已經打造好並經過測試，但沒有大規模生產。

在一九七〇年代，隨著中國試探性地向西方開放，GARF的工程師和領導開始焦躁不安。羅伊．霍夫海因茨（Roy Hofheinz）是GARF在哈佛大學的合作者之一，他讀到了支秉彝在《自然》雜誌上發表的文章，得知已經發明了可行的中文輸入法。與此同時，有好幾家公司也在考慮進軍中國市場。話雖如此，GARF依舊充滿希望。李凡回來了。他成為麻省理工學院的電機工程教授，並且擔任GARF的顧問。毫無疑問，他感到有點諷刺，但這不是因為他早在二十五年前便開始研究Sinotype。李凡僅在一封私人信件中向女兒透露，當他還在麻省理工學院求學時，除了被招募去撰寫Sinotype可行性的初步報告，他還向考德威爾提出了一種中文排版機器的設計方案。然而，考德威爾拒絕這項提案，理由是「符號處理（symbolic manipulation）不是電機工程的合適主題」。[5]然而，李凡不會對過去的事斤斤計較。重要的是，他找到了王選，而王選正要完成李凡不被麻省理工學院支持和鼓勵的事情。

從GARF的角度來看，李凡是通往中國的理想橋樑。早在一九七六年，GARF便批准派遣他去聯繫中國大學的計畫。一九七九年一月，GARF也向一群來自中國工業界和政府的代表推銷它的構想。中國並未在境外公開「七四八工程」，因此GARF並不了解這項計畫。然而，李凡先前在一九七四年九月夥同妻子和孩子前去與那裡的科學家碰面，肯定得知了這項計畫。

GARF與中方的會面進行得非常順利。雙方同意GARF將與支秉彝合作開發「見字識碼」編碼系統，將其納入下一個Sinotype原型機，並且於一九八〇年年初前往中國簽署一項多年的合作協議。曾有一段時間，一切似乎將水到渠成。支秉彝仍在努力編碼中文，王選還在北京大學努

⑨ Operations Coordinating Board，或譯為「工作協調小組」。

力不懈，李凡出人意料地受美國延攬，以及中國政府決心實現科學與技術現代化，再再表示漢字即將在數位時代重生。

多虧了李凡的幫助，王選憑藉更強大的晶片，繞過了第三代陰極射線管設備，以驚人的速度推進了雷射排版技術。到底李凡是想幫助GARF或「七四八工程」，目前尚無明確的答案。他或許只想落實構想本身，而非忠於某個組織或國家。如同林語堂將中文打字機的想法從中國帶到美國，李凡可比擬為思想反向流動的管道，也許他和林語堂一心只想推動漢字革命。由於王選有所突破，負責「七四八工程」的官員認為，中國不必害怕西方的競爭。王選後來如此回憶道，中國一直擁有祕密的「暗殺武器」，可以對抗外國在電腦技術上的競爭，而這個武器便是漢字本身。

＊＊＊

外國企業紛紛前去敲中國的大門。德國的Digiset已經制定了第三代陰極射線管機器的標準，支秉彝後來則與德國奧林匹亞公司（Olympia）合作，將其編碼方案納入Olympia 1011電子打字和文字處理機。最積極的是英國蒙納公司（Monotype），該公司一直在這項領域處於領先地位。一九七八年秋天，蒙納打算解決漢字的文字識別、編輯和照相排版問題來確保其競爭優勢，採用的工具是先進的雷射排版系統Lasercomp。

蒙納公司數十年來向中國印刷公司銷售設備，因此與中國一直維持合作關係，雙方也有某種程度的信任，該公司於是善用這項優勢。一九七八年十二月，蒙納在香港舉辦中文排版示範活動。正如GARF與支秉彝合作使用其編碼，蒙納則與香港的華人教授樂秀章（Shiu-Chang Loh）合作，樂教授開發了一種基於形狀的鍵盤，上頭有二百五十六個客製化按鍵。他的發明提供了清晰的按鍵序列來單獨表示每個漢字，序列本身由電腦解碼並與存儲的正確漢字匹配。Lasercomp提供了特殊的代碼轉換程式，可以將序列恢復為漢字。

進展非常迅速。蒙納在上海和北京舉辦了更多次的示範活動。到了一九七九年夏天，這兩個城市已經安裝該公司的系統，並由培訓過的人員來操作。Lasercomp將漢字儲存在磁碟上並由電腦控制。這些漢字圖像隨後會被投影到相紙或底片上。唯一的限制是磁碟的儲存容量，當時的儲存容量為八十到三百二十百萬位元組（megabyte），可以容納大約六萬個漢字，而這個數字引起了中國官員的注意並讓他們心生警惕。

國務院授權購買蒙納的設備並繼續成立合資企業以進一步開發這項技術。然而，「七四八工程」的領導階層已經開始重新評估情勢。他們開始意識到中國具有優勢，因為中國擁有全世界想要的東西，亦即廣大的市場。無論西方的照相排版技術多麼先進，只要洋人的機器無法因應漢字所需的超大儲存容量和高解析度，便無法在中國市場獲得優勢。接受外國人提供照相排版技術，並非為了開放市場和依賴對方，乃是為了向對方學習，以期實現自給自足，甚至超越西方。數十年來，中國人始終堅定不移，一心落實這項目標。一九八〇年二月二十二日，時任國家進出口管理委員會副主任的江澤民（他將在十年內擔任中國共產黨總書記，隨後成為中華人民共和國主席）在致國務院的一封信中明確表示：

北大等單位對中文激光照排設備的研製已取得顯著的成效，並將進一步完善化……關於一機部、人民日報申請二百五十萬美元和美國文字基金會合作研究中文激光照排系統的建議，擬暫不考慮。各有關單位應和北大共同配合，集中力量，將漢字縮小和放大搞得更加完善，開花結果。[6]

領導發話了。當王選進一步將自己的發明轉換成可以行銷的產品時，便受到了國家的保護。一九八一年，他成功打造了第一台電腦化中文雷射照排系統的本土原型機「華光I型」（Huaguang I）[⑩]，該系統於一九八七年引進中國的商業市場，此後又針對世界市場進行了多次更新。他根據自己在北京大學「七四八工程」的研究，於一九八六年創立方正集團，該公司因其在中文語言處理領域（從軟體開發到個人計算）的創新而成為傳奇。它是鄧小平經濟改革時代首批成功的社會資本主義企業之一。方正集團是獨特的混合體，整合了大學研究、國家參與和社會資本主義創業的新實踐。

探討「七四八工程」的傳奇、其背後的非凡人物，以及中國在開發面向全球市場的中國計算列印技術方面自豪時刻的書籍不斷湧現。王選的發明屬於這項計畫的一部分，將被人歌功頌德數十載。然而，它在中文資訊處理方面的非凡成就，也凸顯了漢字不具備優勢的相關領域。起初想要打造完全中文計算環境時遭遇了嚴重的障礙。在架構仍屬西方的電腦上添加中文處理能力是一回事，但要中國創造自己的電腦（從中央處理器到作業系統和程式語言）則完全是另一回事。

在一九五〇年代，當中蘇之間的社會主義兄弟情誼依然濃烈時，這就是夢想。從一九五〇年代初開始，中國科學家開始前往莫斯科和列寧格勒[11]向蘇聯同儕學習，並於一九五六年制定了中國第一個十二年科技發展計畫[12]。同年，中國科學院成立了計算技術研究所，這是中國國內第一個此類機構。在中國與蘇聯關係惡化之後，他們仍然繼續努力。該研究所的女工程師夏培肅（Xia Peisu）於一九六〇年研製了中國第一台通用電子數字計算機「一〇七機」（Model 107），該計算機是根據蘇聯**M-3**和**BESM-II**兩個早期原型機所開發。電晶體和積體電路的研究仍在繼續，

⑩ 大陸稱「第一台汉字激光照排样机」。
⑪ 列寧格勒（Leningrad）亦即聖彼得堡。
⑫《1956-1967年科学技术发展远景规划》（簡稱《十二年科技规划》）。

特別是攸關國防的技術仍被列為優先考慮，但大規模的計算仍然尚未起步。一九七八年，蘋果二號和ＩＢＭ個人電腦問世，開始主導全球市場。中國自行推出計算機的機會似乎更加遙遠。同年，鄧小平上台，改革開放的精神深入人心。科學和政策規畫者態度軟化，認為採用西方運算架構和硬體，比繼續努力建構自己的運算架構和硬體更為恰當。

與此同時，那些在這關鍵的數十載裡協助中國毅然決然轉向數位時代的人物卻悄然散去，如同他們先前聚集在一起一樣。考德威爾沒能活到看見Sinotype成功，而李凡繼續其輝煌的職業生涯並回到工業界，爾後獲得多項專利，並且因將技術應用於好萊塢電影而榮獲艾美獎。他和家人一起留在美國。支秉彝終其一生沉默寡言，沒有公開留下任何言論來表達個人想法，除了一九九一年的這句話之外：「根據我國的歷史事實，以及我本人的經歷，深深地感到，只有中國共產黨才能領導中國人民建設社會主義的新中國。」⑬兩年之後，他便中風過世。王選健康不佳，持續與病魔抗爭，最終於二〇〇六年去世。時至今日，只要談論中國經濟和技術奇蹟時，王選依舊是箇中的傑出人物。

中國花了數個世紀在漢字和西方對其扭曲觀點之間拉平基礎之後，似乎終於在輸入和輸出兩端實現了數位化。然而，這些進步仍然是從中國的起點來衡量，而非根據世界步伐來論斷。如今中國的道路似乎正逐漸與外界融合，但如何與其他標準融合的問題也隨之而來。為了達到這個目標，中國人已經犧牲了很多，現在必須考慮如何在共享的數位空間與其他語言及其程式碼互動。

高喊百年國恥已經不足以推動中國前進，而且這種作法也不可取。是時候在真正的全球系統中進行測試並與別人合作了。

⑬ 這是支秉彝晚年遞上入黨申請書所撰寫的言論。

第七章　數位漢字文化圈[①]（二〇二〇年）

為嶄新的普世鋪路

滑動。輕敲。拖曳。無論是搭地鐵、在超市排隊結帳、在與人約會或碰面的空檔、在辦公室，或者純粹為了打發時間，中國智慧型手機使用者能用拇指在觸控螢幕上以驚人的速度結合上述三種動作。他們用手指瘋狂點擊螢幕，甚至可能正在搜尋提供拇指痙攣療法的網站，所謂拇指痙攣，乃是一種過度發送手機簡訊所引發的疾病。中國手機使用者面對如此複雜的漢字書寫系統，不斷尋找最新、最快、最簡單、最方便的方式來發送簡訊或瀏覽各種中文網站和動態消

① Sinosphere以「sino」加「sphere」組成，由美國語言學家詹姆斯・馬提索夫（James Alan Matisoff）在一九九〇年所創造。

息②。將鍵盤輸入法與搜尋引擎、遊戲和購物程式等其他產品和服務綁在一起有很大的市場。讓用戶輕鬆打字極為重要，如此方能吸引他們，因此各家公司無不彼此競爭，在鍵盤輸入法內提供數千個可愛的表情符號（emoji）和GIF動畫圖。無論是在華為或維沃（Vivo）生產的手機上，或者使用KK表情符號鍵盤或搜狗輸入法（Sogou Input）應用程式，輸入中文本身不再是目的，而是為其他智慧科技開闢了道路。

人們似乎不再需要透過記憶或手寫來辛苦學習漢字。經過數十年的整合和標準化，電腦或手機鍵盤的中文輸入法已有數個主要選項，可滿足每個人的需求。臺灣人可能偏好大五碼（Big5）或注音符號（仍然存在且運作良好），[1]而中國大陸的百姓則經常使用搜狗，這是二〇二〇年最流行的第三方輸入法，提供拼音、語音和漢字—部件輸入。母語非漢語的人士可能會為了方便而在手機安裝拼音輸入法。當你輸入文字時，一系列完整的漢字會彈出來，預測你正在寫何種句子或短語。若是使用語音輸入，便可完全不使用鍵盤或觸控螢幕。

電子通訊的中文輸入技術一直在進步。我們理所當然認為，從河內發送的一則中文訊息將立即且毫無錯誤地到達紐約、北京、山景城、臺北或首爾的另一台電子設備（譬如：手機、筆記型電腦、平板電腦或桌上型電腦）的螢幕上。全球的每個使用者都在依賴這種即時的全球無差錯通訊。

中國人花了一個世紀的努力，從採納一種國家方言到完成高效數位漢字編碼的工程，方能從達到這種精確程度而受益。如今，這片來之不易的平穩領域擠滿了工程師與科技公司，正在運用最先進的技術建構最佳的中文交流基礎設施。隨著愈來愈多的漢字被數位化而流通，愈來愈多人會使用、學習、傳播和研究漢語，並且準確將其轉化為電子資料。活生生的文字最好猶如這般萬世長存。然而，這條永生之路並不容易實現。如果有哪個組織促使漢字永久存續，那便是致力於制定通用標準（universal standard）的矽谷非營利組織。

* * *

支秉彝發表了他的「見字識碼」漢字編碼系統之後，到了一九八〇年代末期，在鼓勵創新和營利的市場改革推波助瀾之下，四百多種相互競爭的中文輸入法如雨後春筍般出現。使用漢字、漢字部件、字母、形狀和符號的鍵盤設計充斥著市場和專利局。

這些不同的編碼系統是由不同的供應商所設計，通常是用於他們自己的機器上。一旦這些機器開始互相通訊，便會出現一個嚴重的問題。使用不相容的語言或編碼系統的機器共用文字檔案時，電腦螢幕上會無法顯示字母或漢字，而是出現一連串的問號或空白方塊。隨著個人電腦、文

② 動態消息（news feed）又譯新聞饋送。

件共享和電子郵件的市場興起，不相容的鍵盤輸入和編碼系統會導致日益嚴重的問題。不僅中國人必須面對這個問題，它也會對日漸全球化的數位世界造成障礙，因為在這個世界中，連結使用者的速度是快於協調不同系統所需的時間。

在美國，一九六〇年代與一九七〇年代開發的早期IBM和Unix機器也是使用不同的標準。這兩套系統都為字母和符號分配了數字編碼，但彼此的編碼卻不相符合。例如，字元碼97在IBM機器上會輸出「A」，但在Unix系統上卻會顯示「/」。這兩個系統都是同一個國家設計，但當時相互傳輸資料時卻會出現大量的亂碼。

對於字母文字而言，將不同編碼融合成一個標準比較簡單。美國資訊交換標準碼（American Standard Code for Information Interchange，簡稱ASCII）於一九六〇年代初期開發，乃是第一個獲得廣泛關注的編碼標準。[2]最初的ASCII碼是「單位元祖」（one-byte，等於八個位元〔bit〕）系統：每個字元（character，此處有別於漢字，指的是文字數據）占用七個二進位位元的儲存空間，剩下的位元用於檢查錯誤，故此系統有一百二十八個的可能數值。ASCII的設計者真的不認為他們需要更多的數值。他們為每個數字、字母和標點符號、「%」和「#」之類的特殊符號，以及諸如「tab」、「shift-in」、「shift-out」和「escape」的控制代碼分配一個兩到三位的數位數字編碼。為了因應其他西方語言的變音符號（例如：挪威語的「ø」、德語的「Ü」、法語的「é」或葡萄牙語的「ç」），後續版本的ASCII採用第八個位元，將可能的數值擴展到二百五十六個。這種基本的「單位元祖」架構非常基礎，專門針對西方字母語言，特別是英語，因此仍然嵌入當今某些最廣泛使用的程式語言之中。

ASCII從來就不是為了因應包含數千個表意文字的非西方文字系統，因為設計者的眼界有限，或者他們未能想像這套代碼會在西方字母世界之外取得巨大的成功。每個亞洲國家最終也開始制定自己的兩個或更多位元組的標準，日本於一九七八年率先打頭陣（使用兩個位元組來編碼字元，可產生六萬五千多種可能的代碼）。這些國家標準面臨著同樣困擾早期英語機器的不相容問題，而且規模要大得多。某些漢語表意文字被不同的國家標準收錄，但相同的漢字卻被分配截然不同的編碼。另一個問題是，沒有公認的固定表意文字數量來確定字元集的大小。各國的字元數量有所不同：日本較少，中華人民共和國需要更多，而臺灣需要最多，如此方能包含繁體字。

如果欠缺通用編碼，在香港、澳門、臺灣、新加坡、馬來西亞、中國或越南的當地或國家社群之外，表意文字便無法以數位方式被廣泛傳播或使用。從中國的角度來看，這就意味著中國在全球舞台上失去了話語權。擁有「話語權」（discursive rights）此時成為備受推崇的概念。這不僅代表擁有一席之地的權利，也意味著擁有建構和推廣自身敘事的權力，使其作為全球共同遵守的主要或普遍敘事。中國借用西方的「話語」[3]概念，並加入自己對西方如何利用話語權將其世界

③「話語」（discourse）又可譯成「論述」、「論域」或「言說」。

觀強加於其他國家的看法。中國推廣其語言供普世使用的能力被視為改變敘事的重要條件，如此方能提供一個講述自身故事的平台。要將語言當作軟實力，就必須掌控自己的通訊技術。

與此同時，該技術的複雜程度正逐漸達到一個新的水平。在一九七〇年代，世界各地的企業廣泛使用正文處理。美國公司渴望在全球銷售個人電腦、作業系統，以及硬體和軟體。像ＩＢＭ之類的公司已經在西歐的每個大城市設立子公司。對於要確保全球競爭優勢的美國電腦產業，整合包含表意文字的單一統一編碼標準極為重要。儘管沒人能夠預見這個最終價值數兆美元的產業會變得如此有利可圖，但他們知道若想觸及愈來愈多待在家庭的個人用戶，標準化的編碼至關重要。

一九八〇年代，矽谷的一群軟體工程師和語言學家開始探索如何使各種語言文字相互溝通，讓法語文件送達臺北後可以被人輕鬆閱讀，如同中文文件可以在舊金山被人閱讀一樣。他們在一九八八年的一份工作底稿中提出稱為萬國碼（Unicode）的解決方案。根據發明者喬．貝克（Joe Becker）所言，每種被編碼的語言文字都將是「獨特的、統一的、通用的」（unique, unified, universal）。然而，這個構想並非貝克所提出的。貝克有一段時間不停思索該如何在世界各地的電腦上處理所有的語言文字，然後在大學期間偶然發現吉爾伯特．W．金於一九六三年發表的文章，該文參照林語堂的打字機鍵盤，討論了機器翻譯的可能性。貝克不知道林語堂是誰，更不知道他的鍵盤如何將美國與中國文字現代化的努力牽連起來，但他早期關於萬國碼的構想卻與漢語革命結合在一起。

貝克在一九七〇年代末期於日本富士全錄（Fuji Xerox）任職，當時首次目睹了漢字編碼。貝克看到富士通和日立等電子公司如何面臨與ＩＢＭ和其他美國公司相同的問題。他們都有自己的**漢字**編碼。一九七八年，日本工業標準問世，替日本提供了解決方案，但沒有為日本如何與中國、韓國或臺灣交換漢字提供解決之道。

國家字元集可使一國不同的供應商所生產的電腦相互通訊。然而，制定這些國家字元集時並未先讓東亞地區相互協調，韓國**漢字**④、臺灣的傳統**漢字**、中華人民共和國的簡化**漢字**和日本**漢字**各有不同的編碼，彼此互不相容。某些漢字被多次編碼或在不同國家的字元集中被分配到不同的碼點（**code point**），導致許多重複和效率極低。如果貝克的萬國碼構想是要創造真正通用之物，便必須容納非西方文字並協調不同國家字元集的差異。

貝克於一九八一年結束日本的工作，然後回到美國，開始與他在日本認識的年輕軟體工程師李．柯林斯（Lee Collins）一起工作。柯林斯是年輕的軟體工程師，精通東亞語言。一九八六年，貝克的團隊開始在全錄建立一個資料庫，將日本工業標準中編碼的漢字映射到對應的中文字。他們開始提出統一漢字的想法，因為這顯然是一種進步。然而，這得合併不同國家字元集中

④ 韓國漢字（hanja）的韓語拼成한자。

具有相同或相似結構和相同含義的漢字，藉此消除冗餘和重複的字。他們必須確定哪些漢字是東亞用戶共享的，哪些漢字又是他們各自獨有的。礙於東亞文字所帶來的獨特挑戰，對它們進行整理乃是將漢字納入萬國碼結構的先決條件。到了一九八七年年底，貝克終於有了萬國碼的運作概念。不久之後，柯林斯跳槽到蘋果公司。就在那時，統一漢字成為全錄和蘋果之間的合作計畫，這兩家公司便開始協調軟體開發的工作。

萬國碼被設定為主轉換器，可以映射所有語言既有的國家編碼標準。它能將所有的人類文字系統，無論是西方文字、中文或其他文字，全都集中於統一的標準之下，並且為每個字元分配單一的標準化編碼，以便與任何機器進行通訊。

這既是崇高的願望，也是實際的夢想。萬國碼開發人員認為，他們的專案高於政治，因為它是解決機器交換的技術問題。然而，貝克及其同事並未意識到，語言文字的技術始終離不開政治。正在統一文字的亞洲國家所要考慮的，遠遠不止於不相容的輸入和輸出。

在一九六〇年代初期，美國國會圖書館決定啟動一項大規模自動化計畫。它將建立一個通用目錄系統，此乃中國圖書館員俾斯麥．杜數十年前夢想的那種由電腦驅動的系統。國會圖書館開始將其紙本目錄轉換為可搜尋的數位索引。有了這套機器可讀的系統，使用者只要能夠使用電腦，無論何時便可在數千英里之外從某間圖書館中找到想要的書籍。數以百萬計的目錄卡片（catalog card）自此便已過時。這項計畫將圖書館編目從迂腐的書本技巧轉變為時尚的資訊科學。

在冷戰期間，美國圖書館的東亞藏書迅速增加。為了遏制共產主義在全球蔓延，學者、圖書館員和政府感覺時間緊迫，共同努力建構關於中國的知識庫。僅在一九六〇年代，[3]東亞圖書館便獲得了等同於上個世紀累積藏書的新館藏。要將這些藏書數位化困難重重，[4]因為機器可讀的資料庫無法容納非羅馬文字的語言，譬如希伯來語、阿拉伯語、波斯語，或者任何東亞語言。

某些美國基金會終於採取了行動。一九七九年十一月，美國學術團體聯合會（American Council of Learned Societies，簡稱ＡＣＬＳ）[5]在史丹佛大學主辦了標題為〈自動書目系統中的東亞漢字處理〉（East Asian Character Processing in Automated Bibliographic Systems）的會議。大約有三十名與會者，包括國會圖書館和研究圖書館組織（Research Libraries Group，簡稱ＲＬＧ，這是總部位於美國的圖書館聯盟）。其他的美國基金會以及日本、韓國和臺灣代表也出席了此次會議。研究圖書館組織先前已訪問日本和臺灣，為此次會議奠定了基礎。日本是在東亞崛起的技術和經濟巨人，正準備大顯身手，在汽車製造和電子產品領域與美國一較長短。它也是第一個自行推出完整標準字元集（包括**漢字**）的亞洲國家。日本代表在會議上試圖利用他們在東亞的優勢，建議國會圖書館採納日本的工業標準。國會圖書館的自動化專家將日本標準稱為「以非常相容於現有國際交換標準的方式解決了問題」（solved the problem in a way quite compatible with

⑤ 又譯成美國學術團體協會，成立於一九一九年，是一家非營利機構。

existing standards for international interchange）。[5]研究圖書館組織和其他代表似乎完全願意接受這項評估。與會的臺灣代表感到緊張，因為他們認為這不僅是數位化圖書館館藏的機會。

自動化從一開始便是建立一套全球通用的標準，用來代表東亞地區各類使用者使用漢字的情況。誰制定了表意編碼標準，誰就控制了漢語訊息處理的未來，而臺灣將自己視為這項傳統的唯一合法守護者。自從一九四九年撤退到臺灣以來，國民黨人一直認為自己繼承了中國的文化遺產，他們使用未受簡化殘害的傳統文字，以此高舉承續正統文化的旗纛。話雖如此，中國人和臺灣人的拼字系統的相似之處多於不同之處。目前官方流通的簡體字有八千一百零五個（一九八六年時有二千二百三十五個，爾後陸續增至這個數目），但臺灣和中華人民共和國使用的其餘漢字仍然採用傳統形式。數以萬計的古代傳統漢字甚少使用，某些字只在書面文獻出現了幾次。然而，無論這類漢字有多少，臺灣都認定自己是中華傳統文化的守護者。

臺灣並非只有面臨文化合法性的問題。當美國總統吉米・卡特（Jimmy Carter）於一九七八年與臺灣斷交時，這個島嶼需要與別人結交朋友並維持友好關係。它戮力尋求新的經濟優勢，將臺灣以生產白米、鳳梨和甘蔗為主的農業經濟轉型為以電子產品為核心的經濟。臺灣從未在政治領域感到如此孤立，因此認為讓臺灣字元集成為國際標準，乃是在國際電腦產業中獲得競爭力的機會。

臺灣代表旋即指出，日文的表意漢字只有數千個（日本標準編碼為六千三百四十九個），中文則有數萬個漢字。儘管採用日本已經制定的行業標準比較容易，與會的其他來自美國的中國圖書館員也表達了保留意見。臺灣把握了時機，誓言要做得更好；它擁有所需的資源和計算產業，足以制定真正有利於所有中國用戶的標準。與會者同意推遲對日本提案的最終審議。臺灣爭取到了時間，但做出了承諾：必須在隔年三月之前提供漢字集讓人參研。

臺灣爭取到一段不長卻關鍵的緩衝時間。代表團回國之後動員政府資源，召集了一個由電腦科學家、圖書館員和語言學家組成的團隊來研究漢字集。此次計畫至關重要，足以確保臺灣這個島嶼的未來地位。團隊成員日以繼夜工作，三個月之後終於完成提案。一九八〇年三月，臺灣代表登上飛往華盛頓特區的航班，要與美國同儕舉行後續會議。根據報導，在上飛機之前，用來黏貼最終漢字集提案頁面的膠水仍然是濕的。這些頁面包含四千八百零八個漢字的初步樣本集，旨在為後續擴展內容提供藍圖。

華盛頓會議花了數小時討論臺灣的漢字集，爾後成立一個由國會圖書館館員以及研究圖書館組織和美國國家標準協會（American National Standards Institute）的編碼專家組成的特別委員會來驗證結果。臺灣長達數個月的努力沒有白費。委員會決定將在美國圖書館的東亞資料數位化時使用他們的漢字集。他們要求臺灣擴增這套漢字集，使其包含超過二萬二千個表意漢字，以滿足中文、日文和韓文的需求。

中華人民共和國在這個漢字集樣本獲得批准之後才得知研究圖書館組織接受臺灣的標準。臺灣團隊保密到家，打算為臺灣提供一個重要的國際平台，擔心萬一中華人民共和國得知臺灣的策略之後會提出抗議或出手干預。

中華人民共和國與日本合作，匆忙制定出第一版的國家標準。這套漢字集包含六千七百六十三個漢字，另外還有六百八十二個拉丁字母、希臘字母、西里爾字母和日文**假名**，總共有七千四百四十五個。中華人民共和國試圖去遊說，打算讓自己的漢字集（由簡體字和繁體字組成）取代臺灣的漢字集。（它並未提供簡化漢字的傳統形式。）中華人民共和國的工程師和電腦科學家認為，提供中國大陸數位化文件所需的簡體字便可比臺灣更占據優勢。

然而，臺灣方面早就預料對方會出此招。它的漢字集也包括簡體字，但明確將其標記為漢字「正確」形式的「變體」（variant）。在漢語詞彙學（lexicology）中，「變體」一詞早已存在，[6]乃是指語義甚至發音相同但形狀不同的漢字。在漢字之中，這種區別構成了優劣等級。傳統上，變體類別包括可能在某些時期誤寫的漢字，或者是通用漢字的特殊區域寫法。臺灣的漢字集也將日本**漢字**和韓國**漢字**視為變體，但它們顯然是外國改寫的漢字，因此會有這種區別。臺灣將簡體字歸為此類，從中發出一項明確的訊號：他們試圖將簡體字視為異常的正體字。

美國圖書館員最不想陷入區域各方的爭論，因為他們根本無法裁決這些爭端。他們希望將中文編碼視為技術問題來處理，以便將其融入美國圖書館目錄自動化的宏偉計畫。[7]

一九八〇年九月，研究圖書館組織發布了一項重要的公告。它將與國會圖書館攜手合作，對所有的中文、韓文和日文資料進行編目，並且將其輸入至所有圖書館網絡共享的線上資料庫。這項公告提升了臺灣標準的能見度，因為臺灣現在享有確定的覆蓋範圍和平台，而臺灣標準原本只是東亞地區數套標準的其中之一，根本不敢想像能夠擁有這般影響力。這項計畫得到了幾個主要基金會的支持。經過數度修改之後，臺灣的漢字集將成為美國東亞語言書目自動化的基礎，用來編碼一萬六千個漢字和變體。它也將成為推薦美國電腦供應商使用的工業標準，但它不能算是國家標準，因為臺灣不被承認為是一個國家。

在美國人的認可和背書下，臺灣的編碼漢字掌握了絕對的優勢。其他漢字標準在開發自身系統時必須考慮臺灣的編碼漢字。臺灣的漢字集根據研究圖書館組織的要求而擴展內容之後，成為該組織統一東亞漢字集的骨幹。根據這套漢字集的規則，任何特定的漢字，無論其在日本、韓國、臺灣或中國的版本是否略有不同，只會被編碼一次，從而盡量減少錯誤並節省編碼空間。這種增強和改進的漢字編碼隨後被美國國家標準協會採用，供全美境內使用。到了一九八〇年代末期，美國電腦供應商開始開發支援這套漢字集的軟體，使其有望主導美國圖書館館藏的自動化方式。

這項決定的影響將遠遠超出圖書館學的範疇。一九八八年夏天，喬．貝克和李．柯林斯在帕羅奧圖市中心的研究圖書館組織別館會見了該組織的關鍵人物，相互討論統一漢字的標準。蘋果公司隨後購買了研究圖書館組織的表意漢字資料庫去從事進一步的研究，而這個資料庫構成了萬國碼漢字集的初稿。萬國碼推出第一套標準時，包含了研究圖書館組織當時的一萬五千八百五十個漢字，而萬國碼的後續版本也沿用這些漢字。如今，亞洲的漢字爭端仍然根植於萬國碼的DNA之內，這種衝突在萬國碼設計之初便已激烈萬分，時至今日，仍未平息。

＊　＊　＊

美國推動圖書館自動化讓人首度嘗試去統一所有的漢字編碼，但開發單獨的國家表意字元集在東亞仍然更受人關注。沒人願意被迫使用另一個國家的標準來取代自己的標準，特別是不同的漢字國家其語言用法和需求並不相同。每個國家都更加強調自己的差異。日本在一九七八年推出自己的工業標準字元集以後，臺灣和中國大陸都加倍努力開發自身的字元集。

中國看到有鄰國的多個利益相關者崛起，尤其感到必須主張和保護其作為漢字原創和合法管理者的地位。東邊是日本，東北部是北韓，海峽對岸是臺灣，而香港、澳門也使用繁體字。中國認為自己擁有最多以漢語為母語的人民，因此沒有任何一個亞洲國家能比它牽涉更大的利益。中國人認為，如果他們沒有主導的話，任何統一漢字的對談都會失敗。然而，中國在這項領域上並不位於領先地位；它當時的計算技術仍處於早期階段，個人電腦在國內還不常見。中國需要與人合作。儘管兩岸政治氣氛微妙，大陸的電腦科學家和工程師仍去接觸臺灣同儕。他們向臺灣同行呼籲，指出倘若中國人不自行提出共同的解決方案，他們與其他國家溝通的希望就很渺茫。

臺灣科學家和工程師不需要被人進一步說服。他們也看到說漢語的人們面臨被東亞其他漢字使用者包抄的危險。中國和臺灣聯手，將會更加強大。兩岸雖政治分歧，文化卻同根同源，彼此的情誼比其他東亞鄰國更加密切。因此，臺灣的研究人員開始與中國同儕攜手合作。

與此同時，太平洋的另一邊正在導入解決方案。開發萬國碼的人員決定根據研究圖書館組織的早期研究基礎來統一表意漢字，如此難免讓美國電腦工業施展野心和占據主導地位，從而影響東亞局勢。萬國碼的漢字庫遠超出研究圖書館組織的書目集，全面涵蓋較新的國家和行業標準。一九八九年，就在天安門廣場爆發學生示威幾個月之後，柯林斯負責制定統一的方案，並且飛往北京與中國同儕會面。對中國而言，無論從政治和國際角度來看，這都是令人緊張的時刻。然而，美國和中國的電腦科學家和工程師在優先處理手頭任務並著眼於長遠目標方面達成了一致的意見。在萬國碼的大傘之下，不同版本的東亞漢字將根據日本和中國制定國家標準的經驗所得出的規則來統一。美國人和中國人正在共同處理一件前所未有的事情，實現由電子郵件、文本和檔案組成的共享正文處理世界，其中的每一種語言和文字皆有編碼表示。這將改變電子通訊的未來以及中文在其中的地位。

這也是一條讓中國向前邁進的道路。採用萬國碼，便可擺脫技術和經濟孤立。有了萬國碼，中國便能運用既有的國際基礎設施，而這個平台遠優於中國當時可以自行建構的任何平台。萬國碼符合中國的利益，但並未贏得東亞地區的一致支持。日本打從一開始便心存懷疑。畢竟，非營利的萬國碼聯盟（Unicode Consortium）背後牽扯美國電腦巨頭的工商利益。日本人抱怨，說美國企業根據自身利益來主導國際標準，這是不公平的。此外，日本的語言之事應該交給日本人處理。

別人也有同樣的感覺。南韓認為，統一編碼忽略了一項事實：其實漢字傳統在東亞已經演變成不同的文化體系。他們提出一個基本問題：ISO 10646定義的萬國碼官方字元集（也稱為通用編碼字元集〔Universal Coded Character Set〕）中最常見的漢字是什麼，以及對誰來說是「常見」的？萬國碼號稱可以代表所有的人類文字，但某些漢字在日本使用頻率較高，但在中國或韓國卻並非如此。此外，韓國使用漢字的歷史可以追溯至公元四世紀，早於中華人民共和國二十世紀的簡化運動。從韓國的角度來看，繁體字（而非簡體字）應該成為統一字元集的基礎。東亞各國一致認為，制定萬國碼時，需要從區域利害關係人汲取更多的意見。他們作為漢字使用者，應該有最大的發言權去決定漢字的未來。一九九〇年二月，有人提議成立一個由該東亞國家和組織成員組成的特別工作小組來研究這種編碼。三年之後，這個代表中國、韓國和日本母語人士的聯合研究小組成為表意文字報告起草小組（Ideographic Rapporteur Group，簡稱ＩＲＧ），而越南則於一九九四年加入。

ＩＲＧ由萬國碼聯盟和總部位於日內瓦的非營利國際標準組織（International Organization for

Standardization，從酒杯曲率到牙膏甜味之類的一切工業標準皆由該組織制定）聯合監管，在超過四分之一個世紀的時間裡每年召開兩次會議。漢字是唯一擁有國際工作小組的書寫系統。乍看之下，該小組所做的正是中國境內的漢語改革者自十九世紀末以來一直在做的事情：仔細檢查數千個漢字及其每一個關節和韌帶（組成部件），並且辯論它們的字源和形態。

然而，IRG想達成不同的目標。他們關心的不是對漢字進行語音化或索引，也不是將其分解成更簡單的部分，或者用字母去表示它們。IRG要確定每個漢字是否會在不斷擴展的萬國碼字元集中分配到編碼，或者提議的漢字與任何原始國家字元集中已編碼的漢字「能否統一」，而這個字元集被整理成萬國碼1.0.1（Unicode 1.0.1），並於一九九二年發布。

統一原則是IRG的工作基礎，但這個概念並非像表面看起來那麼簡單。茲舉一個漢字來解說，這個字歷經數個世紀，早已演變成不同的形式，但在日本和中國仍然表示相同的意思：「読」（yo）和「讀」（du）。這兩種形式會因為具有相同的起源而統一嗎？或者，它們看起來不同而無法統一？一項明確的規則就是，萬國碼最初為其一九九二年版本提供的所有主要和商業國家字元集將保持不變，亦即所謂的「字源分離」（source separation）規則。

儘管如此，萬國碼1.0並不完美，因為原來的國家標準字元集並非完全符合這項規則。重複的漢字（亦即在原始國家和地區字元集中應該統一但沒有統一的漢字）繼續出現，一直困擾著IRG。最重要的是，有更多的漢字（遠遠超出最初包含在不同國家字元集的漢字）不斷從古老的和更為專業的來源被挖掘出來。人們不斷從考古發掘、古代文獻、少數民族語言和地區方言發掘漢字。最稀有的漢字大體上是地名和人名。中國父母給孩子取名時會精挑細選漢字，愈獨特和吉祥的漢字愈受歡迎，譬如：「龑」（yan，表示祥龍飛天）[8]這個罕見的字包含「龙」和「天」，比簡單的「龙」這個更常見且已經編碼的漢字更討人喜歡。這些未編目漢字其詞源譜系和歷史通常尚未整理好來進行電腦編碼，而且預先審核它們也需要時間。

漢字必須在會議前先經過研究並提交給IRG成員審核。在開會時，漢字會投影到螢幕，讓成員仔細檢查其結構來講求精確，然後他們會花很長的時間討論和辯論，最後才會批准或否決讓這些漢字納入系統。目前等待審查的漢字積壓過多，以至於到了二〇一九年，表意文字報告起草小組終於在二十六年後更名為表意文字小組（Ideographic Research Group），因為當他們整理東亞表意文字時，體認到其工作早已超出與萬國碼聯盟和國際標準組織合作的起初目標。處理漢語表意文字已成為一項關鍵且持續的任務。光是中華人民共和國便陸續提出數千個漢字，因此處理中文或漢語表意文字不再是有明確結束日期的有限責任。

＊＊＊

在河內越南國家圖書館G樓的側翼，吊扇嗡嗡作響，將熱空氣從狹長房間的一端推向另一端。那是二〇一八年十月底的一個早晨，當我到達時，來自美國、南韓、日本、香港、臺灣、越南和中國的代表以及一些獨立與會者已經就座。他們穿著休閒風的格子衫和T恤，一邊閒聊，一邊在筆電上搜尋穩定的網路。在編碼世界中，IRG是一個小型聯合國，這是該小組的第五十一次國際會議。

越南東道主在房間四處擺放國家圖書館的官方宣傳手冊，介紹其館藏的五千多本漢喃（Sino-Nom，表示漢文）書籍。此舉是對漢字在當地千年以來影響力的禮讚。在越南，漢字不再像漢字，猶如我們午餐地點幾個街區外小咖啡館裡的法國長棍麵包不再像法國長棍麵包一樣。這種麵包一八八〇年代末期傳入河內，此後便被改變以迎合當地人的口味，變得更加蓬鬆，方便切成兩半，塞入更多的肉醬、烤豬肉、牛腿、雞肉、醃蘿蔔、黃瓜、香菜和辣椒片，然後塗上厚厚一層美乃滋。然而，與十個世紀以來越南人對漢字所做的改變相比，越南人改變這種法國標誌美食的方式根本不值一提。越南人除了像日本和韓國一樣大量輸入漢字，還利用漢字的構成原則（部分語義、部分語音）作為構建自身表意文字「喃字」（Chữ Nôm，又稱「字喃」）的基礎。「喃字」看似方形漢字的延伸應用，與漢字形體並未脫離太遠。

越南人對千年漢字遺產的態度起起伏伏。[9]中文曾經一度深受當地人尊敬。一八八〇年代，越南落入法國之手，據說當時可以聽到毛筆掉落於地的輕柔聲音。曾經宏偉的中華帝國培育了當地的高雅文化，但此時那種文化宣告終結。然而，到了一九四六年，胡志明（Ho Chi Minh）在反殖民鬥爭中看見中國的影響力，便以某種不那麼詩意的方式淺談漢字遺產：「中國人上次來時，停留了一千年……我寧願聞法國人的屎，也不願後半輩子吃中國人的屎。」[10] 對其他東亞國家而言，漢字政治仍然真實存在。

某些舊的競爭對手可能已經退卻，但其他依舊還在。IRG會議的與會人士代表全球漢字使用者和利害關係人。會議室少了一個代表團，亦即北韓。北韓代表參加過幾次會議，但十多年前便不再出現，缺席原因成謎。

一位興高采烈的日本代表從塑膠購物袋中拿出T恤分送給大家，提醒每個人未來需要發揮團隊精神。「他每年都會帶T恤，這些衣服都是黑色，尺寸也一樣。」坐在我旁邊的小林劍（Ken Lunde）小聲說道。他身材高大，來自瑞典，是Adobe的編碼員，寫過一本探討中文、日文和韓文（**Chinese, Japanese, and Korean**，簡稱CJK）資訊處理的權威書籍。即使對於襯衫尺寸，平等也十分重要。坐在我另一邊的是李．柯林斯，他已經六十歲出頭，為人精明但從容自在。

會議室中最大的代表團來自中國大陸，共有九名代表，分別代表政府、工業界和學術界。中國代表倒滿茶杯之後，逐一走回自己的椅子。他們禮貌而從容，一邊泡茶包，一邊輕聲交談幾句。臺灣代表只有兩人，坐在會議室的另一邊。自稱熊先生⑥（Mr. Bear）的那人最為資深。他身材矮胖，長相慈祥，早在一九六〇年代便協助開發臺灣現行電腦編碼標準大五碼的早期先驅標準。他筆記型電腦的封面貼著一張黃色警告貼紙，彰顯了他的資歷：「小心。有熊出沒。」

還有某些參與者是自費前來的獨立派。他們到此，不為別的，只是熱愛手頭的任務。在後續五天裡，他們將展示等待編碼的表意文字，然後討論和思考是否該納入它們。有兩位較年輕的新進成員，一名身穿白色襯衫，襯衫上有人類大腦圖，圖上以黑體字寫著「Artificial Intelligence」（人工智慧），另一位則戴著口袋保護套⑦，說話時聲音輕柔。他們站在零食桌旁，面對面私下談話，不時剝掉糖果的包裝紙，糖果就是他們的早餐。

與此同時，來自香港的五十八歲電腦科學家陸勤（Lu Qin）已經準備發言了。她意志堅強，為人熱情，站立時會微微彎腰。二十五年來，陸勤一直參加IRG會議，並在過去十五年擔任召集人。她為人爽朗，偶爾會突然展現幽默，讓母系形象增添一絲海盜氣息。陸勤快速敲了幾下麥克風。她的身後有一面金色窗簾的牆壁，上頭掛著一塊僵硬的中英文雙音標牌，正式歡迎大家參與IRG會議。陸勤概略講述了議程，隨即以官腔提醒眾人，敦促大家從國際機構的角度思考，要超越個人和國家利益。後續五天將盡可能展現效率且平和進展。案卷上有三千個漢字需要審查，負擔並不重。

⑥ 指前中研院計算中心高級分析師曾士熊，其英文名字為Tseng, Bear S。

⑦ 口袋保護套（pocket protector）是一種護套，可將書寫工具和其他小器具放在襯衫胸前的口袋，防止口袋被撕裂或弄髒。

會議進展有條不紊，頭兩日瞬間即逝。到了第三天，IRG深入審核工作。一個又一個漢字被投射到白色螢幕，讓人發表評論和投票。偶爾會有人起身，走近圖像仔細瞧瞧。柯林斯表情平靜，但一看到有什麼東西吸引他時，藍色的目光便會變得非常強烈，好比剛才投影到螢幕的表意漢字。穿著大腦圖案T恤的香港年輕人亨利（Henry）建議，這個字應該與另一個漢字分開編碼，套用他們的話，就是「disunified」（不統一）。有一個筆畫與另一筆畫線相交，而非橫插其上。有人議論紛紛，不表認可。代表們紛紛起身，仔細檢視。

眾人在白色螢幕前圍成了一個小圓圈，然後爆發了爭吵。柯林斯和我停止說話並轉過身來，會議室裡的其他人也一樣。爭執不下的是熊先生和亨利。他倆年齡相差四十歲，但對峙時彼此只有距離幾英寸。這兩人對這個漢字是否該統一意見相左。亨利希望將變體漢字放在編碼序列（coding sequence，基本上就是已編碼漢字的子集）的不同說明底下，以此加快確認漢字的過程。變體漢字不會獲得單獨的編碼，但會作為某個漢字集的版本被包含在內。這便類似於臉部表情符號有不同的膚色。問題在於，在滾動到其他變體之前，首先會看到哪種顏色（代表整個類別的顏色）。

對臺灣代表而言，亨利的提議聽起來很像要將臺灣的表意文字從「正確」的地位（亦即基本漢文）降級，此舉會讓臺灣數十載收集和保存傳統文字心血付之一炬。隨著新漢字不斷被人提出，臺灣小心翼翼地保護其已經編碼的繁體漢字，努力確保它們是獨立存在的合法漢字。有人擔憂喪失身分，故情緒激動。熊先生氣急敗壞，最後終於爆發：「你不是臺灣人，你根本不明白！」

會議室一片寂靜。柯林斯瞧著這場騷動，與小林劍和身旁一名ＩＳＯ代表快速耳語了幾句。他們互相點頭，然後坐回椅子上，交叉雙臂，面無表情，似乎打算坐壁上觀，等待爭執落幕。柯林斯幾個月之後在加州門洛帕克吃點心時向我解釋，就萬國碼而言，他們的工作已經完成了。所有東亞國家編碼的主要字元集（之前由各國自己設計並設定足以滿足其所需字元的數量）都包含在一九九二年原始版本的萬國碼，當時共計二萬零九百零二個漢字。那就是最初的使命，要解決系統交換的實際問題，而非挖掘昔日的書面紀錄。然而，自漢字統一以來，在添加的漢字中，大約有百分之九十都是變體，其中許多是冷僻字或古代使用的漢字。例如，日本在河內會議上提出過一套字元集，便是從深奧的忍者手冊收集而來。

柯林斯帶喬．貝克和我共進午餐。喬．貝克輕笑道：「我叫他們不要做某些事，他們卻忙著幹這些事。」他在一九八八年的原始萬國碼文件中，[11]建議萬國碼的最高優先事項是「確保未來的實用性，（而非）保護過去的文字」（ensuring utility for the future [rather than] preserving past antiquities）。然而，ＩＲＧ的東亞成員卻提出一套說詞來反駁：萬國碼已經在其編碼中包含了拉丁文，而那是一種古老的文字。因此，萬國碼打破自己的規則。此外，拉丁語已經消亡，但漢語仍在發展，成為世界上現存母語人數最多的最古老語言。礙於這些源自過去和持續存在的因素，陸勤曾在河內會議的某次休息時間對我說：「我們從來都不滿意我們的工作。」然後，她對此一

香港字形　　中國大陸字形　　臺灣字形

「骨」在香港、中國和臺灣的變體

笑置之。亨利和熊先生之間的小小爭執算不了什麼。「你不知道以前吵得有多凶呢！」她低聲說道。

我首度去她的香港的辦公室和她會面時，陸勤便暗示過會發生類似的事情。那是河內會議的前一週，我想知道為何區分漢字會如此困難並引起爭議。我知道她會解釋為何ＩＲＧ的任務至今仍然像成立之初那般重要。就漢字而言，最大的衝突點往往在於最小的細節。表意漢字能否獲得唯一的萬國碼編碼，取決於它是否被視為原始漢字或變體。陸勤給我看了一張紙。她給我畫了「骨」（gu）字的三個版本（或稱字形／字符〔glyph〕），分別代表這個字在香港、中國和臺灣出現的模樣：

乍看之下，這三個字形似乎雷同。然而，如果再仔細觀察一下，你會發現裡頭的小角方塊朝反方向封閉：香港和臺灣的版本朝右，中國大陸的版本朝左。隨著時間的遞嬗，漢字會出現類似的變化，但偶爾會出現變體，可能是中世紀抄寫員、學儒、木刻師傅所造成，或是有人隨意為之的結果。當銘文從某個媒介轉移到另一個媒介時，錯誤便發生了。印刷技術可能不夠精確，無法明確印出點和短線，因此隨著時間的推移，同一個漢字便會出現兩個版本；嶄新的木刻印版可以印出明確的尖角，逐漸磨損之後，最終會印出圓角，這是人可以發現和確定的錯誤。但機器如何能辨別出來。就「骨」字而言，中國大陸的版本只需要一個筆畫（符合其簡化政策），而臺灣和香港的版本則需要兩個筆畫。為了統一漢字，必須決定是否將「骨」的三種字形編碼為一個，從而表明它們都是同一抽象漢字的變體。這點很重要。出於ＩＲＧ的目的，區分變體和母體（base），取決於哪個版本已經編碼，因為它的工作是確保本質相同的漢字沒有被重複編碼。ＩＲＧ主要由電腦工程師和科學家組成，但他們卻發現自己必須承擔漢學家或語言學家的工作，非得去證明提議的漢字是否能與現存的漢字統一。這便會引起衝突，因為沒人希望自己的漢字被納入別人的漢字底下，筆畫的差異可能會讓自己的漢字慘遭抹殺。就「骨」字而言，由於變體外觀差異甚小，並且不會改變其含義，因此根據ＩＲＧ精確統一的其中一項規則，這些表意文字的編碼是相同的。然而，如果兩個漢字類似，但語義卻不同，它們就會得到單獨的編碼。

某個漢字是否應該與另一個漢字統一，這可能很難做出決定，但必須有人去做。迄今為止，漢字尚未被完全系統化。如果未來誕生一種比機器可讀編碼更精確的寫字技術，如今人類使用者所做的判斷很可能日後會被視為不一致，如此便將需要做更多的糾正。然而，每當ＩＲＧ代表們陷入僵局和激烈爭論時，陸勤便會敦促大家，指出無論如何，「我們都必須繼續前進。」他們確實這麼做了。

可以將ＩＲＧ的工作量視為某種笨拙語言的阻斷服務攻擊[8]，亦即漢字對西方技術進行報復。然而，對中國人而言，這是重要且必要的工作，他們並非故意要壓垮萬國碼平台。他們之所以如此賣力，乃是認為數位素養（digital literacy）未來可能成為唯一的素養形式：中國人要在技術驅動的世界中占有一席之地，以便讓本身的文化繼續為人所知、傳播和慶祝。ＩＲＧ的工作量持續增加，因為萬國碼被視為通往語言能力[9]通用平台的途徑。在不同的利害關係者之中，中國最擔心漢語無法在全球廣泛傳播以及被人理解和接受。以友善使用者的正確方式向世界展示漢字，對於中文在全球資訊基礎設施中的處境至關重要。

誰控制了訊息，誰便掌控了世界。在數位時代，這是日漸明確的教訓。對於東亞而言，誰能率先以最全面的數位化方式表示漢字至關重要。一旦某種表示法（representation）嵌入技術基礎設施（如同摩斯密碼、ＱＷＥＲＴＹ鍵盤、羅馬化方案、四角號碼檢字法、美國資訊交換標準碼、臺灣的ＲＬＧ字元集，以及其他使中文現代化的方案所做的），它便會被人在技術基礎設施中重複使用而得到強化，直到它深深嵌入該技術。漢字使用者有此認知，才會彼此競爭。二〇〇九年，臺灣將繁體漢字提交給聯合國教科文組織（ＵＮＥＳＣＯ）審議，使該組織將其定為世界非物質文化遺產，藉此獲得承認和保護。然而，對中國來說，漢字既非消亡的傳統，也不是已經枯竭的遺產。它仍然存在和不斷變化，並且具備更大的潛力，可以更廣泛影響全球漢字非母語的人士。萬國碼是實現此一願景的正式途徑。這如同在通用平台上拿著一個可永久使用的擴音器。

在歷經一個多世紀的失敗、吸取的教訓和來之不易的現代化之後，目前仍然有數不清的漢字正等著進入數位世界，而這反映出漢字（和中國）到達了何處。中文終於可以一展威力，讓中國從此累積數位力量。中國正在給自己定位，打算制定下一個標準，藉此躍升為強權，但要達成這項目標，路途仍然十分遙遠。

＊　＊　＊

每一項曾經對抗或挑戰漢字的技術都得在它面前低頭。表意漢字已將西方技術（從電報到萬國碼）的每一項普遍主義主張（universalist claim）推向了邊緣。漢字為了適應西方字母技術而多次竭力讓步，但從未被徹底改變。漢字倖存之後，因為這些考驗而更加強韌。人們對漢語重拾民族自豪，以及找回對文化的興趣。電視節目、全國青少年比賽、詩詞朗誦和書法展演，再次成為向青少年灌輸對文化遺產的自豪和自信的課外平台。

---

⑧ 阻斷服務攻擊（denial-of-service attack）是一種網路攻擊手法，目的在於耗盡日標電腦的網路或系統資源，使其無法進行正常的運作。

⑨ 語言能力（language power，簡稱ＬＰ）是衡量一個人使用特定語言（尤其是非說話者母語的語言）去有效交流的能力。

過去數十載，漢字是全球華人當代藝術中頻繁出現的主題，如今則成為設計產業的新利基（niche），同時也在網路上蓬勃發展。有數十萬個漢字仍在被人重新發現且可能在ＩＲＧ被編碼和傳播。此外，中國網民也在數位領域自行賦予漢字獨特的表達方式，但此舉偶爾令當局感到沮喪。昔日羅馬化漢字時，同音異義詞讓人傷透腦筋，如今這類詞語卻能規避網路審查和禁忌話題而捲土重來。就連曾經是中國電報恥辱的阿拉伯數字，也因為與某些中文短語的發音雷同而被當作俚語，譬如：520代表「我愛你」；540代表「我誓言」；886代表「掰掰囉」；1314代表「一生一世」；7456代表「氣死我了」；擬聲詞555（嗚嗚嗚）則用來模仿哭泣聲。

外人若是不懂中文，根本無法了解這些語言遊戲如何反映中國日常的政治和文化。更多的漢字仍然不斷湧現。新聞出版總署（現為國家新聞出版署）是中國審查印刷出版品的機構，它於二〇〇六年啟動了最大的單一文字數位化計畫：要從古老的文獻提取和收集五十萬個新漢字。在這些漢字之中，估計有五分之一將來自少數民族的文字，其餘漢字則是出自現代以前的來源。古老、古典和晦澀的漢字首度將如同近代的現代劇目中的漢字，只須在手機或筆記型電腦上按幾下按鍵便可使用它們。就可用性而言，無須區分常見和不常見漢字。預計的漢字規模非常龐大。由於數量龐大，ＩＲＧ還得再多花數十年方能將積壓的工作處理完畢，這點毫無疑問。根據一項計算，僅評估中國提出的漢字就需要多花兩個世紀。截至二〇二〇年為止，萬國碼（目前的版本為13.0）容納的漢字數量為九萬二千八百五十六個。正在提議的漢字若全部獲得批准，這個數字將大為增加。

當這些漢字仍然準備接受審查，但正如二〇一八年河內IRG會議的審查所顯示，資訊時代為中國人提供了新的平台和擴音器，而且這項倡議並不局限於像IRG這種菁英技術領域。一旦論及漢語未來的全球地位時，每位母語人士都是利害關係人。一名中國公民在二〇一七年寫信給中國的現任主席去提出請求⑩：

敬愛的習近平主席，

我是一個古籍愛好者，我有一個夢：就是希望能夠實現中華古籍的數字化……中國文明具有五千年的歷史，在中華文明發展的過程中，產生了大量的古籍，約有二十萬種……中國經過三十多年的改革開放，取得了令世界矚目的成就。經濟體量居世界第二，外匯儲備穩居世界第一，累積了大量的財富和眾多的人才……這為古籍的數字化創造了極為有利的條件……是一件艱鉅、繁重和長期的任務。歷史證明要編寫大型類書，沒有高層的支持是辦不到的。這就是我不顧及你的繁忙，要直接給你寫信的原因。[12]

⑩　此信為重慶的彭洪清所寫。

這位熱愛中文的熱心公民是個熟悉的人物。一百一十七年前，他是王照，冒著生命危險，將新的漢字拼音方案帶回清朝。幾年之後，他是意志堅定的年輕工程師周厚坤，跨越太平洋和美國大陸，前往麻省理工學院學習並發明中文打字機。同時，他也可能是杜定友、林語堂或王雲五，追求自己的志向，傾注創造力，為漢字迎來秩序，將圖書館變成創造新知識體系的實驗室。這些人沒有忘記自己是悠久的本土書面傳統的一部分，甚至連王景春試圖用外國術語替中國電報爭取權力時也未曾忘記這點。

漢字革命一直是真正的人民革命——所謂「人民」，並非共產主義意識形態所定義，而是推動漢字革命的諸多創新者和販夫走卒。無論面臨多少困難，甭管歷經多少政治、戰爭和國際衝突的危險，中國國內外的每一位奉獻者，譬如雷射照排發明者王選以及遭人遺忘的美籍華裔科學家李凡，無不努力推動漢字革命。

這場革命是由人民和國家在不同時期進行的。六十五年來，中國一直首要關注科學和技術，而在多數時期，電腦化和中文資訊處理皆是重中之重。在政治和社會動盪時期，似乎一切皆已喪失之際，人民再次將漢字的未來肩負在身上。即使像支秉彝這種被冤枉的人，也能在最黑暗的歲月為推動漢字發展而貢獻一己心力。漢字的技術化為中國帶來了希望，使其得以擺脫工業落後的狀態。它為中國共產黨如何發展其社會主義制度兼企業家創新模式開創了先例，為改變現代資本主義的獨特模式鋪平了道路。資訊處理是一種工具，能夠打開大門，通往技術驅動的尖端未來，而中國歷經數十載的語言改革和國家規畫，終於打開了這扇大門。

隨著中文成為二十一世紀地緣政治最重要的語言之一，中國政府不遺餘力，鼓勵各地的人們學習中文。中國在世界各地設立孔子學院，但此舉並非毫無爭議。在西歐和北美之外，中國試圖透過文化外交去贏得更願意接受外國文化的受眾，同時推廣足以替代西方民主來促成進步的成功模式。儘管中國的全球影響力不斷引起各界不同的反應，但學習普通話的熱潮依然不退。漢語學習風潮已經席捲美國，從K-12[⑪]教室到大學研討會皆是如此。漢語已成為美國大學最多人學習的外語之一，它僅次於西班牙語，並且經常與法語一爭高下。從肯亞首都奈洛比到阿根廷的拉普拉塔，從杜拜到金邊，從哈瓦那到維也納，中文教科書隨處可見，早已遍布其他各大洲。人們正齊心協力，讓世界輿論朝著有利於中國的方向發展，使其在經濟和政治擴張之際同時宣傳其文化力量。

然而，漢字革命最重要的成果並不在於這些明顯的現象。漢字已經超越文化和傳統，歷經磨練後躍升為一種科技而跨出第一步，以此奠定基礎，替中國數位民族主義建構整體生態。中國的目標是重塑從供應鏈到5G的全球標準。它從西方電報侵入中國領土的過程中體認到基礎建設

⑪ 英文為from kindergarten to 12th grade，指從幼兒園（Kindergarten，通常為五到六歲）到十二年級（grade 12，通常是十七到十八歲）。

至關重要。[13]中國不再鋪設橡膠包裹的電纜，[14]而是製造光纖纜線並投資太空衛星，從陸地、水底和太空打造一個具有全球經濟影響力的網絡。一個多世紀以來，中國致力於學習如何將其語言標準化並轉化為現代科技，進而從一開始（而非末尾）便能制定各種標準，譬如人工智慧、量子自然語言處理（quantum natural language processing）、自動化和機器翻譯。

漢字相對於西方字母的地位已經完全轉變。中國目前有超過九億的網路用戶。他們每天都在中文網站上搜尋、使用中文輸入法、在社群媒體上發貼文、在中文網站上買賣，這些人正在讓中國網路變得更聰明、更迅速且數據更加豐富。隨著中國互聯網的發展，外來者若無法使用這個網路，其潛在損失也會日漸增加。中國擁有的數據量和用戶數量是美國的三倍。中國的網路生態圈擁有全球最大的資料民兵，每個使用者都是志工和參與者。在漢字的支持下，一座新的數位長城正拔地而起，取代泥土和磚塊砌成的古舊長城。這道長城不同於以往，乃是雙向的，可以向外界開放或關閉其互聯網，也可以控制資訊流留住內部用戶。在當前的科技時代，權力（power）意味著擷取（access），若能夠引導和管理資訊，便能改變現實和重塑信念；不必動用任何士兵便可控制人們的思想。

中國準備在新世紀再次建立自己的漢字勢力範圍。即使與字母世界脫鉤，中國也能靠國內市場維持自身網路。這次，漢字的勢力範圍也將不僅是區域鄰國共享的書面表意符號系統。中國的數位影響範圍並不限於中華人民共和國或世界各地的華語社群；只要別人使用中國的數位技術和基礎設施，它就可以歡迎這些人入列，從而擴大其足跡。對於二十一世紀的全球強國來說，赤手空拳的老派統治手法已經不再是關鍵，而且也難以施展。

意第緒語[12]語言學家馬克斯・魏因賴希（Max Weinreich）說過一句格言：「語言就是陸軍和海軍把守的方言。」（A language is dialect with an army and navy.）這個邏輯便是，任何語言能否成為優勢語言，與其語言屬性關係不大，反而與宣揚它的政治力量有關。漢字革命支持這項說法，並展現其當代意義。中國將在未來的二十年大力推行漢字，打算在二〇三五年於人工智慧領域占據領先地位。深度神經網絡正利用中國不斷增長的資料量來進行訓練。中國科技巨頭百度已經在機器翻譯和自然語言處理領域獨占鰲頭，而騰訊則透過微信及其電玩平台收集了大量的數據。從醫療保健到智慧城市，從教育到社會控制，中國政府現任領導階層的首要任務是實施（即使無法盡善盡美）其全球治理（global governance）願景。中國如今抱持兩個世紀以來從未有過的信心，不再試圖追趕別人，只想追尋自己放眼的未來。

中國逐漸意識到，現在必須走自己的路。兩個多世紀以來，中國一直在依循西方的道路，但它認為這條路已經走到盡頭了。中國透過漢字的科技革命，找回了文化自信。然而，它仍然抱持很強烈的弱者心態。中國曾經幾乎喪失自己的書面語言，但一次又一次被自己的語言愛好者和人

---

⑫ 意第緒語（Yiddish）是猶太人使用的語言，混合了德語和希伯來語。

民所拯救。在中國和漢語之外的世界，目前沒有人相信這點。中國在過去四十年進展神速且展現堅決的意志，但這個新興大國必須與其試圖重塑的世界重新談判，如此方能建構一套不同於它習得的世界秩序外的另一種世界秩序。中國政府已經體認到在世界上替自己塑造形象的重要性。習近平在二〇一七年十月於中共十九大上提醒中國人民，要講好中國故事，就是建立國家文化軟實力。中國飽受外來者入侵，上千年來不斷適應新文化以及求生存，如今重拾根深柢固的信念，終於踏上漢化／中國化（sinicization）的正確道路。中國正在推動迄今為止最雄心勃勃的科技計畫，中國故事無疑是要講述一則輝煌的壯舉。然而，書寫這則故事的，並非只有中國。中國人當然會支持中文，但要別國也擁護漢字，談何容易，而中國的成敗將取決於其他人的意見。時代的巨輪轆轆往前，歷史將會超越中國故事。

致謝

我能夠完成這本探討中國資訊科技和語言革命的書籍，必須向全球的圖書館員公開致謝。多年以來，孟振華（Michael Meng）在耶魯大學圖書館協助我的研究工作，幫了我很大的忙。我鑽研文學和研究人文主義，倘若沒有安德魯．W．梅隆基金會（Andrew W. Mellon Foundation）提供的新方向研究獎勵基金（New Directions Fellowship），不可能撰寫這本有關科學與技術的書籍。我要感謝普林斯頓高等研究院（Institute for Advanced Study at Princeton）在二〇一四年提供我獎勵金，使我將初步的想法落筆成文。此外，我要感謝約翰．西蒙．古根漢基金會（John Simon Guggenheim Foundation）在本書撰寫後期進一步支持我。埃利亞斯．奧爾特曼（Elias Altman）這位經紀人孜孜不倦，不時與我溝通，而他也是這個寫書計畫的初期戰友。我非常幸運，能夠找到Riverhead的出色編輯考特妮．楊（Courtney Young），她耐心十足，眼光敏銳，編輯一絲不苟，讓本書得以付梓。她和Riverhead充滿活力的團隊不畏風險，承接了這項計畫，我很感謝他們如此信任我。我要感謝耶魯大學的同事和院長們，謝謝他們支持我和不斷鞭策我。我特別感謝弗朗西斯・羅森布魯斯（Frances Rosenbluth）和伊恩・夏皮羅（Ian Shapiro）、巴里・內勒布夫（Barry Nalebuff）和海倫・考德（Helen Kauder）、金安平（Ann-ping Chin）和喬納森・斯彭斯（Jonathan Spence），這些人幽默風趣，不時提供幫助和建議。我還要感謝從牛津到新加坡的同事，謝謝他們盛情邀請我針對這個主題發表演講，並且給予我寶貴的意見。我要特別謝謝王德威（David Wang）、班傑明・埃爾曼（Benjamin Elman）、劉宏（Liu Hong）、陳金樑（Alan K. L. Chan）、陸鏡光（K. K. Luke）、約阿希姆・庫茨（Joachim Kurtz）、伊沃・阿梅隆（Iwo Amelung）、尤金妮亞・里恩（Eugenia Lean）、狄宇宙（Nicola Di Cosmo）和瑪格麗特・希倫布蘭德（Margaret Hillenbrand）。我早期在山景城討論這項計畫的谷歌技術講座（Google Tech Talk）對這本書起到關鍵的引導作用；此外，我很榮幸受邀前往南洋理工大學（Nanyang Technological University），於陳六使教授基金專題（Tan Lark Sye Professorship）發表演講，這也讓我有所啟發。另有太多人無法在此逐一列舉（請參閱注釋），這再再表明我對許多社群心存感激，更有幸能與各界人士對談，從中汲取寶貴經驗，而一般人也一樣，必須向四方取經，方能獲得構想。我個人受惠於某些友人的協助，這些朋友散居各地，分別住在洛杉磯、劍橋、香港、山景城、伊薩卡和芝加哥：石明遠（Ming Tsu）和洛倫茲・伽馬（Lorenz Gamma）、霍欣欣（Alina Huo）和弗洛里安・諾斯（Florian Knothe）、托爾・奧爾森（Thor Olsson）和莊偉國（Wai-

Kwok Chong）、丹・拉塞爾（Dan Russell）、保羅・金斯帕格（Paul Ginsparg）、安迪・斯特羅明格（Andy Strominger）和尼爾・布倫納（Neil Brenner）；我要感謝的紐約友人包括：科林・莫蘭（Colin Moran）、艾米麗・泰佩（Emily Tepe）、本・德・梅尼爾（Ben de Menil）、尼桑・喬列夫（Nitsan Chorev）、安德烈亞斯・威默（Andreas Wimmer）、馬歇爾・邁耶（Marshall Meyer）和詹姆斯・萊特納（James Leitner）。艾爾莎・沃爾什（Elsa Walsh）給我提出一個至關重要的建議，讓我最終得以完成手稿。在過去的三十年裡，大衛・科恩（David Cohen）不斷給我明智的建議，讓我備感榮幸，在此一併致謝。和以前一樣，如果沒有卡桑德拉（Cassandra）和她四時蒼翠的山藥花園（Yam Garden），我是不可能寫完本書的。

注解

除了中文資料來源比較重要之處，以下參考文獻摘要主要提供英文資料來源供讀者參考。章節注釋會指出具體的原始來源。

序言

漢字研究具有悠久的傳統。不同於語文學和語源學，漢字研究涉及文字的形、音、義，並且關乎篆刻和撰寫於不同表面（從獸骨到銅器，從竹片到紙張）的漢字風格。除了公元前三世紀的詞彙表或單字列表（亦即儒家十三經之中的《爾雅》），成書於漢代的許慎《說文解字》被視為最古老的漢字研究典籍。《說文解字》列出六書理論，對漢字進行分類，解釋古代漢字的字形、字音和字義（這三者密不可分）為何以及何時發生變化。本章概述的六項特徵與上述傳統無關，而是著眼於為了讓母語為非漢語的現代讀者理解二十世紀漢語書寫系統的巨大轉變，他們到底需要了解哪些內容。對前現代傳統感興趣的人不妨參照下面的實用參考資料：David N. Keightley, *Sources of Shang History: The Oracle-Bone Inscriptions of Bronze Age China* (Berkeley: University of California Press, 1978); Mark E. Lewis, *Writing and Authority in Early China* (Albany: State University of New York, 1999); Qiu Xigui, *Chinese Writing* (Berkeley, CA: Society for the Study of Early China, Institute of East Asian Studies, 2000)。梅維恆（Victor Mair）創建和維護的Pinyin.info是很寶貴的網站，收錄過去和現在辯論漢語的文獻。另有中華人民共和國的漢字官網，由教育部監管，網址是：http://www.china-language.edu.cn。

1. 毛澤東曾替中國官媒《人民日報》提寫報頭："Gangda xuezhe faxian Xi Jinping qianming de 'xi' zi jinggen Maoti 'xi' zi yige muyang," Radio France Internationale (July 1, 2019), https://www.rfi.fr/tw/; Yan Yuehping, *Calligraphy and Power in Contemporary Chinese Society* (London: Routledge, 2012), pp. 15–32, esp. 15–18; Richard Curt Krauss, Brushes with Power: *Modern Politics and the Chinese Art of Calligraphy* (Berkeley: University of California Press, 1991), pp. 65–70, 123–138; Simon Leys, "One More Art," *The New York Review* (April 18, 1996): https://www.nybooks.com/articles/1996/04/18/one-more-art/。
2. 無論君王、神職人員、冒險家：Athanasius Kircher, *China monumentis, qvà sacris quà profanis: Nec non variis naturæ & artis spectaculis, aliarumque rerum memorabilium argumentis illustrata, auspiciis Leopoldi Primi roman* (Amsterdam: Joannem Janssonium à Waesberge & Elizeum Weyerstraet, 1667); Christian Mentzel and Clavis Sinica, *Ad Chinesium scripturam et pronunciationem mandarinicam, centum & viginti quatuor Tabuli accuraté Scriptis praesentata* (Berlin: n.p., 1698); Joshua Marshman, *Clavis sinica: Containing a dissertation, I, on the Chinese characters, II, on the colloquial medium of the Chinese, and III, elements of Chinese grammar* (Serampore: Mission Press, 1813); Knud Lundbaek, *The Traditional History of the Chinese Script: From Seventeenth Century Jesuit Manuscript* (Aarhus: Aarhus University Press, 1988)。
3. 十六世紀的耶穌會傳教士：D. E. Mungello, *Curious Land: Jesuit Accommodation and the Origins of Sinology* (Stuttgart Franz Steiner, 1985); David Porter, *Ideographia: The Chinese Cipher in Early Modern Europe* (Stanford, CA: Stanford University Press, 2001); Cécile Leung, *Etienne Fourmont, 1683-1745: Oriental and Chinese Languages in Eighteenth-Century France* (Leuven: Leuven University Press, Ferdinand Verbiest Foundation, 2002)。

4. 著名的中國科學史專家李約瑟：Manuel Castells, *The Rise of the Network Society* (Malden, MA: Blackwell Publishers, 1996), pp. 355-56; Eric Havelock, *The Literate Revolution in Greece and Its Cultural Consequences* (Princeton, NJ: Princeton University Press, 1982), 6-7; Joseph Needham, *Science and Civilization in China*, vol. 2, *History of Scientific Thought* (Cambridge: Cambridge University Press, 1956), p. 77。

第一章：華語的變革（一九〇〇年）

本章材料的來源分為四類。第一類是西方傳教語言學，其中包括十六世紀最早的中歐字典編纂和耶穌會翻譯活動，另有十九世紀新教和其他傳教士的第二批範圍更廣的活動足跡，此二者相隔甚久。資料來源分散在世界各地的圖書館，包括原始詞典和語法研究。耶穌會最完整的收藏資料位於梵蒂岡圖書館（特別是波吉亞〔Borgia〕中文館藏）和羅馬幾處較小的圖書館，包括安吉利卡圖書館（Biblioteca Angelica）和耶穌會歷史檔案館（Archivum Romanum Societatis Iesu）。費德里柯・馬西尼（Federico Masini）的研究是傳教語言學和翻譯的有用指南和研究，鐘鳴旦（Nicolas Standaert）編輯的兩卷*Handbook of Christianity in China* (Leiden, Boston: Brill, 2001–2010)也甚為實用，不限於語言學而探究歷史背景。亨寧・克洛特（Henning Klöter）的*The Language of the Sangleys: A Chinese Vernacular in Missionary Sources of the Seventeenth Century* (Leiden, Boston: Brill, 2011)詳述了西班牙道明會傳教士對閩語的翻譯。

第二類是中國悠久的技術性語言和音韻變遷史，包括七世紀梵語佛經的翻譯如何引入切音，以及滿清時期的發音轉變，為注記和分析華語的聲音提供了不同的前提。中世紀的漢語音韻學是相當技術性的。一些標準著作和數十篇英文文獻加以概述，也深入探討了韻圖、押韻詞典和音韻重建（包括建立在早期傳教語言學基礎上的內容）。請參閱：Bernhard Karlgren's classic *Sound & Symbol in Chinese* (London: Oxford University Press, 1929); David Prager Branner, ed., *The Chinese Rime Tables: Linguistic*

Philosophy and Historical-Comparative Phonology (Amsterdam, Philadelphia: John Benjamins, 2006); W. Coblin South and Joseph A. Levi, eds., *Francisco Varo's Grammar of the Mandarin Language, 1703: An English Translation of "Arte de la lengua Mandarina"* (Amsterdam, Philadelphia: John Benjamins, 2000); Jerry Norman, *Chinese* (Cambridge, New York: Cambridge University Press, 1988); William G. Boltz, *The Origin and Early Development of the Chinese Writing System* (New Haven, CT: American Oriental Society, 2003)。若想知道更廣泛的知識背景，請參閱：Benjamin A. Elman, *From Philosophy to Philology: Intellectual and Social Aspects of Change in Late Imperial China* (Leiden, Boston: Brill, 1984)。

第三類是記錄十九世紀末漢字改革的著作，這些通常與十九世紀傳教編纂字典的活動有直接關聯。許多漢字改革者最初被招募為年輕的本土助理，負責字典編纂或翻譯計畫，但他們對於結果不甚滿意，因此開始提出自己的拼音方案。中國境內的拼音運動已由倪海曙（Ni Haishu）記錄，其著作十分權威。此外，許多原始拼音方案在一九五六年至一九五八年之間在中華人民共和國文字改革委員會的支持下重印，成為該委員會設計現代拼音的部分工作（請參閱第五章）。十九世紀末出現了一系列的拼音運動方案，包括：王照的《官話合聲字母》（北京：文字改革，一九五六年）以及《對兵說話》（北京：拼音官話書報社，一九〇四年）；蔡錫勇的《傳音快字》（北京：文字改革，一九五六年）；沈學的《盛世元音》（北京：文字改革，一九五六年）；勞乃宣的《簡字譜錄：五種》（金陵：勞氏自行出版，一九〇六年到一九七〇年）；力捷三的《閩腔快字》（北京：文字改革，一九五六年）；王炳耀的《拼音字譜》（北京：文字改革，一九五六年）。

有關現有方案的列表，請參閱：倪海曙，《清末漢語拼音運動編年史》（上海：上海人民，一九五九年），第9–12頁。另請參閱倪海曙的其他著作：《中國拼音文字運動史簡編》（上海：時代書報，一九四八年）以及《中國字拉丁化運動年表：1605–1940》（上海：中國字拉丁化書店，一九四一年）。十九世紀末的報紙也報導過當時的各種拼音方案：（中文）

《萬國公報》、《大公報》、《申報》；（英文）*The Chinese Recorder*, *North China Herald*。有關王照的生平及著作，請參閱章節注釋。黎錦熙（Li Jinxi）特別在下面的文獻中透露王照不同尋常的生活細節：〈王照傳〉，《國語週刊》第129期（一九三四年）：第51–52頁。

隨著清朝於一九一一年滅亡，上述三個歷史發展於二十世紀初達到了頂峰，並且對中文或華語（以及後來的普通話）現代發音的第一個國家語音系統記錄方式產生了決定性的影響，而此舉伴隨著現代中華民國的成立。王照的傳記以及他的流放、回歸、監禁和釋放的敘述是根據他的回憶錄和詩歌來重建的，並且通過當時的報紙加以證實。黎錦熙的回憶錄至今仍是對二十世紀初的幾十年全國語言改革運動最全面的記述。自二〇一〇年以來，中國語言史學術界出現復興運動，將領域擴展到語言、語文學以及區域和全球華人僑民等問題。請參閱：Jing Tsu, *Sound and Script in Chinese Diaspora* (Cambridge, MA: Harvard University Press, 2010); David Moser, *A Billion Voices: China's Search for a Common Language* (Scorsby, Victoria: Penguin, 2016); Peter Kornicki, *Languages, Texts, and Chinese Scripts in East Asia* (Oxford: Oxford University Press, 2018); Zev Handel, *Sinography: The Borrowing and Adaptation of the Chinese Script* (Leiden, Boston: Brill, 2019); Gina Tam, *Dialect and Nationalism in China, 1860–1960* (Cambridge: Cambridge University Press, 2020); Li Yu, *The Chinese Writing System in Asia: An Interdisciplinary Perspective* (Abingdon, New York, NY: Routledge, 2020); Marten Saarela, *The Early Modern Travels of Manchu: A Script and Its Study in East Asia and Europe* (Philadelphia: University of Pennsylvania Press, 2020)。〈遠東時局〉插圖摘自下面的文獻，該文獻並詳細加以討論：Rudolf G. Wagner, "China 'Asleep' and 'Awakening': A Study in Conceptualizing Asymmetry and Coping with It," *Transcultural Studies* 1 (2011): 4–139。

1. **佯稱西洋傳教士**：引述自Paul A. Cohen, *China and Christianity: The Missionary Movement and the Growth of Chinese Anti-Foreignism, 1860-1870* (Cambridge, MA: Harvard University Press, 1963), pp. 144, 291。

2.「從這門書面語言的性質觀之」：引述自 Joseph Needham and Christoph Harbsmeier, *Science and Civilization in China,* vol. 7, part 1 (Cambridge: Cambridge University Press, 1998), p. 25。
3.「中國人的牙齒排列方式」：Thomas Percy, ed., *Miscellaneous Pieces Relating to the Chinese* (London: Printed for R. and J. Dodsley in Pall-Mall, 1762), pp. 20-21。
4.「漢字之奇狀詭態」：Wu Zhihui, "Bianzao Zhongguo xinyu fanli," *Xin Shiji* 40 (March 1908): 2-3。
5. 王照生於一八五九年：王照的家庭背景及傳記：Wang Zhao, *Xiaohang wencun,* 4 vols., in *Qingmo mingjia zizhu congshu chubian: Shuidong quanji* (Taipei: Yiwen, 1964); Wu Rulun, "Gaoshou wuxian jiangjun zongbingxian jingcheng zuoying youji Wang gong mubei," in *Tongcheng Wu xiansheng wenshiji*, in *Jindai Zhongguo shiliao congkan,* vol. 365, part 2 (Taipei: Wenhai, 1969), pp. 667-72; Li Jinxi, "Wang Zhao zhuan," *Guoyu zhoubao* 5 (1933): 1-2; Li Jinxi, "Guanyu 'Wang Zhao zhuan,'" *Guoyu zhoukan* 6 (1934): 18; Duan Heshou, Lun Ming, and Li Jinxi, "Guanyu 'Wang Zhao zhuan' de tongxin," *Guoyu zhoukan* 6 (1934): 6; Chen Guangyao, "Lao xindang Wang Xiaohang xiansheng," *Guowen zhoubao* 10 (1933): 1-6; Yi Shi, "Tan Wang Xiaohang," *Guowen zhoubao* 10 (1933): 1-4。
6.「傷心禹域舊山河」：Wang Zhao, "Xingjiao Shandong ji," in *Xiaohang wencun* (Taipei: Yiwen, 1964), p. 53。
7. 王照穿越崎嶇的村野：王照的行旅、在一八九八年改革中扮演的角色，以及他與李提摩太的會面：Wang, "Xingjiao Shandong ji," pp. 47-76; Wang Zhao, "Guanyu Wuxu zhengbian zhi xin shiliao," in Zhongguo shixuehui, ed., *Wuxu bianfa*, vol. 4 (Shanghai: Shenzhou Guoguang, 1953), p. 333; Timothy Richard, *Forty-Five Years in China* (London: T. Fisher Unwin Ltd., 1916), p. 268。
8. 他認同一八九八年的維新改革：Timothy Richard, "phonetic and Phonetic Systems of Writing Chinese," *The Chinese Recorder* 39, no. November

1898): 545。

9. **王為了表達自身感受**：Wang Zhao, "wuxu zhengbian zhi xin shiliao," *Dagongbao* (Tianjin) (July 24, 1936)。

10. **「我目睹了恐怖景象」**：新教傳教士羅伯特．莫里森（Robert Morrison）在一九〇〇年十月十五日投書《泰晤士報》（*The Times*）的一封信。引述自 Marshall Broomhall, *Martyred Missionaries of the China Inland Mission: With a Record of the Perils & Sufferings of Some Who Escaped* (London: Morgan & Scott, 1901), p. 260。

11. **王照後來回憶**：Ni Haishu, *Zhongguo pinyin wenzi yundongshi* (Zhengzhou: Henan renmin, 2016), pp. 44-46。

12. **「我們中國的缺點」**：Ni Haishu, "Wang Zhao he tade 'Guanhua zimu,'" *Yuwen zhishi* 53 (1956): 18; 54 (1956): 25; 55 (1956): 17。

13. **另有他人針對此問題**：共有二十六套提案倖存，並且在一九五〇年代中期以後由文字改革委員會重新發布。請參閱：Ni Haishu, *Qingmo Hanyu pinyin yundong biannianshi* (Shanghai: Shanghai renmin, 1959), pp. 9-12。

14. **「中國人雖然被征服」**：James Dyer Ball, *Things Chinese: Being Notes on Various Subjects Connected with China* (London: S. Low, Marston, and Co., 1892), p. 240。

15. **「（吾）欣抃不能自已」**：He Mo, "Ji yuyan xuejia Wang Xiaohang," *Gujin* 5 (1942): 19。

16. **「至此始悟」**：Wang Zhao, "Fuji yu touyu shi," in *Fangjiayuan zayong jishi*, ed. Shen Yunlong, *Jindai Zhongguo shiliao congkan*, vol. 27 (Taipei: Wenhai, 1968), pp. 683-84。

17. **一九〇四年三月上旬**：關於王照被監禁和釋放的文獻：Wang, "Fuji yu touyu shi," pp. 680–86; "Wang Zhao beibu, Wang Zhao beishe," *Xin baihua bao* 3 (1904), in *Xinhai geming xijian wenxian huibian,* vol. 8, ed. Sang Bing (Beijing: Guojia tushuguan; Hong Kong: Zhonghe; Taipei: Wanjuanlou, 2011), p. 301; "Yuan Wang Zhao gongzui," *Shenbao* (April 10, 1900);

"Wang Zhao meng'en shifang," *Shibao* (July 3, 1904); "Wang Zhao baike," *Shibao* (July 10, 1904); "Wang Zhao zishou chengqing dai zou yuangao," *Dagongbao* 662 (May 1, 1904); "Wang Zhao an zhi kaiyan," *Dagongbao* 662 (May 1, 1904)。

18. 根據那桐的日記：*Natong riji*, ed. Beijing shi dangan guan (Beijing: Xinhua, 2006), p. 501。
19. 儘管各界紛表同情："Wang Zhao an zhi kaiyan," *Dagongbao* (May 1, 1904)。
20. 「獄神祠畔曉風微」："Jiachen sanyue yuzhong zuo," *Xiaohang wencun*, p. 680。
21. 兩個月之後：王照獲釋的報導："Jiwen," *Xin baihua bao* 3 (1904): 1; "Wang Zhao meng'en shifang," *Shibao* (July 3, 1904)。
22. 近期研究指出：王照致那桐的信，引述自 Ma Zhongwen, "Weixin zhishi Wang Zhao de 'zishou' wenti,'" *Jindai shi yanjiu* (Beijing) 3 (2014): 32-46。
23. 為了證明他的觀點：He Mo, "Ji yuyanxue jia Wang Xiaohang," *Gujin* 5 (1942): 22。
24. 通北京話的王照：Li Jinxi, "Min er duyin tongyi dahui shimoji" (Wang Zhao Guanhua Zimu zhi tuotai huangu xu), *Guoyu zhoukan* 6 (1934): 10。
25. 有人歌頌他的豐功偉業：Lai Lun, "Ku Wang Xiaohang xiansheng (Zhao)," *Guangzhi guan xingqi bao* 264 (1934): 5–7; Shang Hongkui, "Tan Wang Xiaohang," *Renjianshi* 36 (1935): 12-13。
26. 人們想起他風風雨雨的歲月：Lingxiao Yishi, "Suibi," *Guowen zhoubao* 32 (1933): 2。
27. 「多數人皆欠缺」：引述自 Chen, "Lao xindang Wang Xiaohang xiansheng," p. 2。

第二章：中文打字機與美國（一九一二年）

世界展覽和博覽會的討論內容出自於維多利亞與亞伯特博物館（Victoria and Albert Museum）、大英圖書館（British Library）和費城紀錄部（Department of Records at the City of Philadelphia）的檔案資料。二十世紀初中國工業化進程的主要資料（包括國內可出口商品和外國競爭商品的詳細說明）大多是中文的。請參閱：陳真，《中國近代工業史資料》，四冊（北京：三聯，一九五七年）；上海市工商行政管理局，上海市第一機電工業局機器工業史料組編，《上海民族機器工業》（北京：中華，一九七九年）。

周厚坤的學生紀錄保存於麻省理工學院的檔案，總結如下：http://chinacomestomit.org/chou-houkun#:~:text=Hou%2DKun%20chow%20(1891%2D%3F)。周的個人背景和出國留學前在中國的生活是從他父親周同愈的著作收集而成。周厚坤於一九三五年收集並私人出版了這些著作，名為《刪亭文集》（無錫：周自行出版，一九三五年）。他在商務印書館的經歷取自商務印書館館長張元濟的日記（請參閱注釋）。祁暄抵達美國之前的紀錄甚少，但中文資料卻指出他與中國的革命運動有所關聯。在美國、日本、法國等地留學的中國學生，其最棒的第一手資料便是他們撰寫和發表的文章，文中表達了他們對牽涉中國的世界政治的看法和觀點。有不少重要期刊，其中許多是由這些學生所創辦，包括：《天義報》（一九〇七年於東京創立，受到俄羅斯無政府主義的影響）、《新世紀》（一九〇七年於巴黎創立，與中國無政府主義者和世界語支持者有關聯），以及《中國留美學生月報》（由中國留學生聯合會於一九〇六年在紐約創立，以英文撰寫）。《新青年》（一九一五年於上海創立）仍然是不可或缺，可從中了解這些學生在這段時期帶回的民族主義思想。由於這些觀點往往是從西方角度出發，最好與中國十幾個政治極端的學生期刊（例如《浙江潮》和《江蘇》）一起查閱，以便更全面了解革命情勢。若想了解這段時期的大概史實，以下文獻依舊是標準的參考資料：*The Cambridge History of China,* vol. 12, *Republican China, 1912-1949,* part 1 (New York: Cambridge University Press, 1983)。我要感謝帕沙第納（Pasadena）漢庭頓圖書館（Huntington Library）提供協助，特別是環太平洋典藏館（Pacific Rim Collections）策展人楊立維（Li Wei Yang）允許我使用舒震東的中文打字機照片。

1. 六缸「靜音騎士」：*Boston Post* (March 4, 1912), p.11, https://newspaperarchive.com/boston-post-mar-04-1912-p-11/; "A Six-Cylinder Silent Knight,'" "New Flavors in Show Dish at Boston," *Automobile Topics* 25 (March 9, 1912): 193-200。
2. 「坐在鍵盤前面」：Zhou Houkun [H. K. Chow], "The Problem of a Typewriter for the Chinese Language," *The Chinese Students' Monthly* (April 1, 1915), pp. 435-43。
3. 中國人免不了會看到這種對比："China's Iron and Steel Industry," *The Chinese Students' Monthly* (February 10, 1914), p. 288。
4. 英方甚至偽造一份第一手報告：Henry Sutherland Edwards, *An Authentic Account of the Chinese Commission, Which Was Sent to Report on the Great Exhibition Wherein the Opinion of China Is Shown as Not Corresponding at All with Our Own* (London: Printed at 15 and 16 Gough Square by H. Vizetelly, 1851)。
5. 應格蘭特總統邀請：Li Gui, *A Journey to the East: Li Gui's A New Account of a Trip Around the Globe*, trans. Charles Desnoyers (Ann Arbor: University of Michigan Press, 2004)。
6. 中國進口美國商品的總額急劇上升：Wolfgang Keller, Ben Li, and Carol H. Shiue, "China's Foreign Trade: Perspectives from the Past 150 Years," *The World Economy* (2011), pp. 853–91, esp. 864-66。
7. 相較之下，在一九一一年：Albert Feuerwerker, *China's Early Industrialization* (Cambridge, MA: Harvard University Press, 1958), pp. 1–30; Anne Reinhardt, *Navigating Semi-Colonialism: Shipping, Sovereignty, and Nation-Building in China, 1860-1937* (Cambridge, MA: Harvard University Asia Center, 2018), pp. 21-93。
8. 在一八七三年的維也納萬國博覽會：Susan R. Fernsebner, "Material Modernities: China's Participation in World's Fairs and Expositions, 1876-1955" (Ph.D. dissertation, University of California, San Diego, 2002), pp. 20-21。

9. 到了一八七〇年代，華工：Alexander Saxton, *The Indispensable Enemy: Labor and the Anti-Chinese Movement in California* (Berkeley: University of California Press, 1971), p. 10。
10. 百分之九十是華人："Forgotten Workers: Chinese Migrants and the Building of the Transcontinental Railroad," online exhibition at the Natural Museum of American History, https://www.si.edu/exhibitions/forgotten-workers-chinese-migrants-and-building-transcontinental-railroad-event-exhib-6332。
11. 猶如狂歡節的歡樂區：*Panama-Pacific International Exposition 1915 Souvenir Guide* (San Francisco: Souvenir Guide Publishers, ca. 1915), p. 15。
12. 周父將重心：Zhou Tongyu, "Banshuo shi Kun'er," in *Shanting wenji* (Wuxi: Zhou Houkun self-published, 1935), p. 11。
13.「物資不匱乏」：F. L. Chang, "Innocents Abroad," *The Chinese Students' Monthly* (February 10, 1914), p. 300。
14.「國無海軍，不足為恥也」：Hu Shi, "Guoli daxue zhi zhongyao," in *Hu Shi quanji,* vol. 28 (Hefei: Anhui jiaoyu, 2003), p. 57。
15. 那年春天，他獲得：Zhou Houkun [H. K. Chow], "The Strength of Bamboo," *The Chinese Students' Monthly* (February 2015), pp. 291-94。
16.「暫時連到某個漢字字模」：Zhou, "The Problem of a Typewriter for the Chinese Language," p. 438。
17. 無論是皇家五號："Machine for the Brain Worker," *The Chinese Students' Monthly* (April 1915), pp. vi, xv。
18.「只要想替每個漢字提供一個按鍵的想法」：Zhou, "The Problem of a Typewriter for the Chinese Language"。
19. 有些打字機：Bruce Bliven, *The Wonderful Writing Machine* (New York: Random House, 1954), p. 63; Tony Allan, *Typewriter: The History, the Machines, the Writers* (New York: Shelter Harbor Press, 2015), pp. 14, 16-18。
20. 一八五六年的早期「約翰・H・庫珀書寫機」：*The Typewriter: An Illustrated History* (Mineola, NY: Dover, 2000), p. 12。

21. 美國長老宗教會傳教士：Devello Zelotes Sheffield, "The Chinese Type-writer, Its Practicability and Value," in *Actes du onzieme Congres International des Orientalistes,* vol. 2 (Paris: Imprimerie Nationale, 1897)。
22. 「無法分析／分離的個體」：Sheffield, "The Chinese Type-writer," p. 51。
23. 「自身思想的主人」：Sheffield, "The Chinese Type-writer," p. 63。
24. 周厚坤向紐約的朋友：Zhou Houkun, "A Chinese Typewriter," *The National Review* (May 20, 1916), p. 429。
25. 向中國留學生首度展示：Zhou, "A Chinese Typewriter," p. 428。
26. 他在為《中國留美學生月報》撰寫的文章中：Zhou Houkun, "Chuangzhi Zhongguo daziji tushuo," trans. Wang Ruding, *Xuesheng zazhi* 2, no. 9 (1915): 113-18; 2, no. 11 (1915): 95-104。
27. 只需花三個步驟："4,200 Characters on New Typewriter: Chinese Machine Has Only Three Keys, but There Are 50,000 Combinations; 100 Words in Two Hours; Heuen Chi, New York University Student, Patents Device Called the First of Its Kind," *The New York Times* (March 23, 1915), p. 6。
28. 若將部首視為字母：Heuen Chi [Qi Xuan], "Chinese Typewriter," *The Square Deal* 16 (1915): 340-41。
29. 便可生成更多的單字：Heuen Chi, "Apparatus for Writing Chinese," U.S. Patent 1260753 (Filed April 17, 1915), p. 8。
30. 他和祁暄："Typewriters in Chinese," *The Washington Post* (March 28, 1915), p. B2; "4,200 Characters on New Typewriter," *The New York Times* (March 23, 1915)。
31. 「我已經順利」：Heuen Chi, "The Principle of My Chinese Typewriter," *The Chinese Students' Monthly* (May 1915), pp. 513-14。
32. 他演講之後會接著舉辦：有關這場演講的紀錄稿，請參閱：Tang Zhansheng and Shen Chenglie, "Zhou Houkun xiansheng jiangyan Zhongguo daziji jilu (July 22, 1916)," *Linshi kanbu* 11 (1916): 7-13。
33. 「吾國人最怕齷齪」：Tang and Shen, "Zhou Houkun xiansheng jiangyan Zhongguo dazjii," p. 7。

34. 不久之後，中國便開始：Xu Guoqi, *Strangers on the Western Front* (Cambridge, MA: Harvard University Press, 2011), pp. 126-51。
35. 中國留學生聯合會的成員："Japanese Demands Arouse Indignation," *The Chinese Students' Monthly* (March 1915), pp. 400-401。
36. 「我們立刻意識到」：引述自Zhou Cezong [Tse-tsung Chow], *The May Fourth Movement: Intellectual Revolution in Modern China* (Cambridge, MA: Harvard University Press, 1960), p. 93。
37. 「我一想到這點，便感到噁心和沮喪」：引述自Zhou, *The May Fourth Movement,* p. 94。
38. 與世界事務一樣：Hu Suh, "The Problem of the Chinese Language," *The Chinese Students' Monthly* (June 1916), pp. 567-72; Y. T. Chang, "The Chinese Written Language and the Education of the Masses," *The Chinese Students' Monthly* (December 1915), pp. 118-21。
39. 周厚坤回國後在上海基督教青年會：Zhou, "A Chinese Typewriter," p. 428。
40. 商務印書館聘請了：若想知道周和商務印書館的詳細資訊，請參閱：*Zhang Yuanji riji*, vol. 6 (Beijing: Shangwu, 2007), pp. 19-20, 56。
41. 周厚坤希望商務印書館：*Zhang Yuanji riji*, p. 141。
42. 他改良三次以後：Zheng Yimei, "Shouchuang Zhongwen daziji de Zhou Houkun," in *Zheng Yimei xuanji*, vol. 2 (Ha'erbin: Heilongjiang renmin, 1991), pp. 66-67。
43. 在費城（慶祝美國獨立一百五十週年）世界展覽會：*Descriptions of the Commercial Press Exhibit* (Shanghai: The Commercial Press, ca. 1926)。中國也報導了這項榮譽，請參閱："Zhu Mei zong lingshi hangao Feicheng saihui qingxing," *Shenbao* (January 14, 1927), p. 9。
44. 這本線裝書的後頭黏了：Zhou, "Banshuo shi Kun'er"。此處插入的內容包含在英國倫敦東方與亞洲研究學院（School of Oriental and Asiatic Studies）檔案館和特別館藏的原件中。

第三章：打破電報的平衡局面（一九二五年）

有關大北電報公司在東亞開發活動的資料，包括本章提到和討論的各方之間的個人通信，可在丹麥哥本哈根國家檔案館（Rigsarkivet）的特別館藏中找到。我要感謝檔案管理員西蒙．吉羅（Simon Gjeroe）協助我將卡爾．弗雷德里克．蒂特根和漢斯．謝勒魯普（天文學教授，設計了漢字電碼初稿）、愛德華．蘇森和威基傑之間的原始信件從丹麥語譯成英語。一九二五年國際電報聯盟在巴黎舉行的會議紀錄（以及從一八六五年首次會議起的所有過去國際電報聯盟的會議紀錄）均可從網路擷取：https://www.itu.int/en/history/Pages/ConferencesCollection.aspx。國家檔案館也收藏一些漢字電碼本，但其中多數亦可在美國大學圖書館找到。可供參考的補充來源是美國代表團參加一九二七年在華盛頓特區舉行的國際無線電報會議的報告。請參閱：William Frederick Friedman's *Report on the History of the Use of Codes and Code Language, the International Telegraph Regulations Pertaining Thereto, and Bearing of the History on the Cortina Report* (Washington, D.C.: United States Government Printing Office, 1928)。中國人對外交使節團的個人看法和描述，可在各使者及其團隊成員的日記中找到，該日記收錄於十冊的系列文獻之中，亦即鍾叔河（Zhong Shuhe）編纂的《走向世界叢書》（長沙：嶽麓書社，二〇〇八年），另有這套系列的五十五冊續集《走向世界叢書續編》（長沙：嶽麓書社，二〇一七年），以及《申報》等媒體的同期報導。同等重要的是臺灣中央研究院近代史研究所出版的《海防檔案》（Archives of Maritime Defense），尤其是第四冊第一部分和第二部分的〈電報〉（Telegraphy）。可在其中找到清廷因應電報技術進步而採取的策略。有關英語的漢字電報的研究，請參閱：Jorma Ahvenainen, *The Far Eastern Telegraphs: The History of Telegraphic Communications between the Far East, Europe and America before the First World War* (Helsinki: Suomalainen Tiedeakatemia, 1981); Erik Baark, *Lightning Wires: The Telegraph and China's Technological Modernization, 1860-1890* (London: Greenwood Press, 1997); Erik Baark, "Wires, Codes and

People: The Great Northern Telegraph Company in China 1870–90," in Kjeld Erik Brodsgaard and Mads Kirkebak, eds., *China and Denmark: Relations since 1674* (Copenhagen: Nordic Institute of Asian Studies, 2000), pp. 119-52; Zhou Yongming, *Historicizing Online Politics: Telegraphy, the Internet and Political Participation in China* (Stanford, CA: Stanford University Press, 2006); Thomas S. Mullaney, "Semiotic Sovereignty: The 1871 Chinese Telegraph Code in Historical Perspective," in Jing Tsu and Benjamin A. Elman, eds., *Science and Technology in Modern China, 1880s-1940s* (Leiden, Boston: Brill, 2014), pp. 153-83; Wook Yoon, "Dashed Expectations: Limitations of the Telegraphic Service in the Late Qing," *Modern Asian Studies* 3 (May 2015): 832-57; Saundra P. Sturdevant, "A Question of Sovereignty: Railways and Telegraphs in China; 1861-1878" (Ph.D. dissertation, University of Chicago, 1975)。若想更全面了解民國時期中國基礎設施的狀況，請參閱：Zhu Jianhua (Chu Chia-hua), *China's Postal and Other Communications Services* (Shanghai: China United Press, 1937)。

若想了解威基傑與皮埃爾·亨利·斯坦尼斯拉斯·德·埃斯卡伊拉克·德·勞圖爾的個人事蹟，請參閱：Viguier, *Memoire sur l'etablissement de lignes telegraphiques en Chine* (Shanghai: Imprimerie Carvalho & Cie., 1875); Pierre Henri Stanislas d'Escayrac, *Memoires sur la Chine* (Paris: Librarie du Magazin pittoresque, 1865); Pierre Henri Stanislas d'Escayrac, *De la transmission telegraphique et de la transcription litterale des caracteres chinois* (Paris: Typographie de J. Best, 1862); Pierre Henri Stanislas d'Escayrac de Lauture, *Short Explanation of the Sketch of the Analytic Universal Nautical Code of Signs* (London: John Camden Hotten, 1863); Pierre Henri Stanislas d'Escayrac [P. H. Stanislas], "Telegraph Signal," U.S. Patent no. 39,016 (June 23, 1863)。有關威基傑與德·埃斯卡伊拉克的傳記概要，請參閱：

Henri Cordier, "S. A. Viguier 威基谒," in *T'oung Pao* 10, no. 5 (1899): 488-89; Richard Leslie Hill, "Escayrac de Lauture, Pierre Henri Stanislas d', Count," *A Biographical Dictionary of the Sudan* (London: Cass, 1967), pp. 120-21;

Gérard Siary, “Escayrac de Lauture (Pierre Henri Stanislas, comte d’), 1826-1868,” *Dictionnaire illustre des explorateurs et grands voyageurs francais du XIXe siecle.* vol. 2, *Asie* (Paris: Editions du C.T.H.S., 1992)。自從威基傑與張德彝設計出電碼版本以來，已經出現了許多漢字電碼本，其中多數是四位數電碼格式的現代改版。我要感謝約翰・麥克維（John McVey）在二〇一四年於麻州劍橋和我會面，麥克維分享了他私人收藏的電碼本，某些（包括德・埃斯卡伊拉克的系統）已在他的網站上發布和討論：https://www.jmcvey.net/index.htm。

有關王景春的英文著作，包括他對西方鐵路系統的研究以及影響其電報工作的政治觀點，請參閱他的下列作品：“Why the Chinese Oppose Foreign Railway Loans,” *The American Political Science Review* 4, no. 3 (August 1910): 365-73; “The Hankow-Szechuan Railway Loan,” *The American Journal of International Law* 5, no. 3 (July 1911): 653-64; “The Effect of the Revolution upon the Relationship between China and the United States,” *The Journal of Race Development* 3, no. 3 (January 1913): 268-85; “Legislation of Railway Finance in England” (Ph.D. dissertation, University of Illinois, 1918); “Hsinhanzyx (Phonetic Chinese),” *Chinese Social and Political Science Review* 24, no. 4 (December 1940): 263-90A; “A Solution of the Chinese Eastern Railway Conflict,” *Foreign Affairs* 8, no. 2 (January 1930): 294-96; “How China Recovered Tariff Autonomy,” *The Annals of the American Academy of Political and Social Science* 152 (November 1932): 266-77; “China Still Waits the End of Extraterritoriality,” *Foreign Affairs* 15, no. 4 (July 1937): 745-49; “Manchuria at the Crossroads,” *The Annals the American Academy of Political and Social Science* 168 (July 1933): 64-77; “The Sale of the Chinese Eastern Railway,” *Foreign Affairs* 12 (October 1933): 57-70。

1. **「思想即時高速公路」**：引述自 Tom Standage, *The Remarkable Story of the Telegraph and the Nineteenth Century’s On- line Pioneers* (New York: Walker and Co., 1998), p. 74。

2. 最常用的英語字母：http://letterfrequency.org/letter-frequency-by-language/。
3. 每個漢字要以四到六個數字的字串傳輸：Wang Jingchun, "Phonetic System of Writing Chinese Characters," *Chinese Social and Political Science Review* 12 (1929): 147。
4. 民國肇始：Shuge Wei, "Circuits of Power: China's Quest for Cable Telegraph Rights," *Journal of Chinese History* 3 (2019): 113-35。
5. 王曾在一篇文章中：Wang Jingchun, "The Hankow-Szechuan Railway Loan," *The American Journal of International Law* 5, no. 3 (July 1911): 653。
6. 「對我們而言」：Wang Ching-chun, "Memorandum on the Unification of Railway Accounts and Statistics" (Beijing: n.p., 1913), pp. 4-5。
7. 「新中國將會成為」："Dr. Ching-Chun Wang, Yale Graduate, Associate Director Pekin-Mukden Railway and Prominent among Chinese Progressives, Declares That China Wants to Deal with Straightforward American Business Men Who Don't Mix Business with Politics," *The New York Times* (November 10, 1912)。
8. 這項條約規定：C. C. Wang (Wang Jingchun), "How China Recovered Tariff Autonomy," *The Annals of the American Academy of Political and Social Science* 152 (November 1930): 266-77。
9. 在一八七〇年十一月的某一天，當晚月亮高掛：Erik Baark, *Lightning Wires: The Telegraph and China's Technological Modernization, 1860-1890* (Westport, CT, London: Greenwood Press, 1997), p. 81。
10. 黎明前便將電纜鋪好：Baark, *Lightning Wires,* p. 75。
11. 「洋人只知上帝」：Yang Jialuo, ed., *Yangwu yundong wenxian huibian,* vol. 6 (Taipei: Shijie shuju, 1963), p. 330。
12. 圖上拙劣的漢字：Knud Lundbaek, "Imaginary Ancient Chinese Characters," *China Mission Studies 1550-1800* 5 (1983): 5-22。
13. 反而著手為漢字設計電報電碼：Stanislas d'Escayrac de Lauture, *Memoires sur la Chine* (Paris, Librairie du Magazin pittoresque, 1865), pp. 74-75。

14. 這位教授長期學習阿拉伯語之後又研習了中文：“Hans Carl Frederik Christian Schjellerup,” *Monthly Notices of the Royal Astronomical Society* 48 (February 10, 1888): 171-74。
15. 到了一八七〇年六月：Letter from Schjellerup to Tietgen (April 19, 1870); Kurt Jacobsen, “Danish Watchmaker Created the Chinese Morse System,” *NIASnytt* (Nordic Institute of Asian Studies) *Nordic Newsletter* 2 (July 2001): 15, 17-21。
16. 他建議使用數字：S. A. Viguier, *Memoire sur l’etablissement de lignes telegraphiques en Chine* (Shanghai: Imprimerie Carvalho & Cie., 1875)。
17. 一位安靜的中國年輕翻譯家：Zhang Deyi, *Suishi Faguo ji* (Changsha: Hunan renmin, 1982), pp. 534-35。
18. 兩代的西方學者：Baark, *Lightning Wires,* p. 85; Thomas S. Mullaney, *The Chinese Typewriter: A History* (Cambridge, MA: The MIT Press, 2017), p. 354, n. 70。
19. 發電報是按字母（數目）定價：“Ocean Telegraphy,” *The Telegraphist* 7 (June 2,1884): 87。
20. 一八五四年，一位母親給兒子發了一封言簡意賅的電報：“Short Letters,” *Yankee-notions* 3 (1854): 363, https://babel.hathitrust.org/cgi/pt?id=hvd.32044092738434&view=1up&seq=369。
21. 想出更短的拼寫：*Telegraph Age* (October 16, 1906), p. 526。
22. 一八八四年，一本教人如何節省電報費用的手冊指出：Anglo-American Telegraphic Code and Cypher Co., *Anglo-American Telegraphic Code to Cheapen Telegraphy and to Furnish a Complete Cypher* (New York: Tyrrel, 1891), pp. 70, 111。
23. 「由於線路故障」：引述自 Steven M. Bellovin, “Compression, Correction, Confidentiality, and Comprehension: A Look at Telegraph Codes,” paper presented at the Crytologic History Symposium, 2009, Laurel, MD。
24. 電報公司對於未經授權的拼法感到厭倦：“Orthography and Telegraphy,” *The Electrical Review* 59 (September 1906): 482。

25. 第八條重申，所謂明文：William F. Friedman, *The History of the Use of Codes and Code Language, International Telegraph Regulations Pertaining Thereto, and the Bearing of This History on the Cortina Report* (Washington, D.C.: United States Government Printing Office, 1928), pp. 2-5。
26. 使用1去代表：A. C. Baldwin, *The Traveler's Vade Mecum; or, Instantaneous Letter Writer by Mail or Telegraph, for the Convenience of Persons Traveling on Business or for Pleasure, and for Others, Whereby a Vast Amount of Time, Labor, and Trouble Is Saved* (New York: A. S. Barnes and Co., 1853), p. 268。
27. 當歐洲人呼籲：*Documents de la Conference telegraphique internationale de Paris*, vol. 2 (Berne: Bureau International de l'Union, 1925), pp. 218-19。
28. 十月九日：*Documents de la Conference telegraphique internationale de Paris*, vol. 2, pp. 44-55。
29. 「自從一九一二年在中國推行『延遲』服務以來，外國民眾便能」：*Documents de la Conference telegraphique internationale de Paris,* vol. 1 (Berne: Bureau International de l'Union, 1925), pp. 426-27。

第四章：圖書館員的卡片目錄（一九三八年）

漢字索引是一種對中文進行邏輯存儲和檢索的分類方法，而現代漢字索引起源於圖書館編目（library cataloging）。某些人士做過漢字索引，包括編寫雙語漢語詞典但永遠沒有再往前跨一步的洋人。林語堂等人看到這些早期索引者如此努力而深受吸引。林引述了某些試驗過部首偏旁分類的成果：拉脫維亞出生的俄羅斯佛學家奧托．羅森堡（Otto Rosenberg）的漢字（*kanji*）表、P．波列地（P. Poletti）的《華英萬字典》（*A Chinese and English Dictionary, Arranged According to Radicals and Sub-radicals*）（上海：美華書館，一八九六年），以及約瑟夫—馬里．加略利（Joseph-Marie Callery）的兩冊《字聲綱目》（*Systema phoneticum scripturae sinicae*）（澳門：無出版社，一八四一年）。有幾本林語堂的英文和中文傳記。然而，有關他的中文打字機的資訊是從非文學來源拼湊而成，例如他與理查．瓦西和賽珍珠的個人和商場紀錄，以及他與默根索拉公司的業務往來資料。林語堂與賽珍珠和瓦西的通信以及他最終的打字機原理草圖都保存於普林斯頓大學（Princeton University）約翰・戴公司（John Day Company）的檔案中。他與默根索拉公司的來往紀錄保存於華盛頓特區美國國家歷史博物館（National Museum of American History）的默根索拉公司的紀錄中。若想詳細了解林語堂的打字機，請參閱他女兒林太乙的傳記和林語堂的回憶錄《林語堂傳》（臺北：聯經，一九八九年），以及林的自傳《八十自敘》（臺北：風雲時代，一九八九年）。林的語文學和語言學著作載於：《語言學論叢》（上海：上海書店，一九八九年）；Jing Tsu, "Lin Yutang's Typewriter," in *Sound and Script in Chinese Diaspora* (Cambridge, MA: Harvard University Press, 2010), pp. 49-79。

杜定友全集已經出版，亦即二十二冊的《杜定友文集》（廣州：廣東教育，二〇一二年），但他早期關於圖書館學的論文集仍然十分有用：《杜定友圖書館學論文選集》（北京：書目文獻，一九八八年）。王雲五留下了大量的著作，其中包括廣為人知的各種自傳，最相關的是《岫廬八十自述》（臺北：臺灣商務，一九六七年）。可以將這些自述與一九二〇年代至一九四〇年代末期數十種中文期刊（包括《民國日報》、《教育週刊》、《申報》、《大公報》，以及各類省級圖書館期刊）中對於漢字索引競賽的大量報導進行核對。多數的期刊皆可在上海檔案館（Shanghai Municipal Archives）找到。

1. **「漢字不滅」**：Ni Haishu, ed., *Lu Xun lun yuwen gaige* (Shanghai: Shidai, 1949), p. 10。
2. **他選擇看似無害且更適合圖書館員的枯燥主題**：Lin Yutang, Hanzi suoyin zhi shuoming," *Xin Qingnian* 4 (1918): 128-35。
3. **「『整理』是要從亂七八糟裡面尋出」**：Hu Shi, "Sijiao haoma jianzi fa xu," in *Hu Shi quanji*, vol. 3 (Hefei: Anhui jiaoyu, 2003), pp. 847-48。
4. **就連洗衣工**：Lin Yutang, *From Pagan to Christian* (Cleveland: World Publication Co., 1959), p. 35。

5. 有人注意到了：Wan Guoding, "Gejia xin jianzifa shuping," *Tushuguanxue jikan* 2, no. 4 (1928): 46-79。
6. 又出現一份：Jiang Yiqian, *Zhongguo jianzifa yange shilue ji qishiqi zhong xin jianzifa biao* (n.p.: Zhongguo suoyin she, 1933); Ma Ying, "Zonghe jianzifa xuyan," *Zhejiang sheng tushuguan guankan* 3, no. 5 (1934): 29-54; "Zonghe jianzifa paizi liyan," *Zhejiang sheng tushuguan guankan* 3, no. 6 (1934): 1-17。
7. 王雲五利用職務之便：Shen Youqian, "'Hanzi paijian' wenti tanhua," *Shuren yuekan* 1, no. 1 (1937): 37-40。
8. 這套檢索法的影響力："Sijiao haoma jianzi fa caiyong jiguan ji chuban wu," *Tongzhou* 3, no. 9 (1935): 7。
9. 每當有人問他如何想出：Wang Yunwu, "Wode shenghuo yu dushu," in *Wode shenghuo yu dushu* (Taipei: Jinxue, 1970), pp. 143-49, esp. 143。
10. 他早年砥礪自學：Wang Yunwu, "Haoma jianzi fa (fubiao)," *Dongfang zazhi* 22, no. 12 (1925): 82-98, esp. 86-87。
11. 曾有一所小學比較過：Huang Dalun, "Bushou jianzifa yu sijiao haoma jianzifa de bijiao shiyan baogao," *Jiaoyu zhoukan* 177 (1933): 27-43。
12. 一九二八年，倒楣的：Wen Zichuan, "Zhang Feng de mianxiandian," in *Wenren de ling yimian* (Guilin: Guangxi shifan daxue, 2004), pp. 18-20。
13. 他顯然經過深思熟慮：Zhang Feng, "Zhang Feng xingshu jianzifa," *Minduo zazhi* 9, no. 5 (1928): 1-11; Qi Feng, "Zhang Feng xingshu jianzifa," *Minguo ribao* (September 3, 1928), p. 1。
14. 「張鳳可殺」：Zhang, "Zhang Feng xingshu jianzifa," pp. 1-2。在某次公開演講中，王稱自己為「臭蟲」，因為他的家用電話號碼使用了四角號碼檢字法「臭」字的數值。請參閱：Shi Yanye, "Shuqi yanjiu suo zhi chigua dahui," *Shenbao* (August 6, 1928), p. 17。
15. 張鳳只能花小錢去推廣：Wen, "Zhang Feng de mianxiandian," p. 19。
16. 林在一九一七年時：Wang Yunwu, "Wo suo renshi de Gao Mengdan xiansheng," *Tongzhou* 4, no. 12 (1936): 78-84。

17. 根據合約條款，林：Wang Yunwu, "Jianzi fa yu fenlei fa," in *Xiulu bashi zixu* (Taipei: Shangwu, 1967), pp. 85-96, esp. 91-92。
18. 王雲五後來堅稱自己：Wang, "Jianzi fa yu fenlei fa," pp. 85-96, esp. 91-92。
19. 承認了林對首筆畫的研究：比較 Wang Yunwu, *Wong's System of Chinese Lexicography: The Four-Corner Numeral System in Arranging Chinese Characters* (Shanghai: The Commercial Press, 1926), pp. 7-8; *Wong's System for Arranging Chinese Characters* (Shanghai: The Commercial Press, 1928)。
20. 數十載之後：Lin Yutang, "Invention of a Chinese Typewriter," *Asia and the Americas* 46 (1946): 58-61, esp. 60。
21. 甚至某位發明漢字檢索法的紡織廠工人：Li Jingsan, "Bianyan haoma jianzifa," *Tushu zhanwang* 6 (1948): 8-12。
22. 在後續七十二小時裡：Du Dingyou, "Tushu yu taoming," in *Guonan zazuo* (Guangzhou: n.p., 1938), p. 2。
23. 其他人懇求他：Du, "Tushu yu taoming," p. 2。
24. 發表了一篇探討以漢字為索引的論文：Du Dingyou, *Hanzi xingwei paijianfa* (Shanghai: Zhonghua shuju, 1932)。
25. 他將每個漢字：Du Dongfang, *Tan "Liushu" wenti* (Shanghai: Dongfang, 1956)。
26. 每個人必須將身軀：Du Yan, "Cifu Du Dingyou huiyilu," in *Du Dingyou wenji,* vol. 22 (Guangzhou: Guangdong jiaoyu, 2012), pp. 385-86。
27. 因此，杜定友設計了：Ding U Doo [Du Dingyou], "A Librarian in Wartime," *American Library Association Bulletin* 38, no. 1 (1944): 5。
28. 也能調整成：Ding, "A Librarian in Wartime," p. 5。
29. 「用你的智慧行善」：Du Dingyou, "Yeyu yishu," in *Du Dingyou wenji*, vol. 11 (Guangzhou: Guangdong jiaoyu, 2012), p. 299。
30. 圖書館學是該大學的試點學科：Charles Knowles Bolton, *American Library History* (Chicago: American Library Association Publishing Board, 1911), p. 6。

31. 他曾在一篇自白文章中以情人口吻行文用字：Du Dingyou, “Wo yu tuan,” in *Du Dingyou wenji*, vol. 21 (Guangzhou: Guangdong jiaoyu, 2012), pp. 151-59。
32. 美國空軍將林語堂的鍵盤：W. John Hutchins, ed., *Early Years in Machine Translation: Memoirs and Biographies of Pioneers* (Amsterdam, Philadelphia: J. Benjamins, 2000), pp. 21-72, 171-76。

第五章：當北京的拼音從「Peking」改成「Beijing」(一九五八年)

關於一九五〇年代漢字簡化和拼音羅馬化的語言政策有大量的資料，從個人記述到中共官方文件皆有。仍未被充分利用的來源是臺灣政黨檔案的國民黨檔案，該檔案的副本（微縮捲片）保存於史丹佛大學的胡佛研究所（Hoover Institution）。它包含吳玉章設計中文羅馬化系統的手稿和筆記，包括他的草稿方案。文字改革委員會出版的重要系列作品包括《拼音文字史料叢書》。國語羅馬字和拉丁化新文字之爭有據可查，但也分散或嵌入於不同的來源，從期刊到小冊子、政黨資助的調查報告、政府通告、地方官方報告、語言改革者的回憶錄和文獻等等。周有光的全套作品《周有光文集》共十五卷（北京：中央編譯，二〇一三年）非常實用，讀者可從中窺探這段時期的拼音局勢；此外，也可從其他學者的著作得知一二，這些關鍵人物包括瞿秋白、吳玉章、趙元任、黎錦熙和錢玄同，他們的著作既有全集，也有選集。一九四九年以後，從臺灣海峽兩岸的視角可捕捉這段歷史順沿政治和意識形態路線的逐漸定型。關於國民黨方面的代表性觀點，請參閱：魏建功，《魏建功文集》，共五冊（南京：江蘇教育，二〇〇一年）。最近一篇關於中文拉丁化和蘇聯突厥族掃盲運動主題的論文從歐亞大陸的角度提供了全新的見解。請參閱：Ulug Kuzuoglu, “Codes of Modernity: Infrastructures of Language and Chinese Scripts in an Age of Global Information Revolution” (Ph.D. dissertation, Columbia University, 2018)。可以從下列文獻得知蘇聯語言政策中的中文拉丁化背景：Terry Martin, *Affirmative Action Empire: Nations and Nationalism in the Soviet Union, 1923-*

1939 (Ithaca, London: Cornell University Press, 2001); Michael G. Smith, *Language and Power in the Creation of the U.S.S.R., 1917-1953* (Berlin, New York: Mouton de Gruyter, 1998); A. G. Shprintsin, "From the History of the New Chinese Alphabet," in D. A. Olderogge, V. Maretin, and B. A. Valskaya, eds., *The Countries and Peoples of the East: Selected Articles* (Moscow: Nauka Publishing House, 1974); M. Mobin Shorish, "Planning by Decree: The Soviet Language Policy in Central Asia," *Language Problems and Language Planning* 8, no. 1 (Spring 1984): 35-49。有關一九三〇年至一九三七年重要時期在蘇聯出版的拉丁化新文字教學文本的有用參考書目，請參閱：史萍青，〈一九三〇年到一九三七年在蘇聯出版的北方話拉丁化新文字讀物的目錄〉，《文字改革》第二十一期（一九五九年）：第10頁。東干語的基本研究包括：Mantaro Hashimoto, "Current Development in Zhunyanese (Soviet Dunganese) Studies," *Journal of Chinese Linguistics* 6, no. 2 (June 1978): 243-67; Svetlana Rimsky-Korsakoff Dyer, V. Tsibuzgin, and A. Shmakov, "Karakunuz: An Early Settlement of the Chinese Muslims in Russia," *Asian Folklore Studies* 51, no. 2 (1992): 243-78。關於雅斯爾・十娃子的生平，里姆斯基—科薩可夫・戴爾（Rimsky-Korsakoff Dyer）的研究仍然是主要的英語文獻：*Iasyr Shivaza: The Life and Works of a Soviet Dungan Poet* (Frankfurt am Main, New York: P. Lang, 1991)。另請參閱：Jing Tsu, "Romanization without Rome: China's Latin New Script and Soviet Central Asia," in Eric Tagliacozzo, Helen F. Siu, and Peter C. Perdue, eds., *Asia Inside Out: Connected Places* (Cambridge, MA: Harvard University Press, 2015), pp. 321-53。

反右傾運動的事件及其對漢字改革討論意識形態的影響，以及對批判毛澤東語言政策的人的迫害，可以參考下列的資料來進行評估：《光明日報》以及在此期間催生的《新語文》和《文字改革》上發表的文章。《光明日報》的再版已經在日本出版：「光明日報」專刊史学・文学・文字改革：史学・文学第101期—第200期，文字改革第1期—第146期（京都：朋友書店，一九八一年）。有關英語撰述的國語改革摘要，請參閱：John DeFrancis, *Nationalism and Language Reform in China* (Princeton, NJ:

Princeton University Press, 1950); *The Chinese Language: Fact and Fantasy* (Honolulu: University of Hawaii Press, 1984); *In the Steps of Genghis Kahn* (Honolulu: University of Hawaii Press, 1993)。從已故的德范克（DeFrancis）的學術著作中可明顯看出他堅定支持中文羅馬化。在他去世的前一年，亦即二〇〇八年，我有幸能與德范克在他位於檀香山烏魯維希之地（Uluwehi Place）的家中和他對談。

1. **率先提出簡化漢字的具體方案**：「抱定唯一的主張曰『減省筆畫』。所以無論古字、俗字、本字、借字、楷書、草書，只要合於這個主張的，都可以採取。」出自 Qian Xuantong, "Jiansheng hanzi bihua de tiyi" ("to Reduce the Strokes in the Han script"), *Xin Qingnian* 7, no. 3 (1920): 114。
2. **這些簡體字**："Guanyu Hanzi jianhua gongzuo de baogao" ("Report on the Work on Character Simplification"), collected in *Diyici quanguo wenzi gaige huiyi wenjian huibian* (Beijing: Wenzi gaige, 1957), pp. 20-37。
3. **某位語言學家回憶**：Yin Huanxian, "Relie huanying Hanzi jianhua fang'an cao'an," in Wu Yuzhang, *Jianhua Hanzi wenti* (Beijing: Zhonghua shuju, 1956)。
4. **其中一份草案發布之後**："Paizi gongren shi wenzi gaige de cujinpai," in *Gongnongbing shi wenzi gaige de zhulijun* (Beijing: Wenzi gaige, 1975), pp. 1-8。
5. **到了一九八二年，全國十五歲以上人口的識字率**：http://uis.unesco.org/en/country/cn。
6. **「爱」便是最有名的例子**：https://web.shobserver.com/wx/detail.do?id=114364。
7. **他們認為，簡化的「爱」**：https://zhuanlan.zhihu.com/p/26480178。
8. **「有人告訴我」**：Quoted in David Porter, *Ideographia: The Chinese Cipher in Early Modern Europe* (Stanford, CA: Stanford University Press, 1991), p. 77。

9. 這則故事以簡潔的中文生動表達出來：有關英文的翻譯和評論，請參閱：Wolfgang Behr, "In the Interstices of Representation: Lucid Writing and the Locus of Polysemy in the Chinese Sign," in Alex de Voogt and Irving Finkel, eds., *The Idea of Writing: Play and Complexity* (Leiden, Boston: Brill, 2010), pp. 283-36。
10. 某位蘇聯塔吉克詩人曾說：「當拉丁字母裝飾新字母表／很快對阿拉伯字母的需求就變得緩慢／在科學時代，新字母表就像一架飛機／阿拉伯字母就像一頭痛苦掙扎的孱弱驢子。」引述自M. Mobin Shorish, "Planning by Decree: The Soviet Language Policy in Central Asia," *Language Problems and Language Planning* 8, no. 1 (Spring 1984): 39。
11. 從一九三一年至一九三六年之間：Nie Gannu, *Cong baihuawen dao xin wenzi* (Beijing: Beijing zhongxiantuofang keji fazhan youxiangongsi, 2007)。
12. 在這方面，俄羅斯人：請參閱：Ulug Kuzuoglu, "Codes of Modernity: Infrastructures of Language and Chinese Scripts in an Age of Global Information Revolution" (Ph.D. dissertation, Columbia University, 2018), pp. 241-89, 292-324。
13. 「沒有布爾什維克人解決不了的問題。」：引述自A. G. Shprintsin, "From the History of the New Chinese Alphabet," in D. A. Olderogge, V. Maretin, and B. A. Valskaya, eds., *The Countries and Peoples of the East: Selected Articles* (Moscow: Nauka Publishing House, 1974), p. 335。
14. 在一九二九年的草案中：Qu Qiubai, "Zhongguo ladinghua de zimu," in *Qu Qiubai wenji,* vol. 3 (Beijing: Renmin wenxue, 1989), p. 354。
15. 拉丁化新文字於一九三一年被重新引進中國，不到一年：Ni Haishu, *Zhongguo pinyin wenzi yundongshi jianbian* (Shanghai: Xiandai shubao, 1948), pp. 150-72。
16. 他們認為這是必要的：Terry Martin, *The Affirmative Action Empire: Nations and Nationalism in the Soviet Union, 1923-1939* (Ithaca, London: Cornell University Press, 2001), pp. 199-200。
17. 其中一名委員馬敘倫：Fei Jinchang and Wang Fan, *Zhongguo yuwen*

xiandaihua bainian jishi (1892-1995) (Beijing: Yuwen, 1997), p. 171。

18. 由於這是一場面向人民的語言運動："Zhongguo wenzi gaige yanjiuhui mishuchu pinyin fang'an gongzuozu," in *Gedi renshi jilai Hanyu pinyin wenzi fang'an huibian*, 2 vols. (Beijing: Zhongguo wenzi gaige yanjiuhui mishuchu pinyin fang'an gongzuozu, 1955)。

19. 光是第一年："Pinyin zimu wei saomang he tuiguang Putonghua kaipile jiejing," *Renmin ribao* (April 5, 1959)。

第六章：進入電腦時代（一九七九年）

支秉彝在獄中的經歷以及他的「見字識碼」輸入法細節可以從報紙的報導以及他自己的隨筆、採訪和文章中拼湊出來：〈漢字進入了計算機：記支秉彝創造『見字識碼』法的事蹟〉，《文匯報》（一九七八年七月十九日）；支秉彝和錢鋒，〈『見字識碼』漢字編碼方法及其計算機實現〉，中國語文編輯部編輯，《漢字信息處理》（北京：新華出版社，一九七九年），第28-53頁；支秉彝和錢鋒，〈淺談『見字識碼』〉，《自然雜誌》第一期，第六卷，（一九七八年）：第350-53頁；支秉彝，〈漢字編碼問題〉，《科學》第三期（一九八一年）：第7-9頁。有關「七四八工程」以及中國計算機產業的英文資訊很少。討論方正集團的章節可在下列文獻找到：Qiwen Lu, *China's Leap into the Information Age: Innovation and Organization in the Computer Industry* (New York, Oxford: Oxford University Press, 2000)。我重建內文時借鑒了「七四八工程」設計或執行人士的第一手證詞：紀念七四八工程二十週年工作組編輯，《七四八工程二十週年紀念文集》（北京：無出版社，一九九四年）。該文集是為了紀念方正集團成立二十週年所編纂，目前收藏於北京大學圖書館。它包含大約五十名直接參與該計畫的工程師、政策制定者、經理或科學家的個人敘述。一九七八年十二月於青島舉行第一屆中文信息處理會議，此後從一九七〇年代末期到一九八〇年代末期接連舉行了多次這類會議，出版了眾多會議紀錄，而這些皆是重要的資訊補充來源。耶魯大學博士生安博正在撰寫第一篇探討中國計算機史的英文論文，我要感謝他撥冗與我對談以及協助提供這些資料。關於印刷技術的自動化，新華通訊社講述過其試圖獲取和開發的各種印刷技術，這些是非常有用的資訊來源：孫寶傳，《插翅飛翔：新華社通信技術發展紀實》（北京：新華出版社，二〇一五年）。一九七〇年代，中美各種學術或工業科學交流有十幾篇左右的英文考察報告，提供了寶貴的見證，可從中窺探中國在長期經歷文化大革命時期的閉關鎖國之後內部科學技術的狀況。它們包括：F. E. Allen and J. T. Schwartz, "Computing in China: A Trip Report" (July 1973), unpublished; "Computing in China: A Second Trip Report" (October 1977), unpublished; H. Chang, Y. Chu, and H. C. Lin, "Report of a Visit to People's Republic of China" (April 14, 1975), unpublished; T. E. Cheatham, W. A. Clark, A. W. Holt et al., "Computing in China: A Travel Report," *Science* 182 (October 12, 1973): 134-40; B. J. Culliton, "China's 'Four Modernizations' Lead to Closer Sino-U.S. Science Ties," *Science* 201 (August 11, 1978): 512-13; H. L. Garner, Y. L. Garner et al., eds., "Report of the IEE Computer Society Delegation China" (January 1979), unpublished; H. L. Garner, "1978: Computing in China," *Computer* March 1979): 81-96; R. L. Garwin, "Trip Report of a Visit to China" (1974), unpublished。

王選的多本中文傳記已經出版，本章內容摘自他的回憶錄以及他的技術學術論文。儘管他的中文資料豐富，但他的研究成果少有英文版本，這與當時中國的大多數科學研究如出一轍。然而，有一個罕見的例子，請參閱：Wang Xuan et al., "A High Resolution Chinese Character Generator," *Journal of Computer Science and Technology* 1, no. 2 (1986): 1-14。他的中文著作可在以下網址找到：http://www.wangxuan.net/。

對於李凡的生活細節，我得感謝李的前同事查爾斯·巴格諾斯基（Charles Bagnoschi）協助我在德州奧斯丁找到了他的女兒格洛麗亞·李（Gloria Lee）。我很感謝格洛麗亞慷慨與我分享她父親的私人信件和講述過往的家庭生活。與Sinotype（華型）發明相關的文件（亦即其起源、開發、構造、行銷、技術規格和情況等等）都收藏於麻省理工學院特別收藏（MIT Special Collections）的文字基金會檔案中。美國無線電公司曾與美國陸軍納蒂克研究實驗室（U.S. Army Natick Research Laboratories）簽訂合約，要將Sinotype更改為中文表意文字照片排版機（Chinese Ideographic Photocomposer），其中的某些紀錄可在德拉瓦州威明頓（Wilmington）的哈格利圖書館（Hagley Library）找到。

五角大廈工作小組的內部備忘錄及其最終未執行的計畫（使用Sinotype在中文印刷技術領域搶先中國）收集於白宮辦公室國家安全委員會工作人員文件（一九四八年到一九六一年），目前收藏於堪薩斯州亞伯林的德懷特・艾森豪總統圖書館（Dwight D. Eisenhower Presidential Library）。有關文字基金會早期獲得紐約卡內基公司（Carnegie Corporation of New York）贊助的詳細資訊保存於哥倫比亞大學（Columbia University）的稀有書籍和手稿圖書館（Rare Book and Manuscript Library）。我要感謝檔案管理員詹妮弗・S・科明斯（Jennifer S. Comins）百忙之中撥冗替我協尋資料。

1. **他被貼上**：支秉義的以下遭遇是根據他在報紙和訪談中的回憶拼湊而成的。請參閱："Hanzi jinrule jisuanji," *Wenhui bao* (July 19, 1978); Zhi Bingyi and Qian Feng, "Qiantan 'jianzi shima,'" *Ziran zazhi* 1, no. 9 (1978): 350-53, 367; Zhi Bingyi, "Hanzi bianma wenti," *Kexue* 3 (1981): 7-9。
2. **他需要用電腦可以辨認的**：Wang Xuan, Lu Zhimin, Tang Yuhai, and Xiang Yang, "Gao fenbianlu Hanzi zixing zai jisuanji zhongde yasuo biaoshi ji zixing dianzhen de fuyuanshebei," in *Proceedings of 1983 International Conference on Chinese Information Processing*, cosponsored by CIPSC and UNESCO, Beijing, October 12-14, 1983, vol. 2, pp. 71-92。
3. **不到幾個月，李凡便為**：Francis F. Lee, "A Chinese Typesetting Machine," Quarterly Progress Report, Research Laboratory of Electronics (April 15, 1953), pp. 69-70。
4. **「自從簽訂這台中國機器的合約以來」**：Letter from W. W. Garth to Vannevar Bush, dated November 2, 1960, Manuscript Library, Columbia University。

5. **「符號處理不是」**：李凡與女兒的私人信件，日期為二〇一八年二月二十八日。
6. **北大等單位**：Jiang Zemin's letter, dated February 22, 1980, collected in Jinian qisiba gongcheng ershi zhounian gongzuozu, ed., *748 gongcheng ershi zhounian jinian wenji* (Beijing: n.p., 1994)。

第七章：數位漢字文化圈（二〇二〇年）

本章幾乎完全基於訪談和實地考察，並且借鑒了某些最初的東亞參與者對一九七〇年代初步對談的回憶。關於臺灣的觀點，請參閱：謝清俊和黃克東，《國字整理小組十年》（臺北：資訊應用國字整理小組，一九八九年）。關於日本的觀點，請參閱：小林龍生，《ユニコード戦記：文字符号の国際標準化バトル》（東京：東京電機大学出版局，二〇一一年）。我要感謝萬國碼聯盟和表意文字小組的下列代表提供了有用線索：陸勤、小林劍、米歇爾・蘇尼亞德（Michel Suignard）、李・柯林斯、喬・貝克、陳永聰（Eiso Chan）、王一凡（Wang Yifan）、楊濤（Tao Yang）、曾士熊、魏林梅（Selena Wei）以及吳清閒（Ngô Thanh Nhan）。我也要感謝曾先生與我分享他的私人檔案，該檔案記錄了臺灣早期資訊交換漢字電碼的編碼工作。我要深切感謝陸勤和李・柯林斯，謝謝這兩位慷慨向我引介計畫的關鍵人物，我也要向陳永聰和楊濤致謝，謝謝他們後續與我對談，讓我受益頗豐。表意文字小組允許我參加他們在二〇一八年於河內以及二〇二〇年於深圳舉行的會議。有關萬國碼的一般訊息，請參閱：https://home.unicode.org/。有關發布技術更新和參與流程資訊的專家網站：https://www.unicode.org/main.html。有關中日韓統一表意文字（Han unification）的歷史，請參閱："Appendix E: Han Unification History," http://www.unicode.org/versions/Unicode13.0.0/appE.pdf。也被人廣泛引用的是小林劍的標準著作 *CJKV Information Processing*, 2nd ed. (Sebastopol, CA: O'Reilly, 2008)，它是為電腦程式設計師所編寫，但包含對非專業人士有用的訊息。以下是有用的參考文獻：Huang Kedong et al., *An Introduction to Chinese, Japanese and Korean Computing* (Singapore, Teaneck, NJ: World Scientific, 1989); William C. Hannas, *Asia's Orthographic Dilemma* (Honolulu: University of Hawaii Press, 1997); Viniti Vaish, ed., *Globalization of Language and Culture in Asia: The Impact of Globalization Processes on Language* (London, New York: Continuum, 2010); Daniel Pargman and Jacob Palme, "ASCII Imperialism," in Martha Lampland and Susan Leigh Star, eds., *Standards and Their Stories: How Quantifying, Classifying, and Formalizing Practices Shape Everyday Life* (Ithaca, NY: Cornell University Press, 2009)。我要感謝凱倫・史密斯—吉村（Karen Smith-Yoshimura，音譯）和約翰・W・海格（John W. Haeger）分享了他們對研究圖書館組織早期的個人回憶。該組織的原始文件可以在史丹佛大學特別收藏（Special Collections）的研究圖書館組織紀錄（RLG Records）中找到。萬國碼的創建及其早期與ISO之爭的完整歷史雖與本章有關，但最終還是超出了範圍。萬國碼的迷人歷史（尤其是在萬國碼聯盟成立之前的早期情況）仍有待書寫。中文字體設計行業的專家（吳政斌〔Chris Wu〕、林欣榮〔Caspar Lam〕和劉慶〔Eric Liu〕）曾與我分享見解，可惜我無法將其完全加以利用；此外，他們持續改善中文字體，令我深感欽佩。

世界各地的華人社區仍然尊崇漢字，並且持續對漢字形式進行實驗。馬來西亞華文作家和知識分子近年來尤其多產，質疑其華語遺產，就是在挑戰他們的泛華人身分。請參閱張貴興和黃錦樹的作品。當代中國藝術中對漢字的新穎重塑包括中國境外華裔藝術家的作品，例如古巴出生的弗洛拉・方（Flora Fong）。她的《美洲中國》（*Chino en las Americas*）（二〇一〇年）和《布穀，下來，布穀，下來》（*Cucu, baja, Cucu, baja*）（二〇一九年）之類的作品發揮漢字的象形特質來講述流散移居的故事。弗洛拉・方於二〇一九年九月在她古巴哈瓦那的家中和工作室接待了我，對此我深表感謝。當代對漢字的藝術改造也應該與非中國人盜用漢字系統的歷史先例進行比較（請參閱第一章的注解），而這些先例的創造性毫不遜色。

有關孔子學院的爭議，請參閱：Marshall Sahlins, "China U," *The Nation* (October 29, 2013); "McCaul Statement on the Biden Administration's

Withdrawal of a Proposed Rule on Confucius Institutes" (February 9, 2021); "China Task Force Report," U.S. House of Representatives (September 2020), https://gop-foreignaffairs.house.gov/wp-content/uploads/2020/09/CHINA-TASK-FORCE-REPORT-FINAL-9.30.20.pdf; Jan Petter Myklebust, "Confucius Institutes Close as China Relations Deteriorate" (May 16, 2020), https://www.universityworldnews.com/post.php?story=20200513092025679, and China's response, https://sverigesradio.se/artikel/7449665。

1. **臺灣人可能**：http://www.newhua.com/2020/0714/351298.shtml。
2. **第一個獲得廣泛關注的編碼標準**：控制代碼（其中一些是從打字時代繼承下來的）具有命令功能，例如移動紙架，以便裝置可以從新一行的起頭開始。
3. **僅在一九六〇年代**：*East Asian Libraries—Problems and Prospects: A Report and Recommendations* (ACLA, 1977), p. 5。
4. **將這些藏書數位化**：*Library of Congress Information Bulletin 1982*, appendix, p. 95; Chi Wang, *Building a Better Chinese Collection for the Library of Congress* (Lanham, MD: The Scarecrow Press, 2012), p. 98。
5. **「解決了問題」**：*Automation, Cooperation and Scholarship: East Asian Libraries in the 1980's: Final Report of the Joint Advisory Committee to the East Asian Library Program* (Washington, D.C.: The American Council of Learned Societies, 1981), p. 24。
6. **在漢語詞彙學中，「變體」一詞早已存在**：Shen Kecheng, *Shutongwen: Xiandai Hanzi lungao* (Shanghai: Jinxiu wenzhang, 2008)。
7. **以便將其融入美國圖書館目錄自動化的宏偉計畫**：Weiying Wan et al., "Libraries and Institutions," *Journal of East Asian Libraries* 63 (1980): 17-18。
8. **「祥龍飛天」**："Mingzi yong shengpizi '69' ziku dabuchu minjing jianyi yong changyongzi," www.anfone.com; "Zongzai zhengming 'woshiwo' shengpizi tongyi ziku daodi you duonan?," http://xinhuanet.com/politics/2017-05/12/c_1120958591.htm。

9. 越南人對千年漢字遺產的態度：Alexander Woodside, "Conceptions of Change and Human Responsibility for Change in Late Traditional Vietnam," in D. K. Wyatt and A. B. Woodside, eds., *Moral Order and the Question of Change: Essays on Southeast Asian Thought* (New Haven, CT: Yale University Press, 1982), p. 104。
10. 「中國人上次來時」：Declassified Pentagon Papers, https://en.wikisource.org/wiki/Page:Pentagon-Papers-Part_I.djvu/170。
11. 他在一九八八年的原始萬國碼：Joe Becker, *Unicode 88* (Palo Alto, CA: Xerox Corporation, 1988), p. 5。
12. 「敬愛的習近平主席」：重慶市彭洪清（Peng Hongqing）的來信，日期為二〇一六年十月八日。我要感謝楊濤提供這項資訊。
13. 體認到基礎建設至關重要：https://www.wsj.com/articles/from-lightbulbs-to-5g-china-battles-west-for-control-of-vital-technology-standards-11612722698。
14. 中國不再鋪設橡膠包裹的電纜：Jonathan E. Hillman, *The Emperor's New Road: China and the Project of the Century* (New Haven, CT; London: Yale University Press, 2020), p. 24。

NEW 不歸類RG8053

漢字王國

從打字機鍵盤、拼音系統到電腦輸入法的問世，讓漢字走向現代的百年語言革命

Kingdom of Characters: The Language Revolution That Made China Modern

•原著書名：Kingdom of Characters: The Language Revolution That Made China Modern•作者：石靜遠Jing Tsu•翻譯：吳煒聲•封面設計：倪旻鋒•內文排版：李秀菊•主編：徐凡•責任編輯：吳貞儀•國際版權：吳玲緯、楊靜•行銷：闕志勳、吳宇軒、余一霞•業務：李再星、李振東、陳美燕•總編輯：巫維珍•編輯總監：劉麗真•事業群總經理：謝至平•發行人：何飛鵬•出版社：麥田出版／城邦文化事業股份有限公司／115台北市南港區昆陽街16號4樓／電話：(02) 25000888／傳真：(02) 25001951•發行：英屬蓋曼群島商家庭傳媒股份有限公司城邦分公司／115台北市南港區昆陽街16號8樓／書虫客戶服務專線：(02) 25007718；25007719／24小時傳真服務：(02) 25001990；25001991／讀者服務信箱：service@readingclub.com.tw／劃撥帳號：19863813／戶名：書虫股份有限公司•香港發行所：城邦（香港）出版集團有限公司／香港九龍土瓜灣土瓜灣道86號順聯工業大廈6樓A室／電話：(852) 25086231／傳真：(852) 25789337•馬新發行所／城邦（馬新）出版集團【Cite(M) Sdn. Bhd.】／41, Jalan Radin Anum, Bandar Baru Seri Petaling, 57000 Kuala Lumpur, Malaysia.／電話：+603-9056-3833／傳真：+603-9057-6622／讀者服務信箱：services@cite.my•印刷：漾格科技股份有限公司•2024年7月初版一刷•定價580元

國家圖書館出版品預行編目資料

漢字王國：從打字機鍵盤、拼音系統到電腦輸入法的問世，讓漢字走向現代的百年語言革命／石靜遠（Jing Tsu）著；吳煒聲譯. -- 初版. -- 臺北市：麥田出版：英屬蓋曼群島商家庭傳媒股份有限公司城邦分公司發行, 2024.07

面； 公分

譯自：Kingdom of characters : the language revolution that made China modern

ISBN 978-626-310-672-7（平裝）

EISBN 978-626-310-669-7 (EPUB)

1.CST: 中國文字 2.CST: 漢字改革 3.CST: 歷史

802.2 113005060

城邦讀書花園
www.cite.com.tw